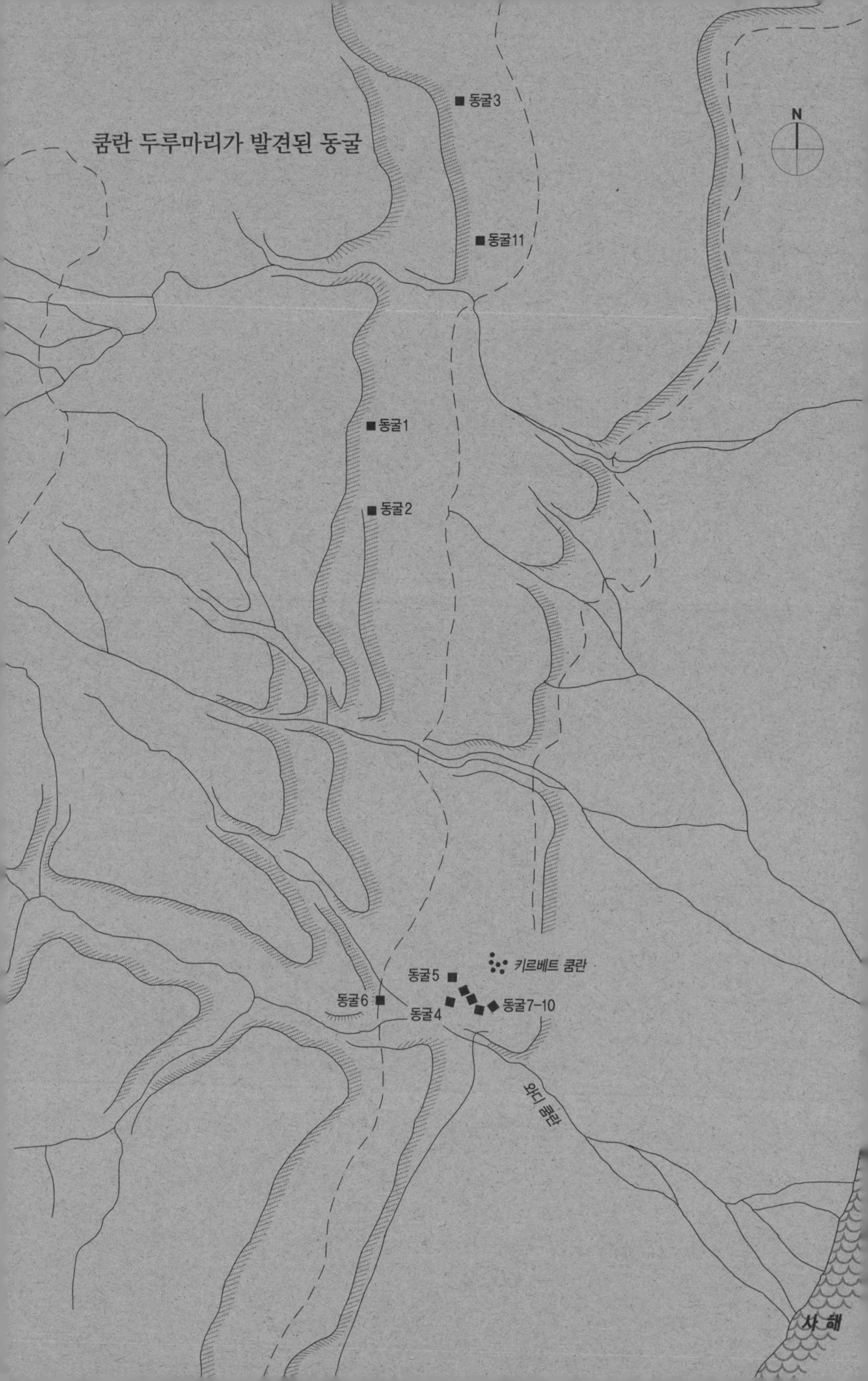


쿰란 두루마리가 발견된 동굴

# 성서 시대의 이스라엘

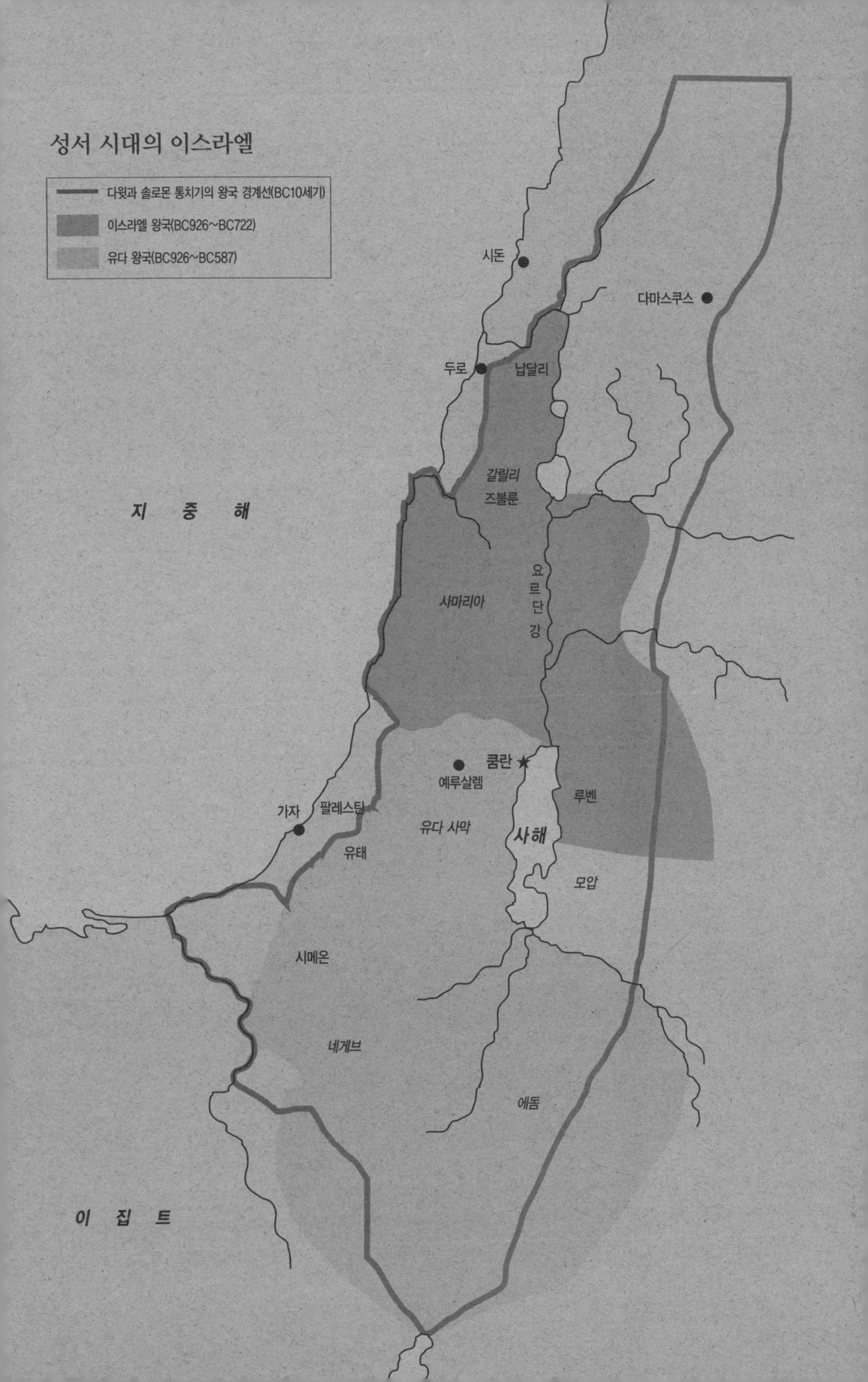
다윗과 솔로몬 통치기의 왕국 경계선(BC10세기)
이스라엘 왕국(BC926~BC722)
유다 왕국(BC926~BC587)
시돈
다마스쿠스
두로
납달리
갈릴리
즈불론
지 중 해
요르단 강
사마리아
쿰란
예루살렘
루벤
가자
팔레스틴
유다 사막
사해
유태
모압
시메온
네게브
에돔
이 집 트

# 쿰란

# *Qumran*

Eliette Abécassis

1

엘리에트 아베카시스 장편소설 · 홍상희 옮김

문학동네

**Qumran**

by Eliette Abécassis



This Korean edition was published by arrangement with Eliette Abécassis
through Sybille Books Literary Agency, Seoul.

**모든 것은 똑같은 곳으로 간다.**

**만물은 먼지로 만들어졌고,**

**모두 먼지로 되돌아간다.**

쿰란 〈전쟁의 두루마리〉 중에서

쿰란 육필 두루마리

쿰란 동굴 외부

쿰란 동굴 내부

**쿰란** 이스라엘의 사해 북서 연안에 위치한 바위 지대. 1947년 이곳 쿰란 동굴에서, 베두인 족의 한 양치기 소년에 의해 구약성서 사본들과 사해 육필 두루마리들이 무더기로 발견되었다. 예수와 같은 시대에 존재했던 에세네 파 공동체가 쿰란에서 은둔생활을 했던 사해 두루마리의 소유자라는 사실이 밝혀지면서 예수에 대한, 기독교의 기원에 대한 의혹이 제기되었고, 지금까지도 전문가들 사이에 논란의 대상이 되고 있다. 학술단체가 그에 관련된 자료들을 어느 정도 독점하고 있기는 하지만, 두루마리들이 발견된 이래로 수많은 수수께끼들이 여전히 그 자료들 위를 활공하고 있다

유다 사막

통곡의 벽 앞에서 거행하는 바르 미츠바(13세 때 하는 종교적 성년 의식)

성묘교회

바위사원

예루살렘 언덕

사해 Dead Sea

# 쿠란

로즈 랄리에에게

그녀의 비전들 중 하나에 의해 탄생된 이 책을 바친다.

## 제 I 권

17
프롤로그

37
첫번째 두루마리—육필 두루마리

93
두번째 두루마리—성인(聖人)들의 두루마리

159
세번째 두루마리—전쟁의 두루마리

247
네번째 두루마리—여자의 두루마리

341
용어 해설

# 제2권

17
다섯번째 두루마리—싸움의 두루마리

119
여섯번째 두루마리—동굴의 두루마리

213
일곱번째 두루마리—사라진 두루마리

331
여덟번째 두루마리—메시아의 두루마리

341
역자 후기

355
용어 해설

| 1 | 2 | 3 |
|---|---|---|
| א | א | Α |
| ב | ב | Β |
| ג | ג | Γ |
| ד | ד | Δ |
| ה | ה | Ε |
| ו | ו | Υ |
| ז | ז | Ζ |
| ח | ח | Η |
| ט | ט | Θ |
| י | י | Ι |
| כ | כ | Κ |
| ל | ל | Λ |
| מ | מ | Μ |
| נ | נ | Ν |
| ס | ס | Ξ |
| ע | ע | Ο |
| פ | פ | Π |
| צ | צ | |
| ק | ק | |
| ר | ר | Ρ |
| ש | שׁ | Σ |
| | שׂ | |
| ת | ת | Τ |

**히브리어 문자**

1. 쿰란 두루마리와 동시대의 히브리어
2. 현대 히브리어(5세기부터 정착)
3. 대응되는 그리스어

**일러두기**

1. 히브리어 표기는 한글 맞춤법통일안 및 『편수 자료』의 원칙을 따른 『브리태니커 세계 대백과사전』을 기준으로 하였으나, 『브리태니커 세계 대백과사전』에 나오지 않는 고유명사는 『공동번역 성서』와 『오픈 성경』을 따랐다.
2. 원서의 '용어 정리 *Glossaire*'는 본문에 원주로 처리하고, 이와 별도로 독자의 이해를 돕기 위해 한국어판 '용어 해설'을 각권 뒤에 두었다.
3. 원주와 역주는 괄호와 각주 방식을 함께 썼다.
4. 쿰란 두루마리, 구약 · 신약성서, 유태교 경전과 관련된 책들은 〈 〉로 표기하였다.
5. 화보로 사용된 사진들은 주한 이스라엘 대사관의 도움을 받았다.

위에는 무엇이 있을까?
아래에는 무엇이 있을까?
이 세상 전에는 무엇이 있었을까?
후에는 무엇이 있을까?

이 네 가지 의문에 대해
한 번이라도 사색해보려 시도한 자는 누구든,
태어나지 않은 것이 그 자신을 위해 나았으리라.

바빌론의 탈무드, 〈하기야〉, 11b.

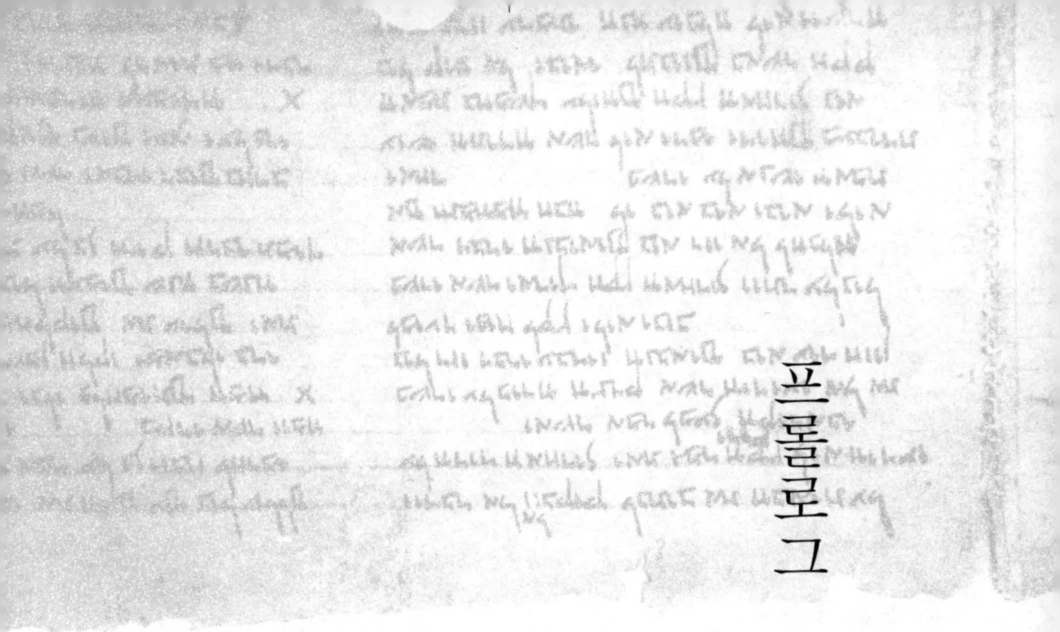

# 프롤로그

# I

메시아가 숨을 거둔 날, 하늘은 다른 날보다 더 어둡지도 밝지도 않았다. 기적의 징조 같은 빛은 조금도 비치지 않았다. 태양은 두터운 안개 속에 숨어 있었지만, 불투명한 하늘의 천장을 뚫고 햇살이 내비치고 있었다. 이슬비나 우박을 예고하는 먹구름도 끼어 있었다. 하지만 그 정도의 비로는 흙먼지 낀 풍경을 시원하게 적셔줄 수는 없었다. 아직 어둠이 짙게 깔리지 않아 하늘은 어렴풋한 빛을 발하고 있었다.

그날은 슬프지도 기쁘지도 않았다. 어둡지도 밝지도 않았고, 특별하지도 또 완전히 일상적이지도 않았다. 전체적으로 다른 날과 별반 다름이 없었다. 그러나 어쩌면 이런 전조가 없는 정상 상태가 오히려 불길한 징조인지도 모르겠다.

그의 임종은 느리고 고통스러웠다. 거대한 절망의 긴 한탄처럼 그의 호흡은 꺼질 듯하면서도 길게 이어졌다. 퇴색한 머리칼과 수염, 그 어디에서도 아픈 자를 보살피고 치유하듯 베풀던 지혜의 열정은 더이상 찾아볼 수 없었다. 그의 시선에서는 이제 만인에게 복음과 예언을 열정적으로 전파하고, 새로운 세계의 도래를 예고하며 항상 뜨겁게 타오르던 불꽃이 모두 사라져버렸다. 행주처럼 쥐어짜놓은 황폐한 육신은 고통이나 타박상, 벌어진 상처 외엔 아무것도 아니었다. 앙상하게 드러난 가느다란 선 같은 뼈들은 죽음을 연상시켰다. 갈기갈기 찢어져 너덜너덜한 옷이나, 해진 수의처럼 윤기 잃은 피부는 마치 풀어져 이내 더럽혀진 두루마리 같았고, 난자당한 선 주위로 후회 속에 지우고 갈겨쓴 피 묻은 글씨가 배회하는 낡은 양피지와도 흡사했다. 못박혀 늘어진 사지는 보랏빛 핏자국으로 얼룩져 곧 무너져내릴 것처럼 보였다. 고통에 움츠러든 두 손바닥에선 피가 흘러내렸다. 가슴속에서 분출한 미지근한 용암이 말라붙은 입술까지 올라왔다. 예전에 그토록 즐겨 설파하던 사랑의 말도 그 입술에 메말라붙었다. 이젠 그저 마지막 졸도 직전 두려움과 경악으로 말을 잊은 쇠약한 표정만 남아 있었다. 늑대의 올가미에 걸린 어린 양 같은 그의 가슴이 갑자기 부풀어올랐다. 벌거벗겨지고 희생된 그의 몸에서 심장이 터질 듯 빠져나올 것 같았다.

이윽고, 압착기에서 뿜어져나온 포도주 같은 자신의 피에 취한 듯, 그의 몸은 꼼짝하지 않았다. 납빛 얼굴 선에선 공포도 그 어떤 표정도 모두 사라졌다. 몽롱한 눈, 반쯤 열린 입술은 무고해 보였다. 그는 성령을 향해 갔을까? 최후의 희망으로 구원을 빌며 그 이름을 불렀음에도 성령은 그를 버렸다. 이제 그에게선 기적을 일으키던 랍비나 스승의 모습, 구세주의 모습, 가난한 자들을 달래주던 위안자의 모습, 병자와 미친 자와 불구자들을 치유하던 모습은 전혀 찾아볼 수 없었다. 아무도 그를 구제할 수 없었다. 아무도, 그 자신마저도.

사람들이 그에게 물을 조금 베풀었다. 그리고 그의 고통을 닦아주었다. 어떤 사람들은 지평선 위로 번개가 번득이며 빛나는 한줄기 금이 그어졌다고 했다. 또다른 사람들은 자기 아버지를 부르는 그의 목소리가 마치 하늘에서 내려오는 것처럼 오랫동안 크게 울려퍼지는 것을 들었다고도 했다. 불가피하게도, 그는 죽었다.

랍비는 이미 나이가 들었지만 아픈 곳은 없었다. 교단의 회원들은 어쩌면 그가 불멸의 존재인지도 모른다고 생각했다. 그들은 두 가지 의견으로 갈렸다. 한쪽은 그가 죽은 후 다시 태어나 부활한다고 생각하여 그런 사건을 기다리는 쪽이었다. 또다른 쪽은 그의 장수로 미루어 보아 그가 영원히 살 것이라고 생각하여 아무런 사건도 일어나지 않을 거라는 쪽이었다. 그리하여, 그가 죽든지 살든지 간에 그건 기적의 문제가 된 것이다.

4월 어느 오후였다. 그의 병세를 지켜본 많은 의사들은 심장쇠약 때문에 하루 앞당겨 갑자기 혼수 상태가 찾아온 것이라고 말했다. 오후 세시와 세시 반 사이에 그들은 수혈을 멈추었다. 그는 병원 앰뷸런스에 실려 임종 장소인 그의 집으로 옮겨졌다. 그리고 전통에 따라 그의 육신은 시트에 덮여 땅바닥에 놓여졌다. 그리고 나서 사람들은, 그가 기도하고 연구하며 책을 읽던 서재의 문을 열었다. 그의 신봉자들이 그곳에서 성서를 읽었다. 그를 사랑했던 수많은 사람들이 스승에게 마지막 경의를 표하기 위해 몰려왔다. 그를 신뢰하며, 그가 메시아 왕, 새 시대의 사도, 또다른 세계의 선구자, 그리고 그들이 아주 오래 전부터 기다려왔던 사람이라고 생각하는 제자들이 이 세상에 수천 명이나 있었다.

사람들의 방문은 저녁 때까지 이어졌다. 이윽고 랍비의 육신은 기도와 노고 속에 만들어진 나무 관에 안치되어, 그가 오랫동안 공부하던 커다란 참나무 책상 위에 놓여졌다. 초상집 주변에는 배치된 경찰들이 군중들을 가까스로 제지하고 있었다. 시내 교통은 마비되었다. 랍비를 애도하기 위해 모인 수만의 사람들 때문이었다. 검은 옷을 입은 남자들, 눈물을 흘리는 여자들과 어린아이들. 자동차 한 대도 빽빽한 이 군중 속을 도저히 지나갈 수 없었다. 어떤 사람들은 낙담한 나머지 두 손으로 머리를 감싸쥐고 있었고, 고통스런 고함을 길바닥에 토해내는 사람들도 있었다. 또 몇몇 사람들은 여기저기에서 향수에 젖은 경쾌한 가락에 맞춰 춤을 추며 그들 모두가 아는 노래를 따라 부르기도 했다. "우리의 스승, 우리의 랍비, 메시아 왕은 영원히 살리라." 그들은 장례식에 가지 않았다. 그들은 부활을, 출애굽*이 끝나고 해방의 시간이 시작되기를 고대하고 있었다. 그들은 이스라엘 땅에 있다는 것을 스스로 인정하고, 이 나라를 그들의 땅이라고 부를 수 있으리라. 그가 비유나 암시를 통해 말하지 않았던가? 사람들은 그 뜻을 이해했었

* 기원전 13세기 이스라엘 민족이 모세의 지도로 이집트의 노예 상태에서 해방된 것을 가리킨다.

다. 수많은 고난과 분산. 수없는 박해와 처형. '나중'이라는 말은 끝났다. 나중이란 너무 멀었다. 바로 지금 여기에 있는 이 사람이어야만 했다. 사람들이 나중을 위해, 아주 오래 전부터 기다려온 이는 바로 그였다.

모든 사람이 참석할 수 있도록 장례식은 임종 다음날로 연기되었다. 벤 구리온 공항은 뉴욕, 파리, 런던에서 급히 비행기를 타고 온 전세계의 하시드*들로 붐볐다.

집에서 나온 제자들은, 마지막으로 랍비에게 접근하기 위해 몰려온 사람들에게 이내 둘러싸였다. 묘지를 향한 장례 행렬이 시작되었다. 명상에 잠긴 검은 상복 차림의 군중들의 모자와 흐느끼는 수많은 과부들의 베일이 뒤따랐다. 이윽고 장례 행렬이 감람산** 에 자리잡은 예루살렘 묘지를 향해 올라가기 시작했다.

같은 혈통의 선조 랍비들이 삼백 년 전부터 영면하고 있는 장소를 표시한 돌이 있는 곳까지 그의 시신은 침묵 속에 천천히 옮겨졌다. 그의 시신은 맨몸에 수의를 감싼 채로 그곳에 매장되었다. 랍비의 비서 세 명이 카디시(죽은 자들을 위한 기도—원주)를 암송했고, 사람들은 일상의 기도를 암송했다.

그러고 난 뒤 랍비가 가장 사랑했던 제자가 말했다.

"형제 자매들이여! 백성의 문, 예루살렘은 오늘 모두 차단되었

* 문자 그대로의 뜻은 '독실한 자'. 랍비의 권위를 인정하는 초정통 유태 교단에 속한 남자를 지칭한다. 복수는 하시딤.(원주)

** 예루살렘 동쪽, 키드론 계곡 건너편에 위치한 산. 예수가 유다에게 배신당하고 체포당한 겟세마니 동산은 예루살렘을 향하고 있는 서쪽 기슭이다.

습니다. 그 성벽은 모조리 무너지고 탑들도 붕괴되어 먼지만 스치고 있습니다. 이 문은 바로 메마른 기도와 다를 바 없습니다. 우리의 스승, 랍비께서는 이제 우리 곁에 계시지 않습니다. 우리는 이 땅에서 고아가 되었습니다. 우리들의 거처는 황폐해졌고, 우리의 영혼은 쇠약해졌습니다. 눈물이 우리의 빵이 되었고, 두 눈은 소진되고, 목구멍은 말라붙었습니다. 그러나 어둠 속을 걸어가는 백성들은 곧 커다란 빛을 보게 될 것입니다. 주위를 둘러보십시오. 이만을 헤아리던 신의 기병대는 지금 그보다 더 불어난 수십만을 헤아리고 있습니다. 우리는 도처에서 준비하고 있습니다. 각자 자신의 리듬과 신앙에 따라 모두 무장을 하고, 새 시대의 거대한 무리를 이루고 있습니다.

우리 주위의 세상은 붕괴되어 소멸되고 있습니다. 우리 구역은 이제 강철과 방탄 유리의 얼굴을 한 소돔과 고모라*와 같은 도시로부터 우리를 보호해주는 갑주가 되었습니다. 우리는 퇴폐, 음탕, 음란과 저주받은 왕조 앞에서 두 눈을 감습니다. 그 왕조의 황폐한 인간들은 튀어나온 눈과 맥없는 목덜미에 달라붙도록 머리를 기르고, 초췌한 짐승처럼 달빛에 울부짖습니다. 그들은 인적없는 거리를 배회하면서 저항하지 못하는 아이와 혼자 있는 여자 같은 손쉬운 먹이를 이유없이 죽입니다. 우리의 집 밖에선 질병이 퍼져 모든 대륙이 점령되었습니다. 새로운 문둥병과도 같은 이 질병은 사람들을 갈라놓고 환자들을 죽음의 마지막 사원인 병원에 가두어놓습니다. 그곳에서 제식을 주관하는 흰 옷 입은 사제들은 속죄

* 구약성서의 〈창세기〉에 나오는 악명 높은 죄악의 도시들.

와 부활과 치유보다는, 종말을 단호하게 예언합니다. 그리하여 그곳에는 종말의 기다림만이 집행되고 있습니다. 온 사방에 악취가 코를 찌르는 쓰레기통같이 저주받은 이 땅. 이 땅은 기술과 쓰레기로 황폐화되고, 태양에 불타 바싹 마른 사막으로 변하여, 물은 자취도 없이 사라졌습니다. 이 땅은 병적인 경련으로 구토하고 가래침을 뱉어내며, 뒤죽박죽으로 묻힌 뼈들과 학살이나 한 종족의 말살 같은 마지막 전쟁 때의 피가 아직도 선연합니다. 보이지 않습니까? 화재의 연기가 치솟고, 꽃들은 시들었으며, 풀들은 모두 말라붙었습니다. 이 땅은 곧 부엉이와 고슴도치, 올빼미와 까마귀의 땅이 될 것입니다. 형제들이여, 우리는 다른 시대에 있습니다. 우리들은 '시간의 종말에' 임박해 있습니다.

하루는 또다른 하루에게 말하고, 밤은 곧 찾아올 새벽에게 속삭입니다. 이슬방울은 새로 부는 바람에 파닥거리며 소식을 전합니다. 왜냐하면 바로 여기에 랍비가 계시기 때문입니다. 백 년 동안의 잠에서 깨어 일어나, 세상을 구하기 위해, 죽은 자들을 부활시키는 메시아, 그분이 바로 여기 계신 것입니다. 그분은 벌써 은을 다듬고 정화시키는 자처럼 앉아 계십니다. 그리고 또한 우리를 심판하기 위해 이미 우리 곁에 가까이 계십니다. 이제 화덕처럼 타오르는 해가 떴습니다. 거만한 자들과 악의를 저지른 모든 자들은 한낱 지푸라기처럼 변할 것입니다. 그리고 바로 그날, 그들은 꺼지지 않는 불길에 타버릴 것입니다. 그러나 그의 이름을 두려워하는 자들, 그들에게는 정의의 태양이 떠오를 것입니다. 그들의 눈은 그 태양을 보고, 영원한 신이여 찬양받으소서라고 말할 것입니다. 그러나 그를 보지 못하는 자들, 그들은 영원한 신의 크나

큰 복수에 쓰러질 것입니다. 그리하여 그의 이름은 찬양될 것입니다."

문에서 기다리고 있는 무수한 신봉자들에게 자리를 내주고 랍비의 친척들은 묘지에서 나왔다. 그림자 하나 없는 밤이었다. 다른 모든 밤들과 똑같이 어두운 그날 밤늦게까지 신봉자들의 발길이 이어졌다. 그는 무덤에서 나와 하늘로 올라갔는지 모른다. 그러나 아무도 그걸 보진 못했다. 혹 보았다 해도, 그곳에 있던 사람들이 그런 말을 하지 않았는지도 몰랐다. 그의 장례식 날 밤은 그저 그날 낮과 조금도 다를 바 없었다. 하늘은 더 밝지도 어둡지도 않았다. 하늘을 비추는 기적의 징조 같은 빛은 하나도 없었다. 짙은 안개에 가려진 달은 만월도 붉은 달도 아니었다. 검은 하늘에 떠 있는 희끄무레한 회색 구름들은 이슬비나 우박을 예고하고 있었다. 그러나 그것도 흙먼지가 무겁게 내려앉은 풍경을 결코 시원하게 적셔줄 수 없을 것이다. 하늘은 연기처럼 없어지지도 않았고, 두루마리처럼 말려 있지도 않았다. 땅은 산산조각으로 부서지지도 않았으며, 술취한 사람처럼 비틀거리지도 않았고, 오두막집처럼 움직이지도 않았다. 바다엔 파도도 없었다. 고요한 물결엔 진흙탕도 거품도 일지 않았다. 산들은 무너지지도, 불에 녹아내리지도 않았다. 샤론 평야는 아라바 강처럼 비탄에 잠기지도 않았고, 바산과 카르멜 산에서는 나뭇잎 하나 떨어지지 않았다. 새로운 하늘, 새로운 땅, 새로운 왕국도 없었다. 이 지상, 이 현세에선 아무 일도 일어나지 않았다. 동굴 속에 포로로 갇혀, 봉인된 문서를 읽기 위해 사십 일 동안이나 땅에 엎드려 있었던 자는 누구인가? 도기 제조공의 항아리는 하나도 부서지지 않았고, 그 어떤 조각도 집에 불을 지피거나 연못에서 물을 푸는 데 사용되지 않았다. 항아리는 가득 찬 그대로 있었다. 그 항아리 속에는 천 개나 되는 신성한 보물이 들어 있었고, 발굴단들은 그 사금파리들로 부자가 되었다.

햇포도주는 조금도 슬픔에 잠기지 않았고, 포도나무도 시들지 않았다. 살아 있는 모든 양들이 평소보다 더 끙끙거리지도 않았다. 탬버린의 즐거운 리듬도 멈추지 않았고, 하프의 달콤한 소리 또한 여전히 집집마다 울려퍼졌다. 도시는 수확이 끝난 뒤의 포도처럼, 장대로 떨쳐내지지도, 긁어 모아지지도 않았다. 백성의 문, 예루살렘은 이제 평화의 도시가 아니었다. 사파이어가 박힌 돌, 루비로 된 성벽의 총안, 휘장이 늘어진 평화의 도시가 전혀 아니었다. 예루살렘 한가운데 있는 여호와의 성전, 실편백, 느티나무, 회양목이 서 있는 그 성전도 재건되지 않았다. 모든 것이 고요했다. 소음도, 삶의 터질 듯한 소음도, 여호와의 성전에서 나오는 소리도, 신의 소리도 없었다. 원수들에게 똑같이 복수를 되돌려주고, 그들에게 분노에 찬 거친 숨결을 내뿜으며, 무시무시한 보복과 격노에 찬 징벌을 펼치는 신의 소리는 전혀 들리지 않았다.

그러나 모든 것이 정상과 다르다는 것을 나타내는 조그맣고 미세한 표시나 어떤 징조가 있었을 수도 있었다. 그럴 때 마침 누군가가 그것을 알려줄 수도 있었을 것이다. 의사들이 잘못 진단했기 때문이었다. 그는 매우 연로했다. 그렇지만 그는 너무나 건강하고 원기 왕성하여, 전세계를 다니며 무수히 많은 사람들에게 설교했고, 사적으로나 공적으로 사람들을 만나고 전화하고 편지로 자신의 조언을 전했으며, 제자들과 마주하거나 명상을 통해 충고를 아끼지 않았던 것이다. 자기 혈통의 마지막 사람이었던 그에게는 아들이 없었다. 마치 그는 삶이 오래 지속되도록 생명에 집착하고 있는 것처럼 보였다. 그가 몹시 연로했기 때문에 사람들은 그에게 주의를 기울이지 않았었다. 사람들은 오래 전부터 우려하고 두려워하면서도, 이 순간을 예견하고 있었다. 사람들은 이 일을 예언했었고, 그들이 선언한 바에, 그들의 예언적 지식에, 현실을 짜맞추었다. 그러나 임박해 있는 자신의 종말과 미래의 부활을 그 스스로가 예고한 그때, 그 누가 알 수 있었겠는가?

그러나 그가 예언보다 하루 앞당겨 죽은 것은 갑작스런 쇠약 때문이 아니었다. 그는 심한 쇼크, 그를 혼수 상태로 몰아넣은 치명적인 뇌 충격으로 사망했다. 그렇지만 그 사실을 아는 자는 아무도 없었다. 전지전능의 능력을 소유하지 않은 인간들 중에서 나를 제외하곤, 그 누구도 알지 못했다.

랍비의 죽음은 자연사가 아니었다. 그의 죽음의 순간은, 그를 신에게로 소환한 사람의 손에 의해 왔던 것이다. 랍비는 자연사한 것이 아니었다. 그는 누군가에 의해 살해되었다. 바로 내가 그를 죽였다.

*여기 화덕같이 뜨거운 태양이 떠오르기 때문이도다. 그리고 거만한 자들, 악의를 저지르는 자들은 모두 지푸라기와 같을 것이니. 떠오르는 저 뜨거운 태양이 그들을 불태워 뿌리도 잔가지도 남겨두지 않을 것이라고, 만군의 영원한 신께서 말씀하셨도다.*

# II

나는 서력기원 1967년에 태어났다. 그러나 나의 기억은 오천 년을 넘나든다. 나는 지난 세기들을 마치 내가 실제로 살았던 것처럼 다 기억하고 있다. 나의 전통이, 말이나 글 또는 시간의 흐름에 따라 이루어진 주석들을 통해, 끝과 끝을 맞추어 덧붙여지거나 영원히 사라지면서 축적된 그 과거를 모두 되살려놓았기 때문이다. 그중 아직도 남아 있는 과거는 내 몸 속에 있다. 그것은 하나의 흔적을 이룬다. 그 윤곽은 가족 대대로의 몸짓에 의해 그려져 점차 후손에게 이어진다. 나는 역사에 대해 이야기하고 있는 것이 아니다. 죽은 영원성 속에서 역사책들의 얼어붙은 무감한 페이지나 넘기게 하는 응고된 밀랍 초상들과 박물관의 묘석을 말하는 게 아니다. 생생한 추억과 더불어, 연대기 순에 따르지 않는 사고

속에서 흘러나오는 기억에 대해서 나는 말하고 있는 것이다. 기억의 순서는 지식의 뿌리깊은 편견인 방법론도 사건도 알지 못하기 때문이다. 기억의 순서란 감각의 순서, 존재의 순서라 할 수 있다. 기억이 자신의 활동 영역을 찾고, 자기 존재의 부재와 비현실성을 발견하는 것은 바로 현재 속에서이다. 또한 그것은 자기 성찰과 상세한 분석을 통해서이다. 왜냐하면 현재란 존재하지 않기 때문이며, 지나가고 있는 것에 대한 직접적인 진술에 불과하기 때문이다. 지나가고 있는 것은 이미 지나간 것이다. 고로 이미 과거가 되는 것이다.

내가 말하는 언어엔 존재하다라는 동사의 현재형이 없다. "나는 존재한다"라는 말을 하려면, 미래형이나 과거형을 사용해야만 한다. 당신의 언어로 나의 이야기를 시작한다면, 절대과거형으로 표현하고 싶다. 두 개의 시제를 혼합하여 엉큼하게도 과거를 현재로 만드는 복합과거로는 표현되지 않는다. 나는 그 닫힌 발음으로 보나, 단일성과 전체성으로 보나, 단순하게 만료된 사건을 나타내는 단순과거를 더 선호한다. 이것은 과거 시제 중에서도 진짜 과거이다. 분석되는 현재는, 과거 속에 표현되는 현재처럼, 마치 거기서 자신의 조건을 발견하기나 하듯 과거 쪽으로 돌아간다. 과거는 모든 것의 조건이기 때문이다. 내가 읽고 있는 성경 속에 현재형은 없다. 미래와 과거가 거의 동일하다. 어떤 의미에서는 과거가 미래를 통해 표현된다고 볼 수 있다. 과거 시제를 만들기 위해선 미래 시제에 vav란 문자를 덧붙이면 된다. 그것을 'vav 전환'이라고 부른다. 그러나 이 글자는 '그리고'라는 의미를 나타내기도 한다. 그래서 예를 들어 어미변화시킨 동사를 읽기 위해선 '그는 했다'

나 '그리고 그는 할 것이다' 중 하나를 선택해야 한다. 나는 항상 두번째 해결책을 취했다. 성경은 미래형으로만 표현되며, 전혀 일어나지 않은, 그러나 다가오는 시간에 일어날 사건들을 영원히 예고만 할 뿐이라고 나는 생각한다. 현재란 없으며, 과거는 미래이기 때문이다.

세상의 면모를 바꾼 이야기가 처음으로 시작된 것은 이천 년 전이었다. 그리고 두번째는 지금으로부터 오십 년 전, 놀라운 고고학적 발견이 있던 때였다. 내가 '놀라운'이라고 하는 것은, 처음부터, 다시 말해 서력기원 초부터 모두 다 알고 있는 우리 유태민족에게 놀라운 것이 아니라, 다른 모든 사람들에게 놀라운 것이라는 말이다. 내가 '고고학'에 대해 이야기하는 것도 바로 이들을 위한 것이다. 나로선 이 학문보다 더 생생한 것은 없으며 이만큼 역사적이지 않은 것은 없기 때문이다. 어떤 의미에선, 이 학문을 만들고 또 이 학문의 대상이 되는 것은 바로 나 자신과 나의 민족이라고 말할 수 있다. 이 점에 대해선 나중에 다시 설명하겠다.

내가 당신에게 하는 이 이야기는 역사의 한 부분이다. 그러나 나의 역사가 아니라 기독교의 역사이다. 나는 크리스천이 아니다. 나는 현대사회에 역행하여 따로 떨어져 사는, 소위 하시드들이라고 부르는 유태 교단에 속한다. 유태인인 우리는 천 년의 전통에 따라, 기억을 지속시키기 위해, 중요한 말이나 사실들을 옮겨 적는 일에 일생을 바친다. 나도 진실되고 정확하게 이 이야기를 기술함으로써 나의 의무를 완수하려 한다. 이것이 나의 목적이다.

무엇보다 먼저 하시드들은 대중들을 설득하려고도 개종시키려고도 하지 않는다는 것을 이야기해야겠다. 그러므로 내가 글을 쓰는 것은 읽히기 위해서가 아니다. 사실들의 진실과 기억의 영속성을 보존하기 위해서, 그리고 후손을 위해, 나는 글을 쓰는 것이다. 우리는 수도사의 소명을 가지고 모든 사람들로부터 떨어져 살고 있다. 우리는 뉴스거리나 현대 독자들을 위해서가 아니라 미래의 독자들, 우리의 비밀을 발견하고 우리의 언어를 이해할 다음 세대를 위해서, 사물이나 생각을 이 세상 한구석에 은밀하게 보관하고 보존해야 한다. 바로 우리 아버지 그리고 우리 아버지의 아버지들을 통해서 나는 그렇게 배웠다. 나는 나 자신을 위해서 글을 쓰지 않는다. 글쓰기란 감정의 배출구도, 불경건하고 무신앙적인 감정의 토로도 아니다. 나와 우리 민족에게 글쓰기란 성스러운 것이다. 그것은 의무감으로, 거의 마지못해, 자신을 바치는 하나의 제식이자, 기도하고 용서를 구하며 나를 희생하는 하나의 수단이기도 하다.

하지만 나는 세심한 필사생(筆寫生)은 아니라는 것을 고백해야 할 것 같다. 나는 세부 사항엔 애정이 없다. 나는 육상 선수나 장애물달리기 경기자처럼, 언제나 의미를 향해 성큼성큼 큰 발자국을 내딛는다. 아름다움은 나의 강점이 아니다. 눈에 보이는 것들 또한 나의 강점이 아니다. 글쓰기는 나의 도취가 아니다. 신앙과 대면하여, 나는 극히 미세한 열정밖에는 발견하지 못한다. 나는 움직임만을 간직하고 싶다. 움직임이란 동작이며 동사(動詞)—움직임의 동사이지 묘사의 동사가 아니다—이기 때문이다. 나는 의미에, 직접적으로 내면성에 접근하고 싶었다. 그러나 형태 없이 내면성이 주어질 수 있을까? 적어도 내면성이란 그 자체가 아니면 결코 아무것도 드러내지 않는 아름다움의 불투명하고 속임수 가득한 베일은 아닐 것이다. 내면성, 그것은 텅 빈 광채다. 탈무드는 우리가 공부하는 중에 지나가다가 발견하는 풍경들, 아름다운 식물이나 매혹적인 나무들을 찬양하지 말아야 한다고 가르친다. *길을 걸어가면서 공부하다가 걸음을 멈추고 "어쩌면 이 나무는 이렇게 아름다운가. 이 수풀은 얼마나 예쁜가"라고 말하는 자는 누구든지 죽음이라는 대가를 치르리라.* 내게는 마음속 깊은 곳에 이런 버릇이 항상 있었던 것 같다. 나는 근시이다. 그래서 글을 쓸 때는 안경을 벗는다. 그러다가 다시 눈을 들면, 내 눈앞에 보이는 세상은 아주 희미하다. 간혹 그중 어떤 형태나 어떤 동작들이 눈에 띄기도 한다. 그러나 더 희미한 다른 물체들은 거의 형체를 알아볼 수 없다. 바로 앞에 있는 것이 너무나 희미하여 나는 그것을 보기보다는 오히려 알아맞추는 편이다. 어쩌면 내가 틀린 것인지도 모른다. 내 말, 단지 나의 말일 뿐인 이 말과 다른 것을 내가 이야기할 수 있었을까? 최소한 나는 이 글자들을 움직이게 하고 싶다. 그리고 이 단어들의 섬광들로 과거의 내가 아닌, 되어야 할 나, 미래의 나를 말하고 싶다. 나를 읽을 줄 아는 자는 과거를 통해 미래를, 분석을 통해 종합을, 주석을 통해 그 시초를 해독할 수 있을 것이다. 나는 내 해설을 통해 이야기를 만들어내고, 또 텍스트에 비추어 나 자신을 이해하기 때문이다. *각각의 문자들은 하나의 세계요, 각각의 단어들은 하나의 우주다.* 각자는 자기가 쓰고 읽는 단어들에 책임이 있다. 독서할 때 각자는 자유롭기 때문이다.

우리 선조들처럼 나도 아주 얇은 동물 가죽 위에 글을 쓴다. 쓰기 전에, 나는 뾰족한 도구로 가죽 위에 선들을 그어놓는다. 내 옹색한 펜이 줄을 벗어나지 않고, 또 글자들 사이나 위아래, 혹은 그어놓은 선 바깥으로 막연하게 헤매지 않고 따라가게 하기 위해서다. 내가 긋는 직선은 나의 텍스트처럼 종잇장 위에 검은 잉크칠을 하는 것이 아니다. 가죽의 박피선이 보이도록 충분히 세게 긋긴 하지만 절대로 구멍을 내지 않을 정도로 가볍게 새기는 홈이다. 이 상처는 섬세한 것이다. 왜냐하면 어떤 양피지들은 다른 것들보다 훨씬 더 연약하고, 또 모든 가죽이 똑같은 방식으로 무두질된 것은 아니기 때문이다. 그렇기 때문에 가죽에 구멍을 내지 않으려면, 아이보리색에 가까운 양피지들을 식별할 줄 알아야 한다. 이런 양피지들은 레몬색이나 짙은 아이보리색과 비슷한 다른 양피지들보다 훨씬 더 손상되기 쉬운 것이다.

나는 천천히 내 임무를 수행해나간다. 한 두루마리 끝까지 다 쓰고 나면, 그 양피지를 손상시키지 않고 꿰맨다. 그리고 다음 것에 착수한다. 나는 단숨에 글을 쓴다. 텍스트를 지울 수도, 무한정 다시 시작할 수도 없기 때문이다. 나에겐 실수를 범할 권리가 없다는 것을 알고 있으므로, 나는 무엇보다 먼저 나의 사고들과 기억들을 다시 모으기 시작한다. 그러나 만약 펜이 나를 배반하거나, 오른손이 미끄러지거나, 또 내 기억에 오류가 있을지라도, 나는 그런 실수를 지우지 않고 교정할 수는 있다. 쓰여져서는 안 되는 글자 위나 아래에 작은 글씨를 쓰거나, 또는 정확한 글자나 부족한 글자를 행 바로 위 여백에 삽입하는 것이다. 그러므로 나의 텍스트를 정확하게 읽으려면 행간을 읽는 것도 잊어서는 안 된다.

내가 쓰려는 것은 얘기하기 좋은 것은 아니다. 이것은 사랑 그리고 잔혹함에 대한 이야기라고 할 수 있다. 그렇지만 내가 이것을 기록하는 것은 중요한 사실들의 보존을 명하는 계율로부터 내 자신이 벗어날 수 없기 때문이다. 그리고 내가 쓰게 될 이야기는 너무나 엄청난 것이어서, 기록해두지 않으면 사람들은 이 이야기를 잊어버리거나 없애버리려고 모두 부인할 것이다. 내게 필사생이란, 영원한 신을 찬양하는 나만의 방법이요 기도이다. 하시드인 내게 예배보다 더 중요한 것은 없다. 예배는 우리를 신의 계율의 가르침에 충실하도록 한다. 나는 신을 찬양하기 위해, 신의 옥좌를 둘러싸고 있는 천사들의 삶에 대한 취향을 이 땅에 전해줄 수도 있었을 것이다. 그러나 나는 불행만을 이야기할 수 있을 뿐이다. 우리는 수천 년 전부터 새 예루살렘 아래, 우리들의 예배가 완벽에 이르기를 기다리고 있다. 여호와의 성전도 성스러운 도시도 없는 이 고통스런 기다림과 어둠 속에 살면서, 우리는 우리 입술로 하는 찬양과 우리 생명의 봉헌을 통해 희생을 대신하고 있는 것이다.

우리 교단의 제식적, 수도사적 삶은 이렇다. 수천 년 동안 모든 사람들과 단절되고, 은폐된 집 속에서 우리의 존재를 보존하면서 흘러가고 있다. 우리들의 정확한 달력에 따라, 달력에 적힌 요일과 축제에 따라, 우리의 삶은 이렇게 흘러가고 있는 것이다. 그러나 우리는 흘러가는 시간을 인식하고 있었다. 우리가 두루마리를 지키는 자들로 남아 있는 동안, 바깥에서는 우리의 유태인 형제들의 국가가 사라져버린 것도 알고 있었다. 우리는 그렇게 살아왔다. 우리들의 존재를 뒤흔든 뜻밖의 사건이 일어난 그 순간까지 그렇게 살았던 것이다. 1948년, 유태인들은 나라를 가지게 되었다.

그리하여 우리 교단의 일부가 선조들의 땅을 차지하고, 나머지 교단은 그곳에서 메시아를 더욱더 잘 기다리기 위해 분산된 유태인 집단으로 남았다.

그러나 그보다 좀더 앞선 시간으로 나아가야겠다. 내 이야기의 첫번째 두루마리가 시작되고, 필사생이라는 나의 작업이 시작되는 것도 바로 거기서부터이기 때문이다.

*시온에 대한 사랑을 위해, 나는 조금도 침묵하지 않으리라. 예루살렘에 대한 사랑을 위해, 신의 정의가 광채처럼 솟아나오고, 해방의 날이 램프처럼 밝아질 때까지, 나는 조금도 휴식하지 않으리라.*

첫번째 두루마리

# 육필 두루마리

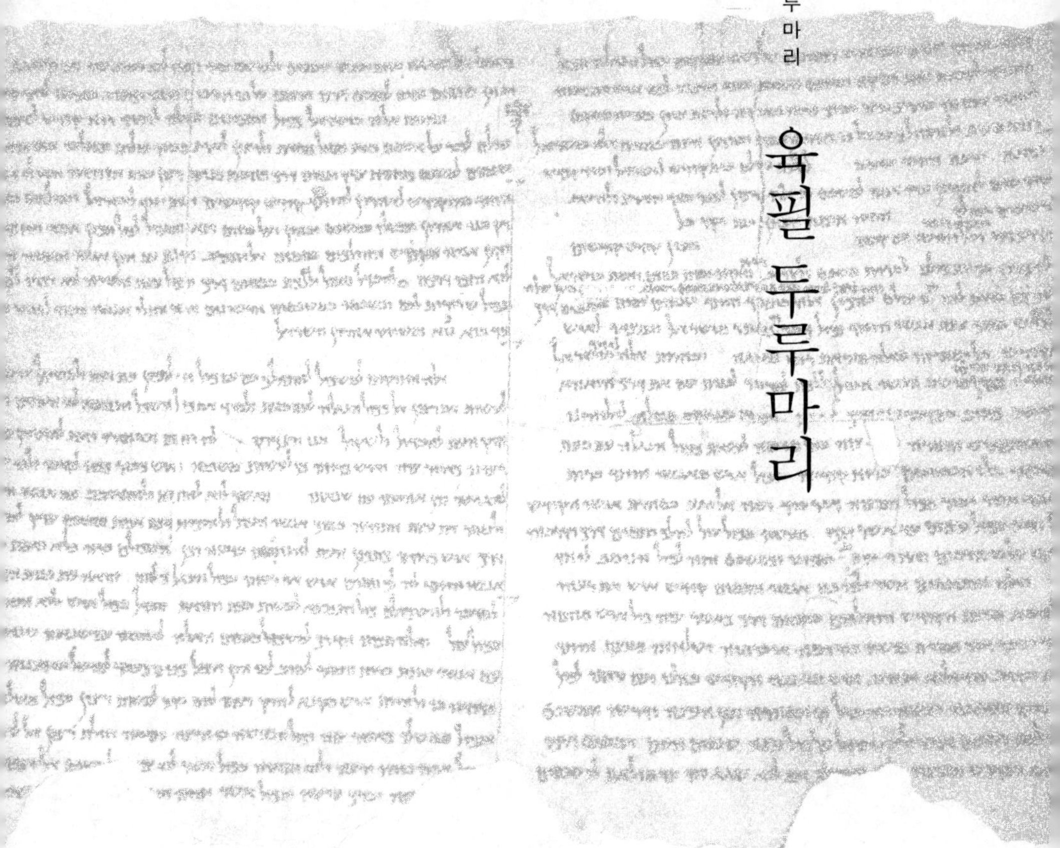

## 이삭의 탄생에 대한 예언

이러한 사건이 있은 후, 신이 환영 속에 아브라함에게 나타나 다음과 같이 말했다. "네가 하란에서 나온 그날로부터 십 년이 흘렀다. 너는 그 중 이 년은 이곳에서, 칠 년은 이집트에서 보냈으며, 이집트에서 돌아온 후 다시 일 년을 보낸 것이다. 지금 네가 가지고 있는 소유물을 모두 조사하고 세어보아라. 그것들이 얼마나 증가하였는지, 네가 하란에서 나오던 날 가지고 나온 것들이 모두 두 배로 불어났는지 잘 보아라. 이제 두려워하지 말라. 내가 너와 함께 있나니, 내가 너의 지주와 힘이 될 것이니라. 나는 너의 방패가 될 것이며, 너의 후광이 네 몸 밖에서 굳건한 피난처가 될 것이니라. 너의 부와 재산은 엄청나게 불어나리라." 그러자 아브라함이 말했다. "신이시여, 저의 부와 재산은 엄청나게 많습니다. 그렇지만 이 모든 것이 제게 무슨 소용이 있습니까? 저는 죽으면 빈손으로, 자식도 없이 떠나갈 테고, 그러면 하인들 중 어느 한 명이 저의 상속자가 되겠지요. [……]의 아들, 엘리에젤이 저의 상속자가 될 것입니다." 그러자 신이 대답했다. "그자는 너의 상속자가 아니니라. [너의 속]에서 나올 누군가가 너의 상속자가 될 것이니라."

쿰란 두루마리
성서 외전의 〈창세기〉

# I

1947년 4월 어느 아침이었다. 말하자면 시작인 것이다.

사실 모든 것이 시작된 것은 아주 오래 전, 이천 년도 훨씬 더 전이다. 기원전 2세기, 〈모세 오경〉*과 그의 계율, 계명에 대해 고유한 해석을 내린 독실한 유태 종파가 하나 창설되었다. 이들은 예루살렘 유태교의 권위를 격렬하게 비판했고, 관용주의와 부패의 사원에 몸담은 사제들도 비난했다. 이들은 다른 사람들로부터 격리되어 살고자 했다. 이 때문에 이들 종파는 사람이 살지 않는 곳에 정착하게 되었다. 이들은 사해 연안에 있는 쿰란에서 은둔생

---

* 유태교 성서의 기초인 토라를 말한다. 더 넓게는 성경 전체를 일컫는 것으로, 기록된 토라는 모든 유태 교회당에서 계약궤 안에 들어 있는 양피지 두루마리에 손으로 직접 쓴 사본으로 보존되어 있다.

활을 했던 것이다. 각자 독립하여 살 수 있도록 모든 재산은 공동 소유였다. 작은 수도원에는 사제들과 그들 고유의 성례(聖禮)가 있었다. 예루살렘의 사제들과 성례가 합법적인 것이 아니며, 또 여호와의 성전도 순결함과 불순함의 엄격한 규칙에 따라 축조된 것이 아니라고 간주했기 때문이었다. 유태인 전쟁 삼 년째에 로마인들이 그곳을 파괴할 때까지, 이들은 쿰란에서 살았다. 사람들은 이들을 '에세네 파(派)'라고 불렀다.

이 모든 것의 시초는 약 오천 년 전, 신이 세상을 창조하고 하늘과 땅을 갈라 첫번째 남자와 첫번째 여자, 아담과 이브가 그곳에서 살도록 했던 때까지 거슬러 올라가리라. 그후, 대홍수와 족장 시대가 있었고, 이집트 유배생활이 있었으며, 모세 덕택으로 노예에서 해방된 이스라엘 민족은 가나안 땅으로 귀향했다.

모든 것이 그전의 혼돈에서 유래된 것이 아니라면, 시작의 조건은 계획된 것이리라. 황량하고 텅 빈 대지가 심연의 물 속에 잠겨 있었다. 그 위로, 신의 숨결이 감돌고 있었다. 모든 것이 암흑 속에 잠겨 있었다. 신이 처음으로 세상을 창조할 생각을 한 건 바로 그때였다. 하지만 그건 분명 미친 생각이었다. 신이 세상을 왜 창조했는지, 우리는 여전히 알 수 없다.

*한 세대가 가고 그 다음 세대가 온다. 그러나 대지는 여전히 단단한 채로 남아 있다. 태양 또한 뜨고 또 진다. 그리고 태양은 자신이 떠올랐던 장소를 동경한다.*

이 모든 것이 처음 시작되었건 아니면 다시 시작되었건 간에, 서기 1947년 4월 어느 아침, 모든 것이 시작되었다고 간단하게 이야기하자. 메시아가 오기 전까지, 끝난 것은 아무것도 없기 때문이다. 메시아의 태양이 영원한 빛으로 빛나지 않는 한, 새로운 것은 아무것도 없기 때문이다.

바로 그날, 에세네 파의 육필 두루마리가 발견되었다. 두루마리들은 아마포에 싸여 긴 항아리 속에 봉해져 있었다. 수세기 전부터 보존되어온 상태 그대로였다. 두루마리들은 종파가 아직 쿰란 야영지를 차지하고 있던 시기에 씌어진 것들이었다. 에세네인들은 로마인들과의 투쟁에서 패배를 피할 수 없으리라는 것, 머지않아 자신들이 멸망하게 되리라는 걸 알고 있었다. 그들은 그들의 성서들을 접근할 수 없는 인근 절벽의 동굴 안에 감추었다. 그들의 성서가 이교도 정복자의 손에 들어가지 않게 하기 위해서였다. 그 육필 두루마리들은 천으로 어찌나 잘 싸여져 항아리 속에 담겨 있었던지, 사람들이 그것을 발굴한 1947년 그 극적인 날까지 본래 모습을 고스란히 간직하고 있었다. 에세네인들이 살았던 지역의 폐허도 공개되었다. 그들의 주거지와 건물, 공동 시설물의 나머지 부분도 발굴되었다.

발굴자들은 다른 육필 두루마리들이 은닉되어 있는 또다른 동굴로도 잠입하여, 그것들을 모두 가로채어 팔아버렸다.

이스라엘에 다윗 코헨이라 불리는 한 유태인 남자가 있었다. 그는 노암의 아들이고, 노암은 하빌리오의 아들이며, 하빌리오는 미샤의 아들이고, 미샤는 아론의 아들이며, 아론은 엘론의 아들이고, 엘론은 하가이의 아들이며, 하가이는 탈의 아들이며, 탈은 로니의 아들이며, 로니는 야나이의 아들이고, 야나이는 암란의 아들이며, 암란은 차피의 아들이고, 차피는 사무엘의 아들이며, 사무엘은 라파엘의 아들이고, 라파엘은 쉘로모의 아들이며, 쉘로모는 가드의 아들이고, 가드는 요람의 아들이며, 요람은 요하난의 아들이고, 요하난은 노암의 아들이며, 노암은 바락의 아들이고, 바락은 토후의 아들이며, 토후는 사울의 아들이고, 사울은 아드리엘의 아들이며, 아드리엘은 바르질라이의 아들이고, 바르질라이는 우리엘의 아들이며, 우리엘은 엠마뉘엘의 아들이고, 엠마뉘엘은 아셰르의 아들이며, 아셰르는 루벤의 아들이고, 루벤은 에르의 아들이며, 에르는 이사카의 아들이고, 이사카는 네무엘의 아들이며, 네무엘은 시메온의 아들이고, 시메온은 엘리아브의 아들이며, 엘리아브는 엘리아자르의 아들이고, 엘리아자르는 야민의 아들이며, 야민은 로트의 아들이고, 로트는 엘리후의 아들이며, 엘리후는 제세의 아들, 제세는 이트로의 아들, 이트로는 짐리의 아들, 짐리는 에프라임의 아들, 에프라임은 미카엘의 아들, 미카엘은 우리엘의 아들, 우리엘은 요셉의 아들, 요셉은 암람의 아들, 암람은 마나세의 아들이고, 마나세는 오지아의 아들, 오지아는 요나단의 아들, 요나단은 레우벤의 아들, 레우벤은 나단의 아들, 나단은 오제의 아들, 오제는 이삭의 아들, 이삭은 짐리의 아들이고, 짐리는 요시아의 아들이며, 요시아는 보아즈의 아들, 보아즈는 요람의 아들, 요람은 감리엘의 아들, 감리엘은 나타나엘의 아들이고, 나타나엘은 엘리아킴의 아들이며, 엘리아킴은 다윗의 아들이고, 다윗은 아샤즈의 아들, 아샤즈는 아론의 아들, 아론은 예후다의 아들, 예후다는 야곱의 아들, 야곱은 요세프의 아들, 요세프는 요셉의 아들이고, 요셉은 야곱의 아들이며, 야곱은 마탄의 아들이고, 마탄은 엘레아자르의 아들, 엘레아자르는 엘리우드의 아들, 엘리우드는 아킴의 아들, 아킴은 사독의 아들, 사독은 엘리아킴의 아들, 엘리아킴은 아비우드의 아들, 아비우드는 조로바벨의 아들, 조로바벨은 살라치엘의 아들, 살라치엘은 예쇼니아의 아들, 예쇼니아는 요시아의 아들, 요시아는 아몬의 아들이며, 아몬은 마나세의 아들이고, 마나세는 에제히아스의 아들이며, 에제히아스는 요나단의 아들인 아샤즈의 아들이고, 요나단은 오지아스의 아들, 오지아스는 요람의 아들, 요람은 요사파의 아들이며, 요사파는 아사의 아들이고, 아사는 아비아의 아들, 아비아는 로보암의 아들, 로보암은 다윗의 아들, 다윗은 예세의 아들, 예세는 요페드의 아들, 요페드는 부즈의 아들, 부즈는 솔로몬의 아들, 솔로몬은 나손의 아들, 나손은 아미나밥의 아들, 아미나밥은 아람의 아들, 아람은 에스롬의 아들, 에스롬은 파레스의 아들, 파레스는 유다의 아들, 유다는 야곱의 아들, 야곱은 이삭의 아들이며, 이삭은 아브라함의 아들이다.

그리고 다윗 코헨이라는 이 남자는 나의 아버지이다. 그는 전국적으로 평판 높은 학자이다. 이스라엘의 모든 역사를 그 시초부터 훤히 알고 있다. 특히 그 기원에 대해서는 더욱더 잘 알고 있다. 고대 과거를 되살리기 위해, 이스라엘에서 벌인 발굴과 굴착 사업을 지휘했기 때문이다. 고고학은 그의 열정이며, 그의 직업이었고, 그가 매일 몰입하는 대상이었다. 그는 과거의 모든 흔적을 되찾고자 했다. 또한 그는 그것에 관한 방대한 지식과 뛰어난 기억력을 갖고 있었다. 자신의 발견에 대해, 그는 수많은 저서도 펴냈다. 이 저서들과 더불어 그의 강연은 모든 사람들로부터 높이 평가받았다. 모두 생생한 체험에서 나온 것이기 때문이었다. 그는 마치 자기가 그 시대에 살았던 것처럼 이야기했다. 아버지가 과거에 대해 이야기할 때, 청중은 모두 자신들이 그 시대를 다시 사는 듯한 느낌에 빠져들었다. 그는 역사를 흘러간 시대로 상기하지 않았다. 지나간 시간에 대한 향수에 잠기지도 않았다. 그는 과거를 통해 현재를 풍요롭게 하고, 현재를 통해 과거에 생기를 불어넣었다. 그는 기억해야 할 사실들을 끊임없이 환기시켰다. 그는 내게 이야기를 시작할 때면, 이천 년 전이나 십이만 년 전에 일어난 사건들을 마치 내가 모두 다 기억할 수 있기라도 한 것처럼, 항상 "잘 기억해라"라는 말을 하곤 했다. 배운 것이 아니라 실제로 살았던 것처럼, 기념이라도 하듯, 그는 머릿속에 모든 것을 다 기억하고 있는 것 같았다.

그의 나이 55세였다. 압살롬처럼 머리숱이 많았고, 전사 같은 근육질 몸에, 다윗 왕처럼 강하고 호전적이었다. 햇빛에 반짝이는 얼굴과 두 눈에는 생생한 활기가 넘쳐흘렀다. 내 눈에 아버지는 나이가 전혀 들어 보이지 않았다. 아버지가 노쇠해가는 걸 보아야 한다는 두려움이 내겐 없었다. 그를 볼 때마다 '늙는 것은 금지'라는 우리 랍비가 항상 즐겨 되뇌던 격언이 떠올랐다. 그에게는 신성한 정신이 불어넣어진 듯했다. 그리고 그 정신을 통해 재생되는 기억으로, 그는 나이와 시간, 인간의 쇠퇴를 나타내는 모든 흔적들을 초월한 것 같았다. 그는 지성으로 현재의 난관과 역경을 헤쳐나가고 있었다. 훨씬 더 광범위하고 강력한 프로젝트에 열정을 쏟고 있었던 것이다.

내가 아버지와 함께 살던 시절을 분명하게 밝혀야겠다. 그 당시 나는 아직 하시드들과 함께 살지 않고 다른 사람들 틈에 어울려 살았다. 나와 유사한 사람들의 흔적을 찾지 못했기 때문이었다. 하시드들과의 만남이 나에게는 제2의 탄생인 셈이다. 그 이전까지 나는 나 자신이 누구인지조차 모르고 있었다. 다른 모든 이스라엘인들처럼 나는 현대적인 세상에서 살고 있었다. 군복무를 마친 후, 나는 공부를 하러 갔다. 군복무 전에 삼 년 동안 머문 적이 있었던 예시바(탈무드를 공부하는 학교—원주)에서 나는 토라와 탈무드를 배웠다. 이유는 알 수 없지만, 그곳에서의 칩거와 명상생활은 그 무엇보다도 내 마음에 들었다.

나에겐 예후다라는 친구가 있었다. 나는 대부분의 시간을 그와 함께 공부했다. 그는 매우 유식했다. 하시드 유태교 대제사장의 아들인 그는 탈무드를 줄줄 외웠다. 처음에 나는 그에 비해 매우 뒤떨어졌었다. 그건 내가 종교적 분위기나 성서에 대한 지식 안에서 자라지 않았기 때문이었다. 유태계 러시아 여자인 나의 어머니는 열성적인 반종교적 무신론자였다. 무신론은 어머니가 아직도 버리지 못한 악센트와 더불어 그녀가 소련에서 가지고 온 유일한 것, 다시 말해 공산주의의 마지막 흔적이었다. 우리집은 샤바트(일주일의 일곱번째 날. 휴식과 정신적 생활에 바치는 날—원주)를 지키지 않았다. 아버지에게 샤바트 날이 있다면, 단지 고고학만을 위해서 있는 것 같았다. 사실 그에겐 고고학이, 바로 그 자신의 탈무드, 유태인의 역사를 다시 체험하는 수단이었다. 아버지는 기도도 하지 않았다. 어머니에게 이끌려서이기도 했지만, 그의 동료나 친구들처럼 과학자의 합리적인 기질 때문이었다. 그는 양피지, 돌 혹은 파피루스 위에 적힌 원문들만 읽었다. 그의 전공은 사실 고문서학이었다. 곰곰이 생각해보면, 아버지가 고문서 연구에 일생을 바친 것도 우연은 아닌 것 같다.

고문서학은 정확한 학문은 아니다. 화학의 정확성도 가질 수 없고, 식물학이나 동물학처럼 명확한 분류도 불가능하다. 설령 고도의 정확성을 가지고 날짜를 추정할 수 있다 해도, 고문서학은 전혀 학문이 아니라고까지 말할 수도 있을 것이다. 예후다의 아버지가 예후다에게 조상들의 가르침을 전수해주었던 것은 우연이 아니었다. 마찬가지로, 내가 처음으로 고문서를 읽고 혼자 있을 때 기도를 하게 된 것은 예후다의 손에 이끌려서였다. 그는 귀중한 육필본들의 희미한 가는 선을 따라 내 손을 안내하였다. 우연이 아니었다.

그는 필사생이 글자를 써놓은 재료와 채택한 서체의 형태를 정밀하게 조사하는 법을 가르쳐주었다. 그것이 육필본의 지리적, 역사적 기원을 정의할 수 있게 해주는 지표들이기 때문이었다. 즉, 돌이나 점토에 글자를 새길 때는 곡선 모양의 서체는 새기기 어렵다. 자연히 글자의 형태는 재료에 적합한 '정사각형'이 될 것이다. 이런 정사각형 서체는 페르시아, 아시리아(서남아시아의 고대 제국—옮긴이)의 고대 문서에서 볼 수 있다. 바빌로니아(메소포타미아 남동쪽을 포함하는 고대 문명지—옮긴이)에서도 어떤 시기 동안에 이러한 서체가 나타났다. 반대로 필사생이 파피루스나 양피지들을 사용할 때, 그 서체는 여타 지역들의 특징인 '둥근' 모양이며, 보다 더 굴곡진 형태를 이룬다. 고문서학에서 염두에 두어야 할 첫 번째 사실은 글 속에 사용된 알파벳 형태들의 끊임없는 변화라고 아버지는 내게 가르쳤다. 그는 알파벳과 알파벳 사이의 행간을 잘 알아보는 법을 가르쳐주었다. 고문서학자들을 노리는 속임수들이 많은 만큼 힘들고 굴곡이 많은 일이었다. 새 알파벳이 채택된 후에도, 쓰이지 않는 알파벳이 명확한 동기에서나 혹은 향수에 젖은 작가에 의해 여전히 사용될 수 있었다. 명확히 구분된다고 여겨지는 별개의 시대들이 양피지 위에 난마처럼 한데 얽혀 있을 수도 있었다. 그만큼 시간에 대한 우리의 시각은 직선적이다. 결정적으로 연대를 추정했다고 생각되었던 텍스트가 바로 그 세기일 수도 있고, 또다른 세기일 수도 있다. 둘 중 어느 한 세기라고 결정할 수 없을 정도로, 시간의 기호들이 시간에 강하게 저항하는 것이다.

다행히도 고문서학자가 사용할 수 있는 다른 지표들이 있다. 두 글자를 연결하는 선이나 구두점들, 혹은 행과 비교했을 때 글자들의 위치가 그것이다. 때때로 글자가 행 위에 붙어 있기도 하지만 행의 밑부분은 균일하다. 간혹 글자가 한 행에서 다른 행까지 걸쳐져 있기도 하고, 밑부분에 많은 변화를 주면서 위쪽까지 뻗어 있는 글자들도 있다. 아버지는 인간도 자신이 처한 환경에 따라 형성되고, 돌 위에 새겨진 모음과 자음처럼 기복이 있다고 말했다. 나는 아버지야말로 꼭 양피지, 서로 연결된 둥근 모양의 글자들로 뒤덮인 가죽 두루마리 같다는 생각이 든다. 아버지는 당신의 과거나 가족에 대해 한 번도 이야기한 적이 없었다. 나는 아버지 집안이 쇼아Shoah* 때 사라졌다고 생각한다. 자신의 기원에 대해 아버지가 나타내는 거부와 망각에도 불구하고, 아버지는 해석하

* 히브리어로 '파괴, 멸망, 전설'을 뜻한다. 2차 세계대전 당시 나치가 육백만 명 이상의 유태인을 학살한 사건을 가리킨다.

기 힘든 검고 빽빽한 작은 글자를 내게 전수해주었다. 내 몸 속에 기입되고, 내 가슴에 새겨진 그 글자를 내가 해독할 수 있게 된 것은 아주 한참 뒤의 일이었다. 나에게 그 글자의 베일을 벗겨준 일련의 극적인 사건들이 일어났던 것이다.

아버지는 내게 고대 히브리어처럼 난해하고 까다롭게 비쳤다. 히브리어에는 몇 개의 자음이 때로 모음처럼 사용되는 것을 제외하곤 모음이란 게 없다. 불행하게도 이 자음들마저 언제나 똑같은 가치를 갖는 것이 아니며 그 의미도 다양하게 변화한다. 자음들이 들어 있는 단어는, 그 자음들이 눈앞에 쓰여 있건 없건 간에, 읽는 사람이 읽기 전에 그 단어를 잘 알고 있지 않는 한, 어떤 단어인지 명백하지 않다. 그러니 이런 경우 원전이란 읽는 사람에게 한낱 기억의 보조 수단으로 사용될 뿐이다. 신성한 글들은 언제나 큰 소리로 읽혀졌고, 간혹 구전되었다. 그리하여 글의 역할이란 읽는 사람에게 이미 친숙한 것을 환기시켜주는 것이었다. 원전의 사용자들이 그 글의 의미를 잘 알고 있던 몇 세기 동안은 어려움이 없었다. 그러나 그 의미는 차츰차츰 잊혀졌다. 약 이천 년이 지난 뒤, 고고학자들이 아주 오래된 문서들을 발굴했을 때, 고문서학자들은 자음으로만 이루어진 단어들을 이해하는 데 커다란 어려움을 겪었다. lm 같은 단어를, lame(얇은 판)으로 해석해야 할까, lam(금실이나 은실로 짠 직물)으로 해야 할까, 아니면 lime(줄)이라고 해야 할까? 어떻게 옮겨야 할까 하는 문제에 봉착하게 된 것이다. 물론 문맥이 분명할 때도 있지만, 쉽게 확인할 수 있는 단어들이 없을 땐 어떻게 해야 할 것인가? 그야말로 실수나 방황, 의문으로 열린 길이었다. 그러나 그것은 또한 해석과 창작으로 열린 길이기도 했다. 모음들을 자음들 쪽으로 끌어당기기 위해선 미츠바(계명, 계율—원주)를 지킬 때처럼 수많은 기다림과 욕구가 필요하다고 우리 랍비들 중 한 분께서 말씀하시곤 했다. 욕망 없이 어떤 행동을 완수하기란 불가능하다. 이와 마찬가지 이치로 욕망의 열매인 모음들에 의해 잠재적인 단어가 구체화되는 것이다. 그렇게 한참 후에야 나는 그것을 깨달았다. 본능적인 육체적 욕망의 끔찍한 힘과 맞닥뜨리고 나서야 진정 이해할 수 있었던 것이다.

원전들의 고증적 해석과 연구의 엄격한 규칙에 나를 입문시킨 것도 아버지였다. 아버지는 그 문자들이 세번째 천년 초기에 근동 지역에 나타났으며, 기도나 정신적인 저작을 위해서가 아니라 행정의 필요성에 의해 생긴 것이었다고 내게 가르쳤다. 서사시나 서정시 같은 구전 예술작품을 글로 남기기 위해 이 글자들을 사용하기 시작한 것은 대략 기원전 2000년에 불과하다는 것이다. 토라를 쓴 사람이 모세가 아니라고 아버지는 가르쳤다. 그때, 내가 받은 충격을 나는 잊지 못한다. 내 나이 열세 살 때였다. 바르 미츠바(13세 때 종교적 성년의식으로, 토라의 한 구절을 독송함으로써 성년이 됨을 나타낸다—원주)를 할 나이였다. 나는 그때 처음으로 테슈바(신자의 실천적 의무를 행하는 종교생활로 돌아오는 것—원주)를, 전통으로 돌아갈 것을 결심했다.

"하지만 신이 불러주는 대로 그 책들을 받아 적은 사람은 모세지요. 〈신명기〉에 의하면, 그 책들은 신의 손가락으로 씌어졌다는데요." 내가 말했다.

"그건 불가능해. 토라는 단 한 명의 작가가 썼다고 하기엔 너무나 다른 문체들이 들어 있거든. 그중 주된 작가들이 세 명 정도 되지. 사제, 엘로힘*계 저자, 그리고 야휘스트**야."

"하지만 만약 이 원전들이 인간의 손으로 씌어졌다면, 하늘에서 계시받은 것이 아니라는 말이네요."

"인간의 손으로 씌어진 작품이다. 그리고 구전 예술, 말로 전해 온 것을 토대로 씌어졌음이 밝혀졌지. 애초에 글이란 것은 읽기라는 고유의 독자적인 용도를 위해 마련된 것이 아니었거든. 구전작품을 온전하게 보존하기 위한 매체, 기억 보조 수단으로만 사용되었지. 수세기가 지난 헬레니즘 시대에야 비로소 글은 구어체에서 벗어나기 시작했다. 대도서관들이 생긴 때였지. 마침내 인쇄술이 발명되자, 글은 완전한 자주권을 갖기 위한 마지막 조건들을 얻게 된 거야. 초기 성경 필사생들에 의해 전수된 원전들은 구어체와 매우 유사하단다. 불행하게도 우리에게는 모세 시대의 두루마리가 하나도 없다. 〈출애굽기〉나 바빌로니아 유배지로부터 돌아오던 당시의 〈에즈라 두루마리〉도 없지. 우리가 가지고 있는 두루마리는 보통 고대 히브리어로 씌어진 것이야. 가나안 입성 때부터 히브리인에 의해 사용된 글자지. 알렉산더 대왕의 정복 후, 기원전 333년에 사각형의 히브리어 글자 혹은 아시리아 글자가 생겨났던 거야. 그것이 지금까지도 줄곧 쓰여지고 있는 거지. 두 개의 글자, 고대 히브리어와 새 히브리어, 옛것과 새것이 그리스도 시대

---

* 성경학 원전에 하느님을 엘로힘으로 부르고 기록한 교파로, 이스라엘 북쪽 지방에서 기원전 750년경에 나타났다고 한다.

** 기원전 950~900년 사이에 나타난 교파로, 하느님을 야훼, 여호와로 부르고 기록했다.

까지 서로 경쟁했지. 사제들의 언어인 고대 히브리어는 국가의 독립을 상징했고, 그 역사를 영속시켰다. 그리고 새 히브리어는 바리새인들의 언어로 사회적 정치적 삶에 중요한 위치를 차지하고 있었지. 그런데 그때까지는 필사생들과 사제들만이 읽고 쓰는 것을 배웠어. 신성한 계율은 다른 방법으로 가르쳐졌지. 사제들이 그것을 시민들에게 읽어주었던 거야. 한 가정의 가장은 아이들에게 자기가 외우고 있는 것을 암송해 들려주었지. 계율 공부가 시민 전체에 요청되자 새로운 시대가 시작되었다. 바리새인들이 격찬한 문맹 퇴치는 진정한 혁명이었어. 얼마 안 되어 히브리인들은 새 알파벳을 채택했지. 이것으로 구전(口傳)은 종말을 고하게 된 것이다."

아버지는 덧붙여 말했다.

"알겠지. 네가 알고 있는 토라의 두루마리들은 기원전 2세기부터 비로소 유태교에서 읽혀졌던 거야. 토라의 두루마리가 점 하나도 삭제되어서는 안 되는 원전, 글과 말이 결합된 영구불변의 책이 된 거지. 여호와의 성전의 파괴와 제물 희생이 중단된 후의 일이다."

아버지는 내게 읽는 법을 가르쳐주었다. 아버지는 내가 책에 씌어 있는 글자를 보며 읽는 것을 원하지 않았다. 그는 내가 물질적 보조를 필요로 하지 않고 모두 외워서 알기를 바랐다. 노트에 옮기는 것보다 머릿속에 원문들을 담아두는 것이 훨씬 낫다고, 잘 이해하기 위해서는 우선은 알아야 한다고 말했다. 스스로를 고문서학자로 여기는 것이 탈무드 학자의 생각이 아닌가? 예후다와 그의 아버지처럼, 나의 아버지도 옛 두루마리들을 외워서 알고 있었다. 내가 탈무드 연구를 시작하고, 유태인 종교학교인 예시바의 제일 훌륭한 학생인 예후다와 공부를 같이 하게 되었을 때, 이 방법은 내 공부에 놀랍도록 빠른 진전을 가져다 주었다.

# II

서기 1999년 현재, 우리들 연호로 5759년, 군이 개입할 수밖에 없는 너무나 이상하고 끔찍한 범죄 사건이 일어났다. 이천 년이 넘도록, 이스라엘에서 유례를 찾아볼 수 없었던 그런 사건이었다. 악마가 상자 속에서 튀어나오듯, 과거가 창백하고 불길한 미소를 띠고 튀어나와 인간들을 비웃는 것 같았다. 한 남자의 시체가, 예루살렘 구시가지에 있는 정교회당의 커다란 나무 십자가에 못박힌 채 발견되었던 것이다.

아버지는 이스라엘군 총수 쉬몬 들람으로부터 전화를 받았다. 급히 만나자는 전화였다. 두 사람은 전장에 함께 참전했던 군 동료였다. 한 사람은 정치적 전략적 행동의 길을, 또 한 사람은 성찰과 지식의 길을 선택하여 서로 다른 길을 걸어가고 있었지만, 오랜 전우로서 그들은 항상 서로 도울 준비가 되어 있었다. 쉬몬은 유능한 첩보원이자 진정한 전사였다. 레바논에 파견되었을 때, 땅딸막한 그는 테러리스트 조직에 잠입하기 위해 여장(女裝)도 주저하지 않았다. 나는 아버지 못지않게 용감하고 혈기 왕성한 그의 아들과 같은 정예부대 소속이었다. 전쟁과 역경이 우리를 굳게 맺어주었다.

약속 장소인 군사령부에서 아버지를 만난 쉬몬은 영문을 알 수 없을 정도로 근심하고 당황하는 기색이 역력했다. 그가 말했다.

"자네 도움이 필요하네. 좀 특별한 일이네만, 나 같은 사람들은 그런 일을 하지 않아서 말일세. 종교와 관계된 민감한 일이야. 나는 현명한 사람이 필요하네. 신중하고 박식한 사람, 그리고 내가 믿을 수 있는 친구 같은 사람 말일세."

호기심에 찬 아버지가 물었다.

"도대체 무슨 일인가?"

"위험한 일이지…… 팔레스타인 문제나 레바논과의 전쟁처럼 위험한 일이네. 또 유럽, 미국과의 관계만큼 중요한 일이야. 이건 어떤 의미에선 이 모든 것을 동시에 포함하는 일이라고도 할 수 있네. 미묘한 임무라서, 군 경험만큼 학문적 지식도 많은 자네에게 나는 이 일을 맡기고 싶네. 거액이 걸려 있네. 어떤 사람들은 돈만 보고 죽을 위험도 불사하겠다고 덤벼드네만…… 어쨌든 내 자네에게 먼저 보여줌세."

그들은 자동차를 타고 사해 쪽으로 향했다. 자동차가 텔아비브에서 여리고로 가는 길에 접어들었다. 이 길은 해수면보다 더 낮은 곳으로 내려가는 길이었다. 뜨거운 화덕 같은 폭염에 잠긴 채 요르단의 사구와 사해 연안 사이에 버티고 누운, 눈처럼 하얀 사막에 구불구불한 길이 몇 킬로미터나 뻗어 있었다. 마침내 그들은 사해 근방에 도착했다. 무더위에 숨이 턱턱 막히는 황량한 곳이었다. 황혼이 지는 느지막한 오후였다. 바람이 불자, 유황 냄새가 평원으로 퍼져나갔다.

*바람은 남쪽을 향해 불다가 북쪽으로 방향을 바꾼다. 바람은 여기저기 맴돌다 다시 돌아온다. 모든 강들은 바다로 간다. 그러나 그 바다가 강물로 다 채워지지는 않는다. 강들은 바다로 다시 가기 위해 처음 출발했던 장소로 되돌아온다.*

정적은 사막의 가장 깊은 곳에서 나오는 듯한 소리의 파동에 조금 흔들렸을 뿐이다. 타오르는 화로 같은 해는 동물이든 식물이든 가리지 않고 모든 생물들을 잉걸불에 쉼없이 구워대며, 그 무자비한 세력을 포기하지 않았다. 무심한 하늘 아래 펼쳐진 진흙 해변은 늘어선 바위 절벽이 끊기는 단구 쪽으로 뻗어 있었다. 멀리 사해가, 태양 아래 어두운 빛을 발하고 있었다. 사해 오른쪽으로 초록색 반점이 나타났다. 아인 페쉬카 오아시스, 즈불룬과 납달리 땅이다. 한줄기 빛과도 같은 이 오아시스는 즈불룬과 납달리 땅, 험한 바닷길, 갈릴리의 젖줄이다.

쿰란 지방은 사해에서부터 가파른 절벽 꼭대기까지 펼쳐져 있었다. 가파르게 깎여나간 절벽은 세 층으로 나뉘어져 있었다. 작은 물줄기가 지나가는 이회암질의 단구로 이루어진 쿰란의 오른

편으로는, 와디* 쿰란에서 염해 쪽으로 내려가는 길이 나 있었다. 단구엔 쿰란의 폐허가 있었다. 그리고 얼마 전 생긴 한 작은 키부츠가 있었다. 폐허들과 거기서 내려다보이는 해변 사이의 경사들은 모두 가팔랐다. 산에서 떨어진 듯한 단단한 석회암이 부드러운 이회암을 천천히 압박하고 있었다.

절벽 저 아래에는 소돔에서 여리고까지 가는 새 길과 옛 길이 지나가고 있었다. 첫번째 단구인 이곳이 가장 접근하기 쉬운 높이였다. 옛 흔적을 따라가기가 가장 쉽고, 좁다란 정도가 가장 덜한 길, 근처의 점토에 의해 물러져서 기어오르기에 그리 딱딱하지 않은 바위들이 있는 길이었다. 생각이 있는 자들 중에도 어떤 이들은 더이상은 가려 하지 않는다. 여행이 끝났다는 생각에, 더이상 노력하지 않으려 하기 때문이다. 저 아래, 나지막한 땅을 보기 위해 그들은 그곳에서 발길을 멈추었다. 청동과 황금으로 수수하게 치장한 그 땅은 대리석같이 무거워진 그들의 발 아래로, 조금만 몸을 숙여도 손에 닿을 듯 생생하게 펼쳐져 있었다.

두번째 경사지의 단구는 이미 역사의 한 부분이었다. 현재의 지층보다 훨씬 위에 있는 그 단구는 사해의 옛 해수면 높이를 증명하는 표적이었다. 단구는 고르게 경사가 져 있어, 별 어려움 없이 자리잡을 수도 있었고 왕래할 수도 있었다. 바로 여기에 쿰란의 폐허와 지형을 보존하고 있는 키부츠 건물들이 있었다. 물가에 심어놓은 종려나무 숲도 그대로 있었다. 가파른 길은 힘들었지만,

* 아로요arroyo. 반건조 지역이나 사막에서 볼 수 있는 물이 말라버린 하도(河道). 계절적인 강우나 불규칙적인 강우 때에는 홍수가 나기도 한다.

한 남자의 안내로 동굴 쪽으로 오르는 데 도움이 되는 표시들을 알아볼 수 있었다. 그 남자는 자신이 이곳에 오솔길을 몇 개 만들고, 부서지기 쉬운 바위들 틈에 포석을 깔았다고 했다.

그들은 앞을 굽어보고 있는 석회질 단구의 세번째 지층에 도착할 수 있었다. 그곳은 역사가 선사 시대에 자리를 양보한 곳이었다. 여러 개의 지층들이 해수면의 점진적인 침하를 보여주고 있었다. 어렵사리 그들은 그곳에 가까이 갈 수 있었다. 단단한 바위를 오르기도 하고, 타는 듯한 태양 아래에서 협곡을 건너뛰는 위험을 감수하기도 했다. 현기증도 무릅쓰고 높이 기어오르다가 조그맣게 팬 웅덩이들을 만나기도 했다. 길을 잃는 게 아닌가 하는 두려움도 접어둔 채, 그들은 계속해서 걸음을 재촉했다. 거의 수직의 암벽을 이루다시피 날카롭게 잘려 있는 육중한 바위 지층과 눈부신 경사지 위로, 간혹 세찬 빗방울이 떨어지기도 했다. 그들은 몇 개의 동굴들을 발견했다. 너무도 잘 은폐되어 있고 접근이 어려워, 동굴이 있으리라고 전혀 추측할 수 없는 자리에서 동굴들을 만나기도 했다. 점점 더 높아지는 거대한 절벽 꼭대기까지 오솔길이 나 있는 것 같았다. 마지막 지층 너머로는 더이상 올라갈 수가 없었다. 여기에서 멈추지 않고 길을 계속 가고자 하는 사람 앞에 기다리고 있는 것은 바로 미지의 영역에 뛰어드는 것이리라. 그리고 그것을 과감히 시도했던 자들은 틀림없이 추락했으리라. 그들의 비밀도 함께.

쿰란은 에덴 동산은 분명 아니었다. 사실, 그 지역은 사막 한가운데 가장 황폐한 곳에 있었다. 그러나 기후는 한결 온화했다. 공기도 사해 주변보다 덥지 않았다. 소금기 있는 샘물은 종려나무 숲을 적셔주고 있었고, 간헐적이긴 하나 풍부한 담수(淡水)가 인간생활에 충분한 저수 탱크인 두번째 단구에 있는 못을 채워주었다. 깊은 협곡들은 주거지가 들어서 있는 갑(岬)을 거의 완벽하게 가려주는 자연 성벽이었다. 겉보기와는 달리 그곳에서 삶이 가능했던 것은 바로 이 때문이었다.

에세네인들은 태초에 가까이 다가감으로써 종말에 이른다고 생각했는지, 기원지에서 가까운 이 지역을 정착지로 택했다. 그들이 이곳에서 그리 멀지 않은 키르베트 쿰란에 성전을 지은 것도 그 때문이었다. 키르베트 쿰란, 그곳은 지구에서 가장 황폐한 지역 중의 하나였다. 풀 한 포기 제대로 자라지 못하는 그 땅은, 인간에게는 가장 가혹한 곳이었다. 가파르고 굴곡 많은 석회암 절벽들은 협곡들로 군데군데 잘려져 있고 곳곳에 동굴들이 뚫려 있었다. 지하 대지의 경련이 남긴 곰보 자국처럼 없어지지 않는 울퉁불퉁한 흰 바위들이 있는 곳, 구조지질학적으로 뜨겁고 기압이 높은 곳, 고통스럽고 느리게 침식이 이루어진 곳, 바로 그곳에 반역자와 강도와 성자들의 소굴이 있었다.

쉬몬이 아버지를 데리고 간 곳은 바로 그곳, 폐허가 되어버린 수도원 앞이었다. 그는 땅바닥에서 조그만 나뭇조각을 하나 주워 말없이 잘근잘근 씹기 시작하였다. 몇 분이 지난 후 그는 마침내 무겁게 입을 열었다.

"자네도 이곳을 잘 알고 있을 걸세. 오십 년 전 이곳에서 에세네 종파 수도원의 육필 두루마리가 발견되었잖은가. 예수가 살았던 시대의 두루마리들 같은, 사해 두루마리들 말일세. 그 두루마리들은 종교계에서는 인정하기 곤란한, 숨겨진 사실들을 많이 담고 있는 것 같아. 어떤 육필본 두루마리들은 없어졌거나, 더 정확히 말하면 도둑맞았다는 사실을 자네도 알고 있을 걸세. 우리가 가지고 있는 육필 두루마리들도 모두 술책이나 힘으로 손에 넣은 것들이라네."

물론 아버지는 알고 있었다. 이곳을 수없이 발굴했었던 그는 모두 알고 있었다. 예루살렘의 히브리 대학 고고학 교수인 엘리아킴 페렌크에게로 전화가 걸려온 1947년 11월 23일 이후로 두루마리의 서사시에 대한 것은 전부 알고 있었다. 이날 전화를 건 사람은 아르메니아인 친구로 예루살렘의 구시가지에 살고 있는 골동품 상인이었다. 그는 당시 가능한 한 급히 페렌크를 만나고 싶어했다. 전화로 해결하기엔 너무나도 심각하고 미묘한 사안이었다.

그 당시 나라는 전쟁중이었다. 유엔 총회는 팔레스타인 분할*을 발표해야만 했다. 아랍인들은 유태인 도시와 마을을 공격하겠다고 위협했다. 그 지역은 모래 바람이 불기 전의 사막과 같았다. 모든 것이 조용했다. 그러나 폭풍우를 예고하는 미풍이 불자, 모든 것이 은밀하게 살랑거리는 소리를 냈다. 포위당한 예루살렘 근처

* 1947년 11월 29일에 열린 유엔 회의에서 영국은 팔레스타인을 아랍인과 유태인의 나라로 나눌 것을 제안했다. 1948년 5월 14일 이스라엘이 건국되었고, 건국 직후 일 년간 아랍과 벌인 전쟁에서 이스라엘은 유엔에서 결정했던 것보다 더 많은 지역을 차지한다. 이때 80만 명의 아랍인들이 내쫓기게 되었다.

엔 영국군이 바리케이드를 치고 적군과 이쪽에서 저쪽으로 넘어가는 통행인들을 지키고 있었다. 이쪽에 있는 페렌크 교수와 저쪽에 있는 아르메니아 친구는 통행증을 얻을 수가 없었다. 그들은 그 다음날 국경에서 만나기로 합의했다. 그들은 철조망을 사이에 두고 이야기를 나누었다.

"대체 그렇게 화급한 일이 뭔가?" 교수가 물었다.

"바로 이걸세." 아르메니아인이 대답했다. "베들레헴에서 골동품을 취급하는 한 아랍 친구가 나를 방문했네. 고대 글씨로 뒤덮여 있는 가죽 조각들을 내게 갖고 온 거야. 그런데 살펴보니까 굉장한 가치를 지닌 문서들 같았네."

"어떤 아랍 친구 말인가?" 페렌크가 경계하면서 물었다. 아랍 상인이 모조품에 지나지 않는 골동품들을 그에게 팔려고 했었던 게 한두 번이 아니었던 것이다.

"자기가 직접 베두인인들에게서 얻은 가죽 조각이라더군. 모두 사해 근처에 있는 동굴에서 발견한 가죽 두루마리들 중 일부라고 하더래. 그들 말로는 그곳에 이것과 같은 것들이 수백 개나 있을 거라고 했다는 거야. 그들은 이 두루마리 값을 평가해주기를 바라고 있네. 그래서 자네 의견을 듣기 위해 내가 여기까지 찾아온 걸세……."

"어디 좀 보세. 만약 그 조각들이 정말 가치가 있는 것이라면, 히브리 대학을 위해 내가 개인적으로 모두 사도록 하겠네."

아르메니아인은 호주머니에서 양피지 조각 하나를 꺼내어, 교수가 자세히 볼 수 있도록 철조망 위로 쳐들고 펼쳐 보였다. 페렌크는 가능한 한 가까이 다가가서 황적색 양피지 조각에 씌어 있는 원전이 어떤 것인지 알아보려고 했다. 그것은 놀랍게도 가장자리가 여러 군데 이 빠진 듯 달아난, 손상되기 쉬운 양피지였다. 그 양피지는, 양피지가 아예 부식토가 되어버린 그 지역처럼, 어떤 지하실이나 어떤 지역에서 발견된 두루마리들처럼, 친숙하게 느껴졌다. 특히 교수 자신이 예루살렘 부근에서 발견했던 1세기 때의 묘비명처럼 낯설지 않게 느껴졌다. 그렇지만, 무언가 미심쩍은 데가 있었다. 단단한 돌이 아니라, 없어지기 쉬운 재료인 가죽에 글씨를 써놓은 것은 여태껏 한 번도 본 적이 없었던 것이다. 이게 정말 진품일까? 가짜가 아닐까? 페렌크는 고고학자였다. 그는 건축물과 주거 양식, 요새, 수리 시설, 사원, 제단의 유적들과 이 지역에서 발견된 물건들, 무기, 연장 그리고 살림 도구들을 분석해왔다. 그렇지만 문서나 양피지 문헌들을 분석해본 적은 한 번도 없었다. 양피지에 관한 고고학이란 부조리하게 생각되었던 것이다.

그러나 정말 왠지 모르게, 페렌크는 그것이 진품이라고 믿어졌다. 그날 그 시간 철조망 앞에서, 그는 그 가죽 조각이 가짜가 아니라는 사실을 직감했던 것이다.

그는 아르메니아인 친구에게 말했다.

"베들레헴에 가서 다른 견본들도 가져오게. 그 동안 나는 필요할 때 자네 가게로 갈 수 있도록 통행증을 구해놓겠네."

아르메니아인에게서 다시 전화가 온 것은 그 다음주였다. 다른 가죽 조각들을 구해 왔다는 것이었다. 페렌크 교수는 가게로 달려

갔다. 그 조각들을 유심히 관찰했다. 그것들을 손에 들고 돋보기로 한 시간 동안이나 세심하게 들여다보고 해독한 후, 진품이 확실하다는 결론을 내렸다. 그는 두루마리 전부를 사들이기 위해 베들레헴으로 갈 준비를 했다. 그러나 전쟁*의 위험이 임박해 있었다. 나라 전체에 긴장이 고조되었다. 유태인이 예루살렘에서 베들레헴까지 아랍 버스를 타고 아랍 땅을 지나간다는 것은 위험천만한 일이었다. 아내는 그에게 떠나지 말라고 말렸다.

이튿날 결국 집에 남은 교수는 자신의 손을 떠날 육필 두루마리들을 생각하며 한없이 마음 아파하고 있었다. 바로 그날 저녁, 유엔의 팔레스타인 분할 결정은 다음날 밤에 있을 투표 결과에 따를 것이라는 라디오 방송이 있었다. 그는 아들 엘리가 했던 말을 상기했다. 유태인 비밀부대 하가나** 본부장인 그의 아들 엘리는 암호명 마티로 불렸다. 이스라엘 정부가 세워진 후 엘리는 암호명 마티를 자기 이름으로 쓰기로 결정했다. 마티는 유엔의 발표 직후에 있을 아랍의 공격을 걱정해야 할 거라고 말했었다. 투표 결과의 발표까지 온전히 만 하루가 남아 있었다. 페렌크는 만 하루면 육필 두루마리를 손에 넣을 수 있을 거라고 생각했다. 그는 새벽에 집을 나섰다. 통행증을 가지고 영국군 바리케이드를 넘어,

---

* 1947년 유엔은 팔레스타인 분할을 결의했다. 1948년 5월 14일 이스라엘 건국이 선포되었고, 이스라엘과 이집트 · 트란스요르단(지금의 요르단) · 시리아 · 레바논 · 이라크 간에 전쟁이 일어났다.

** 유태인 정착에 대항하는 팔레스타인 계 아랍인의 반항을 진압할 목적으로 조직되었다. 유엔이 팔레스타인 분할을 결정한 뒤에는 유태인 국가의 방위군으로 공식화되었고, 1948년 5월 31일 이후로는 이스라엘 군대로 바뀌었다.

아르메니아 친구 집에 가서 그를 깨웠다. 두 사람은 베들레헴으로 향했다. 베들레헴에서 만난 아랍 상인은 자신이 베두인인들에게서 들은 얘기를 그들에게 전해주었다.

"그들은 타미레 부족(베두인 족의 일파로, 한 가족처럼 같은 성(姓)을 가지고 있다—옮긴이) 베두인인들이지요. 사해 북서쪽 연안을 따라 염소들을 몰고 다니는 부족인데, 어느 날 염소 한 마리가 길을 잃었답니다. 그들은 그 염소를 찾아 뛰어갔는데, 염소는 벌써 어디로 갔는지 보이지 않더래요. 그래서 염소가 들어갔을 만한 한 동굴에 당도해서, 그 바위 동굴 속으로 돌멩이들을 던져보았더니, 들리는 메아리 소리가 꼭 도자기 소리 같았대요. 그래서 동굴 속으로 들어가보았다더군요. 거기에 흙으로 만든 항아리들이 있었고, 그 속에 작은 히브리어 글씨가 가득 쓰인 가죽 뭉치들이 있더랍니다. 그것을 나에게 가져와서 팔아달라고 한 거지요."

상인은 항아리 두 개를 보여주었다. 쿰란의 바위처럼 매끄럽고 단단한 그것은 한눈에도 오래된 항아리였다. 표면에는 수세기, 수천 년이 지나 노란 오렌지색 먼지가 여러 겹 앉아 있었고, 회색 물결 무늬가 져 있었다. 작고 넓은 항아리는 양쪽에 손잡이가 달려 있었다. 나머지 길쭉한 것은 폭이 훨씬 더 좁은 형태였다. 두 개 모두 뚜껑이 있어서 내용물을 봉하고 있었다. 페렌크는 뚜껑을 열고 아주 낡고 먼지 낀 원통 하나를 조심스레 끄집어내었다. 이천 년이나 갇혀 있다가 햇빛에 노출된 두루마리들이 무덤 속의 흑갈색 재를 털어내고, 율동적인 부활의 발걸음을 내딛기 위해 엄숙하고 불안정하게 일어섰다. 페렌크는 그것을 조심스럽게 펼쳤다. 봄의 꽃봉오리처럼, 긴 밤을 숙면하고 아침에 깨어난 사람의 달라붙어 있는 눈꺼풀처럼, 부화 전의 끈적끈적한 누에고치들처럼, 두루마리들은 몸을 잔뜩 웅크리고 있었다. 맥박이 뛰는 이 시체 위에 씌어 있는 글이 바로 성경임을 그는 알아보았다. 그 글은 마치 히브리인들이 수천 년 전, 수세기 전, 아니 바로 그 전날 써놓은 것도 같았다. 이 글이 읽혀지지 않은 지 이천 년도 더 된 것이다. 페렌크는 이 보물을 가슴에 품고, 자파(텔아비브 교외에 있는 아랍 도시—옮긴이)의 성문을 통해, 황금의 도시에 있는 유태인 집으로 다시 돌아왔다. 갓 발굴된 이 양피지들은 얼마 안 가서 '사해 두루마리'라는 이름으로 전세계에 알려졌다.

집으로 돌아온 그는 곧 그 육필 두루마리의 연구에 착수했다. 가족들이 라디오에서 들은 소식을 알려주려고 그의 일을 중단시킬 때까지도 그는 연구에 몰두하고 있었다. 팔레스타인 분할이라는 해결책이 채택되었다는 뉴스였다. 행복과 감동의 눈물이 그의 볼을 타고 흘러내렸다. 그의 부인이 말했다.

"당신은 알고 있었죠. 우리가 유태인 국가를 갖게 되리라는 걸 말예요!"

다음날 아랍의 공격이 시작되었지만, 페렌크는 두루마리를 또 사기 위해 똑같은 도정을 되풀이했다. 육필 두루마리들 중 하나는 〈선지자 이사야의 서(書)〉로 밝혀졌다. 그는 다른 것들에 대해선 알 수 없었다. 한 가지 확실한 것은, 그것들 모두가 그가 그때까지 본 다른 것들보다 이천 년 정도는 앞선 것이라는 점이었다. 이 발견의 결과가 성경 연구에 막대한 영향을 끼칠 것이라고 페렌크는 생각했다. 그가 살펴본 다른 육필 두루마리들도 역시 중요한 것이었다. 그 하나는 히브리어 성서로, 선이 악을 누르고 승리하게 될 마지막 전쟁에 대한 예언적인 글이었다. 이 두루마리는 〈빛의 아들들과 어둠의 아들들의 전쟁〉이라고 이름붙여져 있었다. 〈시편〉과 유사한 히브리어 시집인 또다른 두루마리는 훗날 〈송가(頌歌) 두루마리〉라는 이름으로 불렸다.

이 세 개의 육필 두루마리를 산 직후, 페렌크는 네번째 것도 존재하고 있다는 사실을 알게 되었다. 1948년 1월 말, 그는 카이르 벤야이르라는 사람으로부터 양피지 문제로 그를 만나고 싶다는 편지를 한 통 받았다. 시리아 정교회 소속이었다가 개종한 유태인인 이 남자는 예루살렘 구시가지에 위치한 생 마르크 수도원의 시리아인 원장인 오제 주교의 밀사였다. 복잡한 편지를 주고받은 뒤, 페렌크와 카이르 벤야이르는 그 도시의 아랍인 구역에서 만났다. 오제 주교의 밀사는 페렌크에게 오래된 육필 두루마리를 내보이며 타미레 족에게서 샀다고 설명한 후, 구매할 의향이 있는가 물었다. 페렌크 교수는 다른 것들과 유사한 이것도 이천 년이 훨씬 넘은 것이라는 걸 이내 알아보았다. 1948년 2월 6일, 페렌크와 카이르 벤야이르는 최후의 타협을 위해 다시 만났다. 그러나 막상 막대한 금액을 주기로 약속을 하고 나자, 오제 주교의 밀사는 갑자기 마음을 바꾼 듯 두루마리를 가지고 떠날 기색을 보였다. 페렌크는 그를 다시 붙잡고 흥정하자고 간청했지만 헛수고였다. 다만 그 다음주에 만날 약속만 불확실하게 받아냈을 뿐이었다. 벤야이르는 나타나지 않았다. 페렌크는 그후 그 육필 두루마리를 두 번 다시 보지 못했다.

사실, 오제 주교는 육필 두루마리를 팔려고 밀사를 보낸 것이 아니었다. 우선은 그 물건의 연대와 가치에 대한 평가를 얻기 위해서였다. 오제 주교는 그 두루마리를 페렌크와 똑같은 방식으로 구입했다. 그는 그것을 여러 명의 학자들에게 보여주었다. 팔레스타인 고고학 박물관 사서의 조수인 한 수도사는 그것을 급히 판독한 후 가짜라고 판정했다. 주교는 또한, 연구를 위해 일 년간 예루살렘에 머물면서 생 마르크 수도원 도서관에 자주 들르는 한 박식한 그리스 신부에게도 봐달라고 요청했다. 신부는 별 관심 없이 두루마리를 보고는 〈이사야서〉의 복사본이라고 판정했다. 세번째 연구자는 그것이 예언의 인용문집 같긴 한데, 오래된 것인지는 확실하지 않다고 말했다. 그해 8월, 히브리 대학의 한 감정가는 그 연대를 중세로 추정하면서 말했다.

"물론 이것은 연구해볼 가치는 있습니다. 그러나 특별한 것이라곤 없어 보이는군요."

그러나 이 육필 두루마리가 그보다 훨씬 더 오래된 것이리라는 확실한 예감을 갖고 있었던 주교는 물었다.

"연대가 고대라고는 보지 않으십니까?"

감정가는 부정적으로 대답하면서 그런 가정은 불합리하다고 덧붙였다. 그리고는 상대방이 주장하니 할 수 없다는 듯이 설명을 덧붙였다.

"실험을 해보세요. 필사본 종이로 상자를 가득 채우고 숨겨두세요. 원하신다면 그 상자를 땅속에 깊이 묻어버리세요. 그리고 이천 년 동안 잊어버리세요. 육필 두루마리에 무슨 가치가 있을 것인지는 질문조차 할 수 없을 겁니다. 내 장담합니다."

그의 주장에 절망한 오제 주교는 그 육필 두루마리를 상급 성직자에게 가지고 갔다. 상급 성직자는 오제 주교에게 고집부리지 말고 그 이야기는 그만 잊어버리라고 충고했다. 그러나 주교는 자신의 뜻을 굽히지 않았다. 두루마리의 가치에 대해 마음속 깊이 확신을 가지고 있었던 그는 그것을 분명하게 증명해줄 감정가로부터 확인을 받고 싶어했다.

오제 주교는 다른 두루마리를 찾으러 사람들을 동굴로 보냈다. 그들이 그곳에서 가져온 것들 중에는, 몹시 상해 썩어 있는 것도 있었지만 최상의 상태에 있는 것도 많았다. 주교는 커다란 항아리 두 개도 같이 구입했는데, 그 속엔 육필 두루마리들이 들어 있었다. 이 모든 구입품들을 좋은 가격에 팔 목적으로, 주교는 한 친구를 협력자로 삼았다. 그 친구는 미국에서는 더 높은 가격을 받을 수 있을 거라며, 예루살렘 주재 미국 동방연구소에 그 양피지의 감정을 의뢰하자고 주교에게 제안했다. 그리고는 영국의 위임 통치가 끝나면 이스라엘은 분명 피와 불바다가 될 것이니, 이 나라를 떠나라고 넌지시 말했다.

그 시기에 예루살렘 동방연구소는, 훗날 쿰란에 관한 연구가들 중 가장 유명해진 두 명의 신학 연구생을 받았다. 그중 한 사람은 예일 신학교의 박사학위 논문을 준비하고 있는 폴 존슨이었다. 그는 예루살렘 성지로 연구하러 왔다가, 얼마 안 되어 교단으로 들어간 열렬한 가톨릭교도였다. 또 한 사람은 프랑스인 신부로 중동 고고학 전문가인 피에르 미셸이었다.

폴 존슨은 빈약한 체구에 창백하고 수척한 얼굴이었다. 야곱의 형인 에사오나 다윗처럼 빨강 머리였지만, 아무리 화를 내어도 에

사오처럼 야생 짐승 같지도 않았고 아무리 야심과 정복욕이 있다 해도 다윗처럼 호전적이고 열정적이지도 않았다. 그는 야곱처럼 신중하고 조직적인 인물이어서, 훌륭한 고고학자가 될 수 있었다. 또한 그는 아브라함, 이삭 그리고 야곱처럼 경건하고, 때로는 이사야처럼 열렬하며, 예레미야처럼 자기의 신앙에 회의하기도 했지만, 선지자 엘리야처럼 단호하고 타협할 줄 모르는 사람이기도 했다.

피에르 미셸은 작은 키에 몸집이 동글동글하고 머리 꼭대기가 동그랗게 벗겨지기 시작한 대머리였다. 자기 감정과 비밀을 감추는 데 너무나 완벽하면서도 매우 신경질적인 성격의 그는 정의와 사랑, 신앙과 이성, 희망과 비탄 사이에서 균형을 추구하는 사람이었다. 그는 대답을 듣기를 원하지만 결코 그 대답에 만족하지는 못하는 성격이었다. 이 점이 그를 약하고 상처받기 쉬운 사람으로 만들었다. 하지만 그는 삼손처럼 야수 같거나 쉽게 영향받는 성격과는 거리가 멀었다. 그의 영혼은 수면이 잔잔한 바다와도 같았지만, 마음속 깊은 곳은 휩쓸어버릴 듯한 격렬한 힘과, 날카로운 암초에 부딪치는 예리한 파도처럼 때때로 서로 충돌하는 역류에 동요되기도 했다.

연구소의 고고학 교수가 여행으로 부재중이어서, 오제 주교를 맞이한 사람은 젊은 신학생인 폴 존슨뿐이었다. 오제 주교는 마침내 자신의 노력에 대한 보상을 받았다. 여러 권의 고고학 책을 참조한 뒤, 폴 존슨은 그 두루마리가 고대의 것이라고 판정했던 것이다. 나중에 두루마리를 본 피에르 미셸도 의견이 같았다. 그들 두 사람은 대주교의 허락을 받아 그 문서들을 사진 자료로 만들어 함께 연구에 착수했다. 그후 그들은 동굴에서 가져온 두루마리의 다른 조각들의 정체를 처음으로 밝혀냈다. 그것들은 〈이사야 두루마리〉, 〈계율 개론서〉, 〈하바꾹 주석서〉였다. 그리하여 그들은 자기들 손에 들어 있는 것이야말로, 바로 현대의 고고학적 대발견이라는 사실을 알게 되었다.

아랍인들은 독립을 선언하자마자, 이스라엘에 전쟁을 선포하였다. 예루살렘 사람들은 배고픔과 목마름으로 죽어갔다. 예루살렘 사방이 포위되고 총탄이 비 오듯 쏟아졌다. 구시가지의 유태인 구역은 모두 불탔다. 성벽에 의지하고 있는 세 개의 성소, 즉 성묘 교회,* 통곡의 벽,** 바위사원*** 모두가 살인적인 맹포격을 피하지 못했다. 유태가 마지막 전쟁을 통해 세상의 종말을 선동한 것 같았다. 폴 존슨과 피에르 미셸은 이런 상황에서 미국으로 떠나는 것이 안전하다고 생각했다. 그들은 떠나기 전에 출판 독점권을 자기들에게 보장하는 서류에 서명하도록 오제 주교를 설득했다. 그 대신 주교가 원하는 구매자를 빨리 찾아줄 것을 약속했다. 주교는 그 조건을 수락했다. 1948년 4월 11일, 주교는 미국으로 건너갔다. 이렇게 해서 사해 두루마리의 존재가 전세계에 알려졌던 것이다.

---

* 예수가 십자가에 처형당해 묻혔다고 전해지는 장소에 세워진 교회.

** '서벽' 이라고도 한다. 서기 70년에 로마 군대에 의해 파괴된 예루살렘 제2 성전 가운데 현존하는 유일한 유적지이다. 거룩한 성전 유적지 앞에서 밤을 새워 슬프게 우는 경건한 유태인들을 보고 유럽의 여행자들이 붙인 이름이다.

*** 서기 691년 성전이 있던 장소에 세워진 회교 건물. 돔 한가운데에 있는 나무에 둘러싸인 커다란 바위는 아브라함이 아들 이삭을 바쳐 제사를 지내려던 장소라 전해진다.

소식을 접한 페렌크 교수는 극심한 분노를 느꼈다. 그는 미국인들이 오제 주교와 자신의 거래를 방해한 것이라고 의심했다. 그는 그 두루마리들이 새로운 이스라엘 국가의 소유라는 것을 주장하기 위해 수많은 편지를 띄웠다. 그러나 모두 허사였다. 너무 늦었던 것이다. 오제 주교는 예루살렘을 떠났고, 그의 가방 속에 든 두루마리들을 최고 입찰자에게 팔고, 정교회의 계시를 전세계에 알리기로 결정했다.

주교는 뉴욕에서 폴 존슨과 피에르 미셸을 다시 만나 협정을 맺었다. 그들은 두루마리들의 가치를 높이기 위해 이 년 동안 국회도서관, 시카고 대학 그리고 대도시의 예술 화랑으로 오제 주교를 동반하고 다녔다. 1950년 〈이사야 두루마리〉의 초판에 사진이 첨부되어 출판되었다. 그 다음해에는 〈계율 개론서〉와 〈하바꾹 주석서〉가 합본으로 출판되었다.

페렌크 역시 자기가 구입한 세 개의 두루마리의 출판에 착수하였다. 뿐만 아니라 이전에 오제 주교의 두루마리를 조사하면서 급히 옮겨 적어놓았던 것에 대해서도 연구를 재개했다. 그리고 이 귀중한 문서들이 모두 이스라엘 소유라는 확신을 갖고 폴 존슨을 만나기 위해 미국으로 건너갔다. 회담은 조용히 시작되었다. 그러나 존슨이 두루마리 발견의 기원은 자신이라고 오만하게 주장하자, 페렌크는 분노를 참을 수가 없었다.

"오제 주교가 생각을 바꾸기 전에 나에게 팔고 싶어했던 그것, 그 마지막 두루마리의 행방을 당신은 알고 있다고 생각하는데." 페렌크가 말했다.

"무슨 이야기를 하는 건지 알 수가 없군요." 존슨이 대답했다. "우리가 갖고 있던 두루마리는 모두 출판되었거나 출판중에 있어요."

"당신은 지금 거짓말을 하고 있소." 페렌크가 말했다. "그 두루마리는 나한테 꼭 돌려줘야 하오. 그건 당신 것이 아니오. 그리고 당신에게는 이 일에 개입할 권리가 전혀 없소."

"이 일과 상관없는 사람은 바로 유태인들이오." 존슨은 가톨릭 사제로서 응수했다.

그들 사이에 전쟁이 선포되었다. 그러나 페렌크는 그 전쟁을 끝까지 이끌어가지 못했다. 1953년, 페렌크는 단 몇 분밖에 보지 못했던 그 두루마리, '자신의' 두루마리를 영원히 잃었다는 씁쓸한 생각을 하며 죽음을 맞았다. 그로부터 일 년 후 자신의 아들이 그것을 되찾게 되리라고는 꿈에도 알지 못한 채.

마티는 아버지의 연구를 계속 하기 위해 이스라엘군 참모부장직을 사임했다. 그는 아버지의 육필 두루마리 세 개의 출판에 전념했다. 그중 하나인 〈빛의 아들들과 어둠의 아들들의 전쟁〉엔 자신이 직접 상세한 주석도 달았다. 1954년 강연을 하기 위해 미국에 잠시 갔을 때, 그는 사해 육필 두루마리의 구매를 제의하는 편지를 한 통 받았다.

그는 즉시 그것이 자기 아버지가 카이르 벤야이르에게서 사지 못했던 바로 그 두루마리일 것이라는 생각이 들었다. 그의 생각은 옳았다. 그 두루마리에 너무 높은 가격을 요구했던 오제 주교는 그때까지도 구매자를 찾지 못했던 것이다. 그리하여 이스라엘에까지 이어진 일련의 아슬아슬한 거래가 시작되었고, 마티는 여러 가지 우여곡절 끝에 마침내 그 육필 두루마리를 손에 넣었다.

그러나 그는 그것을 미처 읽어볼 시간이 없었다. 1967년 6월 5일, 이스라엘과 그 인접국 간에 또다시 전쟁이 발발했던 것이다. 그는 군 중앙 부서에 전략 고문으로 다시 발탁되었다. 6월 7일 예루살렘에서 전투가 있었다. 암만에서 60킬로미터 떨어진 곳, 그때까지도 요르단에 속했던 예루살렘 고고학 박물관 지하의 커다란 방, '스크롤르리' 속에는 나무 상자 속에 넣은 수많은 사해 두루마리 조각들과 대부분의 수집품들이 보관되어 있었다. 이스라엘 낙하산 부대는 구시가지로 전진하여 티프레 가(街) 끝에 있는 돌계단을 기어올라갔다. 그들은 천 년 동안의 부재 후에, 이제야 서벽(통곡의 벽—옮긴이)을 다시 보게 된 것이었다. 여호와의 성전을 보호하고 있는 그 벽이 파괴되기 전에 비로소 보게 된 것이었다. 돌벽에 이마를 대고 손을 뻗은 채 그들은 눈물과 기도로 그곳을 보호하고 있는 성벽을 적셨다. 그 성벽을 굽어보고 있는 언덕이 있었다. 신이 개입하지 않았으면, 아브라함이 그의 아들 이삭을 희생양으로 바치고 말았을 언덕이었다.

요르단군과의 격렬한 전투 끝에, 그들은 전략상 중요한 요지인 동시에 쿰란의 두루마리가 보관되어 있는 박물관을 탈환했다. 적군은 사해 북쪽 여리고까지 후퇴했다. 그 결과, 박물관뿐 아니라 키르베트 쿰란 지역과 수백 개의 육필 두루마리들이 모두 이스라엘의 통제에 들어오게 되었다. 1967년 6월 7일 아침, 예루살렘 전장 한가운데에서 마티와 두 남자는 두근거리는 가슴으로 고고학 박물관의 스크롤르리 지하 방으로 침투했다. 그러나 두루마리 조각들이 흩어져 있던 긴 테이블들 위엔 아무것도 보이지 않았다. 그들이 그 귀중한 두루마리들을 찾아낸 곳은 지하실에서였다. 전쟁이 시작되기 전, 누군가 급히 끌어모아 나무 상자 속에 넣어 그곳에 보관해두었던 것이었다.

마티는 수집품을 더 보완하기 위해, 자신이 가지고 있던 육필 두루마리들도 그곳에 함께 보관하기로 결심했다. 그가 갖은 고생 끝에 손에 넣은 바로 그 두루마리도 그곳에 함께 두었다. 이스라엘 당국은 두번째 두루마리 묶음을 그전부터 소지하고 있는 자들과 공개적인 싸움을 벌이고 싶지 않았다. 그래서 육필 두루마리 연구를 맡길 팀을 구성한 존슨 교수와 합의를 했다. 엄선된 다섯 명의 부원으로 구성된 이 연구팀은 각각의 두루마리들을 해독하고, 또 그 결과를 출판하는 임무를 받았다.

전쟁이 끝난 후, 마티는 어느 날 그 문제의 두루마리를 찾아 연구를 시작하기 위해 박물관으로 향했다. 그러나 박물관 여기저기를 다 찾아봐도 그 두루마리는 눈에 띄지 않았다. 지하실이고, 방이고, 며칠이나 찾고 또 찾았다. 수없이 물어도 보았다. 그러나 허사였다. 그는 하나의 명백한 사실을 받아들일 수밖에 없었다. 그 두루마리가 사라진 것이었다.

# III

"그 육필 두루마리의 존재를 알고 있는 자가 누군가?"

사라진 두루마리에 대한 쉬몬의 상세한 이야기를 듣던 아버지가 물었다.

"그건 말할 수가 없네. 네 개의 초기 두루마리들의 발견은 비밀에 부쳐지고 있어. 그럼에도 불구하고 중요한 사해 육필 두루마리 중 하나가 오제 주교에게 양도됐다는 소문이 쿰란의 원서들을 연구하기 시작한 대학가에 급속히 퍼져나갔지. 쿰란의 네번째 동굴이 발견된 1952년 9월부터 이 육필 두루마리에 대한 연구가들의 관심은 상당히 달아올랐지. 키르베트 쿰란의 동굴을 몇 해 전에 발견했던 타미레 족 일원들은, 팔면 얼마간의 부를 챙길 수 있는 그 육필 두루마리들을 찾으러 또다시 그 장소로 갔다네. 그들은 바위를 뚫고 흙먼지가 두껍게 낀 땅바닥을 파헤쳐서 수많은 두루마리 조각들을 찾아냈지. 그 속엔 여전히 많은 두루마리들이 은닉되어 있었던 걸세."

"그래. 전세계의 언론들이 그 일에 대해서만 온통 떠들어댔었지. 조각들이 조금이라도 다시 붙여지고, 해독되고, 옮겨 적어지면, 이 새로운 역사적인 보물은 어김없이 세상에 밝혀지곤 했지. 그렇지만 그 발견의 의미가 무엇인지는 아무도 몰랐어. 두루마리 해석은 시간이 오래 걸렸고 또 까다로웠지. 정통한 학자들과 연구가들만이 그 중요성을 깨달았지. 그리고 자신들이 역사적인 새로운 연구의 출발점이 되리라는 것과, 동시에 랍비 유태교의 탄생과 초기 그리스도교의 진실을 알게 되리라는 것도 인식했지. 그때까지만 해도 그들은 대대로 전해 내려오는 문학작품들 속에 흩어져 있는 예수의 생애와 그리스도교의 탄생을 얘기한 부분들을 수집하는 것에 만족했었지. 다시 말해 미슈나,* 탈무드, 신약성서, 플라비우스 요세푸스(기원후 1세기에 살았던 유태의 역사가—옮긴이)의 작품들, 그리고 수백 년간의 교정, 삭제, 검열 아래 씌어진 〈쥐빌레서(書)〉 같은 성서 외전 작품들 말일세. 그렇지만 종교적인 육필본들은 유태 필사생이나 크리스천 필사생들에 의해 단어 하나하나, 구절 하나하나, 손으로 베껴 씌어졌고, 그렇게 계속되는 동안 역사적 진실성은 점점 더 의심스러워졌지. 그 속에서 이교도적인 요소가 엿보이면 모두 바꾸어 써버렸던 거지. 그후 종교적 박해

* 2세기 말 유태 율법학자 유다 하나시Juda Hanassi에 의해 글로 씌어진 랍비의 재판권. 탈무드의 핵심을 형성한다.(원주)

시대엔 이것들을 모두 불 속에 던져 태워버렸지. 그들은 정통 신앙과 그 당시의 교리에 맞추기 위해, 그 글들을 때로는 삭제하고 다시 쓰기도 했어. 여기 있는 것은 흩어져 있는 몇 개의 단편들에 불과해. 그 소재는 날이 갈수록 훨씬 더 중요해졌지. 제법 큰 두루마리 조각들도 있었고, 좁은 자국에 헐어빠진 아주 작은 조각들, 또 다소 보관이 잘 된 것과 이름없는 동강들과 단편들도 있었지. 하지만 그것들을 통해 역사는 꾸며진 거야…… 그래도 그것을 알아볼 수 있는 사람은 학자들뿐이지."

"내가 자네에게 도움을 청하는 것은 바로 그 때문이네. 폴 존슨과 그와 불가분의 공범자 프랑스 신부 피에르 미셸이 모집한 '국제팀' 구성원들 중 한 명이 분명 그 육필 두루마리를 훔친 것 같네. 두루마리에 접근할 수 있는 사람은 그들밖에 없었으니까. 자네 혹시 그 팀 중 다른 회원들은 알고 있나?"

"그들이 누군지 알고 있지. 그중 토머스 아몬드라는 영국인은 불가지론자(不可知論者)에 동양학자인데, 태도가 괴짜인데다가 항상 커다란 검은 망토를 걸치고 다녀서 '암흑의 천사'라는 별명을 갖고 있지. 또 폴란드 신부 안드레이 리르노브라는 자도 있어. 우수와 번민에 찬 인물이지. 도미니크 회 수도사 자크 미예라는 프랑스인도 있지. 외향적인 그는 헝클어진 흰 수염과 커다란 둥근 안경 때문에 쉽게 눈에 띄는 인물이지. 이 인물들 모두가 실제로 두루마리에 직접 접근할 수 있었던 사람들이야. 게다가 그들은 그 두루마리에 접근하고 싶어하는 사람들에겐 무시할 수 없는 자들이 되었지. 그러나 이 팀이 공식적인 출판을 하는 일은 극히 드물었어. 4호 지하실에 있던 대부분의 조각들은 일반 대중에게 공개되는 일은 금지되어 있어서, 아주 사적인 세미나에서만 언급되곤 했지."

"그런데 참으로 이상한 일이 일어났었네. 1987년 하버드 대학의 강연회에 초청을 받아 피에르 미셸이 자기가 연구한 조각의 내용 중 몇 가지 요소들을 발표한 일이 있었네. 그가 밝힌 내용을 듣고 마티는 이상하게도 자신이 도둑맞기 전에 급히 몇 줄 해독했었던 그 두루마리가 연상되었던 거야. 그 두루마리엔 선지자 다니엘이 왕의 꿈을 해석한 아람어*로 된 두 개의 기사가 있었어. 그러나 기원전 1세기 때라고 피에르 미셸이 연대를 매긴 그 조각에서 진짜 주목할 만한 부분은 '신의 아들' 혹은 '지고의 신의 아들'의 출현을 예언한 꿈에 관한 해석이었지."

"더 정확하게 말하면, 그건 〈누가복음〉에 나오는 가브리엘 천사가 예수 탄생을 예고할 때 사용한 칭호들이지."

"피에르 미셸은 그 자료의 출판을 거절했네. 학계에 마련된 그 강연회 때 그가 흘린 몇 마디와 그가 번역한 미미한 조각의 해석만 제외하곤 그 두루마리들의 내용은 여지껏 비밀에 싸여 있네."

잠시 말을 멈춘 쉬몬은 호주머니에서 조그만 쪽지를 꺼내어 아버지에게 내밀었다.

그는 지상에서 위대한 자가 될 것이로다.

* 고대 셈 알파벳 분파의 하나. 아라비아 문자, 히브리어 문자, 인도계 문자 등의 기초가 되었다.

모든 이가 그를 숭배하고 섬길 것이니

그는 위대한 사람으로 명명될 것이며, 그의 이름이 지명되리라.

그는 신의 아들로 불릴 것이며

그들은 그를 지고의 신의 아들로 부르리라.

그의 왕국은 유성과 같고,

비전과도 같을 것이로다.

그들은 지상에서 수년간 군림할 것이다.

그리고 모든 것을 파괴할 것이다.

한 나라가 다른 나라를 파괴할 것이며,

한 지방이 다른 지방을 파괴할 것이다.

신의 민족이 일어나

검을 거둘 때까지.

"그래." 아버지가 말했다. "나도 이 성구는 잘 알고 있어. 그러나 아무도 그 조각의 종지부에는 결코 도달할 수 없었지. 그래서 이 성구가 신이 보낸 메시아의 도래를 언급하고 있다고 아무도 자신 있게 이야기할 수 없어."

"어찌 됐건 1987년 강연회가 끝난 후, 우리는 그 조각에 대한 이야기를 단 한 번도 듣지 못했네. 몇 해가 흘러갔지만 새로운 발표는 전혀 없었어. 마치 모든 것을 중지시키려는 어떤 명령이나 공식적인 합의가 있었던 것 같네. 게다가 우연한 일이 일어나기도 했었지. 국제팀의 구성원들이 모두 흩어져 각자 자기 나라로 가버린 걸세. 존슨은 예일 대학에 편안한 자리를 얻었고, 아몬드는 고향 영국으로 돌아갔으며, 미예는 예루살렘에서 동굴 발굴 작업을 계속 하면서 교편을 잡고 있는 파리를 오가고 있지. 피에르 미셸, 그는 파리로 돌아가 환속했네. 지금은 프랑스 국립과학연구소에서 일하고 있지."

"안드레이 리르노브는 자살했지. 자살의 동기는 알 수 없지만." 아버지가 덧붙였다.

"그래. 사실…… 내가 고고학에 관심이 없다는 건 자네도 알고 있겠지." 약간 주저한 끝에 쉬몬이 말을 이었다. "지금 이스라엘 정부는 사라진 육필 두루마리를 찾고 있네. 신학적인 이유는 아닐세. 복잡하지만 그것은 당연히 우리 것이고, 또 유태 민족 역사의 정수들이 담겨 있는 게 분명하기 때문이지."

"그럼 자네는 피에르 미셸의 강연회 때 읽혀진 것이 그 두루마리의 조각이라고 생각하나?"

"만약 그렇다면 운이 굉장히 좋은 셈이지."

"그렇다면 그 두루마리 전체가 포함하고 있는 것이 무엇인지 짐작할 수 있나?"

"우린 정확하게는 알 수 없네. 허나 분명 예수에 관한 사실을 써놓은 것으로 짐작하고 있지."

"그렇다면 그건 기독교로서는 위험한 일이겠군."

"혹시 그 두루마리가 다른 금서들과 함께 바티칸의 지하실에 보관되어 있다면, 차라리 그 편이 훨씬 낫겠네." 쉬몬이 조용히 말했다.

"그럼 그게 정확하게 무슨 일과 관계가 있는 건지 짐작할 순 있나?"

"아니, 난 모르겠네. 다만 그 두루마리가 우연히 사라진 것은 아니라고 알고 있지. 가정해볼 수도 있겠지. 다른 육필 두루마리들은 분명 에세네인들이었던 쿰란 종파의 소유물이었어. 그것들은 연대상으로 대략 예수가 살아 있던 시대에 속한 것들이지. 그러나 발견된 조각들 중 다른 어떤 조각들에도 예수에 대한 이야기는 없었네. 그러니 사라진 두루마리 끝부분에 기독교에 관한 중요한 사실이 담겨 있을 수도 있겠지."

"잘 알겠네. 자네가 하고 싶은 말이 무엇인지 다 이해가 가네. 그러나 쉬몬, 난 이 임무를 수락할 수가 없어. 그건 내가 할 일이 아닐세. 난 이제 더이상 전투원이 아니잖나. 게다가 난 여태껏 첩보 업무는 한 번도 해본 적이 없어. 난 이제 연구가, 학자, 고고학자일세. 그 육필 두루마리를 찾아 전세계를 돌아다닐 수가 없단 말일세. 그건 어쩌면 영영 사라진 것일 수도 있어. 불에 타버렸을 수도 있고 말야."

쉬몬은 곰곰이 생각에 잠겨 말이 없었다. 아버지는 그를 잘 알고 있었다. 쉬몬은 당황해할 남자가 아니었다. 침착하면서도 빈정거리듯 상대방을 쳐다보는 그의 특이한 태도도 잘 알고 있었다. 설사 그가 감추려고 해도, 그의 온몸에서는 첩보원의 냄새가 났다. 느릿하지만 단호한 발걸음, 고정시키고 측정하는 듯한 갈색 눈동자, 천천히 말하고 다른 사람들의 말에도 느릿한 반응을 보이는 그의 태도 등은 마치 정보들을 수집해 저장하고 있는 것 같았다. 바로 그 순간 아버지는 생각했다, 분명 쉬몬은 아버지의 약점에 기대어 설득하려고—이건 그의 특기였다—전속력으로 심사숙고하는 중이리라고.

쉬몬이 마침내 입을 열었다.

"내가 필요로 하는 사람은 바로 학자이고, 전문가일세. 군인이 아니라 고문서학자야. 난 육필 두루마리에 대한 자네의 관심을 잘 알고 있네. 우리가 그 두루마리들의 발견에 대해 알게 되었을 때, 자네가 어떤 반응을 보였는지 기억하나? 우리는 젊은 날을 전쟁터에서 함께 보냈네. 자네, 자네는 이제 더이상 그 생각은 하지 않는군. 자네가 말했었지, 그건 혁명이라고."

"이것 보게. 오십 년도 더 지난 일이네만, 1947년에 쿰란의 육필본들이 발견되었지. 그리고 일은 눈에 띄게 달라졌어. 그 당시 그 지역은 영국 위임통치하의 팔레스타인 영토에 속해 있었지. 동쪽으로는 트란스요르단 왕국이 있었고, 사해를 따라 나 있는 길은 예전엔 존재하지도 않았어. 그 길은 바다의 북서쪽에서 끊어졌지. 그곳엔 울퉁불퉁한 길과 옛 로마길을 자신없이 좇아가는 듯한 가시덤불들밖엔 없었고. 그 길에는 오랫동안 표지 하나도 없었지. 그 주변에서 볼 수 있는 유일한 인간 존재라고는 베두인 족들뿐이었지. 내가 이 두루마리 발견에 열중하는 것은 그런 장소에서 어떻게 육필 두루마리들이 빠져나갈 수 있었는가 도저히 이해할 수 없기 때문이야. 지금은 길들에 모두 표지판이 세워졌고, 발굴은 중단없이 진행되고 있지. 자네는 국제적이고 전략적인 내기에 대해 나에게 이야기하고 있네. 우리는 여리고의 종려나무 숲을 팔레스타인인들에게 내주었네. 또한 평화를 위해서 쿰란 지역을 포함한 유다 사막의 일부를 그들에게 내어준 것에 대해서도 말들을 하지. 이 모든 것이 나에겐 너무 복잡하게 여겨지네. 이건 더이상 내 일이 아니야. 무언가 나를 넘어서는 일 같아. 이해할 수 있겠나? 나는 사람들이 찾아낸 육필 두루마리들을 잘 알고 있어. 예수와 같은 시대에 살았던 에세네인들, 주의깊은 고대 율법 필사생들, 그리고 그들의 삶의 본질과 존재의 목적 또한 그들이 본 것을 기록하는 것 외에 다른 것은 없었다는 것을 나는 잘 알고 있지. 이 에세네인들은 그들의 육필 두루마리 속에서 예수에 대한 이야기는 하지 않았네. 자네들이 육필 두루마리들 중 제일 마지막 것을 찾으려고 하는 건 이 때문이겠지. 그 두루마리에 과연 예수에 대한 이야기가 있을까? 있다면 어떤 이야기를 써놓았을까? 예수가 에세네인이었다고 써놓았을까? 만약 그렇다면 기독교는 에세네 종파의 한 분파였을까? 혹 그 두루마리에 그런 말은 없을지도 모르지. 그렇다면 예수는 에세네 종파 이후에 나온 인물이라는 걸 의미하는 게 아닐까? 만약 그 두루마리에 정말 아무 이야기도 없다면, 예수는 허구의 인물일까? 예수는 정말 존재했었을까?"

잠시 말을 멈추고 쉬몬을 바라보던 아버지가 다시 말을 이었다.

"이 연구가 왜 위험하다는 것인지 자네도 이제 알겠지. 혁명의 준비는 피해야만 하네. 우리는 그 육필 두루마리에 대해서 아무것도 몰라. 잘된 일일세. 모든 걸 악화시킬 위험을 초래하는 것보다 원래 있던 그대로 그냥 내버려두는 게 훨씬 나아. 이스라엘엔 그것이 필요치 않네. 그건 너무 강력한 무기야. 그것을 소유하고 있는 자들의 코앞에서 폭발할 위험이 있는 폭탄이지."

쉬몬이 대답했다.

"이봐, 내가 자네에게 부탁하는 건 그것의 내용 분석이 아닐세. 그건 다른 사람들이 맡아서 할 수 있겠지. 자네가 진정 원치 않는다면 그런 책임은 맡지 않을 수도 있네. 그러나 만약 그 일이 마지막 순간까지 밝혀지지 않는다면 영영 밝힐 수 없는 것이 되고 말 걸세. 나를 믿어주게. 자네가 할 일은 그저 이 육필 두루마리의 행방을 밝히는 것일세. 그것이 어디에 있는지, 기독교인들에게 있는지, 유태인들이나 베두인 족들, 혹은 아랍인들에게 있는지, 그것만 나에게 알려주면 되는 거야."

"만약 기독교인들이 이미 그걸 갖고 있다면? 바티칸 말일세."

"그건 불가능해."

"왜?"

또다시 침묵이 흘렀다. 쉬몬은 몇 분 동안 작은 나뭇조각을 천천히 씹었다. 마치 아직도 찬반을 저울질하며 자신이 넘겨줄 정보의 중요성을 평가하고 그 위험과 대가를 계산해볼 필요가 있다는 듯이.

"바티칸도 지금 그것을 찾고 있기 때문일세."

그는 내뱉듯 털어놓았다.

"그들도 미친 듯이 그걸 찾고 있네."

"그걸 자네가 어떻게 알고 있나?"

"교황의 성서위원회에 관한 말을 들어봤나?"

"응. 약간. 헌데 거기에 대해서 좀더 이야기해주게나."

"그건 20세기 초 교황 레오 13세에 의해 창설된 기구지. 밀려오는 모더니즘에 대한 대응책이랄까. 그 위원회는 가톨릭 성서에 대한 연구를 감독하는 소임을 맡았네. 본래는 교황이 임명한 열두 명의 추기경으로 구성되었지. 몇 명의 '고문'들도 있는데, 모두들 각자의 분야에서 전문가들이지. 위원회의 공식 기능은 공식적인 성서 문헌들에 관한 모든 이설들을 감시 감독하는 것이었네. 특히 대학교수들이 문헌의 권위를 다시 문제삼지 않는지 확인하는 일과, 공식적인 가톨릭적 해석을 추진하는 책임도 맡고 있었네. 20세기 후반, 특히 제2차 바티칸 공의회* 때부터는 그곳에서 담당하는 일이 달라졌다는 걸 알 수 있네. 사실 그건 아무것도 아니지. 현재 국제팀의 구성원들 중 대부분이 속해 있는 예루살렘 성서학교도 예전부터 교황 위원회와 항상 긴밀한 관계일세. 그 학교 학생들은 대부분 위원회를 통해 세미나 교수나 다른 가톨릭 기구에 자리를 얻을 수 있지. 구체적으로 말하자면 사해 두루마리에 대해서, 대중이 꼭 알아야 할 것과 그렇지 않은 것을 결정짓는 것은 그 위원회의 고문들일세. 1955년 맨체스터에서 〈청동 두루마리〉가 토머스 아몬드의 지휘 아래 해석되었을 때, 바티칸은 그것에 의해 밝혀질 새로운 사실에 대비하기 위해 특별위원회를 소집했네. 위원회는 믿을 수 없을 정도로 퇴행적이었네. 자네도 알고 있지? 그 위원회가 〈창세기〉의 처음 세 장을 문자 그대로 또 역사적으로도 확실하다고 주장하면서, 모세가 말 그대로 〈모세 오경〉의 저자라고 규정한 문헌을 이미 제작한 걸 말일세. 가장 최근엔 바로 그 위원회가 일반적인 성서 연구, 더 나아가 성서의 역사적 진실에 관한 법령에 서명했네. 그 법령에 따르면, 성서를 해석하는 자는 가톨릭 교회의 권한에 복종한다는 정신으로 그 일을 해야 한다고 규정되어 있지."

* 1962년 10월 11일, 교황 요하네스 23세가 교회를 쇄신하고, 로마 가톨릭 교회와 분리되어 있는 기독교도들과 재연합의 길을 공동 모색하려는 목적으로 개최했다.

"그런가? 자네는 그 두루마리가 그들에게 그렇게 중요한 것이라고 생각하나? 자네가 보기엔 그걸 손에 넣기 위해 그들이 어디까지 갔을 것 같은가?"

"상당히 멀리까지 간 것 같네. 교황의 성서위원회에는 산하 기구가 하나 있지. 신앙교리 수도회인데, 수도회 자체 내에 판사들이 있는 일종의 법정이라는 게 특징일세. 고문들은 이 판사들을 위해 일하고, 위원회가 결정할 민감한 사안들을 찾아 조사하는 특수한 일을 맡고 있네. 주로 교회의 단일성을 위협할 수 있는 모든 것과 결부된 조사들인데, 중세 때처럼 이런 조사는 극비리에 이루어지지. 1971년까지는 그래도 교황의 성서위원회와 신앙교리 수도회가 별개의 기구로 여겨졌네만, 지금은 그런 겉치레마저도 벗어버렸네. 그 두 개가 각기 다르다고는 하지만 로마의 같은 주소, 같은 사무실에 자리잡고 있거든. 그 위원회의 회원이 되기 위한 요건은 아주 간단하네. 어떤 결론에 도달하든, 또 두루마리의 해독이 어떤 새로운 사실의 폭로를 가져오든, 그 문헌과 거기에 담긴 가르침에 대한 위원회의 교리적 권한에 반론을 제기하면 안 된다는 것일세. 내 자네에게 좀더 이야기해줄까. 신앙교리 수도회의 역사는 13세기까지 거슬러 올라가네. 1542년에는 성청(聖聽)이나 종교재판소라는 이름으로 알려졌었지. 로마 교황청의 모든 부서 중에서 가장 막강한 곳이 바로 신앙교리 수도회야. 그 수도회 위원들의 견해로는, 최근의 신학상의 변화는 교회를 부패시키고 쇠퇴를 가져올 위험이 있다는 것일세. 모든 교리적 이설의 제거만이 통일된 신앙과 교리 속에서 부흥을 보증할 수 있다는 거지. 그들은 자기들과 생각이 같지 않은 자들을 맹인이라고 생각하거나, 심지어는 악마들이라고까지 생각하네. 그런데 예전에 피에르 미셸과 함께 두루마리에 관한 연구를 담당한 초기 국제팀 멤버들 중 한 사람인 폴 존슨이 바로 이 신앙교리 수도회의 현 책임자이네. 우리는 그가 그 두루마리를 손에 쥐고 있었다는 걸 알고 있네. 그가 예루살렘 성서학교에 있을 때 분명 그것을 읽었으리라는 것도. 하지만 지금은 그 역시 그걸 갖고 있지 않네. 그걸 찾고 있거든. 폴 존슨이 지금 그 두루마리를 찾으려고 혈안이 되어 있다는 정보를 입수했네. 우리는 몇 달 전부터 그들의 뒤를 좇아 여러 나라를 다니고 있네."

"그들? 그들이 누군데?"

"국제팀 멤버들이지. 특히 존슨의 오른팔이자, 가장 충실한 동지인 피에르 미셸 신부. 또한 국제팀의 미예 신부도 있지."

"그런 사실이 의미하는 바가……."

"그건 그들이 현재 가톨릭 교회의 최고 종교재판관들이라는 사실이지."

쉬몬은 무슨 일이 있어도 아버지를 설득해서 자기 편으로 끌어들이고자 했다. 그는 아버지가 어려움 따위에 물러설 사람이 아니라는 걸 알고 있었다. 그렇지만 이 이성적이고도 강인한 남자를 그런 사건 속으로 끌어넣기가 쉽지 않으리라는 사실은 알지 못했다. 아버지는 잠시 뭔가를 생각하는 듯했다.

"그 두루마리를 처음엔 누가 가지고 있었지?" 아버지가 물었다.

"그야 오제 주교지. 대 정통 가톨릭 사제 말일세. 그가 마티에게 그걸 팔았지. 하지만 우리는 폴 존슨이 그걸 연구하기 위해 훔쳐서, 피에르 미셸에게 넘긴 게 아닌가 생각하고 있네."

"그럼, 오제 주교는 어떻게 됐나? 그는 그 육필 두루마리에 대해 알고 있나?"

쉬몬은 잠시 주저하다가 대답했다.

"그는 죽었네, 다윗. 지난주 예루살렘에 들렀을 때 살해당했어. 그의 집에 있던 돈과 두루마리들이 모두 없어졌네. 그의 뒷거래에 대해 잘 알고 있는 도둑들의 소행이라고 짐작하고 있지. 분명 그 자들은 그 두루마리들을 팔아넘기려고 하겠지. 만약 그럴 경우 그 두루마리들이 세상 어디에 있든지 간에, 예전에 마티가 그랬듯이 절대 놓쳐선 안 되지."

"마티는 군사령관이라 그런 종류의 수사 일에 도움을 받을 수 있었겠지." 아버지가 말했다. "나로서는 혼자 감당할 수가 없어. 학자들이나 또 학자 아닌 사람들, 게다가 사기꾼들이나 암살자들까지도 만나게 될지 모르는 일 아닌가. 아니야. 이 일은 정말 내가 맡을 일이 아닌 것 같으이." 아버지는 머리를 가로 저으며 말했다. "거절하겠네." 그리고는 체념하는 목소리로 덧붙였다. "재론할 필요도 없는 일이야."

"좋아. 자네의 그 대답은 분명 결정적인 거겠지?"

"그렇다네."

아버지는 웃었다. 쉬몬은 그렇게 빨리 단념할 사람이 아니라는 걸 아버지는 너무나 잘 알고 있었다. 대체로 쉬몬의 이 마지막 질문은 자기의 마지막 패를 보여주겠다는 뜻이었다. 아버지는 호기심에 차서 쉬몬이 어떤 결심을 하는지 조용히 기다리고 있었다.

쉬몬은 시선을 떨어뜨린 채 잠시 거친 땅바닥만 응시하고 있는 듯했다. 마침내 그는 입을 열었다.

"일이 정 이렇게 되었으니 자네에게 모두 다 털어놓겠네. 사실 자네가 겁낼까 봐 수락할 때까지는 이 사실을 감추려고 했었네만, 결국 자네가 거절하니까…… 자넨 분명 내 램프에 불을 환하게 밝혀줄 수 있을 걸세. 이 일은 비단 바티칸에만 국한된 일은 아닐세. 기독교인들이 그 두루마리를 찾고 있다는 건 사실이야. 하지만 이 일은 또한 경찰 소관인 국내 정치 문제이기도 하다네. 내가 자네에게 하는 말은 어디까지나 우리 둘 사이에만 하는 말이네. 알겠는가?"

"물론이지."

"자, 그럼 시작하지. 오제 정통 가톨릭 주교가 살해당했다는 말은 내가 자네에게 방금 했었지. 그런데 그건 완전한 사실은 아니야…… 말하자면 정확성이 결여되어 있다는 말일세. 사실은 훨씬 더 복잡한 다른 문제가 있네. 어떻게 말을 해야 하나…… 경찰은 지금 국민들에게 공포감을 주지 않고 조용히 수사하기 위해 사건을 즉각 통제하기로 결정했네."

쉬몬이 평소 이렇게 주저하거나 우물거리는 법이 없었다. 그런데 그가 이렇게 당황하고 있는 모습에 아버지는 깜짝 놀랐다.

"도대체 무슨 일인데?"

"자넨 도저히 믿을 수 없을 걸세…… 그는 십자가에 못박혀 죽었네."

아버지는 소스라치게 놀라 물었다.

"뭐라고, 십자가에 못박혔다고?"

"그래, 예수처럼 십자가에 못박혔네. 십자가에 못박힌 채 목매

달려 있었어. 하지만…… 예수처럼 완전히 십자가에 못박힌 건 아니고. 십자가 모양이 좀 이상한 것이었어. 두 개의 막대기가 수평으로 질러져 있는데, 하나는 길고 하나는 짧은 거야."

"로렌 지방의 십자가 아닌가?"

"어찌 보면 목이 달아난 로렌의 십자가지. 그 가엾은 사내의 손목은 가로막대에, 두 발은 기둥에 못박혀 있었다네. 그는 상당히 짧은 시간에 질식사한 것이었어. 처음엔 모두들 어느 미치광이나 편집광의 짓이라고 생각했네. 그래, 이 이야기를 하려고 한 거야. 그런데 아직도 그 범죄의 동기를 알 수가 없어. 하지만 이 사건은 육필 두루마리들과 관계가 있을지도 모르네."

"정말인가?"

"그렇다네. 우린 오제 주교가 그 두루마리 때문에 미국에서 급히 돌아왔다는 걸 알고 있었네. 그는 도망자 같았어. 자네도 알다시피, 그 십자가, 그 의식들이 모두 이상하지 않은가. 사형 집행과 비슷하다고나 할까…… 이보게 다윗, 나는 무슨 일인지 모르겠네. 하지만 이게 분명 미치광이나 편집광의 짓이라면, 그자는 언제고 또다시 일을 저지를 수 있네."

"그래, 사실 그렇군…… 난……."

혼란스러워 보이는 아버지에게 쉬몬은 자신의 마지막 카드를 꺼냈다.

"자넨 함께 일할 사람이 필요할 걸세. 전투원으로서 자네를 보호할 수 있는 젊은 청년, 군인이면서도 박식한 사람 말일세."

"그래, 물론이지." 반쯤 체념한 아버지가 대답했다.

"그런 인물에 딱 들어맞는 사람을 내가 한 명 알고 있는데. 참

자네도 알 텐데."

"누구 말인가?"

"지금 예시바에서 공부하고 있는 자네 아들 아리를 생각하고 있네. 나는 그애가 쓴 군 보고문을 읽은 적이 있네. 그리고 그애가 내 아들 야곱의 생명을 구해주었다는 것도 알고 있지. 자네 아들은, 훌륭한 군인이 될 수 있는 용기 있는 청년일세. 명상적인 길만 선택하지 않는다면 말일세."

"하나도 우연한 것이라곤 없군. 그렇잖은가?" 하늘을 올려다보며 아버지가 말했다. "모든 게 이미 예정되어 있었어. 몹쓸 친구 같으니. 내가 떠나는 수밖엔 없어……."

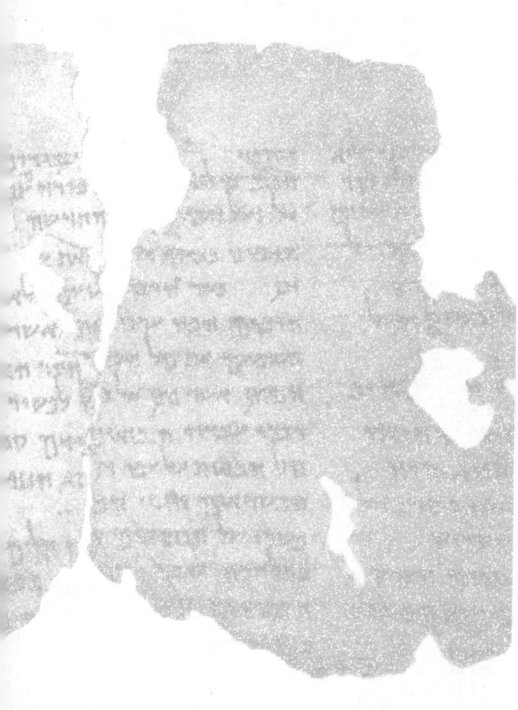

두번째 두루마리

# 성인(聖人)들의 두루마리

내 젊어 방랑하기 전
지혜를 갈구하고 추구했네.
그것은 아름다운 모습으로 내게 왔네.
나는 그것을 철저하게 연구하였네.
마음을 기쁘게 하는 포도송이가 익어가려 할 때
포도나무 꽃 또한 씨앗을 만들어내지.
내 발은 고른 땅 위를 걸었네.
젊은 시절부터 지혜를 잘 알고 있었기 때문이었네.
조금 귀를 기울이고
나는 많은 것을 이해했네.
지혜는 나를 가르치는 유모와 같아
마땅히 돌려야 할 영광을 나 그에게 바치네.
유희하듯 나는 명상했네.
돌려받음 없는 선(善)을 열성적으로 행했네.
지혜를 위해 나 자신을 불태우며
얼굴도 돌리지 않았네.
지혜를 위해 스스로 열성을 바쳤고
지혜의 가장 높은 곳에 이르러서도 나는 태만하지 않았네.
내 손이 지혜의 문을 열어
나는 그 비밀을 파고들었네.
지혜를 향해 가기 위해 나는 두 손을 깨끗이 하였네.
순수 속에서 나는 그것을 찾았네.

처음부터 나는 지성적인 마음을 얻었었네.
그러므로 나는 그러한 마음을 버리지 않았네.(……)
오 수많은 자들이여, 나의 가르침을 들으시게.
그대들은 내 덕분에 금과 은을 얻을 것이니.
나의 속죄로 인해 그대들의 영혼은 즐거워하리니.
나의 송가를 조금도 부끄러워하지 마시게!
그대들의 작품들을 정의롭게 수행하시게.
그리하여 때가 되면 그 보상이 있으리니.

쿰란 두루마리
다윗의 것으로 추정되는 〈시편〉

# I

천지창조 후, 신은 자신이 만든 모든 것을 관찰하였다. 빛, 하늘, 별, 해와 달, 땅과 바다, 식물과 동물들을 둘러보았다. 그리고 모든 것이 잘 만들어졌다고 생각하고 모두 재가하였다.

신의 이런 만족은 때때로 나를 놀라게 한다. 이 세상의 행복이 내세의 행복만큼 높이 평가될 수 있을까? 세상의 행복이 나에게 허락되어 있는데, 왜 나는 내세 쪽으로 나아가기 위해 고행의 길을 걷고 있는가? *나는 내 마음에게 말했다. 자, 기쁨을 통해 이제 너를 느껴보자. 그리고 행복을 누려라. 그러나 이 또한 헛되도다. 웃음에 대해서는 웃음은 몰상식하다고, 기쁨에 대해서는 기쁨이 무슨 소용 있는가? 하고 말했다.*

나는 방탕아는 아니었다. 설령 그때 그 제안의 모든 의미를 다 헤아리지 못했었다 해도 나는 다윗 코헨의 당당한 아들이었다. 그러나 초록색 군복의 육군 병사의 모습으로만 나를 기억하고 있던 쉬몬이 당시의 내가 어떤 사람인지 알았더라면 무척 놀랐을 것이다. 나는 키가 크고, 러시아인 어머니를 닮은 파란 눈에 작고 동그란 안경을 끼고 있었다. 늙은 현자들의 수염처럼 무성하진 않았지만, 수줍은 듯 듬성듬성한 수염도 나 있었다. 체격은 아버지처럼 야위었지만 근육질에 뼈마디가 굵어서, 군복무 때 치른 몇 번의 전투에서 승리하는 데 도움이 되었다. 그러나 하시드들을 만난 이후, 나는 몸을 예전처럼 유지하지 못했다.

내 형제들처럼 나도 얼굴 양쪽으로 땋은 머리타래를 길게 늘어뜨렸다. 이것이 전통적인 파피요트라는 것인데, 나는 때로 이 머리타래를 머리 위에 올려 묶고 그 위에 모자를 쓰기도 했다. 평소에는 머리 위를 넓게 덮어주는 검은 비로드로 만든 빵모자를 쓰고, 밤낮을 가리지 않고 벗지 않았다. 중절모를 쓸 때도 그 빵모자 위에 썼다. 나는 검은 양말에 발이 편안하게 들어가는 끈 없는 평평한 검은 구두를 신었고, 바지도 전통에 따라 검은색이었다. 그러나 와이셔츠는 하얀색이었고, 그 위에 길이가 긴 어두운 색 윗도리를 입었다. 내 와이셔츠 속에는 크림색 양모로 된 두 개의 사각형 모양의 작은 기도용 숄이 언제나 들어 있었다. 이 숄은 위쪽 열린 곳으로 머리를 집어넣고, 한쪽 자락은 가슴에, 또 한쪽은 등으로 늘어뜨린다. 아래쪽 각 모서리에는 결합을 나타내는 제식적 술 장식이 달려 있었다. 유태인이 아닌 사람들에게는 너무나 공공연하게 눈에 띄는 몸치장인 넥타이도 나는 매지 않았다. 허리엔 게르틀이라 하는, 검은색 비단으로 엮은 긴 리본을 매었다. 육신을 지휘하는 머리와 범속한 육체를 분리하기 위해서였다. 샤바트 날이나 축제일에는 새틴처럼 반들반들한 새까만 비단으로 된 긴 겉옷을 입었다.

나는 아버지 곁에서 고고학을 공부하며, 그의 작업과 연구를 도왔다. 그러나 그것도 이스라엘의 신처럼 배타적이고 시기심 많은 예시바에 가기 전이었다. 아버지는 아주 어릴 때부터 나를 발굴 현장에 데리고 다녔다. 나는 그의 하나밖에 없는 아들이었다. 나는 매우 독실했다. 다시 말해, 종교에 몹시 충실했던 것이다. 유태인들은 이런 것을 '정통'이라 부른다.

샤바트 날을 더이상 지키지도 않고, 그렇다고 음식을 몰래 먹지도 않는 아버지와는 달리, 나는 성구(聖句)가 씌어진 양피지 부적을 매일 아침 팔에 붙였다. 샤바트 동안 아버지는 어머니와 함께 자동차를 타고 지방으로 산책을 나가고, 나는 기도하는 데 쓰이는 커다란 하얀 숄을 걸치고 예시바 친구들을 축복해주기 위해 나갔다. 코헨의 아들인 나는 코헨이었고, 이스라엘 민족을 축복해 줄 중요한 임무를 부여받은 대제사장의 자손이기 때문이었다. 나의 생활은 아무리 사소한 순간이라도 계율의 리듬에 맞추어졌다. 아침 기도를 하기 전에는 잠자리에서 일어나지도 않았고, 축복을 하지 않은 채 밥을 먹는 일도 없었다. 저녁 기도를 하기 전에 잠자리에 들지도 않았고, 단 하루도 공부하지 않고 보낸 날이 없었다. 시간 또한 계율에 따라 공간을 차지했다. 이를테면 메주조트(토라의 성구들을 적은 것을 담아 문 위쪽을 가로지른 나무에 걸어두는 상자들—원주)처럼 샤바트 날의 식탁 위에도 촛대들을 놓고 하누카[*] 때도 집 안의 창문마다 촛대들을 놓았다. 계율에 따라, 말씀은 살이 되었다. 나는 토라에서 허락한 동물들만 먹었다. 되새김질을 하는 쌍발굽 동물들, 비늘과 지느러미가 있는 생선들이 그것이다. 몸도 계율에 따라 기쁨을 누렸다. 금요일 저녁과 토요일은 예시바에서 불도 켜지 않은 채 휴식했으며, 손대지 못하도록 금지된 연필과 종이도 휴대하지 않았다. 그날은 학습용품들을 가까이 하면 안 되기 때문이었다. 유태 관습에 따라 금요일 저녁과 토요일에는 밤새도록 노래하고 춤을 추었다. 우리의 대랍비들 중 한 분이 "노래부르기 때문에 행복한 것이 아니라, 행복하기 때문에 노래부르는 것"이라고 항상 말했기 때문이었다. 우리는 금욕이나 고행생활은 하지 않았다. 샤바트 날의 평화 속에서 남녀노소가 모두 한데 모여 준비한 음식과 노랗게 구운 할로트[**]를 나누어 먹고, 스승들의 이야기를 경청하며, 그들이 간간이 던지는 말장난에 웃음을 터뜨렸다. 예루살렘 하늘 위로 첫 별이 뜨고 휴식의 날이 선포되면, 메아 셰아림은 혼수 상태에 빠졌다. 들어오는 자동차들을 모두 막기 위해 젊은 사람들은 그 구역의 경계에까지 뛰어가 차도에 나무통들을 놓았다. 다른 청년들은 복수라도 하겠다는 듯이 호주머니 속에 돌멩이들을 넣고, 첫번째로 지나갈 자동차에 돌팔매질을 할 채비를 하고 있었다. 사이렌과 쇼파르[***] 소리가 한데 섞여 울리면서 약혼자(샤바트)의 도착을 예고했다. 가장 좋

* 기원전 167년 로마인에 대한 마카베오인들의 승리를 기념하는 유태 축제.(원주)

** 안식일에 먹는 빵.(원주)

*** 축제 때 부는 숫양 뿔.(원주)

은 옷으로 차려입은 무사태평한 군중들이 저마다 곳곳의 유태 교회당으로 가기 위해 큰길로 몰려들었다. 몇몇 교회는 작은 집 정도의 크기를 넘지 않는 것도 있었다. 검은색과 흰색의 기도복을 벌써부터 차려입고 있던 몇몇 랍비들은 성무 일과를 거행하는 데 꼭 필요한 정족수인 열 명의 신도, 즉 '미니안'의 수를 채우기 위해 교회 문지방에 서서 지나가는 사람들을 소리쳐 불렀다. 열린 창문들마다 가슴을 에는 듯한 단조로운 노랫가락과 성시 낭송이 흘러나왔다. 떨리는 감탄으로 중간 중간 끊기는 기도 소리였다. 어린 학생들은 환희의 성가를 불렀다. *살아 있는 자들은 모두 알고 있었다. 이후에 자신들이 죽으리라는 것을. 그러나 죽은 자들은 아무것도 알지 못하고, 더이상 아무것도 얻지 못한다. 그들의 기억은 망각 속에 묻혀버렸기 때문이다. 그들의 사랑, 증오, 욕망들 또한 이미 사라졌다. 태양 아래 만들어진 그 모든 것 속에 이제 그들의 몫은 세상에 아무것도 없다. 신이 이미 너의 일을 허락하셨으니, 가서 너의 빵을 기쁘게 먹으라. 너의 포도주를 즐겁게 마시라. 신께서 이미 너의 일을 기분좋게 해놓으셨으니.*

예루살렘에서 나는 대부분의 사람들에게는 닫혀진 특수한 장소에서 살았다. 만약 세상에 아직 때묻지 않은 순수한 곳이 남아 있다면, 그곳은 바로 예루살렘 구시가와 유태인 신시가 사이에 들어박혀 있는 메아 셰아림이다. 이곳은 유태인들 자신이 마치 다른 유태인들과는 다르다는 차별 의지가 결코 가시지 않았기에, 따로 격리되어 살고 싶어 세운 구역 같다. 국가로부터, 사회로부터, 또한 이스라엘의 현실로부터, 모두 벗어나 있는 이곳은 시대착오적인 장소라고 말할 수 있다. 그리고 이곳에서 살고 있는 우리 역시 어쩌면 그 폐물들로서 시간과 함께 사라졌어야 했는지도 모른다. 그러나 그럼에도 불구하고 미래는 분명 우리들 쪽에 있었다. 우리는 우리의 신앙과 출생률 때문에도 영속하게 될 것이었다. 왜냐하면 우리의 혈족들은 하늘의 별만큼이나 많고 바닷가의 모래만큼이나 많기 때문이었다. 우리의 신이 그것을 명하였기에 우리의 혈족들은 신을 믿었고, 신과 더불어 번성한 것이다.

이곳엔 긴 도로가 하나 있고, 중부 유럽의 건축 양식을 연상시키는 나지막한 집들이 도로를 따라 늘어서 있었다. 비가 많은 지방에서 볼 수 있듯이 지붕은 기울어져 있었다. 이런 지방에선 한 방울 한 방울의 비가 모두 축복이요 성스러운 예배이다. 벼린 쇠로 만들어진 정문 현관과 작은 발코니가 있고, 마당에는 담쟁이 덩굴이 줄줄이 쳐져 있었다. 이 구역 입구에는 영원한 거지인 한 부랑아 유태인이 묵직한 검은 외투를 걸치고 챙 넓은 모자를 쓴 채, 땅바닥에 주저앉아 동냥 바가지를 내밀고 있었다. 그의 머리 위 게시판엔 영어, 이디시어,* 히브리어로 이런 글귀가 씌어 있었다.

유태의 딸이여, 토라는 너에게 옷을 검소하게 입으라고 명한다. 치마는 모두 무릎 아래까지 내려오게 입고, 결혼한 여자들은 반드시 얼굴을 감싸야 한다. 우리는 단정치 못한 옷차림의

* 서기 1000년경 독일 지역에서 태어난 유태인들인 아슈케나지의 언어. 히브리어, 독일 중상부어와 아랍어가 혼합되어 있다.

방문객들이 우리의 거리를 돌아다니며 우리의 신앙심을 훼손시키지 않기를 바란다.

메아 셰아림에 사는 수천 명의 유태인들에겐 시간의 추가 중부 유럽의 게토(유태인 강제 거주 지역—옮긴이)의 시간으로 늘 조정되어 있다. 세파르디(스페인 혹은 지중해 연안에서 태어난 유태인—원주)나 사브라(이스라엘에서 태어난 사람—원주)인 이들 대부분은 그곳을 전혀 경험하지 못했지만, 스트뤼델(사과와 건포도를 넣은 양과자의 일종—원주) 과자를 먹고 이디시어를 사용하면서 다시 그 전통을 되살리고 있는 것이다. 신성한 언어는 세속적인 용도에 쓰일 수도 없고, 일상적인 일이나 행동에서 피할 수 없는 저속함을 나타내는 말도 될 수 없기 때문이었다. 사방 수킬로미터까지 펼쳐진 메아 셰아림은 히브리어로 '백 개의 문'이란 뜻이다. 19세기 후반 헝가리계 유태인들이 이곳을 세울 당시, 어떤 사람들은 창문과 테라스를 일부러 마당 안쪽으로 배치하고, 외부로 통하는 문들은 몇 개만 내어 성벽 바깥에 사는 부랑배나 무신앙자들을 막았다고 얘기한다.

내가 처음 이곳에 들어온 것은 17세 때였다. 부모님은 한 번도 이곳에 오지 않았다. 그들에게 맞는 구역이 아니었다. 처음 나는 이곳의 좁은 길거리에 바글거리는 신경질적이고도 조급한 활기, 빽빽한 군중 사이를 헤쳐나가는 하시드들의 리듬에 찬 발걸음과 침착하고 규칙적인 템포에 놀랐다. 수염 난 얼굴에 생동감이 넘치는 수다스런 사람들이 영원을 향해 시선을 고정시키고 계속 이동하는 것처럼 보였다. 길 한가운데에서는 늙은 랍비들이 무시로 통행을 막고 앉아, 젊은이들 무리에 섞여 탈무드 말씀에 대해 몇 시간이고 토론을 벌였다. 그들은 눈길 한 번 돌리지 않았다. 창백하고 진지한 젊은이들은 격앙된 모습으로 논쟁을 벌였다. 그들은 바후림(탈무드를 공부하는 학교인 예시바의 학생들—원주)으로, 콜렐(기혼 남자들을 위한 예시바—원주)과 예시바의 학생들이었다. 나는 곧 그들과 합류하여, 학위도 아무런 목적도 없는 이 이상한 학교의 자릿수를 늘리도록 운명지어져 있었다. 목적이 있다면, 그것은 신성한 공동체의 세계에 좀더 발을 들여놓는 것이었다.

그 당시 나는 이 구역의 사람들은 모두 자기 생활을 공부나 유태인의 삶을 찬양하는 데만 쏟는 줄 알았다. 나는 경제적인 문제 같은 건 묻지도 않았다. 이곳에서는 모든 것이 헤아릴 수 없는 기적의 후광에 둘러싸인 듯했다. 하지만 실제로는 주민들의 절반만이 자기들의 시간과 능력을 공부나 유태인의 삶을 찬양하는 데 바치고, 나머지 절반은 생계에 바친다는 것을 얼마 후에 알게 되었다. 그러나 나머지 주민들 역시 계율을 엄수하는 데 맞추어진 생활을 할 수 있도록 소소한 직업들을 가지고 있었다. 필사생, 도살자, 할례시키는 자, 제식 목욕을 돌봐주는 자, 가발 제조공, 메주조트를 만드는 사람, 모자 제조인, 금은 세공인, 샤바트와 하누카 때 쓰이는 촛대를 쇠로 만들거나 나무, 돌, 비단, 비로드로 여러 가지 장식품을 만드는 장인들이었다. 외국의 교단들로부터 들어오는 보조금도 그들의 생계를 도왔다. 특히 뉴욕의 하시드 지역인 윌리엄스버그의 보조금이 가장 비중이 높았다. 공부하는 다른 사람들은 대부분 임시직으로 일했지만, 그렇다고 굶어 죽을 지경은 아니었다. 공부는 그들이 이 세상에서 할 줄 아는 전부였다. 5세 때부터 그들은 토라를 공부했다. 12세엔 이미 탈무드를 통달했고, 그후에는 카발라(구약성서에 대한 유태인들의 신비적 해석. 히브리 신비 철학—옮긴이) 연구에 들어갔다. 그러나 조하르,* 신비적인 텍스트인 〈광휘의 서(書)〉를 연구할 자격은 40세 정도가 되어야 갖게 되었다.

이러한 신체적 외양과 생활 방식의 통일성 속에 얼마나 무한한 다양성의 경향들이 감추어져 있는지, 나는 도저히 알 수 없었다. 밑단을 접어올리거나 무릎까지 걷어올린 바지, 검은 구두나 부츠, 길이가 짧거나 긴, 혹은 뒤가 트인 윗도리, 가는 줄이 쳐지거나 흰 셔츠, 볼사리노 모자, 스트레멜** 모자, 러시아식 챙모자 등 각각의 사소한 세부적인 것들 뒤에는 하나의 왕조, 다시 말해 다른 사고와 특유한 관습을 가진 학파가 있었다.

아주 어릴 때부터 그런 전통을 알게 된 행운을 가진 그들을 나는 부러워했다. 나는 짧은 시간 안에 그 모든 것을 따라잡아야만 했다. 나는 교육이 부족하다고 생각했다. 처음부터 모든 것을 다시 배우며 만회하고자 했다. 그러나 나는 솔직히 내가 어느 정도까지 이 세계와 합치될 수 있을지 알 수 없었다. 스트레멜 모자에 긴 수염을 괴상하게 기르고 어두운 색 외투를 걸친 늙은 몽상가들이, 아홉 달 차이로 태어난 많은 조무라기 자식들의 손을 잡고 걸어가는 이 세계, 세상의 마지막 은신처이자 난공불락의 요새 같

* 13세기 말 카스티야에서 모세 드 레옹(1240~1305)에 의해 씌어진 신비술 문학의 주축인 〈광휘의 서〉를 일컫는다.(원주)

** 샤바트 날 하시드들이 쓰는 검은색의 털 달린 챙모자.(원주)

은 이 세계. 나선형의 긴 컬을 늘어뜨리고 발걸음을 재게 놀리며 걸어가는 비슷비슷한 얼굴을 한 이 엄숙한 민족. 비단과 비로드가 반짝거리는 별난 궁전과도 같고, 18세기 사람들이 똑같은 리듬에 맞춰 움직이는, 시대에 뒤떨어진 장소 같기도 한 이 세계. 처녀들은 세모난 숄을 쓰고 있고, 부인들은 가발과 모자를 쓰고 어깨에 숄을 둘렀다. 두 다리는 긴 스커트 속에, 발목은 모 양말 속에 감추고 있다. 그늘에서도 피할 수 없는 섭씨 40도의 더위, 폴란드의 겨울, 서유럽 국가들 중에서 가장 창백하고 가장 엄숙하며 가장 냉랭한 기억, 18세기 전반, 포돌리아(우크라이나 서부 지방—옮긴이)에서 있었던 증오의 예배 때의 설교와 유태인 박해에 대한 기억에 짓눌린 동방의 더위. 다음 세기의 끔찍한 대재앙을 예비하여, 신생아들을 전염시키기 위해 각각의 모태에 인공수정된 그 증오. 찾을 수 있는 유일한 은신처는 자기 자신의 내면뿐이었다. 그러나 만약 모든 공격을 일시적이나마 방어할 수 있는 곳이 하나 있다면, 그곳은 바로 백 개의 문 안, 수도원 내부였다. 모든 연령의 불행한 자들, 랍비, 시인, 미움받는 유태인과 가난하고 버림받은 그 가족들을 다시 묶기 위한 연구와 교육이 존재하는 수도원이라는 친숙한 극지밖엔 없다. 백 개의 문 안에서 원전을 마주하면, 사람들은 저마다 아주 오래 전부터 시작된 운명, 천 년의 문화로 풍부해진 자기 운명의 주인임을 느낄 수 있었다. 백 개의 문 안에 있는 수도원은 단 한 명의 노예도, 박해받는 사람도 없는, 모두가 왕이고 주체인 굳건한 성과도 같았다.

그들은 이스라엘 한복판에 게토를 다시 옮겨와 그것을 보완하고 빠져나갈 구멍을 마련하는 일도 잊지 않았다. 다시 말해 그것은 또다른 열망, 카발라의 신비한 숨결을 향한 새로운 열림이었다. 그들은 백 개의 문 안에, 삶과 진정한 행동을, 감각과 창조적 의도를 향한 참여의식을 가능한 한 회복시켜놓았다. 하나의 행동이 정당성을 가지기 위해서는 전통과 일치하는 일련의 논리적 논법으로부터 추론하는 것만으로는 충분치 않다는 것을, 그들은 유배지로부터 멀리, 아주 멀리 떨어진 곳에서 깨닫게 되었기 때문이다. 행동은, 완수 속에서도 행동의 탄생과 느린 전개를 주관하는 심오한 의도를 받아들여야만 정당성을 가지게 된다는 것을 알게 된 것이다. 그래서 이 현세로부터 스스로를 보호하기 위해서, 그들은 미래의 세계, '종교적 열광'이라 부르는 내세를 고안했던 것이다.

나는 하시디즘*을 접하기 전에 이미 종교적 열광이라는 것을 알고 있었다. 나는 항상 열광에 자극되었다. 어떤 힘과 끝없는 식욕에 지배당하는 일도 있었다. 때로는 최면 상태에 들어가기도 했으며, 영원한 힘을 느끼기도 했다. 나는 어떤 장애물과도 용감하게 맞설 수 있었다. 부모님이 개신교도임에도 불구하고, 이러한 믿음은 내가 신앙 공부를 끝마칠 수 있도록 활기를 불어넣어주었다. 나를 하시드들 쪽으로 가게 한 것도 이런 열광의 힘이었다. 그들만이 신들린 사람을 이해할 수 있을 거라고 생각했다. 신들린 상태의 그것을 내가 털어놓을 수 있을까? 그 경험을 설명할 수

* 18세기 폴란드와 우크라이나의 유태교도 사이에 일어난 신비주의적 경향의 신앙 부흥 운동.

있을까? 나는 때로 드브쿠*에 가까운 상태에 도달할 때도 있었다. 그 지고의 행복, 그 충만함은 그들에게 행동 규칙이었다.

예시바에서 그들은 나에게 이런 법열(法悅)에 필요한 예비 지식을 가르쳐주었다. 나는 정신 집중에 유리한 기도법, 강렬한 시선도 알고 있었다. 책 속의 글자에 시선을 강렬하게 집중시켜, 말과 사물에 생명을 주는 히브리어 기호 내부의 빛과 자신이 하나로 결합되도록 하는 것이다. 나는 풍부한 사고와 오랜 단식도, 또 묘약가루의 정확한 분량도 몸에 익혔다. 포도주만으로도 충분할 때도 있었다. 내 몸에 포도주가 들어가면, 비밀이 흘러나왔다. 가루를 삼키면 몸 전체가 솟아오르는 것을 느낄 수 있었다.

그것은 마치 내게서 내 존재가 빠져나가는 느낌이었다. 나를 잃어버리고, 나 자신을 망각하는 일도 있었다. 그때 나는 더이상 나의 소유자가 아니었다. 신들린 상태로, 나 자신 속에 나를 가두는 이기적인 모든 끈에서 벗어나, 불투명하고 찬란한 광채에 마음을 여는 것이다. 내 몸이 높이 솟아올라 허공에 떠오르는 느낌, 천상의 세계로 나와 함께 내 몸을 데려가기 위해, 죽은 나, 추상적인 나를 넘어서서 한 걸음을 내디디는 것. 소멸을 통해 본질과 결합되기 위하여, 시간과 공간을 초월하여 높이 올라가는 것. 한순간이지만 영원한 평온 안에서, 나는 짧은 포옹으로 절대자의 숨결을 만났고, 눈부신 진실과 창조의 꿈을 발견했다. 나는 숭고한 이념들을 관조했고, 책을 쓰고 토라를 읽었다. 나는 모세와 엘리야였

* 하시드에게 신과 내밀한 관계를 확립하는 신비적 생활 중 가장 높은 이상(理想) 상태.(원주)

다. 왕이고 선지자였다. 나의 사고들은 지상의 삶을 넘어, 내가 만든 미래의 세계로 나를 데려갔다. 나는 메시아였기 때문이다.

우리는 성찬식을 가졌다. 모닥불 옆에서 날이 밝을 때까지 서로 팔짱을 끼고 밤새도록 숨가쁘게 춤을 추었다. 챙과 챙이 맞붙은 우리들의 모자는, 끝없이 물결치는 어두운 바다의 형상이었다. 이따금 우리들 중 한 명이 그룹에서 빠져나가 원 한가운데에 있는 모닥불에 다가가 춤을 추었다. 모닥불 앞을 지나는 그의 모습은 거의 사라져가는 탈구된 그림자로밖엔 보이지 않았다. 빨갛게 달아오른 그의 얼굴엔 불꽃이 일렁였다. 법열에 타오르는 얼굴이었다.

우리는 이따금 오케스트라와 함께 뜰에 모여 주술적인 춤을 추며 돌고 돌았다. 막대기와 병을 다룰 줄 아는 명수들은 몸을 꼬는 노련한 동작, 그리고 수평의 자세가 되도록 머리와 몸을 뒤로 한껏 젖히는 능숙한 자세도 취했다. 그들 중 한 얼굴, 춤을 가장 잘 추는 볼라치는 사람들이 모두 지옥과도 같은 요란스런 리듬에 맞춰 춤을 출 때까지 미묘한 동작, 죽은 사람의 동작으로 부활을 시도하였다.

신은 인간을 창조했다. 그것은 축소를 통해서였다. 신의 무한한 의지는 유한한 존재로 후퇴하였다. 피조물에게 자리를 내주려고 스스로를 축소시킨 것이다. '침춤'.* 나는 나 자신을 무(無)로 이끌어 갔다. 진리 속에서 본래의 지혜를 발견하기 위하여 자아를

* 신비술의 열쇠가 되는 말로, 천지창조 때 공간을 주기 위해 신이 스스로 자기 자신에게로 축소, 수축된 것을 지칭한다.(원주)

낮추었다. 태초의 지혜와 더불어 모든 가능성과, 순수 의지의 끝없는 전개와 변화를 발견하기 위해서였다. 그것을 통해 나는 의식 상태에서는 생각지도 못했던 모든 것을 발견하였다. 내 안에 달라붙어 있었기 때문에, 내가 여태껏 보지 못했던 타자에게 타자로서의 한 자리를 내주었다. 형언할 수 없는 태초의 동작을 밑그림으로 해서 막 창조하려 하는 창조자인 것이다. 나는 내 안에서 움직이고 있는 신의 세계를 발견한다. 신의 세계, 그것은 완전한 타자(他者), 절대적 초월성인 것이다.

그러나 이런 것들을 모두 실현하려면 기나긴 금욕 기간이 필요하다. 이 세상의 모든 가치를 잊어야 한다. 자기 자신에게 무관심해야 한다. 자존심, 자만심, 이기심에서 벗어나야 한다. 슬픔에서도 벗어나야 한다. 눈물은 신의 존재를 잊게 하기 때문이다. 잠재의식 속에 이미 존재하고 있는 모든 것들을 꿰뚫어보기 위해선 생각도, 말도, 욕망도, 추억도 잊어야 한다. 자기 자신을 모두 비워야 한다. 그리고 얽매여 있는 의지를 해방시켜 그 본래의 힘을 되찾아야 한다.

그때에야 비로소 우리는 사물에 대한 진정한 인식에 도달할 수 있다. 이성은 똑같은 말의 반복을 통해 대상을 파악하여 이성 그 자체로 축소시키는 반면, 드브쿠는 타자를 고려하기 위해, 다시 말해 타자를 자기 자신과 함께 받아들이기 위해 자신을 제외시킨다.

드브쿠가 우리의 윤리인 동시에 지성인 것은 바로 그 때문이었다. 드브쿠는 우리의 삶의 중심이며 속죄의 핵심이었다. 또한 바로 이 드브쿠를 통해서 메시아는 서둘러 임무를 완수한다. 메시아도 신처럼 전체로 나타나는 것이 아니라 축소라는 방식으로 현현할 것이다. 메시아는 우리들 내면에 분산되어 있는 신성한 불꽃들을 하나하나의 생각과 말, 그리고 행동에 결합시켜줄 것이다. 그렇게 우리를 해방시켜줄 것이다.

# II

*아침부터 너의 씨앗을 뿌려라. 저녁에도 두 손을 쉬지 말라.* 격언은 이렇게 말한다. *아침과 저녁, 이 두 가지 씨앗이 모두 똑같이 좋은 것이라면 어느 씨앗이 가장 좋은 싹을 틔울 것인지 너는 알 수 없기 때문이다.* 내가 하시드였을 때, 나는 매일 아침 일찍 일어나 메아 셰아림에서부터 아랍 시가지를 거쳐 구시가지 중심까지 갔다. 작은 예루살렘을 뒤덮고 있는 새벽 섬광 속에서, 그 백인 구역은 인광을 발하는 후광에 감싸여 있었다. 내 발걸음이 향하는 곳을 나는 알고 있었다. 일은 잘되어갔다. 흐릿한 빛에 감싸인 도시에서 내 가슴은 두근거렸다. 도시는 약혼자처럼 나를 바라보는 것 같았다. 때로 이상한 평화로움, 어떤 완성감이 나를 사로잡았다. 내 발걸음이 수수께끼 같은 미로 속으로 나를 인도하여, 금지

된 구역을 이리저리 배회하기도 했지만, 나는 늘 성벽으로 가는 길을 찾아내곤 했다. 그곳에 도착하려면 좁은 골목들을 거쳐야 했다. 대부분 어둡고 고불고불한 골목길들을 돌아 그 성벽을 발견할 때마다, 나는 언제나 뜻밖의 놀라움을 맛보았다. 성벽은 차할(이스라엘 군대—옮긴이)의 가장 용감한 문지기처럼 거대한 몸집으로 미동도 하지 않고 도시를 지키고 있었다. 그것은 통곡의 벽이 아니었다. 이제는 아니었다. 그 성벽은 헤로데 왕*이 여호와의 성전을 보호하기 위해 성전 주위에 세운 서역의 벽이었다. 그러나 아이러니컬하게도 지금은 벽 그 자신밖에는 지키지 못하고 있다. 나는 그 벽에 입을 맞추었다. 그리고 한 손으로 벽을 쓰다듬으며 아침 기도를 시작했다. 기도를 마치고 나면, 파괴된 성전에 대한 경의로 유태인 성직자들이 하듯 벽 쪽에 등을 보이지 않은 채 뒷걸음질쳐 물러나왔다.

그후 나는 탈무드 공부를 계속 하기 위해 그 구역의 수많은 예시바들 중 한 학교로 갔다. 두꺼운 탈무드의 페이지들과 씨름하며, 권위의 논법을 찾아 나는 하루 종일을 보냈다. 물론 권위의 논법이란 절대 존재하지 않는다는 것을 나는 잘 알고 있었다. 우리는 쓸모없는 토론을 벌이기도 했는데, 그 토론은 언제나 테쿠**의 전통적인 경구로 끝맺음을 하곤 했다. 그 경구는 *메시아가 강림하면 모든 질문과 문제들은 모두 그 해답을 찾게 될 것*이라는 의미

* 로마 제국이 임명한 유태의 왕. 재위 기원전 37~4년.

** 세상의 종말이 올 때에만 비로소 해결될 문제들을 의미하는 약자.(원주)

였다.

내가 그를 처음으로 만난 곳은 바로 그곳이었다. 그는 방 한구석에 자리잡고 있었다. 그는 젊고 소란스런 탈무드 연구자들에겐 눈길 한 번 주지 않고, 책을 펼쳐놓은 채 수염을 쓰다듬으며 몸을 좌우로 흔들고 있었다. 그러다 그는 수수께끼 같은 몇 구절들을 읊조리며 길게 탄식했다.

"가시들 속에 핀 장미꽃 같은 것이 이스라엘이다. 장미꽃은 무엇을 의미하는가? 장미꽃 같은 이스라엘의 교단은 붉기도 하고 희기도 하다. 그리고 때로는 엄격하게 때로는 인자하게 살고 있다."

그가 누구인지, 나는 친구에게 물어보았다.

"뭐? 너 아직 그분이 누군지 몰라?"

친구는 놀라서 되물었다.

"그분은 랍비시지."

"어떤 랍비?"

"랍비."

마치 세상에 랍비는 그 한 사람뿐이라는 듯 친구는 말했다.

나는 그와 함께 공부하면서 많은 것을 배웠다. 그런 후에야 비로소 그가 얼마나 위대한 사람인지 알게 되었다. 그는 이렇게 말했다.

"그 일을 완수하는 것이 너의 의무는 아니다. 그러나 그 일을 하지 않을 자유도 네겐 없다."

또 그는 말했다. 수천 년 전, 소수 민족인 유태인들이 반유목민으로 가나안 땅에서 떠돌아다닐 때 이미 유태교 연구에 대한 구상을 갖고 있었노라고. 자신의 지성을 발전시키는 것이 근본이라고 나에게 가르쳤다. 탈무드 공부를 하면서 우리가 완전히 정신 집중을 하지 않으면 그는 크게 화를 냈다. 전개된 논지의 실마리는 놓치기 쉬우며, 그렇게 되면 그 결과는 무의미하게 된다고, 그는 말했다. 마치 복잡한 음모를 해결해야 할 탐정 수사처럼 한 발 한 발 추론을 따라가야만 했다. 우리는 무한한 노력이라는 대가를 치르고서야 비로소 모습을 드러내는 율법의 감추어진 의미를 이해하려고 애썼다. 그는 내가 만났던 다른 선생들처럼, 자기 학생들이 지식을 정보처럼 무턱대고 머리에 주입시키는 것을 원치 않았다. 그는 학생들이 스스로 사고하는 법을 배워야 한다고 생각했다. 스승과 학생 사이에 시기란 없었다. 그가 두려워했던 것은 이런 자주성이 아니었다.

랍비가 우리 학생들 중 한 명에게, 탈무드의 한 페이지를 읽으라고 주문하는 것으로 강의는 시작되곤 했다. 주제는 별로 중요하지 않았다. 뭔가 엉뚱하거나 괴상한 것, 무엇이 핵심적인 열쇠인지 알 수 없는, 일어날 확률도 거의 없는 특별한 사건, 허공에 떠 있는 탑, 페사* 때 집 안에서 빵부스러기를 물고 나오는 쥐새끼, 이 자궁에서 저 자궁 속으로 이식된 태아, 미니안(기도하는 데 필요한 정족수인 열 명의 참여자—원주)에 가담한 로봇에 대한 이야기. 어

* 유월절 축제. 모세의 보호 아래 이루어진 히브리인들의 출애굽을 기념하는 날.(원주)

떤 때는 본문의 예닐곱 행만으로도 두 시간이나 토론을 벌일 수 있었다. 단 하루 혹은 단 한 시간만이라도 수업에 빠지게 되면, 그 추론을 따라가기란 불가능했다. 그만큼 그것은 복잡했다.

이따금 나는 스스로에게 물었다. 18세 젊은 남자의 머릿속에 도대체 무슨 조화가 일어났길래, 천 가지도 넘는 다른 많은 일들을 제쳐두고 하필이면 탈무드 원전 공부를 위해 인생의 십 년씩이나 바쳐가면서 예시바에서 보내고 싶어하는 것일까? 어떤 매력이 나를 이 외딴 길로 이끌었던 것일까? 나는 전통으로 되돌아오고 싶어했던 바알 테슈바(비종교 유태인이었다가 신자가 된 사람. 복수는 바알레 테슈바—원주)였다. 그러나 예시바 친구들 대부분은 그렇지 않았다. 그들은 아버지의 의지에 따라 학자가 되기 위해 예시바에 왔다. 그러나 나, 나는 섬광 같은 것을 보았고, 그래서 그 빛의 개화를 찾아 예시바에 왔던 것이다.

나는 학업을 둘러싸고 있는 광채를 순수하고 단순하게 관조하는 것만큼 공부 자체가 만족스럽진 않았다. 우리들에겐 지식이 최고의 가치가 아니었다. 나는 대부분의 하시드들과 마찬가지로, 유태교의 어떤 합리주의적인 전통과 반대되는 생각을 갖고 있었다. 다시 말해서 한 원전의 세부 사항에 대한 주의, 상세한 주석, 탈무드적 방법론인 필풀을 구성하고 있는 비비 꼬인 토론들은, 필요하기는 하지만 목적보다 열등하며 그 목적에 종속되어 있는 것이라고 생각했다. 그리고 오점들에 활기를 불어넣는 것은 목적이다. 그 목적은 신과 단단히 결합되어 신에게서 한치도 벗어나지 않는 것이다.

그러나 그러한 목적에 충실한 삶이란 쉽지 않았다. 우리들은 꼭 필요할 때가 아니면 예시바 밖으로 외출할 권리도 없었다. 잡지, 신문, 심지어 라디오까지 금지되었다. 예시바는 여느 학교 같은 곳이 아니라고, 랍비는 말했다. 예시바는 깊이와 순수와 신성을 요구했다. 이러한 이상에서 비켜나는 사람들이 머무를 자리는 없었다. 그곳에 머무르는 한, 학교 바깥에서 일어나는 일에 관심을 갖는 것이 금지된 것은 바로 그 때문이었다. 학교는 하나의 보호처였다. 불청객이 들어오는 것과 일원이 떠나는 것을 막기 위해 문에 빗장을 굳게 질러놓은 세상의 피난처였다.

우리에겐 여자를 사귈 권리도 없었다. 결혼하기 일 년 전이 되기 전에는 젊은 처녀와 외출할 수 없다고, 랍비는 말했다.

"자기가 언제 결혼할지 모르는데, 어떻게 결혼하기 일 년 전을 알 수 있습니까? 결혼하려면 먼저 처녀를 만나야 할 텐데요." 어느 날 내가 랍비에게 반박했다.

"음, 그래. 네가 열여덟 살이 되고 대학 공부를 시작하게 되면, 넌 사 년 이내에는 결혼하지 않겠지. 하지만 만약 열여덟 살에 너에게 운명지어진 사람을 만난다면 무슨 일이 생길까? 네가 사랑하는 처녀와 외출해서 이야기만 한다는 것은 몹시 어려운 일이야. 바로 그 때문에 일이 심각해지기 전에 미리 그런 상황을 피하는 것이 훨씬 더 낫다는 말이지."

"하지만 학생들은 그보다는 더 일찍 아가씨들을 만나고 싶어해요. 그렇잖으면 여자들과 함께 있을 때, 어떻게 행동해야 할지 배울 시간이 없지 않습니까."

"둘 중에 하나지. 어떻게 하는지 알게 되거나 그냥 모르는 채 있는 것. 그렇지만 반드시 많은 처녀들을 사귄다고 알게 되는 건 아니야. 게다가 늦게 시작하는 사람들도 일찍 시작하는 사람들과 마찬가지로 멋진 결혼을 할 수 있지."

우리는 오븐을 가질 권리도 없었다. 사실 '오늘 저녁엔 뭘 먹지?'라는 생각에 시간을 낭비한다면, 그것은 정신 집중에 영향을 줄 수 있기 때문이었다. 나쁜 행동을 모방하고 싶은 유혹에 이끌리지 않기 위해, 극장에도 가면 안 되었다. 카세트를 들을 권리도 없었다. 어떤 학생들은 학습에 필요하다는 핑계를 대고 교수들에게서 녹음기를 빌려와서는 사이먼과 가펑클을 들었다. 그들은 그 노래가 이디시 음악과 비슷하다고 생각했다.

나는 그전엔 영화 보는 것을 몹시 좋아했다. 그러나 예시바에 들어가고 난 후, 그럴 권리가 없다고 해서, 그때부터 영화를 보지 않았다. 나는 다른 사람들의 시선이 거북했다. 영화관에서 스트레멜 모자에 파피요트를 붙인 나를 본다면, 사람들은 어떻게 생각할 것인가? 여자들에게도 관심을 가지지 않으려고 했다. 길에서는 여자들을 쳐다보지 않았으며, 여자들과 일이 있을 땐 시선을 마주치지 않으려고 일부러 두 눈을 내리깔았다. 랍비는, 여자들이 몸을 드러내는 여름엔 특히 더 조심해야 한다고 말했다.

바깥 세상과 너무나 다르고 너무나 멀리 떨어진 곳에서 살 때, 읽고 배우는 것 외에 다른 가능성은 없다고 나는 생각한다. 앞으로 우리가 세상을 황폐화시키는 악의 힘과 맞서게 될 때, 대항하여 싸울 수 있도록 우리를 길들이고 충분히 강하게 만드는 것이 그 학교의 목적인 것 같았다. 그 전쟁을 대비하여 우리는 끊임없이 준비하고 무장하고 자신을 방어했다. 우리는 저항하고 투쟁할 채비가 되어 있었다. 우리는 새로운 시대의 무기였다. *지혜는 도시를 지배하는 열 명의 통치자보다 더 강한 힘을 주는 것이다.*

나는 랍비를 싫어하지 않았다. 그렇다고 다른 사람들처럼 그에게 끝없는 숭배를 바치지도 않았다. 나는 선지자를 보듯, 그를 몹시 우월한 사람으로 믿었다. 그렇기에 나의 제일 친한 친구 예후다가 랍비 딸과의 결혼을 받아들였을 때에도, 그 친구가 슬퍼하는 것을 알고 있었지만 나는 랍비를 원망할 수 없었던 것이다. 친구는 나보다 훨씬 어렸다. 그는 겨우 스물네 살이었다. 그때까지 그는 결혼에 대해 어떤 계획도 없었다. 그는 결혼을 원하지 않았고, 자기에게 시집 올 여자가 누군지도 알지 못했다. 그래도 나는 외부에서 그에게 결혼을 강요하는 것이 불쾌하게 여겨지지는 않았다. 대부분의 결혼이 그런 식으로 이루어졌으니까.

모든 일은 결혼할 나이에 이른 그의 여동생 때문에 비롯되었다. 예후다의 아버지는 딸의 신랑감을 찾기 위해 중매쟁이를 찾아갔다. 중매쟁이는 결혼 적령기에 있는 다른 남매를 알고 있었다. 예후다에게 사귀는 여자가 없다는 것을 안 중매쟁이는 이 두 남매의 혼사를 함께 추진하는 게 어떻겠느냐고 제안했다. 예후다의 아버지는 처음엔 거절했다. 아들은 아직 좀더 기다려야 한다고 생각했기 때문이었다. 그러나 시간이 흐르면서, 중매쟁이가 여러 차례 찾아와 예후다의 어머니에게 속닥거렸다. 혼사 문제에서는 어머니의 의견이 중요했기 때문이었다. 중매쟁이가 소개하는 집안이 어느 집안인지 그 성씨를 듣고 나자, 어머니는 동의할 수밖에 없었다. 랍비의 자식들이었던 것이다. 그때부터 그들은 재정 문제를 조정하였다. 얼마 후 예후다는 랍비에게 초대받았다. 아직 일이 다 결정나지 않은 상태라 어느 정도 거리를 두어야만 했다. 그래서 그들은 예시바에서 만났다. 이 만남의 목적은 젊은 청년의 탈무드에 관한 지적 능력을 평가하는 것이었다. 예후다는 면담을 준비했다. 그리고 자신있게 발표했다. 이따금 랍비는 그의 말을 중단시키며, 요점을 분명히 하고 명확하게 설명할 것을 요구하기도 했다. 십여 분간의 면담 후 랍비는 만족스럽다는 듯이 고개를 끄덕였다. 예후다에게 시집 올 처녀의 이름은 라셀이고 열여덟 살이었다. 그녀는 집안을 돌보고 부엌일도 할 줄 알았다. 장차 디자이너가 되고 싶어하는 처녀였다.

얼마 후 예후다가 나에게 말했다.

"너 있지, 랍비의 딸과 결혼한다는 게 얼마나 행복한 일인지 아니? 우리 부모님은 미칠 듯이 기뻐하셔."

"그런데, 그 여자, 네 아내 될 사람 말이야. 넌 그녀를 어떻게 생각해?" 내가 물었다.

"아직 한 번밖엔 보지 못했어. 나도 잘 몰라. 하지만 그녀 덕분에 난 그분의 아주 가까운 측근 속에 파고들 수 있단 말이야!"

랍비와 예후다는 결혼 직전에 다시 만났다. 그들은 메아 셰아림의 산책로를 함께 걸으며, 예시바에 대해서 그리고 이런저런 일들에 대해 이야기를 나누었다. 헤어지면서 랍비는 미소를 은은히 띄우며 "좋은 밤이야"라고 말했다.

몇 주 후, 우리는 파괴된 여호와의 성전을 기념하며 유리잔을 깨트렸다. 전세계에서 온 수천 명의 하시드들이 이 결혼 축하연에 참석했다. 아주 화려한 결혼식이었다. 결혼식이 진행되는 동안, 신부는 관습에 따라 신랑 주위를 일곱 바퀴 돌았다.

랍비의 사위로서 예후다는 사실상 그의 말과 아주 사소한 행동이나 몸짓에 가까이 접근할 수 있는 특권을 가졌다. 하시드로서 그런 일은 이루 말할 수 없는 행운이었다.

나는 이런 중매결혼의 관습을 잘 알고 있었지만, 서글픈 감정을 느끼지 않을 수 없었다. 그에게는 다른 인생이 시작되었고, 내게도 새로운 인생이 시작되었다는 것을 느꼈기 때문이었다. 이제 곧 나 자신도 결혼을 준비해야 한다는 것을 뜻했다. 물론 나도 몇 번의 제의를 이미 받았다. 나는 부모가 종교인이 아니어서 최상의 결혼 상대자는 아니었다. 그렇지만 나는 테슈바를 행했고, 빨리 배워서 예시바의 우등생 축에 끼었다. 나는 평판도 좋았다. 좋은 *평판은 좋은 향수보다 더 가치가 있고, 사망일은 출생일보다 더 가치가 있다.* 수많은 아버지 어머니들이 나를 찾아와 자기 딸들의 장점을 늘어놓았다. 하지만 나는 그들에게 조금도 곁을 주지 않았다. 그들과 이야기를 나눈다는 것은 결혼 서약을 하는 것이나 마찬가지였기 때문이었다. 아직 내게는 시간이 오지 않은 것이라면 내가 무엇을 할 수 있었겠는가?

한번은 중매쟁이에게 가서 되는 대로 나를 맡겨볼까 하는 생각도 해보았다. 예후다의 결혼이 뭔가 일을 좀 촉진시켜놓은 것도 같았다. 탈무드에는 남자가 혼자 있는 것은 좋지 않다고 씌어 있다.

내가 예시바로 떠나는 것이, 부모님에게는 내가 죽은 것이나 다름없었다. 나는 이젠 그들과 식사도 함께 할 수 없었다. 처음엔 차 한 잔이나 케이크 같은 건 함께 먹었지만, 그후 차츰 나는 그들을 보러 가지 않게 되었다. 문틀 위의 메주조트들이 정결하지 않은 집, 우유와 쇠고기가 한데 섞여 있고, 모든 것이 법도에 맞지 않는 부엌에, 게 새우 등 갑각류와 금지된 동물들 그리고—신이여 용서해주소서—심지어 돼지고기까지 먹는 집안에 어떻게 내가 들어갈 수 있겠는가? 식사 전에 손도 씻지 않는 사람들, 밥 먹기 전에 기도도 하지 않는 사람들, 그리고 식사를 다한 후에 감사의 기도를 하지 않는 사람들과 어떻게 함께 저녁을 먹는단 말인가? 샤바트 때 요리를 하고 불을 밝히며 자동차를 타는 사람들과 어떻게 함께 살 수 있겠는가? 얼굴을 가리지 않은 결혼한 여자를 어떻게 바라본단 말인가? 내 부모님은 신앙심이 없었다. 어머니는 배교자인데다 당신 아들이 어떻게 하시드가 되었는지도 이해하지 못했다. 그녀는 내가 몇 세기 전 게토의 감옥으로 되돌아가는 것이라고 생각했다. 그 모든 사슬에서 해방되기 위해서 그녀는 이스라엘로 오지 않았던가? 그녀는 말했다. 고대의 낡아빠진 계율을 따르는 금욕주의자로 살기엔 내가 너무 젊으며, 그 모든 미신, 인생의 향유를 막는 냉혹한 규율을 믿기엔 너무나 자유로운 사람이라고.

그러나 금지란 제한이 아니라, 의미있는 길이었다. 특히 늙는 것은 금지되어 있었다. 노인에게든 젊은이에게든 마찬가지였다. 엄숙한 스트레멜 모자와 검은 외투를 휘감고 있으면서도 젊음을 유지해야 한다는 것을 나는 알고 있었다. 젊음이 갖고 있는 모든 순진성과 대범함을 간직한 나는, 젊었다. 이 옷들은 세상의 노쇠에 대항하는 갑주일 뿐이었다. 그리고 그것은 사회적 허식, 위선, 음탕, 비루함, 금전 추구, 요컨대 세상을 추하게 만드는 모든 것, 젊은이를 빨리 겉늙게 하는 모든 것, 다시 말해 슬픔과 환멸을 느끼게 하는 것들로부터 나를 보호해주었다. 랍비가 항상 이야기하듯이, 젊음은 행복과 마찬가지로 자기 자신을 알지 못하고, 막상 찾을 땐 사라지고 없다. *젊은이여, 그대의 나이를 즐겨라. 그대의 가슴은 그대로 하여금 젊은날에 행복을 느끼게 하리니. 그대의 가슴이 그대를 데려가는 대로 또한 그대 눈의 시선을 따라 걸어가라. 그러나 그대가 한 모든 일에 대해서 신은 그대를 심판의 자리에 오게 하리라는 것을 알라.*

나는 예시바에 있던 대부분의 내 친구들과는 반대로 군대에 갔다. 그들은 이념적인 이유뿐 아니라 종교적인 이유로도 군대를 거부했다. 그들은 시온주의자*들이 아니었기 때문이다. 내 부모님은 내가 군복무 하기를 원했다. 나는 그들의 의지를 받아들였다. 이 나라는 우리들에게 많은 것을 주었다. 이 나라의 안전, 다시 말해 우리의 안전, 그리고 결과적으로 하시드들의 안전을 삼 년 동안 굳건히 지키는 것은 분명 내가 나라에서 받은 것 중 최소한의 것을 되돌려주는 일이었다. 나는 레바논으로 갔고, 탱크 속에서 몇날 며칠을 잠도 자지 않고 적을 감시했다. 공포는 역경과 더불어

* 유태 민족주의자. 고대에 유태인들의 고향이었던 팔레스타인에 유태 국가를 세우는 것을 목표로 했다.

친숙하게 사는 법을 가르쳐준 동반자였다. 군 장례식에 가지 않고 보낸 주일이 없었다. 고통과 무기력으로 크게 헐떡거리는 쉰 목소리를 내며 하늘로부터 쏟아지는 대포 소리를 듣지 않은 날이 없었다. 내 또래의 청년이 전투에서 죽었다. 내게 전쟁은 놀이가 아니었다. 정신적인 소망도 아니었다. 그것은 우리 시대가 어느 정도로 힘들고 우리 삶이 얼마나 일시적이며 위협받고 있는지, 또한 이 지상에서의 우리의 존재, 흉포한 전쟁이 어떤 것인가를 여실히 보여준 실제였다. 그것은 골리앗에 대항하는 다윗의 싸움이었고, 재탈환되었다가 또다시 정복된 여리고였다. 아브라함에게 쫓겨났던 네 개의 메소포타미아 국가에게 침범당한 골란 고원이었고, 요새지의 상징이며 사방에서 공격받는 조그만 땅덩어리, 국경 논쟁에 항상 휘말리는 포위당한 마사다였다. 마사다는 전투를 통해서, 공격자들의 끔찍한 카운트다운을 연기했다. 공격자들은 카운트다운을 기다리며 함정을 파놓고 있었다. 똑같은 도시에서 똑같은 전투, 똑같은 희망들이 반복되고 있었다. 나는 초록색 군복을 입고 기관총을 들고서 가능한 한 서쪽 통곡의 벽까지 가서 암벽에 머리를 기대고 기도했다. 제발 이것이 마지막 전쟁이기를, 이 끔찍한 유배와 귀환이 헛되지 않기를 열렬히 기도했다. 우리가 한 언어를 계속 부활시킬 수 있도록, 사막에 꽃을 피울 수 있도록 기도했다. 어느 여름 저녁엔 구릿빛과 황금빛 태양이 부드러운 후광으로 우리 도시를 비추는 것을 바라볼 수 있게 해달라고 빌었다. *왜냐하면 가자는 버림받을 것이고 아슈켈론은 황폐해질 것이며, 아슈도드는 한낮에 버림받을 것이며, 에크론은 뿌리째 뽑힐 것이기 때문이었다.*

군복무 삼 년 동안 나는 사교계의 젊은이, 마약, 알코올과 외출이라는 것을 알게 되었다. 그러나 나는 유혹에 빠지지 않고 이 모든 것을 다 뛰어넘었다. 처녀들도 몇 명 알았고, 인공적이고 화학적이며 때로는 위선적인 감정의 천국도 때때로 맛보았다. 그러나 외국인이나 민족학자처럼 스스로 만족하지도 않았고, 결코 같은 잘못을 되풀이하지도 않았다. 어떤 사람들은 나를 '다른 사람'이라고 불렀다. 그들을 싫어하지도 경멸하지도 않는 내가 그들에게 다르게 보였던 것이다. 그들은 내가 다른 세기, 다른 세계에서 온 것 같다고 했다. 우리 시대 사람 같지 않다고도 했다. 그들의 말이 옳았다. 나는 하나의 유적, 살아 있는 골동품이었다. 하나의 연구 대상이었다. 광택을 잃지 않고 잘 보존된 오래된 양피지였다. 상당한 연륜이 쌓였음에도 여전히 젊고, 맨 처음의 신선함을 간직한 진실을 밝힐 준비가 되어 있는, 그리고 그 순진무구함 속에서 그 모든 젊음으로 지난 세기들을 밝힐 준비가 되어 있는 양피지와도 같았다.

아버지는 이 모든 것에 대해 아무 말도 하지 않았다. 어머니처럼, 뒤로 돌아가는 것이 미친 짓이라는 말도 하지 않았다. 그는 결코 어떤 논평도 하지 않았다. 내가 아버지의 침묵을 이해하게 된 것은 세월이 좀더 지나서였다. 젊었을 때 아버지가 아주 독실한 신자였다는 것을 나는 몰랐다. 코헨이라는 사람은 어떻게 그렇게 '똑같을' 수가 있는지 나는 알 수 없었다. 게토에 있던 폴란드인들처럼 가장 숨막히는 더운 여름날에조차 내가 왜 검은 옷을 입고 있는지 아버지는 모를 거라고 나는 생각했었다.

그러나 그는 내가 왜 그렇게 하는지, 나보다 훨씬 더 분명하게 알고 있었다. 그가 과거에 얼마나 종교를 믿었는지, 그의 직업이 어느 정도로 그의 과거의 종교를 되찾아주었는지는 알 수 없다. 그러나 고고학은 우리 둘 공동의 열정이었다. 함께 발굴하고 옛 자료들을 연구할 때, 우리는 좋은 부자지간이었다. 그리고 그의 아들은 방탕아가 아니었다.

# III

그리하여, 쉬몬의 개입이 없었다면, 또 아버지의 호소가 없었다면, 나는 결혼하여 뿌리를 내릴 수도 있었다. 그리고 평생 동안 그렇게 살 수도 있었다. 왜냐하면 좀더 공부하기 위해선 공부해야만 한다고 성구 속에 씌어 있기 때문이었다. 그러나 어떤 일이 일어날 필요는 있었다. 진짜 나도 모르게, 내 스스로 무슨 일이 일어나기를 기다리는 마음을 버리지 못했다. 마치 다른 데서 나에게 소용될 지식을 모두 붙잡아두고 있는 것 같았다. 내가 신경 쓰고 있는 개념 속에서도 공부에는 공부 이외의 다른 보상이란 없었다. 많은 친구들과 달리 나는 이것이 내 존재의 마지막은 아니라는 막연한 생각이 들었다. 무엇인가 준비되고 있으며 그것은 아직 배태중이라는 생각이었다. 행동하기 위해, 나는 그 무엇인가를 통해 나를 지켰다. *나는 가슴으로 말했다. 이렇게 이야기했다. "자, 나는 이렇게 자랐고, 나보다 앞서 예루살렘에 살았던 모든 사람들보다 지혜롭게 컸으며, 나의 가슴은 수많은 지혜와 학문을 알게 되었다."*

결국, 긴 말보다 한 편의 그림이 훨씬 더 나를 잘 설명해줄 것이다. 나는 흐릿한 선에 파스텔 색을 칠한 수채화 같았다. 그 당시 나는 악을 보아도 결코 물들지 않는 의인에다 청순한 사람이었다. 그리고 방금 태어난 아기처럼 순수했다. 그건 내가 약점이 없어서도 아니요, 한 번도 실수하지 않았기 때문도 아니었다. 모든 남자들처럼 나도 죄를 지었기 때문이었다. 그러나 내 존재가 흔들리지 않은 것은 일종의 완벽함 때문이다. 나의 선택, 나의 꿈, 나의 욕망들, 내게 속한 모든 것과 더불어 나는 완벽했다. 나를 멈추게 하는 것, 또 내가 두려워하는 것은 하나도 없었다. 한마디로 나는 살아 있는 것이 아니었다. 인생을 살아온 지금, 나는 상처받기 이전의 그 시간을 아쉬워한다. 그때는 모든 가능성들이 있었기 때문이다. 그전에는 악이 나를 스쳐간 적이 한 번도 없었다. 앞으로는 우리를 응결시키는 추억들과 더불어 단순하게 살도록 애써야만 한다. 나중에는 희망을 품기에 너무 늦다. 그러나 나는 단순히 추억들을 되살리고 싶어서 이 어둠을 향해 또다시 전진한다.

아버지가 육필 두루마리에 대해 이야기했을 때 나는 조금도 놀라지 않았다. 두루마리들의 발견을 둘러싼 수수께끼 같은 이야기를 나는 알고 있었던 것이다. 설명할 수는 없지만 그곳, 쿰란으로 나를 끌어당기는 무엇인가가 있었다. 그것이 어딘가에 씌어 있듯 내 인생의 한 부분에 영향을 미치리라는 것을 느낄 수 있었다. 모*든 사물들은 인간이 말하는 것보다 훨씬 더 많은 일을 한다. 눈은 사물을 보는 데 결코 진력내지 않고 귀는 듣는 것에 싫증내지 않는다. 과거에 있던 것은 미래에도 존재할 것이며, 전에 만들어진 것은 미래에도 만들어질 것이다. 태양 아래 새로운 것은 하나도 없다. 우리가 이야기할 수 있는 것이 있는가. 보라, 그것이 새로운 것인가? 그것은 수세기 전에도 이미 존재했었다. 우리는 이전에 존재했던 것들을 기억하지 못한다. 이와 마찬가지로 우리는 장차 도래할 일들 가운데, 바로 다음에 일어날 일조차 전혀 기억할 수 없을 것이다.*

"이 지역에서 아버지가 하셨던 발굴 작업을 저는 기억합니다." 나는 아버지에게 말했다. "와디 쿰란 근처엔 키르베트 쿰란의 폐허가 있었지요. 거기서 멀지 않은 곳에 백열 개의 무덤이 있는 묘지가 있었어요. 무덤들이 모두 남북쪽으로 향하고 있으니까, 그 무덤들을 회교도들의 것이라고는 볼 수 없었죠. 게다가 식별 가능한 상징 같은 것도 전혀 없었어요."

"그래, 그건 에세네인들의 무덤이었어."

"그 육필 두루마리가 도둑맞은 줄은 몰랐어요…… 사람들이 그걸 다시 찾으려 한다는 것은 알지만, 왜 쉬몬이 이 일을 뒤에서 지휘하는 거죠? 이 일이 군대하고 무슨 관계가 있나요?

"그 육필 두루마리 뒤에는 중요한 정치적 내기가 있다."

"무슨 일인데요?"

"정부는 바티칸보다 앞질러 그 두루마리를 찾으려고 해."

"그러니까 그 육필 두루마리가 기독교에겐 위험하다는 말이죠?"

"거기에 어떤 내용이 담겨 있는지 우린 알 수 없어. 또한 누가 그것을 갖고 있는지도 모르지."

"왜 아버지에게 도움을 요청하는 거죠? 그리고 그들은 왜 제가 아버지와 동행하기를 바라는 건가요?"

"내 생각엔 그들이 우리를 찾아온 건 현명한 선택 같다. 우리는 육필 두루마리와 무관하면서도 그것을 찾는 데는 유능하니까."

"그럼 제가 할 일은 뭐죠?"

"나를 따라다니며 에스코트하는 거지. 만일에 대비해 나를 보호하는 일일 거야."

"그럼 아버지에게 경호원이 필요할 만큼 위험한 임무인가요?"

"그럴지도 모르지."

"언제 떠나야 하죠?"

"지금. 아니면 내일. 가능한 한 빠른 게 좋다."

"하지만 전 그럴 수 없어요. 저는 지금 예시바에서 공부하고 있어요. 또 제가 그렇게 공부를 그만둘 수 없다는 걸 잘 아시잖아요."

"누가 공부를 그만두라더냐?"

아버지는 놀리듯이 말하고는 잠시 생각하는 듯하더니 덧붙여 말했다.

"만약 우리가 그 육필 두루마리를 찾는다면 함께 연구할 수 있을 거다. 어쩌면 우리가 아주 중요한 것들을 발견하게 될지도 모르지…… 아마 우리 자신을 위해 그것들을 지켜야만 할 거야. 쉬몬에게만은 넘겨주어야겠지. 아니 어쩌면 그에게조차 넘겨선 안 될지도 몰라. 어떤 경우에도 너희 랍비에게는 절대 이 이야기를 하면 안 된다."

그는 몸을 수그리고 내게 소근거렸다.

"내 동의 없이는 그 누구에게도 말하면 안 된다. 알겠니?"

나는 그러겠다는 몸짓을 했다. 아버지가 그런 일을 나에게 부탁한 것은 그때가 처음이었다. 아버지에게 당연히 표해야 할 복종과 존경, 그리고 내가 랍비에게 가지고 있는 맹목적인 신뢰 사이에서 나는 선택해야만 했다. 그리고 나는 결심했다. 아버지도 내가 결심했다는 것을 알았다. 아버지, 그리고 내가 비전통이라고 지칭한 아버지의 전통을 나는 이미 떠났기 때문이었다. 그러나 결코 아버지와 나 사이의 직접적인 대결은 없었다. 나는 우리 부자간의 대결을 기다림 속에서 계속되는 대답 없는 질문처럼 느꼈다. 그런데 설사 그렇다고 할지라도 우리는 절대로 주제에 접근하지 않았다. 우리 부자간의 대결은 암암리에 이루어졌다. 그 부탁을 받았을 때, 나는 그 일이 아버지가 당부한 대로 랍비에게 말하면 안 될 정도로 아주 심각한 일이라는 것을 느꼈다. 결국 나는 다섯번째 계율에 따르기로 했다. 자기 부모를 존경할 것을 명하는 계율이었다. 그러나 순종에 접근하면서 나는 부모를 존경할 것을 명하는 바로 그 토라를 토라의 이름으로 저버리는 듯한 느낌을 받았다.

그는 육필 두루마리들에 얽혀 일어난 잔인한 살인 사건에 대해선 말하지 않았다. 아마 나를 보호하기 위해서였던 것 같았다. 그 이야기는 아주 나중에서야 알게 되었다. 또다른 끔찍한 살인이 일어난 직후였다. 어쩌면 뒤늦게 알게 된 것이 더 나았는지도 모른다. 설사 일찍 알았다 해도 그 범죄가 던져준 어마어마한 충격이 조금이라도 줄어들었을 거라고는 생각하지 않는다. 어쨌든 나는 아무것도 알지 못했다. 그렇지만 호기심에서라도 그 육필 두루마리를 찾고 싶었다. 그것은 어떤 물리칠 수 없는 어렴풋한 추억처럼 뭐라고 꼬집어 말할 수 없는 무엇인가가 그쪽으로 나를 끌어간 때문이기도 했다.

우리는 요르단 계곡으로 갔다. 쉬몬이 아버지에게 했던 대로 아버지도 내게 쿰란을 보여주고 싶었던 것이었다. 아버지가 나를 데리고 간, 동굴에서 그리 멀지 않은 그 지역은 다른 곳보다 앞으로 불쑥 튀어나와 있었다. 우리의 왼켠 북쪽으로는 요르단 강이 총림(叢林) 사이로 은빛 뱀처럼 굽이치고 있었다. 우리 뒤켠 서쪽으로는 다갈색 사구들의 어두운 급경사를 완만하게 하는 유다 사막이, 저 멀리에는 초록색 오아시스와 여리고의 종려나무 숲들이 보였다. 우리 앞쪽으로 사해의 회색빛 물이 호수의 형상을 그려내고 있었다. 여기저기에 푸르스름하고 가파른 산들이 늘어서 있는 그 호수는 반짝거리는 시선을 풍경 위로 던지고 있었다. 아버지의 시선은 줄곧 강 서쪽을 응시하고 있었다. 그곳에 있는 거대한 절벽 뒤편으로 아인 페슈카 샘에서 불쑥 튀어나온 초록색 라스 페슈카 갑이 높이 솟아 있었다. 그는 이 지역을 잘 알고 있었다. 샘에서 북쪽으로 조금만 더 가면, 해안평야와 키르베트 쿰란의 폐허를 가볍게 굽어보고 있는 절벽과 인접한 이회암 단구가 있었다. 물론 우리가 있는 곳에선 보이지 않았지만, 아버지는 모두 쉽게 상상할 수 있었다는 것을 나는 나중에 알게 되었다.

내가 그곳에 간 것은 그때가 처음이 아니었다. 부모님과 친구들과 함께 그곳에서 오랜 산책을 즐기곤 했었다. 다른 사람들과 마찬가지로 나 자신에게도 그곳은 여전히 천막생활을 하는 몇몇 베두인 족들이 서로 만나는 외딴 평원 한가운데에 버려진 모퉁이일 뿐이었다.

팔레스타인의 옛 탐험가들은 키르베트 쿰란에 대해 아주 간략하게만 언급해놓았을 뿐이었다. 그런 키르베트 쿰란이 지상에서 얼마나 유명하고 거룩한 지역인가를 나는 그로부터 한참 후에야 깨달았다. 바로 이 특징도 없는 황량한 지방, 인간의 흔적도 동물의 시체도 보이지 않는 이 사해 지역에서 유일신교가 나온 것이다. 종교가, 어쩌면 이 땅이 생산해낼 수 있었던 유일한 것이었는지도 모른다. 이름도 얼굴도 육신도 없이 순수한 부재로서, 흔적도 사건도 남기지 않은 유일신. 이 사구 밑, 바닷속엔 요정들을 위한 자리는 없었다.

우리는 바다에서 좀 떨어진 키르베트 쿰란에 커다란 회색 바위로 건설된 에세네인들의 옛 수도원까지 걸어갔다. 수도원 뒤쪽에 있는 작은 언덕들 여기저기엔 시커먼 구멍들이 드러나 있었다. 두루마리들이 발견된 자연 동굴들이었다. 사해와 수도원 사이에 공동 묘지가 펼쳐져 있었다. 커다란 조약돌과 단단한 자갈들로 덮인 직사각형의 넓은 땅이었다. 북서쪽엔 그 지역을 방어하는 듯한 이층탑이 서 있었다.

수도원 안에는 화덕이 딸린 부엌과 식당이 있었다. 또다른 방은 에세네인들이 집회를 열던 곳이었다. 바로 옆엔 석회와 벽돌로 지은 필사실이 있었다. 그곳에 청동으로 만든 잉크병 세 개와 붉은 진흙으로 만든 잉크병 두 개가 보였다. 그 속엔 마른 잉크가 아직도 남아 있었다. 공동체에 필요한 물은 언덕에서 내려오는 빗물을 여섯 개의 커다란 저수조에 받아 공급하였다. 그중 가까운 곳에 보이는 커다란 저수조는 유태교 신도들의 제식 목욕인 미크베에 사용되었던 것이다.

"발굴 전에는 이곳에 돌무더기와 저수조밖엔 없었어. 그 속엔 거의 넘칠 정도로 물이 차 있었지." 아버지가 말했다.

"쿰란의 주민들이 어떻게 살았는지 아세요?"

"남자들은 글을 읽고 쓰고 공부하는 일에 전념했지. 그 공동체에는 커다란 도서관이 하나 있었고 그곳에는 수백 권의 책들이 보관되어 있었다. 한쪽은 성서들로 채워졌고, 또 한쪽은 종파의 문학서적들이었지. 열심히 읽힌 책들은 모두 공동체 교화의 밑거름이 되었어. 비(非) 성서문학은 종파의 여론을 반영했을 터이고. 그 당시의 책들은 저자가 없었다. 만약 어떤 필사생이 자기가 베껴쓰고 있는 텍스트에 첨언, 생략 혹은 수정을 통해 개선하고 윤색할 필요가 있다고 생각하면, 자신의 기호에 따라 그대로 실행했거든. 필사생들이 자기가 공부하는 텍스트를 개조하면서 자신의 재능을 보여주는 관습이 생긴 지는 그리 오래되지 않았지."

"종교 텍스트들까지도요?"

"만약 그 텍스트가 성스러운 것이라고 입증되면, 전혀 고치지 않고 있는 그대로 전수하려고 했었어. 너도 〈칠십인역(七十人譯)〉* 을 기억할 거다. 이집트의 프톨레마이오스 2세는 각 부족마다 6

명씩, 72명의 예루살렘 필사생들을 불렀지. 그는 각자에게 72일 동안 히브리어로 된 모세의 율법을 그리스어로 번역하라고 명했다. 〈칠십인역〉을 보면 그들은 지중해의 한 섬에 격리되었어. 각자 독방에 들어가, 신의 영감을 받아서 그들의 일을 완수하기 바랐었지. 그런데 72일 후 완성된 그들의 번역서들을 보니, 모두 똑같았다는 거야."

"이 방은 어디에 사용되었어요?"

주된 방들 중 하나인 것 같은 커다란 벽의 잔해들을 가리키며 나는 아버지에게 물었다.

"이곳은 교단의 신자들이 모이던 장소지. 에세네인들의 의식 중 하나는 모두 함께 앉아서 메시아가 주재하는 연회에 참석하는 것이었어. 사제가 각자의 계급에 따라 축복해주기 전엔, 그 누구도 빵이나 포도주에 손을 댈 수 없었지. 이 의식은 천국의 의식을 미리 맛보는 것이었어. 사제는 참석하지 않은 메시아를 대신하여 그의 이름에 따라 행동한 거지."

"최후의 만찬 때 예수가 한 것 같은 건가요?"

"그렇지. 그 만찬 때 예수는 메시아의 얼굴과 꼭 같았어."

"예수와, 쿰란의 두루마리에서 말하는 '정의의 스승' 사이에 어떤 관계가 있다고 생각하세요?"

"현재 내가 알고 있는 바로는 아주 놀랄 정도로 유사성이 많아. 유감스럽게도 몹시 파손되긴 했지만 〈하바꾹 주석서〉 두루마리는 〈하바꾹의 서(書)〉에서 인용한 문장들과 예언의 완성인 최후의

* 구약성서의 그리스어 번역본. 가장 오래된 구약성서 번역본이다.

사건들을 묘사한 문장을 번갈아 써놓은 거야. 고대인들이 '정의로운 자'나 '악한 자'에 대해 말하고 있는 부분에서, 주석자는 에세네 종파와 그 종파의 '정의의 스승'을 명명하고 있지. 정의의 스승, 그는 여호와의 성전을 반대하는 사제였어. 그자는 '불경한 사제'에게 쫓기다가 결국 죽임을 당했지. 그 정의의 스승은 공동체의 순교자로 존경받았던 것 같아. 에세네인들에 의하면, 그는 신의 계시를 직접 받았기 때문에 사제들로부터 박해를 당했다고 하거든. 그들은 또한 정의의 스승이 '빛의 아들들과 어둠의 아들들의 전쟁'이 끝난 후 최후의 시간에 다시 나타날 것이라고 믿고 있었지. 그들의 종말론적 예언에 의하면, 정의의 스승은 불경한 사제를 죽이고 힘을 되찾아 사람들을 메시아의 시대로 인도한다는 거야."

잠시 후 아버지는 다시 말을 이었다.

"고로 에세네인들이 얘기한 이런 모습과 기독교의 예수 사이엔 놀랄 정도로 유사점이 많다고 볼 수 있지. 예수도 정의의 스승처럼 회개와 가난, 겸손, 이웃에 대한 사랑과 순결을 전파하였지. 모세의 율법을 지키라고도 지시하였고. 또한 정의의 스승과 같이 선택된 사람, 신의 메시아, 세상의 구세주였지. 예수도 사제들, 특히 사두개 파 교도들의 적대 행위에 직면했고. 정의의 스승과 마찬가지로 형을 언도받고 감옥으로 갔어. 종말이 오면, 예수 또한 정의의 스승처럼 최고 심판자가 될 거다. 신도들이 그들 지도자의 귀환을 열렬히 고대하는 교회를 지었던 것도 일치하는 점이지. 끝으로 기독교 교회와 에세네 교단은 둘 다 모두 각 공동체의 수장인 사제들이 주재하는 신성한 만찬을 중요한 의식으로 쳤지. 이러한 것들이 많은 공통점을 말해주고 있어. 하지만 지금으로선 우리에게 공식적인 증거가 없지."

고고학 발굴 지역에 갈 때나 그곳에서 과거를 재생시킬 때 자주 볼 수 있었던 흥분된 모습으로 아버지는 이야기를 계속했다. 나는 진동하며 울리는 그의 목소리를 듣고 있는 것이 좋았다. 그 목소리는 생생한 동시에 꺼져드는 듯하며, 완전하게 맑은 목소리는 내기 어렵다는 듯 이따금 목에 걸려 잘 나오지 않았다. 이 어두운 목소리가 발음하는 단어들은 가장 열렬한 예언자들의 격한 비난의 목소리처럼 인후에서 서로 부딪쳐 울렸다.

조금 멀리 떨어진 곳, 성벽 아래에서 남자들이 분주히 일을 하고 있었다. 굴착공사중이었다. 그들 중 한 사람은 작업을 지시하고 있는 듯했다. 중키에 제법 살이 찐 그는 수염을 기르고, 흰 곱슬머리에 커다란 짙은 뿔테 안경을 쓰고 있었다. 성사(聖事) 축복 때 추가로 마신 포도주 탓인지 두 뺨이 붉었다. 폭 넓은 성 도미니크 회 수도사의 수단복을 걸쳤음에도 훤히 드러나는 살찐 몸은 맛있는 음식을 참지 못하는 성품을 말해주고 있었다.

그는 국제 발굴팀의 프랑스 회원 중 한 사람인 미예 신부였다. 아버지는 이내 그를 알아보았다. 발굴지와 심포지엄에서 이미 그와 만난 적이 있었던 것이다. 그는 입담도 좋고 호감이 가는 사람이어서 우리가 쉽게 대화에 낄 수 있었다.

"작업이 어디까지 진척되었습니까?" 아버지가 물었다.

"우리는 동쪽에서 서쪽으로 팔십 미터, 북쪽에서 남쪽으로 백 미터에 걸쳐 세워진 구조물들을 전부 발굴했어요."

손에 쥐고 있던, 대충 휘갈겨 그려진 지도를 아버지에게 보여주며 그가 대답했다.

"발굴된 도자기와 화폐처럼 벽과 토양으로도 여러 거주 시대의 연대를 추정할 수 있습니다. 키르베트 쿰란에서 인류가 거주한 첫 시기는 이스라엘 시대까지 거슬러 올라갑니다. 가장 낮은 기초벽들은 후기 철기시대의 사금파리들이 많이 묻혀 있는 재 지층에 뿌리박혀 있었습니다. 이 벽들은 특히 73지구(地區)와 80지구의 각도에서 더욱 잘 볼 수 있는데, 이 기초벽 반대편 북쪽 지구에는 가장 오래된 벽들이 인접해 있었습니다. 특히 68지구에선 어떤 발굴팀이 아주 유명한 한 세트에 속한 람레크, '왕에게' 라는 표지가 붙은 물병 손잡이 하나와 고대 히브리어 글씨가 새겨진 조개껍질을 발굴했습니다. 사금파리들이 널려 있는 곳과 기초벽을 토대로 우리는 커다란 마당과 동쪽 벽을 따라 방들이 늘어서 있는 직사각형 건물의 평면도를 재구성할 수 있었습니다. 벽의 북동쪽 모서리는 튀어나와 있었지요. 또다른 벽 하나는 동쪽으로 117호 저수지까지 뻗어 있었는데, 그것이 무엇과 연결되어 있는지는 알 수 없었습니다."

"아마 건물의 서쪽 담벽인지도 모르지."

지도에 흘낏 시선을 던지며 아버지가 말했다.

"하지만 그 앞엔 일종의 울타리가 있잖아요."

"그것은 북쪽으로 개방되어 있지요?"

"맞습니다."

"바로 그곳을 통해 살랑거리는 물이 키르베트 쿰란의 가장 깊고 커다란 둥근 저수조까지 흘러갔겠죠. 전체 연대를 다 추정할 수 있습니까?"

"그럼요."

아버지가 거의 기계적으로 결론을 빨리 내리는 것을 보고 놀란 미예가 대답했다.

"연대는 사금파리들로 충분히 추정할 수 있습니다. 전체가 기원전 7세기 말로 거슬러 올라갑니다. 이 연대는 군주제 말기의 람레크 표지와 조개껍질로 확인되었죠. 그 조개껍질에 새겨진 글씨는 에세네 파의 은둔보다 더 앞선 것은 아닙니다. 게다가 이 시설은 유태 왕국의 몰락으로 인해 존속될 수 없었던 것이 확실합니다. 여기저기 이스라엘 사금파리들과 뒤섞여 있는 재들이, 건물이 불에 타버렸음을 분명히 말해주고 있는 거죠. 새로운 무리의 인간들이 키르베트 쿰란에 정착하러 왔을 때 그곳은 아주 오래 전부터 폐허가 되어 있었던 겁니다."

"당신은 여호와의 성전에 반항한 사제들 이야기를 하고 싶으신가 보죠?"

"그 문제엔 여러 가지 가정이 있을 수 있습니다. 어쨌든 그들이 누구건 간에 에세네 파의 창설자인 것은 분명합니다. 게다가 우리가 방금 발견한 것을 보십시오. 이건 분명 그들의 소유물이었습니다."

그는 우리에게 아주 작은 유리병 하나를 보여주었다. 그의 말에 의하면 그것은 헤로데 왕 시대나 바로 그 이후의 후계자 시대로 추정되는 것이었다. 그는 그 유리병은 누군가 폐허 속에 일부러 감춰둔 것이라고 추측했다. 종려나무 섬유로 짠 보호지로 조심스럽게 포장되어 있었기 때문이었다.

"보세요." 그는 병을 약간 기울이며 말했다. "이 속엔 오늘날 볼 수 있는 어떤 기름과도 다른 아주 짙은 붉은색의 기름이 들어 있어요. 제가 보기엔 이스라엘 왕들이 성유(聖油)로 바르던 발삼유 같습니다만, 그것도 확실하진 않죠. 왜냐하면 발삼유를 추출할 수 있는 나무는 천오백 년 전부터 더이상 자취를 찾아볼 수 없으니까요."

"제가 좀 볼 수 있겠습니까?" 내가 묻자, 그는 병을 이내 나에게 내밀었다.

"〈청동 두루마리〉를 보셨습니까?"

계속 생각의 꼬리를 물고 있던 아버지가 다시 말했다.

"네, 저는 최근 출판된 토머스 아몬드가 쓴 사본을 읽었습니다. 그 두루마리에는 금, 은, 귀한 향유, 의복, 신성한 그릇 등 아주 귀중한 보물들과, 전 유태 시대에 걸쳐 골동품을 감추어놓은 예루살렘 근처 예순네 군데 지역이 적혀 있습니다. 또한 그 속에는 연못, 무덤, 동굴 지하도와 같은 장소들의 이름과 위치를 분명하게 표시해놓은 상세한 지도도 들어 있습니다. 두루마리 속의 표시로 연구가들이 평가한 그 귀중한 재산들의 규모는 너무나 엄청나지요. 그들이 그런 보물을 어떻게 다 수집할 수 있었을까를 자문할 정도입니다."

"〈청동 두루마리〉 속에 나오는 제기(祭器)에 대한 잦은 언급으로 보아, 쿰란의 교단과 예루살렘에 세워진 여호와의 성전 사이에 어떤 관계가 있었을 가능성이 있지 않을까요?"

"쿰란의 교단은 여호와의 성전에 반기를 든 옛 사제들에 의해 창설된 것 같습니다만…… 당신 생각도 정말 그런가요? 그렇다면 그러한 사실이 어떤 결론을 초래할 수 있을까요?"

미예 신부가 확신없이 물었다.

"쿰란의 교단이 사두개 교도와 경쟁하던 옛 사제들에 의해 창설되었다고 생각해보세요…… 예수가 여호와의 성전의 사제들에 대항하여 투쟁했다고 상상해보면 그런 예수의 모습은 에세네인들이 말한 그리스도의 모습에 매우 가깝습니다. 게다가 이런 상상은 사두개인들이 예수를 죽음에 처하게 했던 최후의 복수를 이해할 수 있게 해주지요. 만약 예수가 에세네 파들이 말하는 정의의 스승이라면, 예수는 사두개인에게는 정치적으로 심각한 위험을 나타내기 때문입니다."

"네…… 예수가 에세네 파였다고 인정한다면 그렇습니다. 그러나 그 어떤 것도 아직 증명되지 않은 가정에 불과합니다." 미예 신부가 말했다.

"화제를 불러모았던 피에르 미셸의 그 강연은 그런 면에선 어쨌든 의미있었다고 봅니다." 아버지가 그에게 대답했다.

"네, 저도 그렇게 알고 있습니다. 헌데 그 강연 내용은 한 번도 출판되지 않았더군요. 그가 참조한 원전엔 아무도 접근할 수 없었다더군요."

"그 원전은 사라졌지요."

"시리즈로 출판된 많은 쿰란 원전들처럼요…… 그런데 당신은 쿰란 연구에 왜 그토록 깊은 관심을 가지시는지요?"

미예 신부는 갑자기 불안해진 듯 물었다.

"예루살렘 대학의 고문서학 교수로서 저는 사해 두루마리들에 관한 연구를 하고 있습니다. 그런데 당신은 언제부터 두루마리에 관련된 일을 시작했습니까?"

"오! 당신도 아시다시피 제가 그 일을 하는 데 정말 예정된 것은 하나도 없었죠."

조금 긴장을 푼 미예가 대답했다.

"프랑스 남부 출신인 저는 리옹 근처의 신학교에서 신학과 라틴어를 공부했지요. 어느 날 신학교 도서관에서 히브리어 고서들을 발견한 후 저는 그 고대 언어를 배울 결심을 했습니다. 저는 앙드레 뒤퐁 소메르의 유명한 동양학 강의를 듣기 위해서 주교로부터 파리 여행 허가를 받아냈지요. 그 뒤, 저는 국제 발굴팀장이 된 폴 존슨의 친구이자 동료가 되었어요. 게다가 그는 사해 두루마리 중 가장 중요한 아람어 원본들을 제게 몇 개 맡겼습니다. 그리고 저는 예루살렘의 성서 고고학 학교에 다시 합류하게 되었어요. 저는 이십 년 이상 그 두루마리에 대해 연구했습니다. 제가 고고학 연구를 시작한 때부터니까요."

미예 신부는 고고학에 대한 자신의 열정을 설명하기 시작했다. 그리고 아버지와 그는 발굴과 양피지, 그리고 고대 역사에 대해 한 시간 가까이 토론을 했다.

그가 힘찬 어조로 이야기하는 동안 나는 그의 관상을 보았다. 그건 쉬운 일이었다. 요셉처럼, 호감을 갖게 하는 반듯한 얼굴을 하고 있었다. 좀더 가까이서 관찰해보니, 이마 위에 두 개의 핏줄이 수평으로 파랗게 드러나 있고, 양쪽 관자놀이는 크게 말할 때마다 팽창되고 팔딱거렸다. 그중 한 끝에 두 개의 가는 정맥이 세번째 정맥과 수직으로 만나고 있었다. 전체로 보면 두 개의 히브리어 글자인 'vav'와 'tav'의 모양과 같았다. 이 두 글자는 '주(註)'라는 뜻을 가진 'tav' 한 단어로 만들 수 있었다. 분명 그는 기분좋은 내면의 음악을 간직하고 있는 사람이라고 나는 생각했다. 그리고 그 내면의 음악이 그의 외모에 드러나 있었다. 적어도 그것을 읽을 줄 아는 눈을 가진 자에게라면.

잠시 후 아버지가 그에게 물었다.

"당신의 국제 발굴팀에 유태인이 한 명도 없다는 게 이상하다고 생각지 않으십니까? 유태 역사 전문가는 분명히 당신들에게 귀중한 도움이 될 텐데요……."

"네, 저도 압니다. 변명하기 힘든, 대학의 인종차별의 한 형태이지요."

"만약 존슨이 도움을 청한 연구가들 중 한 명이 바로 그 문제에 관해 최고 전문가인 한 유태인 대학교수와 접촉할 것을 주장했다면 어떻게 되었겠습니까?"

"아마 국제적인 에피소드가 됐겠죠. 어쨌든 쿰란의 동굴들이 요르단 영토에 속해 있었던 1967년까지는 유태인이 국경을 넘는 것을 요르단 군대가 허용하지 않았습니다."

"하지만 유태 계율과 랍비 문학에 대한 지식을 갖고 있는 유태인 대학교수들이 원전 해석에 흥미로운 관점을 제기할 수 있으리라고 생각하지 않습니까?"

"어떤 회원으로부터도 쿰란 원본 해석에 랍비 문학이 도움이 될 거라는 말은 전혀 들어보지 못했습니다. 유태인 대학교수들에 대한 입장은 간단합니다. 그들과는 일을 할 수 없습니다. 그러니 그런 논쟁으로 시간을 낭비하지 맙시다. 이 점을 쉽게 이해할 수 없다는 건 저도 잘 알고 있습니다. 하지만 그렇게 된 걸 어떡합니까. 고고학자들 역시 그들의 선입관의 희생양들입니다."

잠시 주저하더니 그가 다시 덧붙여 말했다.

"저는 고고학적 분석이 정확한 역사적 사실을 말해준다고 생각했습니다. 세심하게 진행된 발굴이 이 지역을 객관적으로 이해할 수 있게 해줄 거라고 생각했지요. 그러나 이제는 압니다. 고고학자들은 자기가 찾으려고 하는 것이 무엇인지, 찾고 싶지 않은 것이 무엇인지에 대해 미리 생각하면서 작업장에 접근한다는 걸 말입니다. 찾고자 하는 건물이나 도구들의 유형에 대해 사전 구상이 없는 한, 돌무더기, 잡동사니, 먼지, 깨진 도자기들이 뒤얽혀 있는 현장을 끝까지 뒤져 성공하기란 불가능하지요."

"무슨 말입니까? 국제 발굴팀 회원들이 어떤 요소들을 보지 못할 수도 있다는 뜻입니까?"

상대방의 말 속에 숨은 뜻을 이해한 아버지가 되물었다.

"아닙니다…… 그 증거를 의도적으로 은폐했을 거라는 말은 아닙니다. 발굴팀은 지층학상의 층위를 분명하게 구별하고, 모든 부엌 용구들, 도자기, 동전과 다른 수공품들의 위치를 찾아내서, 아주 상세한 발굴 지도를 만들기 위해 최선을 다했습니다. 물론 현재까지는 교단이 점유했던 공간이라는 사실에는 아무도 의문을 제기하지 않습니다. 그러나 어떤 종류였을까요? 방의 가구들과 비슷한 폐허들, 침묵 속에 모였던 집회 장소, 그리고 공동 식당들을 추론해내기 위해서는 성실성이 필요합니다."

"존슨이 이 지역의 발굴에 참여했을 때 가지고 있던 선입견은 정확하게 어떤 것이었을까요?"

"존슨의 생각은, 기원전 125년경 한 무리의 이교도들이 자신의 집과 가족을 버리고 청동기 시대부터 아무도 살지 않던 요새의 황량한 폐허에 와서 정착했고, 그것이 쿰란의 역사라는 것입니다. 그곳에 정착하여 살기 위한 재정적인 수단을 그들이 어떻게 찾았을까요? 또 그곳에서 생활하는 데 필요한 자원은 어떻게 구했을까요? 존슨은 이 문제엔 해답을 내리지 못했습니다. 그는 큰 탑, 넓은 집회장, 작업장, 운하 개설 체계, 저수지, 그리고 제식용 목욕탕이 딸린 수도원을 그들 스스로의 힘으로 건설했다고 시사했습니다. 그 이교 종파들은 알렉산더 얀네우스 왕의 통치 아래 세력이 크게 확장되었다고 합니다. 또 그의 말에 따르면 이들 거주지가 모두 파괴된 것은 그 나라를 삼십오 년간 황폐화시킨 시민 전쟁도, 로마 침공이나 헤로데 왕의 정치체제도 아니었답니다. 존슨의 의견으론, 쿰란 지역이 먼지로 변한 것은 결코 정치적 사건 때문이 아니라 지진 때문이라는 겁니다. 기원전 31년에 지진이 일어나 이 지역을 붕괴시켰다는 거예요."

"그런데 이 모든 것이 그의 해석과는 반대되는 것으로……."

"다시 말해서, 어떻게 다르다는 거죠?"

"모든 도구들, 동전이나 필사본들 모두가 기원전 31년에 이 지역이 사라지지 않았다는 것을 말해주는 분명한 증거들입니다. 따라서 이 연대 바로 직후에, 이단적인 에세네 종파는 초기 기독교 공동체와 관계가 있었다고도 볼 수 있습니다……."

"당신이 말한 대로 이 '증거들'이 '만들어진' 것이 아닐 가능성이 있습니다."

너무 많은 이야기를 했다고 느꼈는지 미예 신부는 서둘러 자리를 피하고 싶어했다. 내 손에 작은 빨간 기름병이 들려 있다는 것을 깨달았을 땐, 그는 벌써 저만치 재빨리 걸어가버린 후였다. 나는 그걸 돌려주려고 그쪽으로 뛰어갔다. 병을 받아들던 그는 불현듯 무슨 생각이 들었던지 나에게 도로 내밀었다.

"아니오. 당신에게 주겠소." 그가 말했다.

"하지만 왜요?" 나는 어리둥절해서 물었다.

"나도 모르겠소…… 잘 간직하시오."

그의 시선은 단호했다. 그렇지만 나는 그 시선 속에서 어떤 슬픔을 보았다. 거의 기도와도 같은. 나는 그 이상한 증여물을 받았다.

그래, 적어도 이 하나만큼은 사라지지 않을 증거물이지, 하고 나는 혼자 중얼거렸다.

며칠 후 우리는 쉬몬을 만났다. 그는 국제팀의 두 회원인 폴 존슨과 토머스 아몬드에 대한 조사를 위해 우리가 떠나주어야겠다면서, 미국과 영국행 항공권을 건넸다. 우리는 토론회 참석차 뉴욕에 머물고 있는 마티도 만나봐야만 했다.

"행운을 비네."

우리가 떠나기 전 쉬몬이 행운을 빌어주었다.

"그리고 각별히 조심하게…… 이보게, 아리. 자네의 출발을 위해 선물을 하나 주겠네."

그는 조그만 가죽 케이스를 나에게 내밀었다. 그 속에는 작은 권총 한 자루가 들어 있었다. 깜짝 놀라는 내 앞에서 그는 이렇게 말했다.

"조심하게. 장전이 되어 있네. 어떻게 사용하는지는 알고 있겠지…… 물론 자네에겐 이게 필요한 일이 없길 바라네. 하지만 사람일을 알 수가 있나. 안 그런가?"

내가 무슨 반응을 채 보이기도 전에 그는 그 케이스를 도로 가져가며 내게 말했다.

"내 이걸 우편으로 자네들 호텔로 부쳐주지. 분명 이걸 가지고 비행기에 탈 순 없을 테니까. 특히 다음 장소로 이동할 때는 그곳이 어디든, 출발할 때마다 반드시 이 물건이 자네들을 뒤따라가도록 똑같이 조치하는 것을 잊지 말게."

그는 우리에게 한 번 더 인사말을 건네고는 발길을 돌렸다. 멀어지는 그를 보면서 우리는 이상하게 마음이 편치 않았다.

출발 전날, 우리는 예루살렘의 정통 가톨릭 수도원으로 갔다. 네 개의 쿰란 두루마리 중 마지막 두루마리를 가지고 마티와 거래를 했던 오제 주교의 중개자 카이르 벤야이르를 만나기 위해서였다. 그는 어쩌면 육필 두루마리들을 보았을 것이고, 또 누가 오제 주교를 죽였는지 알지도 몰랐다. 그 남자를 꼭 만나야 했다.

정통 가톨릭 수도원은 아르메니아 구역의 좁은 길 끝에 있었다. 우리는 현대식 모자이크로 위가 장식된 중세의 육중한 문 앞에 도착했다. 문을 두드리자, 천천히 열리면서 집사가 의심에 찬 얼굴을 내밀었다. 이 교회와 더불어 책이 많은 도서관이나, 이천 년 전 시리아 전통에 따라 최후의 만찬이 벌어졌던 건물의 밑 방에

최근 방문객들의 발길이 뜸하다는 것은 그만큼 주인들로선 걱정스러운 일인 것 같았다.

집사는 여러 채 중 한 건물을 가리키며 제일 위층에 있는 오제의 거처와 사제들이 머물고 있는 장소를 우리에게 가르쳐주었다. 우리는 교회의 성소를 지나 그곳으로 갔다. 시리아 글자가 새겨져 있는 제단 위에는 황금빛 성모상이 촛불 빛을 받으며 환하게 걸려 있었다. 엄숙한 기도 소리가 지하 납골당의 바위벽 아래에서 울려퍼졌다. 며칠 전부터 모두 대사제의 죽음을 슬퍼하고 있었다.

오제 주교의 접견실 앞에서 한 여자가 우리를 냉랭하게 맞이했다. 스트레멜을 쓰고 검은 망토를 입고 있는 나를 위아래로 훑어보며, 유태교도가 무엇 때문에 자기 구역을 벗어나 감히 먼 이곳까지 왔는지 의아해하고 있는 듯했다. 아버지가 우리의 방문 동기를 그녀에게 말했다. 그녀는 오제 주교가 죽은 후 카이르 벤야이르가 급히 프랑스로 떠났으며, 지금 그곳에서 여행중이라고 대답했다. 그는 용의자나 아니면 적어도 이 사건의 증인으로 수배를 받고 있었다. 그는 주소 하나 남기지 않았고 그가 어디 있는지 아는 사람도 전혀 없었다.

아버지가 그 여자와 이야기를 나누는 동안 나는 오제 주교의 접견실까지 몰래 올라가보았다. 문은 열려 있었다. 들어가보니, 그 안에 커다랗고 호화로운 방이 세 개 있었다. 모두 육중한 돌로 만든 궁륭으로 방풍이 되어 있었고, 고가구들과 귀중한 보석을 박은 자질구레한 실내 장식품, 아주 오래된 악기들과 고대 금은세공품들로 장식되어 있었다.

이 모든 보물들이 결국은 이렇게 되는 것이군, 하고 나는 중얼거렸다. *나는 또한 금과 은, 그리고 왕들과 여러 지방의 가장 귀중한 패물들을 그러모았다. 나는 남녀 성악가들, 인간들의 더없는 즐거움인 악기들의 하모니, 온갖 종류의 악기들의 조화까지 얻었다.* 나는 기계적으로 책상이 있는 곳까지 걸어갔다. 상자들과 모든 종류의 종이들, 시리아어로 씌어진 책들, 여러 가지 서류들이 그 위에 산더미처럼 쌓여 있었다. 책상 중앙에 양피지 조각 하나가 접혀 있는 것이 내 눈길을 끌었다. 나는 그것을 집어 펼쳐보았다. 그것은 두루마리의 한 부분이었다. 나는 그것을 내 작은 가방 속에다 감추고 급히 다시 내려왔다.

아래쪽에선 내가 잠시 없어진 것을 눈치 채지 못하고 있었다. 여자는 아버지에게 접견실 출입을 금지시키는 중이었다. 오제 주교의 죽음에 대한 미스터리가 아직 밝혀지지 않아, 혐의가 막연히 짙어가고 있었지만, 누구에게 혐의가 쏠리고 있는지 그들은 알 수가 없었던 것이다. 이런 미묘한 때에 이방인들이 환영받지 못하는 것은 당연했다. 이 장중한 건물은 스캔들을 두려워하여 집안의 수치스런 비밀이 누설되는 것을 피하기라도 하듯 문을 꼭꼭 걸어잠그기로 했던 것이다.

밖으로 나와 수도원에서 한참 멀리 왔다는 것을 확인하자마자, 나는 훔친 육필 두루마리를 서둘러 꺼내 아버지와 함께 읽었다. 아버지는 그것이 쿰란의 두루마리 중 한 조각이라는 것을 금방 확인하였다. 상태가 좋아서 그것을 해독하는 데는 많은 시간이 걸리지 않았다. 우리는 두근거리는 가슴으로 그림 주위에 씌어 있는 작은 글씨들을 함께 해석하였다.

1. 아코르 계곡에 있는
요새에서
동쪽으로 걸어서 40걸음.
2. 묘지에서,
바위들 중 세번째 줄에
금괴들.
3. 회랑 안뜰에 있는
큰 저수조와,
화단의 석고에서 맨 위 출입구 정면 구멍 속에
900개의 동전들이 감추어져 있음.
4. 저수조가 있는 광장,
북쪽에서 저수조 쪽으로 여섯 걸음 떨어진
수로 밑에
식기들이 있음.
5. 대피소 계단 위쪽에서
왼편으로
금괴 40개.
6. 풀장이 두 개 있는 집에 수반(水盤),
부엌 용구들과 돈이 있음.

"이건 〈청동 두루마리〉 조각이군. 토머스 아몬드가 부분적으로 해독한 것이야. 어디에 보물이 묻혀 있는지 그 위치를 적어놓은 것이지." 아버지가 말했다.

"무슨 보물들일까요?"

"누가 알겠니? 어쩌면 솔로몬 왕의 전설적인 재산인지도 모르지. 잘 기억해보렴. 이건 호화로운 사원이었어. 이중으로 된 황금문, 종려나무들이 심어져 있는 울타리, 황금빛으로 빛나는 천장, 신성한 가구들, 금촛대, 나무로 만든 눈부신 악기들, 황금 조각으로 만든 조그만 제단. 그리고 지성소(至聖所) 안에는 올리브 나무로 만든 케루빔*이 가장 성스런 물건인 언약의 궤**를 지키고 있었지."

"솔로몬의 사원은 기원전 6세기 때 느부갓네살 왕(기원전 630년경~562년. 신바빌로니아의 왕—옮긴이)의 군대에 의해 모두 파괴되었죠!"

"그래. 헌데 그곳에 있던 재물들은 모두 사라져버렸어. 여러 전설들이 사라진 재물에 대한 이야기를 대대로 해주었지. 그중 〈마카베오 2서〉의 한 전설에 의하면 선지자 예레미야가 그 보물을 지키는 자 중 한 명이었다고 하지. 예루살렘 몰락 후 그는 성막(유태 역사상 히브리인들이 약속의 땅을 향해 방랑하던 시기에 예배를 드릴 수 있도록 모세가 세운 이동식 성소—옮긴이)을 이끌고 네보 산으

* 랍비 문학에서 천사는 상위와 하위의 두 기본 집단으로 분류된다. 상위집단에 속하는 천사에는 하느님을 보좌하고 병거를 수호하는 날개 달린 천사인 케루빔과 세라핌 및 오파님(히브리어로 '바퀴들'이라는 뜻)이 있는데, 이들은 모두 구약성서에 등장한다. 사해 두루마리와 관련 있는 종파에서 상위천사들은 빛, 어둠, 파괴, 거룩함의 천사들이다.

** 계약궤라고도 한다. 유태교와 기독교에서 모세가 구약 시대에 하느님으로부터 받은 두 개로 된 십계명 돌판을 보관했던 나무 상자.

로 올라가 그곳에 성막을 설치하고 제단과 향은 동굴 속에 갖다 두었다고 한다. 그 보물을 유태인들이 메소포타미아로 유배갈 때 갖고 갔다는 것을 암시하는 또다른 전설도 있지. 이 유태인들은 사원이 있는 곳에 그것을 묻고 일곱 개의 가지가 달린 나무 모양의 촛대들을 감추었다고 해. 바그다드 탑 속에 숨겨진 물건들 가운데에는 70개에 달하는 금도금한 테이블들이 있을 거라는구나. 어떤 자들은 한 필사생이 보석, 귀금속, 금, 은 들을 발견하고 나서 그것을 숨겨놓은 천사에게 모두 보여주었다고 말하기도 하고. 다른 사람들은 신성한 식기들과 보물이 다니엘의 묘비 아래 숨겨져 있는데, 그것에 손대는 자는 모두 그 자리에서 죽을 거라고 말하지. 이런 일은 고고학자에게도 일어날 수 있는 이야기야. 바로 이 원전에 의하면 보물이 감춰져 있는 곳은 예루살렘 근처라는 거야. 산꼭대기에서 훨씬 아래쪽 바위계곡 뒤에 있는 지역이지. 경사가 급한 협곡 때문에 계곡이 삼 면으로 갈라져 있는 곳이야. 그 지역은 모두 쿰란에서 훤히 보이는 곳이지. 너, 우리가 키르베트 쿰란에서 보았던 것을 기억하지?"

"물론이죠! 아버지는 이 원전이 아래쪽에 있는 두 개의 커다란 저수조를 암시한다고는 생각하지 않으세요? '풀장이 두 개 있는 집에 수반, 부엌 용구들과 돈이 있음.'"

"그럴 수도 있지. 어쨌든 이건 십중팔구 오제 주교가 그 보물을 찾고 있었다는 걸 의미하는 거야. 어쩌면 이것이 그가 살해당한 이유일지도 모르지."

"하지만 왜 그는 그 보물들을 찾으려고 했을까요? 육필 두루마리로도 충분히 재미 보지 않았나요?"

"전도서에 씌어 있는 걸 상기해보렴…… '*돈을 가진 자는 조금도 그 돈에는 만족하지 않는다. 큰 살림살이를 좋아하는 자는 전혀 잘 먹지 않는다. 이 또한 헛되도다.*'"

우리는 돌아오는 길에 프랑스에 들르기로 결정했다. 카이르 벤 야이르를 찾아보기 위해서였다. 그러나 그를 찾을 만한 명확한 방법이 떠오르지 않았다.

그날 저녁, 나는 떠나야만 한다는 말을 하기 위해 랍비를 만나러 갔다. 그렇지만 그 이유를 설명할 수는 없었다.

"자네가 그 이유를 말하지 못하는 걸 보니 뭔가 부끄러운 일인가 보지?"

그는 의심하는 기색으로 내게 물었다.

"아닙니다. 명예로운 목적에서입니다. 전 아버지와 함께 떠납니다."

"자네 아버지 말인가?"

그는 놀란 얼굴이었다.

아버지가 신자가 아니라는 것을 그는 알고 있었다. 랍비가 우리 아버지를 지칭하는 말이라면, 랍비의 어조에서 나타나는 모든 것과 그의 머릿속에 떠오를 단어까지도, 나는 짐작할 수 있었다. 바로 쾌락주의자, 배교자, 계율을 지키지 않는 남자였다.

"계율을 잊을 거라면 떠나지 말게나. 여기서 멀어지면 많은 유혹이 따르지. 자넨 곧 다가올 메시아의 왕림 때 구원받지 못할 수도 있어. 적어도 자네 자신을 보호해야지. 자네가 거기 가더라도 잊지 말게. 메시아의 왕림을 잊지 말아야 하네. 시시각각 울리는 그의 발자국 소리는 이스라엘 쪽으로, 그의 민족 쪽으로 점점 더 가까이 오고 있네."

나는 전율했다. 우리가 그의 왕림을 기다린 지는 너무나도 오래 되었다. 그런데 지금 랍비는 신이 영원한 믿음에 대한 대답을 하러 올 시간이 되었다고 알리고 있는 것이다. 그리고 그는 우리가 유배의 마지막 세대요, 해방을 맞이하는 첫 세대가 될 것이라고 말했다. 마치 이 세상의 모든 것이 그로 하여금 이런 계시를 받게 하기 위해 준비되어 있는 것 같았다. 그리고, 여기 '메시아가 왔도다' 라고 그는 예언하며 말했다. 6일 전쟁* 동안에 두려워하지 말라고 이야기했으며, 공산주의의 붕괴와 걸프전 때는 이스라엘이 이 세상에서 가장 안전한 곳이며, 파괴의 시간은 아직 오지 않았다고 예언했다고. 그는 틀리지 않았다. 많은 사람들이 그의 영감은 하늘에서 내려오는 것이라고 생각했다. 어떤 사람들은 랍비 바로 그 자신이 메시아의 왕림을 기다리는 주체라고 말했다. 또 다른 자들은 메시아의 왕림은 유일하게 우리들의 신앙심 속에만 자리잡고 있으며, 역사적 사실이나 하물며 현대인에게는 없다고 말했다. *왜냐하면 인간 자신은 자기의 시간을 알지 못하며, 운명의 그물에 걸린 물고기들과 덫에 걸린 새들 또한 자신의 시간을 알지 못하기 때문이다.*

랍비가 다시 말했다.

---

* 1967년 6월 5일~10일에 걸쳐 벌어진 아랍군과 이스라엘군 사이의 전쟁. 이스라엘이 막강한 공군력으로 아랍을 물리치고 국제적인 분쟁 지역인 가자 지구와 요르단 강 서안 지대를 점령하였다.

"잊지 말게나. 자네가 떠나기 전에 해주는 마지막 충고가 될 수도 있고, 어쩌면 첫 명령이 될지도 모르네. 잠이 깨는 순간부터 메시아의 공기를 들이마셔야만 한다는 것을 잊지 말게. 그리고 토라 공부와 기도는 메시아의 왕림을 훨씬 앞당기는 데 도움이 될 것이야. 메시아의 정신적인 출산이 고통없이 또 늦지 않게 이루어지도록 끊임없이 기도하게나. 이스라엘 민족이 이집트에 있었을 때, 해방을 빌기 위해 신을 향해 외치던 때처럼 자네도 그렇게 해야 하네. 신은 오로지 우리와 우리가 요구하는 힘만을 기다리셨네. 자네는 언제나 스스로를 반은 공로자요 반은 죄지은 자로 생각해야 하네. 단 하나의 계율, 미츠바를 완성하는 것, 그것은 벌써 이 세상 전체를 공덕 쪽으로 기울게 하는 것이라네. 또한 그분을 위해서, 또 모든 사람들을 위해서, 자유와 마지막 해방을 이끌어 오는 것이라네."

어떤 사람들은 랍비가 메시아를 나타내는 상징들을 모두 갖고 있다고 생각했다. 그리고 고대 이스라엘 민족이 그랬던 것처럼, 이 미래의 다윗 왕 앞에서 *'우리는 당신의 뼈와 살입니다'* 라고 맹세해야 한다고 생각했다. 게다가 그들은 랍비가 그들 세대의 메시아 왕이라는 것을 알리고 싶어했다.

나는 그에게 너무나 헌신적이었다. 그의 충고라면 무엇이든 따랐다. 그의 음성은 아주 미미한 억양조차도 나를 감명시켰고 나를 사색의 심연 속에 빠뜨렸다. 그래도 나는 한편으론 여전히 의심을 품고 있었다. 어떤 사람들은 기다림에 대한 열정을 중요한 요소, 다시 말해 그들의 예배 행위에서 유일한 것으로 치고 있었다. 그러나 내 신앙은 너무나 크고, 토라에 대한 숭배도 너무나 깊어서, 이런 기다림에 대한 열정이 별로 없었다. 나는 우리의 랍비들에게 진심에서 우러나오는 믿음을 가지고 있었다. 그리고 모든 이들 중 가장 위대하다고 생각되는 랍비에 대해서는 무한한 존경심을 갖고 있었다. 그렇지만 나는 아직도 더 연장될 것만 같은 메시아에 대한 기다림과 이러한 믿음을 연결짓지는 않았다. 이 점에 대해 나는 예시바 친구들과 장시간 토론을 하기도 했는데, 그들은 자주 나를 당황하게 만들었다.

"만약 그가 메시아라면 그것을 증명해야지." 내가 말했다.

"그가 벌써 증명했잖아. 그가 말한 모든 예언으로 말이야."

"하지만 우리를 해방시켜야지. 정말 그가 메시아라면 말이야."

"바로 그게 지금 우리가 기다리고 있는 거야. 그래서 우리가 밤낮으로 기도하고 있잖아."

나는 그들이 나를 무신론자로 간주하고 게다가 이교도로까지 취급하겠구나 하고 생각했다. 하지만 나는 오로지 종교를 위해서만 살아왔다. 그들은 따지는 듯한 나의 기질을 좋아하지 않았지만, 그런 기질에 반항의 의미가 담겨 있는 것은 아니었다.

내가 작별 인사를 했을 때, 예시바 친구들은 간단한 말로 인사를 대신했다.

"잘 가. 해방이 되기 전에 우리한테 다시 돌아오기 바랄게."

만약 그들과 더불어 원전 공부를 계속 한다면 나도 그들만큼 메시아를 찾으려 할 것이라는 이상한 확신이 들었다. 메시아가 그들 가운데 있다는 것이 그토록 확실한가? 나는 메시아가 다른 사람은 아닌지, 또다른 곳에, 저 멀리, 넓은 세상 어딘가에 있는 것은 아닌지 나 자신을 통해 알고 싶었다. *왜냐하면 나는 예루살렘 위에 군림하는 이스라엘 왕이었기 때문이다. 그리고 나는 하늘 아래서 이루어진 모든 것을 내 온 마음을 다하여 찾고 지혜롭게 탐색하였다. 신이 인간에게 전념하라고 준 거북한 임무다. 나는 태양 아래서 이루어진 모든 것을 보았다. 그러나 어쩌랴, 그 모두가 허무요, 정신적 고뇌인 것을. 뒤틀린 것은 다시 펴지지 않고 결함은 헤아릴 수 없이 많다. 나는 내 온 마음을 다하여 지혜를 알고자 했다. 그리고 실수와 광기를 알고자 했다. 그러나 이 또한 정신적 고뇌라는 것을 알게 되었다. 지식이 많은 곳에 괴로움도 많기 때문이다. 지식으로 성장하는 자는 고통으로도 성장하는 것과 같기 때문이다.*

출발 바로 전날, 나는 이상한 꿈을 꾸었다. 어찌나 무서운 꿈이었던지 소스라치듯 잠에서 깨었다. 한참 동안 짙은 불안감이 내내 나를 따라다녔다. 그 동안 나는 깊은 병을 앓았다. 얼마 후 그 꿈을 거의 모두 잊어버렸다. 그리고 다시 그것을 생각해보기도 전에 바로 그 꿈의 의미가 밝혀진 사건이 일어났다…….

나는 친구 예후다가 운전하는 자동차를 타고 있었다. 예루살렘이 아니라 다른 어떤 도시였다. 왠지 모르지만 그 도시가 유럽의 한 도시라고 나는 생각했다. 우리는 강의 지류를 건너가야만 했다. 그런데 어디를 둘러봐도 다리가 없었다. 예후다는 얕은 곳을 그냥 건너가자며 어느새 강 쪽으로 차를 몰았다. 강물에 들어가기 전 마지막 순간에 나는 이 길이 너무 위험하다는 것을 직감했다.

강물도 굉장히 깊어 보였다. 나는 빨리 왼쪽으로 차를 돌리라고 그에게 고함쳤다. 그러나 미처 반응할 겨를도 없이 수면이 바로 우리 코앞에 나타났다. 그 순간 우리는 물 속에 빠지는 대신 하늘로 튕겨올라 구름을 향해 날아올랐다. 우리 앞에 버스 한 대가 같은 길을 가고 있었다. 나는 구조를 기다렸다. 사람들이 우리를 다시 지상으로 끌어내려주기를 바랐다. 그러나 차는 가혹하게도 계속 하늘로 올라가고 있었다. 구조대는 오지 않았다. 그때 예후다가 내 쪽으로 시선을 돌렸다. 마치 미안하지만 어쩔 수 없는 일이었다고 말하려는 듯한, 고의로 그런 것이 아니라고 말하려는 듯한 눈빛이었다. 나는 소리쳤다. "지금은 아니야!" 그 고함소리에 나는 잠을 깼다.

세번째 두루마리

# 전쟁의 두루마리

## 빛의 아들들의 첫번째 전쟁

빛의 아들들의 정복은 첫째로
어둠의 아들들의 무리와 벨리알 군대,
에돔과 모압의 무리와 아몬의 아들들,
동방과 펠리시테의 수많은 아들들,
그리고 아슈르의 키팀 족 무리들과
구약을 믿지 않고 신앙심이 없는
레위의 아들, 유다의 아들, 베냐민의 아들을
구하러 올 그들의 민족에 대항하여 시도될 것이다.
사막의 유배자는 그들과 싸울 것이다.
예루살렘의 사막에 진을 치기 위해
유배된 빛의 아들들이
민족의 사막에서 되돌아올 때
이 모든 무리들에게 전쟁이 선포될 것이기 때문이다.

최후의 전쟁, 어둠의 아들들의 결정적인 패배.

이 전쟁이 끝난 후 저 너머로부터 나라들이 일어설 것이다.
그리고 키팀 족의 왕이 이집트로 입성할 것이다.
또한, 그는 자기 시대에, 격렬한 분노에 사로잡혀,
북쪽 왕들과 싸우기 위해 출전할 것이다.
그의 분노는 원수들의 뿔을 파괴시키고 전멸시킬 것이다.

그것이 신의 민족에겐 구원의 시간이 될 것이며
신의 무리에 속한 모든 사람들에겐 지배의 시간이 될 것이고
벨리알의 무리 전체에겐 결정적인 몰살의 시간이 될 것이다.
야벳의 아들들은 크나큰 혼란에 빠질 것이며
아슈르는 아무도 구원해줄 사람 없이 쓰러질 것이다.
그러면 키팀 족의 지배는 사라질 것이며,
신앙심 없는 자들은 하나도 남김없이 쓰러지고
모든 어둠의 아들들은 한 명도 살아남지 못할 것이다.

(……)

전쟁은 당신에게 속해 있습니다!
그리고 힘은 당신으로부터 나옵니다!
아닙니다. 전쟁은 우리의 것이 아닙니다.
용기를 펼치는 것은 우리 두 손의 힘도,
우리의 활력도 아닙니다.
그것은 당신의 활력, 당신의 무한한 용맹스런 힘입니다.
예전에 당신은 우리에게 이렇게 선언하셨습니다.
"별 하나가 야곱의 길을 인도하였고
이스라엘에서 왕권이 일어났도다.
그는 모압의 관자놀이를 부수고,
세트의 모든 아들들을 쓰러뜨리며,
야곱을 지배하고,

또한 도시의 생존자들을 모두 죽여버리도다.
그리하여 원수는 정복된 땅으로 변하고,
이스라엘은 그 용맹을 펼치도다."

또한 당신의 결심을 본 자들, 당신의 성유부음으로
축복을 받은 자들을 통하여
당신은 당신 손으로 전쟁의 시간을 예언하셨습니다.
우리의 원수들 속에서 당신이 찬양받을 시간,
활력과 경탄할 힘의 충만으로
당신이 구제하신 가난한 자들의 손안에서
벨리알의 무리들, 허영의 일곱 국가들을
당신이 무너뜨릴 시간을 예언하셨습니다.
또한 무너진 가슴을 당신은 희망으로 감싸주셨습니다.
당신은 그들을 이집트 왕처럼,
갈대 바다에 있는 파라오의 수레의 우두머리들처럼
대하실 것입니다.
그리고 당신은 영혼이 부서진 자들을,
불타는 지푸라기 횃불처럼 숨을 거두게 하실 것입니다.
신앙심이 없는 자들을 휩쓸어버리고
죄지은 자들을 전멸시키기 전에는 돌아오시지 않을 것입니다.

쿰란 두루마리
〈어둠의 아들들에 대항하는 빛의 아들들의 전쟁〉

# I

우리는 수천 킬로미터, 그리고 수천 년의 기나긴 대일주를 시작했다.

우리는 전쟁에 이르는 길로 들어선 것이었다. 그러나 우리에겐 그런 인식이 없었다. 처음엔 하나도 두렵지 않았기 때문이었다. 자신의 믿음이 흔들릴 때 인간이 저지를 수 있는 만행과 공포에 대한 욕구를 그때까지만 해도 우리는 알지 못했다. 왜냐하면 인간은 힘이나 악함보다는 나약함 때문에 훨씬 더 많은 악을 저지르기 때문이다. 자신의 존재가 우연이라는 움직이는 모래 위에서처럼 흔들리는 것을 느낄 때, 자기 존재를 보장하기 위해 인간은 악을 저지른다. 그리하여 선의 절대자로부터 멀어져, 자신의 나약한 존재를 기댈 수 있는 또다른 절대자를 추구한다. 이렇게 해서 악이 태어나는 것이다. 그때 인간은 악에 기대어 선을 바라듯 악을 동경한다. 악이라는 생각도 없이 인간이 흔히 저지르는, 결론도 끝도 없는 악에 대해 말하고 있는 것이 아니다. 내가 말하는 것은 바로 절대적인 악이다. 이론적으로 규명되고 오랫동안 숙고된 악, 미리 계획되고 성실하게 준비된 악, 순수하고 아름다운 영혼과 정의롭고 지혜로운 영혼들 속에서 특혜받은 희생양을 찾는 악. 극도의 악덕과 사악 속에서, 악은 무엇에 대한 복수를 하는 것인지 아무도 알 수 없다. 왜 악은 순수함을 약탈함으로써만 기쁨으로 넘쳐흐르는지, 또 왜 악은 영원히 범행을 되풀이하는지 아무도 알지 못한다. 그러나 그토록 악한 것을 보면, 그 악, 악의 악은 끔찍한 것임에 틀림없다. 왜냐하면 악은 악을 되돌려주지 않는 한, 그 영혼이 아프기 때문이다. 자신의 온 존재로 선의 나약한 힘을 파괴할 때에만 즐거워하는 절대적인 악에 대해 나는 이야기하고 있다. 그러나 악은 결코 자신에 대해 만족하지 못한다. 악이 무한히 나쁜 것처럼 선 또한 무한하기 때문이다. 나는 지금 본질적으로 만족을 모르는 절대적인 악에 대해 말하고 있는 것이다.

세상을 창조한 후, 신은 자기 모습과 닮은 인간을 창조하였다. 바다의 물고기, 하늘의 새, 동물, 온 땅과 땅에서 움직이는 모든 작은 동물들을 복종시키기 위해서였다. 그리고 그가 만든 것을 보고서 대단히 만족하면서, 아주 잘 되었다고 생각하였다.

그러나 이러한 창조 뒤에 어떤 가증스런 음모가 계획되고 있는지 신은 분명 알지 못했을 것이다. 왜냐하면 신이 인간을 통해 만들었던 것은 신 자신의 거울이 아니었기 때문이다. 그가 창조한 것은 바로 악이었다.

우리의 성서에는 선과 악의 끔찍한 전쟁이 끝나면 메시아는 도래한다고 씌어 있다. 두루마리에선 전쟁을 다음과 같이 부른다. *빛의 아들들과 어둠의 아들들의 전쟁.*

우리는 출발했다. 나는 그때 난생 처음 비행기를 탔다. 고향 땅에서 멀어져 영원 속으로 들어가는 것 같았다. 속도와 함께 거리가 시간을 모두 휩쓸어버린 것 같았다. 뉴욕에 도착했을 때, 나는 늙어버린 것처럼 느껴졌다.

우리가 묵을 호텔은 브룩클린의 하시드 구역인 윌리엄스버그에 있었다. 고향을 떠났다는 낯선 느낌이 전혀 없는 동네였다. 이곳은 이상하게도 메아 셰아림과 꼭 같았다. 이곳에서 만나는 사람들도 모두 나처럼 수염을 기르고 파피요트를 만 머리에 스트레멜 모자를 쓰고 있었다. 그렇지만 옷들은 훨씬 더 다양했다. 그들에게서 풍기는 미묘한 뉘앙스는 옷의 진정한 규칙을 나타내고 있었다. 어떤 사람들은 프록 코트 대신 뒤가 둥글고 짤막한 일종의 짙은 색 가운인 홀로트를 입었는데, 허리띠는 상의에 매듭과 단추로 붙어 있었다. 가장 돈 많은 부자들은 스트레멜 모자에 검은 담비 꼬리를 달고 있었고, 그보다 덜 부유한 사람들은 챙이 넓은 커다란 펠트 모자에 광택이 없는 비단 리본을 두른 카필루시를 쓰고 있었다. 복장을 보면 그 사람이 어떤 파에 속하는지 알 수 있었다. 누가 헝가리인인지, 누가 미국의 반(反) 시오니스트 운동 단체인 사트마르 소속의 갈리시아인인지, 또 누가 전세계에 퍼져 있는, 전도사와 메시아를 믿는 하바드 파인지, 누가 연구에 헌신하는 구르 파인지, 누가 비슈니츠나 벨츠 파*인지 알 수 있었다. 그렇지만 하시드의 특징적인 급한 걸음걸이는 매한가지였다. 여기저기 예시바 학생 그룹들이 보였다. 어려운 구절에 대해 활발하게 토론을 벌이고 있는 학우들도 있었다. 때때로 온 가족이 함께 있는 광경이 보이기도 했는데, 식구 수가 굉장히 많았다. 형들은 동생들을 데리고 가고, 동생들 팔에는 또 아기들이 안겨 있었다. *생육하고 번성하라.*

우리가 도착한 저녁은 샤바트 날이었다. 거리에는 수백 명의 하시드들이 서둘러 유태 교회당에 가고 있었다. 나는 기도하러 그곳에 가기로 결심했고, 아버지도 함께 가자고 설득하는 데 성공했다. 그건 거의 기적적인 일이었다. 축제 복장을 한 군중들 가운데에서 아버지는 스트레멜 모자도 쓰지 않고, 검은 상의도 입지 않았다. 그래도 아버지는 불편한 것 같지 않았다. 다른 사람들은 그와 내가 무슨 관계인지 물었다. 그가 나의 아버지인지, 친구인지, 혹은 신참내기 신자인지, 아니면 그곳에 있는 많은 사람들처럼 바알 테슈바인지를 나에게 물어왔다.

그날 저녁, 우리는 관습에 따라 하시드들에게 초대받았다. 왜냐

* 사트마르 : 특히 미국에서 활동하며 이스라엘 국가의 모든 원조금을 거절하고 심지어 이스라엘에 해를 끼치려고 한다.(원주)
하바드 파 : 세계 각처에 유포된 메시아 선교운동 조직. 비종교적인 모든 유태인들이 종교인이 될 때 비로소 메시아가 나타난다고 주장한다.(원주)
구르 파 : 연구에 일생을 바치는 폴란드 하시드들의 주 대표자들.(원주)
비슈니츠 파 : 정치적으로 온건파인 하시드 그룹.(원주)
벨츠 파 : 평화를 위한 하시드들의 소그룹.(원주)

하면 샤바트 날 손님을 맞는 것이 그들의 의무이기 때문이다. 그 날 저녁엔 대연회가 있었다. 신자들은 환각에 사로잡힌 듯 마시고 춤을 추었다.

교단의 우두머리인 랍비가 안식일을 축하하는 만찬 테이블의 상석에 앉았다. 성대하고 화려하게 차려진 테이블이었다. 아버지는 여러 명의 청년들이 랍비 옆에 앉아 한마디 말도 없이 뭔가 갈구하는 눈빛으로 랍비를 쳐다보는 것을 보고 깜짝 놀랐다.

"랍비가 마시고 먹는 것을 보는 것은 하시드들에겐 무한한 영광이죠." 내가 아버지에게 설명했다. "우리는 그의 사소한 동작도 주의깊게 관찰해야 합니다. 그 속에는 본질적인 표시나 인생의 새로운 방향이 내포될 수 있기 때문이죠. 랍비가 손가락을 든다는 것은 바로 전세계가 진동하는 것과 같아요."

"그럼 랍비가 이젠 말끔하게 먹을 수도 없는 노인에 불과하다면? 저것 봐, 술에 취해 졸고 있잖아."

"이들에게 저 노인은 하늘과 땅을 이어주는 끈입니다. 그는 이 세상의 고통을 함께 나누는 자죠. 아마도 최후의 정의로운 자, 교단을 전부 구원해줄 덕을 가진 자일 겁니다. 그가 축성한 포도주, 그가 손댄 후 접시에 남긴 정어리는 신성한 물체입니다. 음식을 먹는 목적은 생명의 욕구 충족이 아니라, 음식이 지니고 있는 신성한 생명력으로 인간의 몸을 정화시키기 위한 종교적인 행위라는 것을 우리에게 가르쳐주는 것들이죠. 그것은 드브쿠처럼 신과의 일체를 나타내는 신비적 행위입니다."

랍비가 테이블에서 일어났다. 그러자 그의 옆에 있던 하시드들 중 한 명이 급히 달려들어 그가 먹다 남긴 음식을 게걸스럽게 먹었다. 의문에 찬 시선을 던지는 아버지에게 내가 설명했다.

"랍비의 접시에 남은 음식을 먹고 잔에 남은 마지막 포도주 방울들을 입술에 축이는 것은 영원한 축복을 확인하는 것입니다."

"하지만 네가 정말 그런 걸 믿는 건 아니겠지? 대답해보렴. 넌 그런 걸 믿지 않지?"

아버지는 거의 애원하는 투였다.

"저는 랍비들의 힘을 믿고 있어요. 그리고 저분은 우리가 무한한 존경을 바쳐야 할 분이라고 생각하지요. 저는 저분에게 육필 두루마리에 대한 이야기를 해야 한다고 생각해요."

나는 약하게 덧붙였다.

"그가 우리를 도와줄 수 있을 거라고 확신해요."

"우리를 도울 수 있다고? 하지만 그는 거기에 대해선 아무것도 모르잖아! 설마 그가 전지전능하다고 생각하는 건 아니겠지!"

"알 수 없죠……."

그 다음날 저녁, 두루마리를 처음으로 발견한 페렌크 교수의 아들 마티와 만나기로 약속한 날이었다. 마티는 토론회 때문에 뉴욕에 있었다. 우리는 두루마리가 어떻게 도난당했는지, 또 그 속에 무슨 내용이 있었는지 정보를 얻기 위해 그를 만나야만 했다. 짧은 시간이나마 두루마리가 그의 손에 있었을 때 대강이라도 훑어볼 시간이 분명 있었을 것이기 때문이었다.

마티는 용감한 탐구가이자, 이스라엘의 신화적 영웅에 속하는 전사였다. 그는 국가의 해방을 위해 초창기부터 싸웠고, 또한 국가의 창설을 가능하게 만든 자들 중 하나였다. 독립전쟁중에는 군대의 참모부장이었다. 그후 그는 다시 자기 아버지의 발자취를 따랐다. 전쟁에서 이룬 수훈들만큼이나 수많은 발굴도 수행하여 유명한 사람이 되었다. 그는 나의 아버지처럼 전투적인 시오니스트였다. 고고학과 성서 발굴에 열정적이면서도, 확신에 찬 무신론자였다.

그는 자기가 묵고 있는 호텔의 레스토랑 바에서 우리를 맞았다. 짧고 억센 머리카락에 검은 눈동자를 가진 그는 풍채가 좋은 남자였다. 내가 어릴 때 상상했던 모세의 모습과 약간 비슷했다. 그는 몸의 떨림이나 경련 같은 노화의 비탄스런 징표들 대신, 힘과 지혜를 그 나이에 볼 수 있는 특징처럼 겸비하고 있었다. 그러나 그 모든 것 외에도 특히 주의를 끄는 것은 그의 특수한 피부 조직이었다. 다른 나이든 사람들의 피부처럼 연약하지 않았고 주름도 없었다. 오톨도톨하면서 윤기가 없었지만 농익은 과일처럼 단단하고 두꺼운 피부였다. 어두운 빛이 도는 그 피부는 갈색 점토와도 같았다. 바위처럼 튀어나온 광대뼈가 두드러진 그의 뺨은 두터운 입술이 뚜렷하게 갈라진 입 속으로 빨려들 듯이 보였다. 그 두터운 입술은 놀라우리만큼 과즙이 흠뻑 배어나는 과육 같아 보였고, 석탄 같은 두 눈동자는 새까맣게 반짝였다. 햇빛에 까맣게 타고 모래에 스쳐 짓눌린 그 피부는 그가 너무나 오랫동안 자주 다닌 탓에 결국엔 그에게 축적되어버린, 유태의 침식된 풍경을 비추는 거울과도 같았다. 그의 피부는 화석이 된 모래, 돌이 된 화석, 바위가 된 돌과 같았다.

"네, 나도 압니다, 다윗 씨."

마티는 아버지가 덧붙이는 필요 이상의 모든 설명을 짧게 끊으며 말했다.

"나 자신도 그 두루마리를 찾았습니다. 지금부터 몇 년 전 일이었죠. 하지만 발견하자마자 내 손가락 사이로 빠져나가버렸습니다……."

"어떻게 된 일이었습니까?" 아버지가 물었다.

"예루살렘의 고(古)문화재 박물관에서 그 두루마리를 도난당했지요."

"그것을 해독할 시간은 있었겠지요?"

"아니오, 유감스럽게도 없었습니다."

"누가 훔쳐갔는지 알고 계십니까?"

"그건 말하기 힘듭니다…… 내가 겪은 사실들을 당신에게 모두 이야기할 수는 있겠지요. 내가 이곳 뉴욕에 출장중이던 어느 날 어떤 사람으로부터 나에게 육필 두루마리를 팔고 싶다는 익명의 편지가 날아왔습니다. 그 편지에는 국제 발굴팀에서 어둠의 천사라는 별명이 붙은 영국인 연구가 토머스 아몬드가 신문에 기고한 성명서의 인용문이 들어 있었습니다. 그 성명서에는 두루마리가 사라졌다는 사실이 담겨 있었지요. 내게 연락한 그 사람은 그 육필 두루마리를 손에 넣을 수 있다고 확언하며 그 증거로 두루마리 조각을 찍은 사진을 첨부해 보내왔습니다. 손안에까지 들어왔었지만 아버지가 가질 수 없었던 바로 그 문제의 두루마리와 관계된 것이라는 걸 나는 직감했지요. 그런데 그가 요구한 금액이 십만 불이었습니다. 당시로서는 정말 엄청난 금액이었지요. 하지만 그건 값을 매길 수 없는 물건이었습니다. 금액이 문제였겠습니까? 이스라엘 정부의 보증을 기대하며, 나는 그가 가르쳐준 주소로 동의한다는 서신을 유치 우편(발신인의 청구로 그의 지점 우체국에 유치해두었다가 수신인을 불러 교부하는 우편제도—옮긴이)으로 보냈습니다. 몇 주일 후 나는 대체로 다음과 같은 답장을 받았습니다. '요르단 왕국의 수상이 암살당하기 전, 삼십만 불을 지불하겠다고 제안했음을 당신에게 알려야겠습니다. 그러므로 협상의 길은 아직 열려 있습니다.' 그 편지엔 정통 가톨릭 교회의 시리아 대주교인 오제의 서명이 들어 있었습니다.

나는 오제 주교를 이미 만난 적이 있었지요. 미국 여행 때였는데, 그때 흥정의 미끼를 던졌지만 그는 응하지 않았습니다. 그러던 그가 다시 흥정을 붙이고 값도 올려 부른 것이지요. 나는 화가 치미는 걸 억지로 눌러 참았습니다. 어떻게 해서든지 그 두루마리를 손에 넣고 싶었으니까요. 우리는 계속 서신을 주고받았지요. 오제 주교는 이스라엘과의 모든 관계가 금지된 중동의 아랍 국가에 자주 머물렀습니다. 그는 미국에 있는 자기 친구 중 한 명인 카이르 벤야이르라는 자의 중개로 나에게 전보를 치고 편지를 보냈지요. 나는 오제 주교와 요르단에 있는 그의 교섭자들 사이에 실제로 무슨 일이 벌어지고 있었는지 그의 편지들을 놓고 추측해 보았습니다. 그는 요르단 정부와 왕실 공직자들과 뒷거래중인 것 같았습니다. 요르단의 고문화재 박물관의 두루마리들도 포함하여 여러 개의 두루마리를 팔 것이라고 요르단 교섭자가 그에게 암시하고 있었으니까요. 그가 나에게 제안한 두루마리의 숫자가 끊임없이 달라지곤 했던 이유도 바로 그 때문이었던 것으로 설명할 수 있습니다. 그러나 내가 흥미를 가진 것은 그가 견본 사진을 보낸 바로 그 두루마리였습니다.

어느 편지에선가 나는 내 친구들과 더불어 그의 요구를 의논할 준비가 되어 있다고 그에게 알렸습니다. 만약 그의 요구가 합당하면 서로 합의할 수도 있다고 분명히 밝혔지요. 며칠 후 샤바트 휴가 동안 나는 연락이 훨씬 더 수월한 런던으로 갔습니다. 그때 오제 주교는 작은 두루마리 조각 하나를 나에게 보냈습니다. 내가 연대를 추정할 수 있도록 한 거죠. 그 두루마리 조각은 전혀 때가 묻어 있지 않아, 적외선 없이도 읽을 수 있었습니다. 그 히브리어 글자는 사해의 다른 두루마리들의 필사생들과 같은 학파에 속한 어느 필사생에 의해 씌어졌다는 것을 즉시 알 수 있었습니다. 그러나 그 표현들은 성서 원전의 표현과 달랐습니다. 이것에 대해서는 확실하게 말할 수 있습니다. 짧은 조사를 끝낸 후 나는 그 양피지 조각을 사진 찍어놓고 약속대로 오제 주교에게 되돌려보냈습니다. 그의 질문에 대한 대답과 함께 말입니다. 그 조각은 사해 두루마리의 일부인 것 같다, 훌륭한 필사생에 의해 히브리어로 씌어진 것이긴 하지만, 그 조각이 성서 외전인지 사해의 종파에 의해 만들어진 문서인지를 말하기엔 너무 작다는 것이 내 의견이었습니다.

그후 나는 당시 미국에 있던 국제 발굴팀 책임자 폴 존슨에게 편지를 썼습니다. 그와는 이미 같이 일했던 적이 있습니다. 또 그가 과거에 오제 주교와 여러 가지 일로 관계를 맺은 사실을 알고 있었습니다. 나는 그에게 나의 중개자가 되어 문제의 두루마리를 나에게 팔도록 오제 주교를 설득해줄 것을 부탁했습니다. 몹시 신중하려고 하면서도 나는 내가 느꼈던 흥분을 감추지 않았습니다. 또한 오제 주교가 나에게 보낸 그 작은 조각에 대해서도 언급했지요. 뿐만 아니라 그것은 그때까지 발견된 가장 중요한 두루마리 중 하나이며, 오제 주교로부터 그것을 사는 것은 학계의 의무라고도 말했습니다. 또한 그것을 이스라엘의 역사적 자리에 다시 반환하는 일은 유태 민족의 의무라고 주장했습니다. 나는 모두를 위하여, 두루마리를 잃어버리기 전에 두루마리의 안전한 보호를 위해 할 수 있는 한 모든 장치를 다 해달라고 폴 존슨에게 당부하며 편지를 끝냈습니다. 일 주일 후, 폴 존슨은 오제 주교가 또다른 제안들도 받았으며, 막대한 비용이 든다는 이유를 내세워 가격을 칠십오만 불로 정했다는 것, 그중 오십만 불은 즉시 지불하고 나머지는 두루마리 인도 후에 지불하는 조건을 제시했다고 나에게 알려왔습니다. 화가 몹시 난 나는 편지를 되돌려보냈습니다. 내가 동의하지 않는다는 것을 표시했죠.

얼마 후 나는 강연을 하기 위해 다시 뉴욕으로 갔습니다. 그곳에서 오제 주교의 편지를 받았습니다. 그전과는 상당히 다른 어조였습니다. 그는 두루마리 가격을 마지막으로 제안하라고 했습니다. 나는 십만 불을 제의했고, 우리는 합의를 보았습니다. 나는 도난 위험 방지를 위하여 중개 변호사를 통한 공식적인 교섭을 시작했습니다. 그 계약서는 존슨에게도 보내졌습니다. 그 세부 계약서에는 두루마리를 교환할 때 오제 주교의 대리인이 될 카이르 벤야이르와 오제 주교의 서명이 있었습니다. 수많은 약관들이 계약서에 서명한 날로부터 열흘 이내에 나에게 인도될 양피지가 진본임을 확인시켜주었습니다. 따로 분리해놓은 조각은 카이르 벤야이르가 직접 내게 건네주기로 했습니다. 나는 일단 두루마리가 내 손안에 들어오면 이 남자에 대해 이러쿵저러쿵 이의를 달지 않을 생각이었습니다.

열흘 후 요르단에서 돌아온 카이르 벤야이르가 육필 두루마리가 아직도 오제 주교에게 있다고 하더군요. 나는 깜짝 놀랐습니다. 뿐만 아니라 오제 주교 자신이 우리 협상의 효력에 의문을 품고 있어서 더 많은 돈을 원한다는 것이었습니다. 그건 베두인 족들이 아직도 그에게 돈을 요구하기 때문인 것 같았습니다.

나는 정말로 그들이 미쳤다고 생각했습니다. 오십만 불을 받을 수 있을 거라고 생각하다니! 오제 주교는 존슨에게 보낸 편지에서, 아직 두루마리를 보낼 수 없음을 유감으로 생각하며 레바논과 요르단 간의 분쟁 때문에 다른 나라로 가기가 매우 어렵다고 변명하였습니다. 몇 사람을 고용해서 그런 큰 위험을 해결해야 하니 원래 가격보다 좀더 인상해야겠다는 설명도 덧붙여져 있었습니다.

그러는 동안 나는 학술지에 실린 쿰란에 대한 모든 글들을 주의깊게 살펴보았습니다. 그 두루마리가 다른 누군가에게 팔리지 않았는지 확인하기 위해서였지요. 그러나 그것에 관한 언급은 어디에도 보이지 않았습니다. 분명 그 두루마리의 존재를 아는 사람은 오제 주교, 카이르 벤야이르, 존슨 그리고 나밖에는 없었던 것입니다.

1967년 6월 초였습니다. 6일 전쟁이 일어난 바로 그때였죠. 나는 수상과 국방부 장관, 참모총장 사이의 조정역을 맡기 위해 이스라엘로 불려갔습니다. 물론 군사적 임무 때문에 두루마리 생각은 내 머릿속에서 약간 접어둔 상태였습니다. 그전 몇 주일 동안 이집트는 이스라엘에 대해 일련의 작전을 개시했죠. 그중 가장 심각했던 것은 엘라트 만의 봉쇄였습니다. 그건 네게브의 발전과 동아프리카와의 해상 교통에 커다란 위협이었습니다. 11년 전에 이미 이스라엘은 봉쇄를 해제시키기 위해 군사 공격을 감행하여 시나이 전투에 뛰어들었습니다. 그리고 차후에 또다시 이집트가 엘라트 만을 봉쇄할 경우 군사적 반격으로 간주하고 전쟁 행위로 인정하겠다는 미국의 서면 승인서를 받아냈습니다. 그런 후에야 이스라엘은 군대를 철수시켰습니다.

6월 5일 아침 일찍 이스라엘은 요르단에게 중립을 지키라고 재차 요구했습니다. 후세인 왕은 대포로 대답을 대신했고, 전쟁이 터졌습니다. 이틀간의 전투 끝에 이스라엘 군대는 예루살렘의 요르단 구역, 특히 구시가지와 고문화재 박물관을 차지한 아랍 군대에 포격을 퍼부었습니다. 그리하여 요르단의 동쪽 강까지 요르단 군대를 물리쳤습니다.

6월 7일 밤, 나는 잠을 좀 자기 위해 아파트로 돌아왔습니다. 자다가 전화벨 소리에 잠을 깨었습니다. 참모총장의 전화였습니다. 그는 정보부의 야나이 육군 대령이 내가 두루마리 찾는 일을 도와줄 것이라고 귀띔해주었습니다.

그 다음날인 6월 8일, 야나이는 그가 알아낸 주소대로 카이르 벤야이르의 집으로 갔습니다. 카이르 벤야이르는 집에 있었습니다. 그는 용기 있는 사람은 아니어서 군인들이 밀고 들어가 위협을 하자, 마루 밑에서 두루마리가 들어 있는 구두 상자와 따로 분리된 조각들을 넣어둔 담배 케이스를 꺼내주었습니다.

바로 그날 오후, 나는 사령부에 있었습니다. 시리아 사태에 대한 국방부 각료 위원회의 중요한 회의에 참석하고 있었죠. 토론이 한창일 때 비서가 나에게 와서 야나이가 밖에서 기다린다고 했습니다. 수상의 고문으로서 나는 각자의 의견을 들어야 할 뿐만 아니라, 그 의견들을 분석하고 도중에 나오는 질문에 대해 의견을 제시해야 했습니다. 애써 집중하고 있었지만 야나이의 조사 결과를 알고 싶은 조바심을 억누를 수가 없었습니다. 마침내 나는 밖으로 나갔지요. 그는 복도에서 조용히 나를 기다리고 있었습니다. 그는 내 쪽으로 두 걸음 다가서더니 '당신이 찾고 있는 것이 바로 이것이었으면 좋겠습니다' 라는 간단한 말만 하고는 뭔가를 나에게 내밀었습니다."

마티는 잠시 말을 중단했다. 그는 호주머니에서 담뱃갑을 꺼내더니 우리에게도 권했다. 그리고는 담배 한 대에 불을 붙인 후 길게 연기를 내뿜었다. 그의 얼굴은 완전히 무심해 보였지만 검은 두 눈은 강한 빛으로 반짝거렸다. 그가 다시 말을 이었다

"나는 비어 있는 옆 사무실로 들어가 조심스럽게 구두 상자의 포장을 풀고 상자를 열었습니다. 그 속에는 셀로판지에 싸고 다시 수건에 싸놓은 두루마리와, 두루마리 조각들이 담긴 더 작은 봉투가 들어 있었습니다. 바로 옆방에서는 수백만 명의 삶과 죽음의 문제가 결정되고 있는 순간이었지만, 나는 그 보물을 살펴보고 싶은 마음을 참을 수가 없었던 것이지요. 그때 내가 느꼈던 것은 만족과 실망이 뒤범벅된 감정이었습니다. 두루마리는 위쪽 가장자리가 들떠 일어나 울퉁불퉁하게 뒤틀려 있었고, 어떤 부분들은 삭아 있었지요. 다른 것들도 축축한 먼지에 싸인 채 방치되어 상태가 나빴어요. 가장 심각하게 손상된 양피지 부분은 습기에 제일 많이 노출된 부분이었습니다. 수세기 동안 그것이 들어 있던

동굴 속의 습기가 아니라, 최근 몇 년 동안 숨겨져 있던 은닉처의 습기였습니다. 그런데 참으로 이상했던 것은 히브리어 글씨들이 거꾸로 씌어 있다는 것이었습니다. 그것들은 거울에 비춰 보아야만 읽을 수 있었습니다. 다시 말해 히브리어와는 반대로 왼쪽에서 오른쪽으로 씌어 있었던 것이지요.

그 다음날부터 나는 그 두루마리를 적당한 습기와 온도로 조절된 완전히 밀폐된 연구소 안에 두었습니다. 무엇보다 우선 카이르 벤야이르가 숨겨두었던 곳에서 서로 들러붙어 있던 조각들을 떼어놓는 일에 착수했습니다. 적절하게 보존된 상태에 있던 것들은 쉽게 떨어졌지만, 섭씨 75도에서 80도의 정상적인 습도를 유지시켜두어야 했습니다. 가장 많이 훼손된 것들은 100도의 습도에 몇 분간 노출시킴으로써 먼저 부드러운 상태로 만들어야 했습니다. 그후 그것들을 다시 몇 분 동안 냉각시켰습니다. 각 단계들마다 많은 시간을 들여 진행하였습니다. 그런 작업이 글자를 복구할 수 없을 정도로 손상시킬 수도 있기 때문이었지요.

6일 전쟁 때부터 고고학 박물관은 우리들의 관리 아래 있었습니다. 나는 그곳에 양피지를 보관하기로 결심했습니다. 그곳에서 국제 발굴팀은 이스라엘 당국이 바라던 대로 관용과 존경 어린 관심 속에서 두루마리에 관한 연구를 계속 했습니다.

어느 날 아침, 그들의 연구실에 도착한 나는 깜짝 놀랐습니다. 평소에는 두루마리가 펼쳐져 있던 테이블이 텅 비어 있었던 것입니다. 그곳은 연구원들만 출입할 수 있는 곳이라, 그들이 도둑질을 하리라고는 생각할 수가 없었지요. 며칠 동안 우리는 박물관의 구석구석을 다 뒤졌습니다. 하지만 헛수고였어요. 차츰 나는 그 육필 두루마리가 영영 사라져버렸다는 사실을 받아들여야 했습니다. 마치 알 수 없는 어떤 저주가 우리들을 금지령에 처한 것 같았습니다…….

그로부터 이십 년 후인 1987년, 나는 쿰란의 두루마리 전문가들이 대부분 다 모인 중요한 국제회의에 참석했습니다. 거기서 피에르 미셸이, 출판되지는 않았지만 문체와 원전이 도둑맞은 양피지와 이상하게도 꼭 같은 두루마리에 대한 발언을 했습니다. 그때 내가 얼마나 놀랐겠습니까. 상상이 가시겠지요…….”

마티의 얘기를 한참 동안 귀기울여 듣던 아버지가 입을 열었다.

“그럼 그자가 그 두루마리를 훔쳤다고 생각하십니까?”

“그럴 수 있죠. 그 때문에 그가 두루마리 출판을 거부하고 있는 것 아니겠습니까. 내가 그것을 알아볼까 봐 두려워서 말입니다. 다른 누군가가 그것을 훔쳐서 피에르 미셸에게 팔거나 준 것이 아니라면 말입니다…….”

“두루마리가 없어졌을 당시 고고학 박물관에서는 국제 발굴팀의 회원 다섯 명이 일을 하고 있지 않았습니까?”

“네, 그렇죠. 내가 완전히 믿었던 피에르 미셸 신부와 폴 존슨 신부는 그곳에서 거의 살다시피 했습니다. 다른 세 사람, 미예 신부, 폴란드 학자 안드레이 리르노브 그리고 제일 유별났던 토머스 아몬드는 연구에 참여했지만, 훨씬 불규칙적이었지요.”

“피에르 미셸이 1967년부터는 양피지 해독 작업을 할 수 있었을까요?” 이번엔 내가 물었다.

“물론이오. 미리 해야 할 작업, 즉 시간이 걸리고 섬세한 손길을 요하는 작업은 이미 다 마무리된 상태였지요. 남은 것은 거울

속에 원문을 비추어서 똑바로 읽는 일밖에 없었으니까."

"만약 피에르 미셸이 도둑이라면, 왜 이십 년 가까이 비밀로 간직했던 두루마리의 내용을 굳이 언급해서 자신의 정체가 드러날 위험을 무릅썼을까요? 그 이유를 어떻게 설명할 수 있겠습니까?" 아버지가 물었다.

"사실 그 점이 참으로 이상합니다. 하지만 나는 군에서 일을 했기 때문에 그것이 흔히 말하는 비밀의 속성이라고 말씀드릴 수는 있겠지요. 극비일수록 그 비밀에서 벗어나고 싶은 것이 비밀 본래의 특성이니까요. 비밀이 중하면 중할수록 간직하기는 더욱더 힘든 법이죠. 우리는 누군가와 그것을 공유하고 싶은 욕구를 느끼죠. 그 욕구는 자아보다 훨씬 더 강합니다. 어느 날 우리는 그만 이야기를 털어놓게 되고 이내 후회하죠. 하지만 그때는 이미 너무 늦고 우리는 그 대가를 치러야 하는 것입니다."

"선생께서 해독하신 두루마리 조각의 사진을 지금도 가지고 계십니까?" 내가 물었다.

"아니오. 갖고 있지 않아요. 그건 이스라엘에 있어요. 하지만 일 주일 후, 돌아가는 즉시 그 복사본을 보내드리겠습니다. 하지만 아주 짧아서 거의 다 기억하고 있지요. 지금 당신에게 말해줄 수도 있습니다.

태초에 말씀이 계시니라,
말씀은 하느님께로 돌아갔나니,
말씀이 곧 하느님이시라.
모든 것이 그로 인해 존재하니,

그가 없이는 아무것도 존재할 수 없느니라.
생명도 그로부터 나오나니,
또한 생명은 인간들의 빛이요,
빛은 어둠 속에서 반짝거리니,
어둠은 그 빛을 전혀 내포하지 못하니라.
하느님이 보내신 한 남자가 있었나니,
그 이름은 요한이로다.
모든 사람들이 그를 통해 믿을 수 있도록
빛을 증언하기 위해
그는 증인으로 왔도다.
그러나 그의 말씀은 잘려나가고
단어들도 바뀌었나니,
진실을 더욱 잘 감추기 위해
말씀은 거짓말이 되어버렸도다.
메시아에게,
쿰란의 사제들의 성례(聖禮)로
보물이 바쳐지리라."

우리는 당황한 나머지 잠시 조용히 있었다.

아버지가 다시 한번 물었다.

"두루마리 전체의 내용이 무엇인지 알고 계십니까?"

"유감스럽게도 모릅니다. 전부 다 읽어볼 시간이 없었거든요. 내가 본 바에 의하면 그것이 성서 외전이 아니라 쿰란의 최초 문서인 것만은 확실합니다. 또한 피에르 미셸이 강연회에서 발언한 이후로, 나는 이 두루마리가 에세네인들과 그들의 요구, 즉 자신들을 사독(정의로운 사람—옮긴이)의 진정한 계승자로 간주해달라는 요구에 대한 새로운 사실들을 알려줄 것이라고 생각했습니다. 처음 발견된 문서들 중 하나인 〈다마스쿠스 문서〉*는 그 집단의 점진적 발전에 대해 상세히 언급하고 있습니다. 에세네인 집단은 합법적인 논증에 근거한 사제들의 최초의 항의 운동에서 시작되었습니다. 그 집단은 계시에 대한 신학적 개념을 중시하는 급진적인 종파가 되었고, 그 계시는 '정의의 스승'이라는 인물에 의해 구현되는 교리였지요. 쿰란의 종파에게 성서의 심오한 의미를 깨닫게 해주는 열쇠는 오로지 신성한 영감이었습니다. 다 아는 이야기겠지만, 요한 계시록적인 사변(思辨)의 성전(聖傳) 속에서 신비와 숨겨진 계율의 열쇠를 가진 자는 하느님의 밀사입니다. 에세네인들은 스스로를 빛의 군대의 지도자로 여겼습니다. 다시 말해 '빛의 아들들'이지요. 제 생각에 그들은 자신들의 세계관이 옳다고 동신자(同信者)들을 설복하려고 했던 종파였던 것 같습니다. 그들은 매일매일의 사건 속에서 역사에 대한 신의 계획이 실현되는 것을 보았습니다. 그 당시 본디오 빌라도(유태의 5대 로마 총독, 예수의 재판관—옮긴이)는 유태의 총독이었고 요새 안에 주둔하고 있던 로마 군단이 여호와의 성전을 감시했습니다. 로마인들은 여호와의 성전의 보물을 가로채고 사제들의 재산을 약탈하려 했습

* 쿰란에 살았던 고대 에세네 파 유태인들이 남긴 문서. 작성된 연대는 명확하게 밝혀지지 않았지만, 66~70년에 일어난 대규모의 유태 반란 이전에 씌어진 것은 분명하다.

니다. 사제들, 특히 쿰란의 사제들은 이런 전투적인 행동을 성도(聖都)에 대한 모독으로 여겼습니다. 빌라도는 네로의 동상에 재물을 바침으로써 여호와의 성전을 더럽혔습니다. 쿰란의 문서에 계속 나오는 '키팀' 족이나 '어둠의 아들들' 은 로마인들로, 승리의 여신과 부를 숭배하는 자들입니다. 그리고 에세네인들은 이들을 무엇보다도 증오했습니다."

"그렇다면 쿰란은 로마 제국주의에 대해서뿐 아니라 재산을 모으려는 단 한 가지 목적으로 점령자에게 협력한 유태 귀족들에 대해서도 정치적으로 저항했던 주된 중심지 중 하나로 간주할 수 있겠군요?"

"에세네인들의 동기가 정치적이었는지 신학적이었는지는 알 수 없습니다. 종파의 영향이 유태에 가장 널리 퍼졌을 때, 그들의 사자(使者)들은 예루살렘의 정치적 소동에서 멀리 벗어나 지중해를 넘었습니다. 그들의 짐이라고는 일종의 성경이었던 두루마리 하나뿐이었습니다. 그들은 겸손과 순수와 무소유만을 가르쳤습니다."

"하지만 유태에서는 모세 계율의 포기를 선동하는 새로운 복음을 전파하는 것이, 계율과 조상 대대로 내려오는 원전의 순수한 규범을 보존하기 위해 투쟁하고 로마인들과 유태 귀족들의 경제적 지배에 대항하여 싸우는 자들의 눈에는 분명 정치적인 암시로 비쳤습니다. 예수의 문제는 바로 이것이었지요."

"아, 당신이 어디까지 생각하는지 알겠군요. 당신은 이 두루마리가 결국 예수에 대한 이야기를 하고 있는 것은 아닌지, 만약 그렇다면 어떻게 이야기하고 있는지 알고 싶은 거지요. 내가 읽은 건 얼마 되진 않지만 그 속에 예수에 대한 언급은 하나도 없었습니다. 당신에게 말할 수 있는 건 이것이 전부입니다. 연구를 할 생각이거든 예수라는 이름만 찾지 말고 어떤 사람이든 그와 같은 성격을 가진 사람을 찾으시오. 역사 속의 예수는 플라비우스 요세푸스가 말한 자칭 메시아라고 하는 아르트롱즈일 수도 있습니다. 그리스인이었던 그는 팍스 로마나* 때 가톨릭화하여 로마 제국의 수많은 이교도들로부터 신이 보낸 사람으로 인정받았던 자이지요. 예수가 성경에서 묘사하는 그런 사람으로 존재했었는지 확신할 수는 없습니다. 현재 우리가 알고 있는 상태에서 부인할 수 없는 증거는 예수의 일생에서 거론되는 두 사람에 대한 것뿐입니다. 그중 한 사람은 유태 총독이던 본디오 빌라도로, 이탈리아 고고학자들이 1961년 세자레 구(舊)항구에서 건져낸 라틴어 비명(碑銘)에서 그 이름을 발견했지요. 그리고 또 한 사람은 가야바** 대제사장으로, 이스라엘 발굴팀이 1990년 예루살렘 남쪽에서 그의 가족 묘지를 발굴한 바 있습니다. 우리가 예수의 일생에 대해 가지고 있는 모든 정보들은 기독교 문학에 속한 것이거나 혹은 거기서 흘러나온 것입니다. 그리고 이 초기 원전들은 그 속에서 이야기되는 사건들로부터 약 일 세기 후쯤에 씌어진 것입니다. 쿰란의 원전에 나오는 세 명의 중요 인물들을 기억하십니까?

* 라틴어로 '로마의 평화'라는 뜻. 아우구스투스 황제 때(기원전 27년~서기 14년)부터 마르쿠스 아우렐리우스 황제 때(161~180년)까지 지중해 세계가 비교적 안정을 누렸던 시기.

** 18~36년 유태 대제사장. 성서에 따르면, 그는 최고 자치기관의 의장이었고 예수를 처형한 인물이다.

'정의의 스승', '악한 사제', 그리고 '소페르(필사생—원주)' 혹은 '거짓말쟁이 남자' 말입니다. 어떤 이들은 거짓말쟁이 남자가 바울로일 거라고 생각합니다. 순수의 계율과 여호와의 성전 숭배의 엄수에 대해 '거짓말쟁이 남자'와 '정의의 스승' 사이에 극심한 논쟁이 있었다고 인용한 〈하바꾹 주석서〉 속에서 이 거짓말쟁이 남자는 심한 경멸과 더불어 언급되었던 사람이지요."

"선생이 어떤 생각을 하고 있는지 짐작할 수 있겠군요…… 바울로는 모세의 계율이 아니라 예수에 대한 신앙을 근거로 완전히 새로운 신앙의 기초를 마련했지요. 바울로와 함께 한 문학정신은 문학 자체보다 우세했습니다. 바울로는 지중해, 그리스의 에페소스, 코린트, 폴프까지 새로운 신앙을 전파했습니다. 바울로의 설교는 기독교인들을 냉혹하고 두려운 신의 선민인 유태인들과 동화되도록 이끌었지요. 바울로와 더불어 기독교의 보편적 사상이 싹텄으며, 이로 인해 모든 이교도들의 개종이 이루어졌지요…… 바울로와 더불어 기독교인들이 스스로를 새로운 이스라엘이라고 생각하며, 로마인들을 그들의 신앙에 점진적으로 이끌어들였습니다. 그리하여 삼백 년도 채 안 되어 로마 제국은 기독교 나라로 변했습니다. 그러므로 육필 두루마리들이 사라진 이유는, 예수가 아니라 바울로에 의해서 야기된 이 근본적인 혼란을 감추기 위해서인 것 같다는……"

"내 생각엔 당신이 바른 길로 들어선 것 같군요."

장난기 어린 미소를 살짝 지으며 마티가 덧붙였다.

"하지만 그러기 전에 먼저 폴 존슨을 만나보는 게 좋겠습니다."

"선생께서는 아직도 그 사람과 관계가 있습니까?" 내가 물었다.

"아니오, 아무 관계도 없소. 나는 그와 오랫동안 함께 일했기 때문에 그가 지적인 구상에서 대단한 능력을 갖고 있는 사람이라는 걸 잘 알고 있지요. 그러나 어떤 사건이 일어난 이후로는 더이상 그를 보지 않기로 결심했지요."

"무슨 일이었는데요?"

"두루마리들을 도둑맞기 바로 얼마 전 박물관에서 마련한 조촐한 저녁 연회가 있었습니다. 그날 저녁 존슨은 술이 좀 취했지요. '자, 건배합시다' 라고 내게 말하며 잔을 들더군요. 그리고 '20세기 후반의 생존자들 중 가장 위대한 쿠르트 발트하임*을 위해 한 잔하고 싶습니다' 라고 덧붙였지요. 그 말을 듣고 나는 의자에서 거의 넘어질 뻔했습니다. 이스라엘 언론에 그에 대한 폭로 기사들이 많이 났지만 그때까지도 나는 그것을 믿지 않았습니다. 존슨이 그때 맑은 정신이 아니었을 거라고는 생각하지만, 어쨌든 내가 하고 싶은 말이 무엇인지 당신들은 아시겠지요……."

"그때 이후로 그를 한 번도 만나지 않으셨나요?"

"물론 만나지 않았어요. 하지만 먼 발치에선 보았죠. 특히 내가 참석했던 1988년의 강연회는 잘 기억합니다. 그 강연회는 육필 두루마리들의 출판 과정을 감독할 책임을 맡은 대학교수들의 회의도 겸한 것이었지요. 그들 중에는 『성서 고고학 리뷰』지의 대표인 바르텔르미 도너스라는 자도 있었습니다. 이 사람은 샌프란시

---

* 1918~. 오스트리아의 외교관 · 대통령. 제4대 유엔 사무총장. 전력(前歷) 시비에 휘말림. 제2차 세계대전 당시 유고슬라비아 유격대원들과 시민들에게 잔학한 보복 행위를 가했으며 그리스의 유태인 대부분을 나치 강제 수용소로 이송시켰다.

스코에서 예루살렘까지 고고학 강연회에는 빠짐없이 참석했는데, 그때마다 맨 앞줄에 앉아 조그만 노란 노트에 열심히 메모를 했었지요. 그는 타협을 모르는 비평가에다 이상주의자였습니다…… 미소를 띤 얼굴과 장황하게 늘어놓는 그의 말 뒤에는 강인한 성격이 숨어 있었지요. 1988년 당시 미예, 미셸, 아몬드 그리고 존슨의 손에는 출판되지 않은 문헌들 수십 개가 남아 있었습니다. 도너스가 이 이스라엘 발굴팀과 교섭해볼 꿈을 꿀 정도로 많은 자료들이었습니다. 그는 앞으로의 정확한 출판 일정을 알려달라고 존슨을 재촉했습니다. 존슨은 마지못해 '유다 사막에서의 발견'이라는 제목이 붙은 작품의 근간을 알렸습니다. 또 쿰란의 다른 원서들을 재수집한 열 권의 책이 삼 년 내에 잇달아 출판될 것이고, 또다른 열 권이 1996년까지 출판될 거라고 했습니다. 그것은 물론 실현 불가능한 것이지요. 1989년 바르텔르미 도너스는 '그들은 결코 달성하지 못할 것이다'라는 제목으로 논설을 하나 썼어요. 국제 발굴팀에게는 진짜 선전포고와도 같은 것이었지요. 그 기사는 대체로, 설명의 시기를 늦추고 그 이유에 대해 설득력 없는 변명이나 늘어놓고 애매한 태도로 일관할 시간은 이미 지났다고 말하고 있었으며, 삽십 년 동안 이 발굴팀은 아무것도 출판하지 못했으니 앞으로도 결코 아무것도 내놓지 못할 거라고 비판했습니다. 또한 이스라엘 고문화재 관리국도 침묵의 공범자이며, 이러한 의사(議事) 방해책을 종식시킬 수 있는 유일한 방법은 유능한 대학교수들 모두가 쿰란의 두루마리에 자유롭게 접근할 수 있도록 하는 것이라고 주장했지요. 사람들은 도너스의 말에 귀를 기울였습니다. 그러나 그 중요한 두루마리가 사라진 1967년에는 이미 너무 늦었던 것입니다."

우리는 마티와 좀더 토론을 했다. 그리고 그에게서 얻을 수 있었던 모든 정보들에 만족했다. 성공의 길에 들어섰다는 확신에 차서 우리는 밤늦게 그와 헤어졌다. 그러나 그때 우리는 그의 살아 있는 모습을 다시는 볼 수 없으리라는 의심 따윈 추호도 하지 않았다.

맨해튼 중심에 있는 호텔을 떠나, 한 시간 이상 우리는 시내를 걸었다. 시내를 돌아볼 마음이 있어서가 아니라 마티와 나눈 모든 얘기들을 곰곰이 생각해볼 필요가 있어서였다. 그러나 이내 우리는 밤의 소란 속에 휩쓸리게 되었다. 거의 새벽 두시였다. 불빛들이 훤히 밝혀져 있는 시내의 모습은 스냅 사진 같기도 하고, 대낮보다 더 활기없는 풍경들의 덧없는 비상(飛上) 같기도 했다.

우리는 세상 한가운데에 있었다. 도로들의 기하학적인 노선은 방황의 여지를 남겨두지 않았다. 낮에는 멀리, 도로 맨 끝으로, 도달할 수 없는 하늘과도 같은 바다를 볼 수 있었다. 그러나 밤에는 쌍둥이 빌딩 너머로 지평선조차 보이지 않았다. 유리를 칼로 잘라 시공한 반들반들한 절벽 같은 거대한 바벨탑들에 주눅이 든 채 우리는 나란히 거리를 산책했다. 제국의 주인이든 아니면 단순한 여피족이든지 간에, 올려다보면 비틀거릴 것 같은 마천루들 중 어느 건물의 꼭대기에서, 알루미늄 탑들 속에 도시를 비춰 보고, 강철 바위 같은 콘크리트 건물의 리듬에 찬 상승과, 서로서로 그림자를 끊임없이 반사시키고 있는 저 건물들, 콘크리트, 유리, 아스팔트로 된 계단이 있는 고대 바빌로니아 신전 같은 건물들을 바라보면 어떨까, 우리는 상상했다. 미래의 선지자, 도시의 여신인 속도, 그 여신의 열정으로 관통되는 도심을 높은 곳에서 내려다보는 것도 상상하고, 또한 동물들처럼 생존 본능과 육식 광기에 의해 움직이는 인간들을 관찰하는 것도 상상했다. 돈도 상상해보았다. 이 열광적인 경주 속에서, 돈은 조그만 전기 스위치나 기발한 상품에서부터 세계적인 돌풍을 일으키는 것이다. 아주 높은 섬꼭대기에서 보면, 분노와 절망이 우글거리는 이 세계가 발 아래 있다는 것이 우리를 극도로 도취시킬 것이다.

아니다. 나는 그들이 이 탑들을 건설한 것은 '그'를 더 가까이에서 보려고 한 것이 아니었다는 생각이 들었다. 또한 그들의 손가락 끝으로나마 '그'의 위엄을 스쳐보고 싶어서도 아니었다. 위를 보고 싶어서도 아니었다. 위에서 아래쪽을 더 잘 보기 위해서였다. 다시 말해 아래쪽을 이해하기 위해서, 아래쪽에서 보는 거대하고 우주적인 그 관점을 직접 눈으로 체득하고 싶어서였다. 가난하거나 사치스럽거나, 깨끗하거나 더럽거나, 인구 과잉이거나 텅 비어 있거나, 한 도시의 집집마다 들끓고 있는 곤충들처럼 노란색, 까만색 옷을 입고 분주히 오가는 조그맣고 우스꽝스런 사람들을, '그'처럼 내려다보고 싶어서였다. 밝은 색으로 반짝거리는 갑각류 같은 사람들, 급한 걸음으로 달아나는 키 작은 사람들, 질척거리는 몸으로 헐떡이는 무기력한 사람들, 괴물이라는 점에서는 우리들 역시 비참하고 비장할 정도로 혐오스럽지 않은가?

우리는 어둠 속으로 좀더 들어가기 위해 눈부신 네온 불빛이 화려한 길을 벗어났다. 3월이라 날씨는 아직도 쌀쌀했다. 수리중인 보도들마다 증기를 내뿜고 있었다. 그 어디에서도 고요함을 찾아볼 수 없었다. 앰뷸런스, 소방차, 경찰차 들의 사이렌 소리가 어디든 가는 곳마다 우리를 따라다녔다. 우리들이 한 걸음을 내디딜 때마다 마치 새로운 재앙이 일어나는 것 같았다. 우리는 택시를 탔다. 택시는 이리저리 굴러가다가 알파벳 시티에 있는 이스트 빌리지 근처에 우리를 내려놓았다.

그곳은 지옥의 문이었다. 누더기 차림의 거렁뱅이들이 반쯤은 술에 취하고 반쯤은 잠에 취한 채 낮은 계단에 몸을 오그리고 있었다. 그들은 마치 발굴된 유물 같았다. 회색빛, 보랏빛이 도는 그들의 피부는 오래된 때에 찌들어 있었다. 냄새 역시 너무나 역했다. 사람들이 꽉 들어찬 담배 연기 자욱한 바마다, 플라스틱이나 비닐 옷을 입고 갈기 같은 머리카락 끝을 여러 가지 색깔로 물들인 이상하고 잡다한 인간 군상들이 보도에까지 넘쳐나고 있었다. 염색 머리에 얼굴과 몸을 전부 문신하고, 귀고리와 코걸이를 주렁주렁 달고 있는 젊은이들과 마주치기도 했다. 어떤 사람들은 땅바닥에 주저앉아, 이미 수십 군데 주사 바늘에 찔린 상처투성이 팔뚝에다 또다시 주사 바늘을 찌르고 있었다. 또다른 사람들은 쓰레기통과 거지들 옆에서 길바닥에 구토를 하고 있었다. 어떤 남자는 아스팔트 한가운데에서 고래고래 욕설을 퍼붓고 있었다. 아무도 개의치 않았다. 어느 골목 깊숙한 곳에서는 가죽 옷에 사슬로 장식한 작자들이 오토바이 옆에서 심한 격투를 벌이고 있었다.

그곳은 악마들의 거처, 흉조를 띤 모든 새들의 소굴이었다. 그 새들은 광기의 술로 온 나라를 적시고 있었다. 그곳은 또한 장식 끈을 풀고 치마를 걷어올려 허벅지를 보여주며 나체를 드러내는 모든 왕국의 지배자 바빌론이었다. 바에서 나오는 괴상한 사람들을 보면서 나는 짐승을 떠올렸다. 뿔이 열 개 달리고, 머리가 일곱 개인 짐승들, 그 짐승들의 왕관 같은 뿔과 머리엔 불경한 문신들이 수없이 새겨져 있었다. 표범의 가죽을 둘러쓴 어떤 자들은 진짜 표범같이 보였다. 또 어떤 자들은 얼굴에 핏자국이 나 있었다. 어느 나이트클럽 입구에서, 반은 말, 반은 사자 같은 환상적인 옷차림의 한 남자가 행인들의 주의를 끌기 위해 입으로 불을 들이마시고 있었다. 그의 소굴로 들어가려는 모든 자들에게 그는 그의 머리 위에서 깜빡거리고 있는 이름에 따라 오른손과 이마 위에 '666'이라는 표시를 해주었다. 그의 옆을 지나가면서 아버지는 몸서리를 쳤다. 그는 내 팔을 잡아 반대편 보도로 세게 끌어당기며 말했다.

"이 도시에서 어서 나가자. 저 사람의 죄악과 그에게 예고된 재앙이 우리에게도 번질까 두렵구나."

# II

다음날, 우리는 기차를 타고 뉴욕에서 한 시간 반 거리에 있는 예일 대학으로 갔다.

우리는 거기서 여러 명의 고고학자들을 만났다. 아버지는 그들과 몇 해 전부터 시작된 해묵은 논쟁들을 다시 시작했다. 검은 옷에 곱슬머리가 비어져나온 챙 넓은 어두운 색 모자를 쓰고, 거의 겁에 질린 듯 수줍어하며, 아버지 뒤에 주춤 물러서 있는 나의 모습을 보고 아버지의 동료들은 모두 놀란 듯했다. 겉으로야 어느 면에서도 닮은 데가 없었지만 속으로는 내가 얼마나 그를 닮았는지 알지 못하면서, 그들은 아들이 아버지와 어떻게 그렇게도 다를 수 있는지 이해할 수 없다고 했다. 나는 모자와 묵주를 몸에서 한 순간도 떼지 않았다. 아버지의 모든 공백을 채우기 위해서였다.

나는 그의 완벽한 보체(補體)였다. 나는 그가 뒤에 벗어둔 의복과 도 같았다. 아니 어쩌면 내가 그의 진짜 살이어서 아버지는 자기 몸 자체는 잊어버리고 옷만 가져온 것 같았다. 아들로서 나는 아버지의 과거요 미래이기도 했다. 아버지는 수염도 모자도 없었다. 그는 체크 무늬 셔츠에 평범한 바지를 입고 있었다. 그런데도 아버지는 나를, 하시드이며 정통 교인인 자기 아들을 소개하는 것을 전혀 거북해하지 않았다. 교수들은 우리 중 누가 상대방을 보완해 주는지 궁금해하고 있는 듯했으며, 우리를 이상한 한 쌍으로 여기는 것 같았다.

마침내 우리는 폴 존슨을 개인적으로 만났다. 가톨릭 신부들과 중세 신학에 대한 해박한 지식으로 평판이 나 있는 키 작은 이 학자는 일흔의 나이에도 건강해 보였다. 연륜과 더불어 퇴색한 빨간 머리카락은 윤기를 잃은 금발 같은 구릿빛을 반사하고 있었다. 젊은 광채를 간직하고 있는 초록색 눈동자는 그의 얼굴에 어떤 따스함을 풍겨주고 있었다. 두 눈은 몹시 창백한 주름진 피부, 두 뺨에 난 홍진, 아주 미세한 실핏줄들이 얽혀 있는 양쪽 콧날개와 코의 여기저기에 나 있는 작은 여드름과 대조를 이루고 있었다. 나는 그 실핏줄의 형태를 포착하기 위해 눈을 가늘게 떴다. 히브리어 세 글자, ק, ר, ת가 보였다. 그것은 '카라트', 즉 '자르다'라는 단어를 만들 수 있는 알파벳이었다.

그의 책상에는 잡지, 역사 연구논문들과 엄청난 양의 성경들이 어지럽게 흩어져 있었다. 그 한 모서리에 놓여 있는 마이크로필름 카드 재생장치로, 그는 고대 육필 두루마리들의 사진을 볼 수 있었다.

아버지가 그에게 국제 발굴팀에 대해 이야기해달라고 부탁하자 폴 존슨이 이야기를 시작했다.

"피에르 미셸과 함께 국제 발굴팀을 결성한 것은 바로 나였지요. 나는 피에르 미셸보다 조금 더 일찍 일을 시작했어요. 1952년 여름 동안이었지요. 처음에는 동굴에서 발견된 모든 두루마리들을 깨끗이 닦고 준비하고 대조하는 일만 했습니다. 자료는 그리 많지 않았습니다. 아마 열다섯 개 정도였지요. 나는 상자를 열고 두루마리 한 조각을 끄집어내어, 습기를 주기 위해 항아리 속에 넣어두었습니다. 그런 후엔 판판하게 만들기 위해 두 장의 유리판 사이에 끼워뒀지요. 그것은 자주 닦아줘야 했어요. 오줌 결정이 그것을 탁하게 만들어놓았거든요. 아마 동굴 속에서 헤매던 염소들 때문이었던 것 같았어요. 가장 더러운 조각들은 피마자유로 닦아냈습니다. 하지만 그렇게 정성을 들이면 뭘 합니까. 우리가 엄청난 실수를 범하고 말았는걸요. 두루마리 조각들을 전부 이어 붙이기 위해 스카치 테이프를 사용한 것이지요."

"현재 연구자들은 조각들마다 남아 있는 끈적끈적하고 단단하게 굳은 테이프를 떼어내느라고 몇 시간씩 보낸다더군요." 아버지가 말했다.

"그 당시엔 그것이 심각한 실수라는 것을 알지 못했지요. 우리는 복원 기술에 대한 지식이 부족했어요. 처음 삼 년간 우리에게 가장 중요했던 것은 무엇보다 해독과 감정이었거든요. 피에르 미셸과 나는 재빨리 일에 착수했지요. 그는 판독하기 어려워 보이는 것을 읽어내는 데 비상한 재주를 가지고 있었어요. 아주 희귀

한 히브리어 글자나 아람어에도 정통한 사람이었지요. 그는 고대 두루마리 연구에 적용되었던 고문서학적 분석의 정확성을 완전히 신뢰했지요. 글자들이 수세기에 걸쳐 일률적으로 발전해왔다는 것을 깨달은 그는 글자들 사이에서 연대기적 연속 요소를 밝히려고 노력했습니다. 또한 쿰란의 두루마리 조각들 속에서도 연속적으로 다른 세 개의 히브리어 글자를 식별해냈습니다. 즉 기원전 200년과 150년 사이의 고대어, 기원전 150년과 30년 사이의 하스모네어, 그리고 기원전 30년과 서기 70년 사이의 헤로데어 글자들이었지요. 이 글자들은 셀레우코스 왕조부터 예루살렘에서 로마가 파멸할 때까지 유태 역사의 핵심적 시기를 확인시켜주고 있어요. 필론,* 플라비우스 그리고 대(大)플리니우스**에 의해 씌어진 두루마리들이 에세네 종파에 속했던 것이라는 것을 확인할 수 있었던 것도 바로 이 글자들 때문이지요. 그렇지만 이 모든 얘기를 당신들도 모르진 않을 텐데요. 그보다는 오히려 당신들에게 내가 정확하게 무슨 도움을 줄 수 있는지 말씀해주십시오."

존슨의 말에 아버지가 주저없이 말했다.

"우리는 선생이 피에르 미셸에게 맡긴 그 두루마리, 그리고 그가 1987년 강연회의 주제로 삼았던 바로 그 두루마리를 어떻게 입수했는지 듣고 싶습니다."

약간 놀라며 존슨이 다음과 같이 대답했다.

* 기원전 15년(~10)~서기 45년(~50). 그리스어를 사용한 유태 철학자. 헬레니즘 유태주의를 대표하는 가장 중요한 인물로, 계시신앙과 철학적 이성을 종합하려 하였다.

** 28~79년. 로마의 학자이자 작가. 백과사전적 저서 『박물지』로 유명하다.

"오제 주교를 통해서였지요. 그는 우리의 단골 공급자였습니다. 우리가 직접 동굴 속으로 두루마리 조각들을 찾으러 갈 때는 제외하고 말입니다. 헌데 왜 그걸 알고 싶은 거요?"

"그 두루마리는 예루살렘 박물관 소유이기 때문입니다. 그리고 우리는 그것을 되찾으려고 합니다. 선생은 그것이 마티가 입수해서 박물관에 맡겼다가 그후에 도난당한 바로 그 두루마리라는 걸 모르셨습니까?"

"그때는 몰랐어요. 나의 도움으로 마티가 오제 주교와의 복잡한 흥정에서 입수한 그 두루마리를 나는 볼 시간이 없었지요. 그 뒤에 오제 주교가 나에게 팔려고 했던 그 두루마리와 그것이 같은 것임을 내가 어떻게 알 수 있었겠소? 나는 그 사실을 피에르 미셸의 강연회가 끝난 후에야 비로소 알았습니다. 그 두루마리를 되찾고 싶다고 나에게 설명하던 마티의 입을 통해서였지요. 그런데 그 두루마리가 피에르 미셸과 함께 증발해버린 것입니다."

"그럼 그것을 산 후에는 읽어보셨는지요?"

"유감스럽게도 못 읽어봤습니다. 글씨들이 거울에 비치는 것처럼 반대로 씌어져 있었어요. 게다가 갈겨쓴 글씨라 읽기가 쉽지 않았어요. 나는 우선 그것을 발굴팀의 폴란드 연구가인 안드레이 리르노브에게 맡겼습니다. 그리고 바로 리르노브가 자살하기 전에 피에르 미셸에게 건네주었지요."

"그의 자살이 그가 읽은 내용과 관계가 있다고 생각하시는지요?"

"그럴 수도 있겠죠. 모르겠어요. 나도 당신만큼이나 그것을 읽어보고 싶어요. 신학적인 관심에서뿐만 아니라 과학적인 관심에서라도요."

망설이듯 그는 덧붙였다.

"어쩌면 그 편이 더 낫다는 생각이 들기도 하지만……."

"무슨 말씀입니까?"

"나는 피에르 미셸의 강연을 듣고 매우 놀랐습니다. 그가 연구 결과를 나에게 더이상 알려오지 않은 지가 한참 되었거든요. 그 이전부터도 그렇긴 했었지요. 나는 혹시 그의 건강에…… 정신 건강에 문제가 있는 게 아닐까 생각했어요. 물론 그 모든 사건들을 보자면 그리 놀랄 일도 아니었지만 말이오……."

"무슨 사건들입니까?" 아버지가 끈질기게 물었다.

그는 우리에게 어두운 시선을 한 번 던지더니 천천히 말을 시작했다.

"그 두루마리들은 마술에 걸려 있었어요. 샤피라 사건 이후에 그것에 가까이 갔던 자들은 모두 저주를 받았어요. 그들은 스스로 목숨을 끊기도 했고, 끔찍하게 살해당하기도 했지요. 리르노브나 오제 주교처럼요. 오제 주교가 단도에 찔려 죽었다고들 하지만 그건 사실이 아닙니다."

"그럼 그가 어떻게 죽었다고 보십니까?" 내가 물었다.

"십자가에 못박혔지요."

"어디서 그 이야기를 들으셨습니까?" 아버지가 물었다.

"나한테는 정보원이 많습니다."

나는 아버지에게 묻는 듯한 시선을 던졌다. 그러자 아버지는 온몸의 피가 얼어붙도록 명확한 어떤 신호를 내게 보냈다. 존슨이 말을 이어나갔다.

"나는 잃어버린 두루마리에 대해서는 아무것도 모릅니다. 뿐만 아니라 그것이 중요하다고도 생각하지 않아요. 두루마리가 처음 발견되고 십 년 뒤에 쿰란학이라는 새로운 학문이 태동했지요. 그리고 쿰란 연구서, 쿰란 연구소, 수많은 책들이 세계 도처에 널려 있지요. 그러니 당신이 찾고 있는 그 마지막 두루마리는 쿰란이라는 바다의 물 한 방울에 불과합니다. 나는 그런 건 상관도 하지 않아요. 또한 기독교나 고대 유태교에 관해 아무런 주목할 만한 사실도 밝혀주지 못한 다른 두루마리처럼, 그것 역시 새로운 정보는 하나도 제공하지 못할 거라고 생각합니다."

"그 반대지요. 많은 사람들이 그 원전에 열중하고 있는 한, 그 잃어버린 두루마리는 중요한 관심거리가 될 겁니다." 내가 말했다.

"누구에게 중요한 거요? 에세네 종파와 초기 기독교 사이의 관계는 기독교가 에세네 파의 화신(化身)이라고 말한 18세기 철학자들에 의해 이미 주목을 받았어요. 프로이센의 왕 프리드리히 2세는 1770년 달랑베르*에게 글을 썼지요. '예수는 원래 에세네인이었다' 라고요. 그때는 계몽주의 시대였지요. 그들은 신화에서 깨어나 종교의 기반을 사정없이 비난했습니다. 당신도 똑같이 하고 싶소? 그것은 또다른 세기의 전쟁이 아닐까요?"

"우리는 진실이 우리를 인도하는 곳으로 가고자 합니다." 아버지가 말했다.

"진실이 당신을 혁명으로 인도할 것이라고 생각합니까? 종교는

---

* 1717~1783년. 프랑스의 수학자 · 철학자 · 저술가. 유명한 『백과전서 *Encyclopédie*』의 기고가.

항상 다른 수많은 혁명을 보았지요. 그래도 늘 다시 일어섰어요."

그는 갑자기 자리에서 일어났다. 얼굴은 분노로 일그러져 있었다.

"결국 당신은 뭘 원하는 거요? 기독교가 전달하는 전언의 독창성을 다시 문제삼는 거요? 교리의 기초를 뒤흔들고 싶은 거요?"

존슨의 질문에 아버지가 단호하게 말했다.

"가톨릭 교회는 두루마리들을 통해 밝혀진 사실들의 중요성을 더이상 부정할 수 없습니다. 예를 들자면 이름없는 정의의 스승, 공식적인 유태교와 여호와의 성전의 숭배와 분명하게 결별한 그가 어떤 '불경한 사제'에게 박해를 받았다는 사실입니다. 그는 누구였을까요? 그는 죽임을 당했거나, 혹은 '나무에 산 채로 매단'이라는 두루마리의 표현이 암시하는 대로 십자가에 못박혔을까요? 그는 예수와 관계가 있을까요? 어쩌면 정의의 스승과 예수는 동일인일지도 모른다고 말하는 것이 신을 모독하는 걸까요? 게다가 세례 요한에 대해선 뭐라고 얘기를 하나요? 사막의 선지자요 예수에게 세례를 준 요한이, 똑같이 사막에서 살면서 세례의식을 지킨 에세네인들과 관련이 있다는 사실은 더이상 의심할 수 없습니다."

"하지만 요한 또한 교단의 일원이라기보다는 수도사, 고독한 은자였을 거요. 그리고 예수는 복음을 전파했던 반면에 에세네 파들은 비교(秘教)적인 교리를 갖고 있었다는 것을 잊지 마시오. 내 입장으로는, 쿰란의 문서들은 기독교의 진상을 밝히는 것이 아니라 그것이 태동한 환경, 다시 말해 1세기의 유태교의 진상을 밝힌다고 얘기하고 싶어요. 에세네 파의 교리에 대해선 아무도 알지 못합니다. 그것은 로마인들에 대한 유태인들의 반항 후에 살아남은 마지막 신자들과 더불어, 쿰란이 지진으로 파괴되었을 때 모두 다 사라져버렸어요." 존슨이 말했다.

"에세네인들이 사회로부터 멀리 떨어져 살기로 결정했던 것은 여호와의 성전에 대해 명백한 반감을 공공연하게 드러내기에 이르렀기 때문입니다. 게다가 그들은 세상의 종말을 고대했으며 요한 계시록적 문학을 열렬히 연구했습니다."

"기독교는 바로 메시아를 기다리는 분위기에서 탄생했어요."

"그것에 대해선 좀더 알아봐야 합니다. 그렇기 때문에 잃어버린 두루마리를 찾고자 하는 것입니다." 아버지가 다시 말을 이었다. "1947년에 발견된 수많은 문헌들은 몰수 대상이 되었지요. 그것을 알 수 있게 해주는 어떤 출판물도 없다는 것은 치욕적인 사건입니다."

점점 더 화가 난 존슨이 물었다.

"뭘 더 원하는 거요? 당신은 제1동굴부터 제11동굴까지의 두루마리들을 모두 가지고 있소. 1951년 미국인들은 생 마르크 수도원의 네 개 두루마리 중 세 개를 이미 출판했지요. 즉, 〈이사야 두루마리〉 1권, 〈하바꾹 주석서〉, 그리고 〈계율 개론서〉지요. 거기에 페렌크가 연구한 뒤 사후에 출판된 〈이사야 두루마리〉 2권, 〈빛의 아들들과 어둠의 아들들의 전쟁의 두루마리〉, 그리고 〈송가(頌歌) 두루마리〉가 덧붙여졌지요. 1948년 미국으로 이송되었던 생 마르크 수도원의 네 개의 두루마리는 이스라엘이 다시 취득하여 예루살렘에 있는 국립박물관 내부에 일종의 책의 사원을 지어 보관하고 있어요."

"우리가 원하는 것은 우리가 이미 갖고 있는 것들이 아니라 바로 그 잃어버린 두루마리입니다."

아버지는 무뚝뚝하게 대답하고는 잠시 생각하더니 조용히 덧붙였다.

"그런데 선생은 분명 선생의 신앙에 두려움을 느끼고 있습니다. 선생에게 그렇게 하라고 명령한 것은 교황의 성서위원회인가요? 제가 보기엔 선생이 신앙의 교리를 위한 종교 결사를 위해 일하는 것 같습니다."

폴 존슨이 이내 대답했다.

"물론 그렇소. 나는 당신의 술책에 속아넘어가지 않아요. 당신은 수세기 동안 이어온 우리 주 예수에 대한 신앙을 뒤흔들고 싶은 겁니다. 스캔들을 일으킬 사람은 바로 당신이오."

이 말을 하면서 존슨은 위협적인 태도로 우리에게 문을 가리켰다. 그것은 우리들의 만남이 끝났다는 것을 의미했다. 화가 나면서도 겁에 질린 채, 우리는 그곳을 나왔다.

아버지는 의기소침해진 것 같았다. 골동품들을 숭배하는 그가, 네 명의 연구가들 사이에서 두루마리들이 전세계로 분산된 것을 돌연 목도한 것이었다. 그 두루마리들은 영혼들 속에 혼란과 공포를 가져다 주는 것 같았다. 어떤 사람들은 잔인하게 살해당했다. 또 어떤 사람은 미쳐서 자살해버렸다. 엄격한 방법론을 가진 과학자이며 무신론자인 이성적인 아버지도 하늘의 징조를 거의 맹신하게 되었다. 나로서는 그 점이 이상했다. 다시 말해 모든 종교에 초연한 이 남자가, 내가 보기엔 신의 질서와 다르지 않은 사물들의 질서라고 부르는 것을 조금도 거역하지 않으려 애쓴다는 것이

기이했다.

나는 그가 낙담하는 것을 보고 매우 놀랐다. 연구와 발견에 대한 그의 관심을 너무나 잘 알고 있었기에, 나는 이해가 되지 않았다. 왜 그가 정말 시도도 해보지 않고, 어쩌면 우리는 그 두루마리를 되찾을 수 없을 것이며 설사 운이 좋아 찾는다 해도 그건 우리에게 더 큰 불행밖엔 안겨주지 않을 거라고 생각하는지 말이다. 사실 나중에 알게 된 사실이지만 아버지는 어린 시절에 주입된 악마에 대한 두려움을 갖고 있었던 것이다. 그리고 그 두려움은 마법이 풀린 과학의 세계에서 화산암 찌꺼기처럼 그의 내부에 뿌리박혀 있었던 것이다. 그는 그 두루마리들 속에 사탄이 들어 있지 않을까 무서워했다.

나는 아버지에게 말했다.

"그런데 그 반대예요. 존슨 신부가 말한 것과는 정반대예요. 그 두루마리들은 귀중한 내용을 담고 있을 겁니다. 그도 그런 사실을 잘 알고 있을 거라고 생각해요. 이건 우리가 계속 찾아야 한다는 신호예요."

"난 모르겠구나. 어디서부터 시작해야 될지 더이상 모르겠어."

"존슨이 암시했던 샤피라 사건이 뭐죠?"

"샤피라 사건이라…… 1883년 여름 내내 런던은 히브리어-페니키아어 초서로 씌어진 두 개의 고대 히브리어 두루마리 〈신명기〉의 발견에 대한 이야기로 온통 들썩거리고 있었다. 거기에 씌어진 글씨는 메샤의 유명한 모압 비석*을 통해 알려진 것으로,

* 1868년 디본에서 발견된 모압 비석에는 메샤 왕(기원전 870년경 활약)의

그 연대는 기원전 약 9세기로 거슬러 올라가는 것이었어. 그것은 샤피라가 팔레스타인에서 가지고 온 것으로, 원래는 열대여섯 개의 긴 가죽띠가 접혀 있던 것이었지. 그는 대영 박물관에다 그것들을 백만 파운드에 넘기겠다고 제안했어. 수주일 동안 영국 언론은 거의 매일 이 사건을 톱기사로 다루었고 심지어 원전의 번역본까지도 간행했지. 호기심 많은 사람들은 그 두루마리의 조각 몇 개가 전시되어 있는 박물관에 밀어닥쳤어. 골동품 애호가인 글래드스턴 수상도 그곳에 갔고 거기서 샤피라를 만났다.

기독교로 개종한 폴란드계 유태인인 모이즈 빌헬름 샤피라는 예루살렘에서 골동품과 두루마리 거래를 오랫동안 해왔지. 대부분 예멘에서 나온 히브리어 문헌들을 샤피라는 베를린과 런던의 도서관에 공급했다. 그는 마이모니데스*의 미드라시에 관한 해설서를 발견하기도 했어.

그런데 그것들이 발견된 상황으로 볼 때, 샤피라의 양피지들은 이상하게도 사해의 양피지들을 연상시켰다. 1878년 7월 마무드 엘 아라카트 족장을 방문했을 때, 그는 아랍인들이 강신술서(降神術書)들을 발견했다는 사실을 알게 되었어. 루벤 부족의 옛 영토에 있는, 사해 동쪽 연안 근처의 우사디 엘 무진 동굴 속에 피신해 있던 아랍인들 말이다. 그것들은 쿰란에서 발견된 것과 같이 여러 겹의 두꺼운 천에 싸여 있었단다. 보기에도 아주 오래된 것 같았어. 어쨌든 그는 족장에게 두루마리를 가까이서 보게 해달라

명문(銘文)이 새겨져 있다.

* 1135~1204년. 유태 철학자 · 법률가 · 의사. 중세 유태주의를 대표하는 지식인.

고 부탁했고 모압 평야에서 모세가 설교했던 마지막 복음이 거기에 적혀 있는 것을 보게 되었지. 샤피라는 베두인 족들이 잘 알고 있는 동굴에서 놀라울 정도로 건조한 상태에서 잘 보존되어 있는 원전들을 보고 깜짝 놀랐다고 설명했지.

그런데 샤피라의 명성은 모압의 우상을 베를린 왕립박물관에 팔고 난 뒤부터 퇴색하기 시작했어. 감정위원회가 가짜라고 판정했거든. 걱정이 된 영국인들은 두루마리들을 재검토하기 위해 전문가 회의를 소집하기로 결정했지. 두루마리들이 진짜가 아니라고 주장한 첫번째 사람은 아돌프 노이바우어였어. 그는 베를린의 감정가들과 접촉이 있었어. 마지막 일격을 가한 사람은 유태인 배척자인 프랑스 고고학자 클레르몽 가노였지. 결국 어느 공식 보고서에서 두루마리의 히브리어 원전을 표절한 사람은 유태인이 틀림없다고 밝혔고, 그래서 그 두루마리 조각들은 모두 가짜라고 선언되었지. 그 직후 샤피라는 네덜란드의 로테르담에 있는 한 불결한 호텔에서 자살하고 말았다."

"두루마리 때문에 또 한 사람이 죽었군요……."

"그렇지. 어쩌면 첫번째 죽음이었는지도 모르지. 아니면 마지막이었든지. 가장 불안한 사실은 누구도 그 두루마리들을 결코 찾지 못했다는 것이야. 그것들은 네덜란드에서 샤피라와 함께 사라진 것 같아. 바보 같겠지만 난 그것이 두렵게 느껴지는구나."

"왜요? 존슨과 신앙교리 수도회가 그 두루마리들이 마술에 걸려 있다고 입증했나요? 아버지는 그 두루마리들이 새로운 이교의 기원이라고 생각하세요?"

"그럴 수도 있지. 나는 그 십자가형이 무섭다. 누가 그런 일을 저질렀을까? 기독교인들에겐 그런 것이 의미가 없을 거야. 그럼 유태인들일까? 〈나훔 주석서〉*에서는 산 채 매달린 사람을 암시하고 있어. 즉 십자가에 못박아 죽이는 것이지. 이런 십자가형이 유태법엔 금지되어 있긴 하지만 알렉산더 얀네우스는 그 방법을 널리 사용했다. 안티오코스 4세 또한 수많은 유태인들을 십자가에 못박았다. 유태인들이 마카베오 전쟁과 그 이후에, 자신들을 박해한 자들을 그대로 모방했을 수도 있어. 하지만 이건 확인되지 않은 가정일 뿐이야. 가장 그럴 듯한 것은 로마인들이 저질렀을 거라는 가정이지……."

"그렇지만 로마인들은 더이상 없잖아요." 내가 큰 소리로 말했다. "벌써 수천 년 전 일입니다. 지금은 그때와는 완전히 다르죠. 어떤 미친 사람의 소행일 수도 있어요…… 제 생각으론 윌리엄스버그의 랍비에게 조언을 구해야 할 것 같아요. 우리가 계속 찾으러 다녀야 할지 그만두어야 할지 그는 말해줄 수 있을 겁니다."

사실 무엇이 나로 하여금 아버지에게 이런 제안을 하도록 했는지 나 자신도 알 수 없었다…… 아마도 그가 그렇게 당황해하는 것을 보았기 때문일 수도 있고, 그냥 유태교 신자로서의 단순한 반응일 수도 있었다. 그는 흥미와 놀라움이 뒤섞인 표정으로 나를 쳐다보았다.

"우리가 지난 샤바트 때 본 그 랍비 노인 말이냐?"

그가 어찌나 어찌할 바를 몰라하는지, 그를 납득시키는 데는 오

* 구약성서의 12소예언서(유태교 경전에는 '12예언서'로 한데 묶여 있음) 중 일곱번째 책.

랜 노력이 필요없었다.

*두 사람은 한 사람보다 낫다. 왜냐하면 그들이 하는 일에 대한 보상도 더 많을 것이기 때문이다. 또한 한 사람이 넘어지면 다른 사람이 그 동반자를 다시 일으켜줄 것이기 때문이다. 그러나 혼자인 사람은 불행하다. 넘어져도 다시 일으켜 세워줄 사람이 아무도 없기 때문이다. 혹 누군가가 그 두 사람보다 훨씬 더 강하다고 해도 둘이면 대항할 수 있기 때문이다. 세 줄로 꼰 동아줄은 그렇게 쉽게 끊어지지 않는다.*

나는 이스라엘에 있는 나의 랍비 이름을 내세워 면담을 신청했고, 이내 허락을 받을 수 있었다. 우리는 윌리엄스버그의 마당이 있는 작은 집 안으로 들어갔다. 랍비가 평결을 하고 있는 방에서는 제자들이 바닥에 앉아 목덜미 쪽으로 모자를 젖히고 스승의 말 한마디 한마디를 주의깊게 듣고 있었다. 랍비의 조수 가바이가 왔다갔다하면서 이따금 글씨가 씌어진 청원서인 크브티틀을 그에게 갖다 주곤 했다. 랍비는 상업에 관한 일이나, 그 소견이 유리하지 않으면 결혼이 모두 취소될 수도 있는 의료 요법에 대해서도 충고를 아끼지 않았다. 랍비는 세계 방방곡곡에서 올 수 있는 양쪽 결혼 당사자들을 사전에 함께 본 적이 없었다. 사람들이 직접 올 수 없을 때는 유럽이나 이스라엘에서 전화로 청원하기도 했다. 랍비는 아무도 알지 못했다. 그러나 많은 일을 알고 있었고, 또한 언제나 모든 것에 대답해주었다.

가바이는 우리를 랍비 곁으로 안내해주었다. 나는 우리의 방문 동기를 짤막하게 설명했다. 아버지가 당부한 대로 정확한 세부 사항은 말하지 않고 우리가 찾는 일을 계속 해야 할지, 아니면 포기해야 할지만을 랍비에게 물어보았다. 그는 깊이 생각해보기 위해 잠시 그 자리에서 물러났다가 다시 돌아와서 조수의 귀에 뭐라고 소곤거렸다. 그리고는 머리를 끄덕이며 우리에게 말했다.

"찾는 일을 계속 해야만 하오. 아주 위험한 일이지만 계속 하시오."

우리를 보내기 전에 랍비는 우리 두 사람의 머리 위에 손을 얹고 축복해주었다. 그는 나를 위해 이렇게 말했다.

"신이 자네를 도와줄 것일세."

나는 머리를 들었다. 랍비의 위엄 있는 흰 수염과 만나는 두터운 눈썹 아랫부분을 꿰뚫어보다가 그의 시선과 마주쳤다. 그러나 나는 이내 수줍은 동작으로 눈을 내리깔았다. 그러자 그는 몸을 수그리더니 내 귀에 입을 대고는, 피가 얼어붙는 듯한 말을 덧붙였다.

"자네 아버지를 조심하게. 그는 지금 크나큰 위험에 직면해 있네."

떠나기 전에 우리는 충고에 대한 보답으로, 마련되어 있는 상자 속에 사례금을 넣었다.

우리 뒤에서 활발한 노랫소리가 다시 울리기 시작했다. 하시드들의 결정은 항상 찬송가와 춤으로 끝난다. 그들은 기도보다 찬송가와 춤을 더 좋아한다. 왜냐하면 그것이 훨씬 더 즐겁고 또 드브쿠의 실현에 더욱 유리하기 때문이다. 나는 마지막으로 뒤를 한 번 더 돌아보았다. 우리가 점점 멀어짐에 따라, 큰 소리로 반복되는 '아, 오, 헤, 밤, 야' 소리만이 들려왔다. 이러한 기쁨으로부터 일종의 힘과 물리칠 수 없는 연대의식이 샘솟고 있었다. 지금 랍비의 제자들이 어깨동무를 하거나 서로의 허리를 붙잡고, 그들을 망아지경으로 이끌어갈 춤을 추기 시작한 것임을 나는 알고 있었다. 하시드들의 궁전에서 무슨 일이 일어날 것인지 나는 쉽게 상상할 수 있었다. 춤추는 자들은 마법의 원을 그리고 있었다. 첫번째 고리가 마지막 고리와 만나 시작도 끝도 사라져버리는 원. 그들은 점점 더 강렬해지는 리듬에 따라 차츰차츰 열광하였다. 열기가 높아지자 그들은 무거운 검은 외투를 벗고 와이셔츠 차림으로 점점 더 복잡하게 사지를 뒤틀었다. 그들 중에서 가장 날렵한 사람들은 커다란 원 안에서 작은 원을 하나 더 만들었다. 다른 사람들은 환각에 빠진 듯 그들이 춤추는 모습을 바라보며 손뼉을 쳤다. 그런 기회를 틈타 떠오르는 악마의 화신 같은 리듬은 어떠한 육체도 무기력하게 내버려두지 않을 것이다. 사람들은 모두 그 리듬의 검은 마법에 굴복하고 말 것이다.

우리는 더이상 뒤돌아보지 않고 호텔까지 계속 걸어갔다. 아버지는 랍비의 충고를 듣고 진정된 것 같았다. 우리에게 맡겨진 임무를 다시 시작할 의지를 새로이 다지는 것 같았다. 그러나 나는 가슴이 몹시 아팠다. 아버지에게는 그 말을 할 수가 없었다. 랍비가 아버지에게 알리고 싶었다면, 큰 소리로 말했을 것이다. 게다가 그는 우리에게 일을 계속 하라고 엄명했다. 처음으로 나는 목이 메고 배가 조여드는 듯한 번민의 제물이 되었다. 나는 다른 누군가를 저버리지 않기 위해 또다른 한 사람을 배반하게 된 것이다. 아버지는 근심에 찬 나의 표정을 보고 물었다.

"랍비가 네 귀에다 대고 무슨 말을 하더냐?"

"비밀이에요. 그렇잖으면 무엇 때문에 그렇게 낮은 목소리로 말했겠어요?"

우리는 온통 생각에 잠겨 걸어가던 터라, 조용하게 우리 뒤를 밟는 검은 옷의 이상한 실루엣만을 얼핏 볼 수 있었다.

학자들과 고고학자들을 만나기 위해 우리는 대학 도서관을 찾아 다니면서 뉴욕에서 며칠 더 머물렀다. 만나는 사람들마다 하나같이 우리가 찾고 있는 것이 우리의 생명에 위험한 일일뿐더러 신앙에도 별 도움이 되지 않을 거라고 말했다.

아버지의 불안이 점점 자취를 감추면서 나의 불안도 조금씩 사라졌다. 의혹이 일단 사라지자 두려움도 허물어졌다. 우리는 거역 못 할 내부의 막연한 필요성에 따라 이유도 알 수 없이 행동하는 때가 있다. 설사 두루마리 주위에 어떤 위협이 도사리고 있을지라도, 나는 꺾이지 않으리라는 느낌이 들었다. 나는 아버지와 나 자신에게 긍지를 느꼈다. 이런 세대간의 결속은 무엇보다 힘과 성공의 비결이라는 것을 나는 확신했다. 그리고 나는 아버지와 달리 열렬한 신자임에도 악마의 존재를 믿지 않았다. 물론 악 같은 것도 믿지 않았다. 왜냐하면 사람은 자기가 보는 것만을 믿기 때문이다. 그리고 나는 아직 내 눈으로 악마를 본 적이 없다. 죽음이란, 인간에게 두려움을 주고 또 그러한 결말에 인간을 굴복시키기 위하여 인간이 만들어낸 신화에 속하는 것이라고 나는 확신했다. 주인을 필요로 하는 동물인 인간은 죽음 속에서 절대적인 주인을 찾아내었던 것이다. 인간에게 그것은 횡재거리였다. 그러나 인간은 이 발견에서 결코 위안을 구하지 못할 것이다.

나는 죽음을 믿지 않았다. 운명의 주인은 인간이라고 생각했기 때문이었다.

그러나 나의 생각이 잘못되었다는 것을 지체없이 깨닫게 하고 가증스런 짓 앞에서 내 눈을 뜨게 할, 비길데없이 악의에 찬 사건들이 나를 기다리고 있었다.

*모든 것은 똑같은 곳으로 간다. 만물은 먼지로 만들어졌고, 모두 먼지로 되돌아간다.*

마침내 우리는 런던으로 가기로 결심했다. 두루마리를 가지고 있는 네 명의 발굴팀원 중 한 사람인 영국인 연구가 토머스 아몬드를 만나기 위해서였다. 그는 네 명 중 가장 접근하기 쉬운 불가지론자(不可知論者)였다.

출발하는 날 아침, 호텔 프런트의 직원이 방금 누가 맡기고 갔다면서 꾸러미 하나를 우리에게 건네주었다. 그 속엔 아주 짙은 갈색의 조그만 양피지 조각이 들어 있었다. 우리는 누가 그것을 보냈는지 당장엔 알 수 없었다. 마티가 보내주겠다고 약속했던 그 두루마리가 도착한 것이라고 하기엔 너무 일렀다. 게다가 그는 우리에게 원본이 아니라 복사본을 보낼 것이라고 했었다. 그 역시 원본을 가지고 있지 않았기 때문이었다. 우리는 공항으로 가기 전, 변경되는 주소로 권총을 꼭 다시 보내야만 했다. 그래서 그 두루마리에 대한 검토는 나중으로 미루었다.

꾸러미 속의 양피지를 다시 꺼내보고 싶어서 우리는 비행기가 이륙하기만을 기다렸다. 아버지는 그것을 조심스럽게 펼쳤다.

"참 이상하구나. 이 양피지가 도대체 어떤 동물의 가죽인지 모르겠다. 어린 양이나 염소 가죽이라고 하기엔 색깔이 너무 짙어. 이런 양피지는 한 번도 본 적이 없다."

기실 두껍고도 매끈매끈한 그 양피지는 가는 줄도 거의 없이 아직 건조가 덜 된 듯 약간 물렁한 느낌에다 아직도 신경줄이 분포되어 있는 것 같았다. 쿰란의 두루마리 양피지와는 반대로, 그것은 산산조각으로 바스러질 정도로 연약해 보이지도 않았다. 오려낸 가죽 부분은 무두질이 되어 있음에도 아주 부드럽고 유연하게 보였다. 말기에도 수월하였다. 그것은 동물을 방금 잡아 만들었거나, 만든 지 불과 얼마 되지 않은 듯 놀랄 만큼 싱싱했다. 우리는 아람어로 씌어진 글씨를 해독해보았다. 검은 잉크가 글씨 군데군데에 왈칵 쏟아진 자국과 겨우 보일까 말까 한 가느다란 행간엔 이따금 핏줄 같은 가느다란 빨간 선들이 남아 있었다. 우리가 해독해낸 그 말들은 우리도 잘 아는 문구였다.

이것은 나의 육신이요,
이것은 나의 피,
수많은 사람들을 위하여 흘린 언약의 피로다.

"성경에 나오는 최후의 만찬 이야기로군. 예수는 유월절의 빵과 포도주를 자신과 동일시했고 자신의 수난을 예고했었지." 아버지가 설명했다.

"뭘 바라고 이러는 걸까요? 누가 이것을 우리에게 보냈을까요? 무슨 이유일까요?"

"나도 모르겠다. 만약 이것이 쿰란의 두루마리에 속한 것이라면 성경과 두루마리 사이의 관계를 나타내는 중요한 증거가 될 수도 있겠지. 하지만 이건 만들어진 지 여섯 달도 안 됐겠는걸……."

"누군가가 우리를 놀리는 것이라고는 생각하지 않으세요?"

"그렇잖으면 우리를 겁주든가…… 아무튼 우리가 감시당하고 있다는 것을 우리에게 알려주려는 것인지도 모르지."

우리는 호기심에 차서 그것을 다시 한번 더 검토하기 위해 양피지 위로 몸을 수그렸다. 그것은 우리가 알고 있던 양피지들과 닮은 점이라곤 하나도 없었다. 그 글들은 훌륭한 필사생에 의해 씌어진 것 같았다. 글씨 하나하나가 정성 들여 또박또박 씌어 있었기 때문이었다. 그러나 선을 그을 시간도 없이 급히 쓴 것 같았다. 옛 두루마리들의 조직보다 훨씬 더 부드러운 그 가죽 조직들은 뭔가 친숙하면서도 혼란스럽게 주의를 끄는 면이 있었다. 자세히 들여다보면 볼수록 점점 더 어디선가 이미 본 듯한 이상한 느낌이 들었다. 하지만 어디서 봤을까? 박물관의 복제품일까, 이스라엘의 아버지 집에서 본 것일까? 뚜렷한 이유는 알 수 없었지만 나는 아주 최근에 그것을 본 듯한 느낌이 들었다. 이런 나의 생각을 중단시키기라도 하듯 갑자기 아버지의 입에서 공포에 질린 고함소리가 터져나왔다. 잠시 동안 그는 말을 잇지 못했다. 이마엔 식은땀이 맺히기 시작했다.

"이건 양피지가 아니야…… 아리, 이건 살가죽이야."

아버지는 겨우 이 말만을 내뱉었을 뿐이었다.

"물론, 살가죽이 아니던가요?"

잘 이해하지 못한 내가 대답했다.

"아니, 내가 말하려는 건…… 사람의 가죽이란 말이다."

나는 아버지가 덜덜 떨면서 잡고 있는 그 조각을 다시 내려다보았다. 그때서야 나는 깨달았다. 공포에 사무친 전율이 척추를 타고 흘러내렸다. *나는 그 갈색 피부를 알아보았던 것이다. 아주* 독특한 *마티의 피부를.*

# III

런던에 도착한 후 우리는 마티의 호텔로 전화를 걸었다. 그는 이틀 전부터 행방불명되었으며 경찰이 현재 그를 찾는 중이라는 말을 전해들었다.

우리는 토머스 아몬드가 일한다고 알고 있는 고고학 연구소에서 그리 멀지 않은 호텔로 갔다. 여전히 공포에 온통 짓눌려 있던 우리는, 뜬눈으로 밤을 지샌 다음날처럼 두 다리가 휘청거렸다. 방에 틀어박혀서도 무엇을 해야 할지 앞이 캄캄하였다. 마티가 사라진 연유를 좀더 알아보기 위해 아버지는 결국 경찰을 불렀다. 경찰은 마티가 분명 납치된 것 같으며, 그의 흔적은 아직 하나도 찾지 못했다고 했다. 그에게 무슨 일이 일어난 것인지 더이상 의심의 여지가 없었다. 그러나 무슨 이유로 그가 그런 일을 당했을까? 그는 감시당했던 것일까? 누군가가 그가 우리에게 약속한 두루마리 조각의 복사본을 보내지 못하도록 하기 위해 저지른 일일까? 그는 우리에게 얘기한 것말고 또다른 일들을 더 알고 있었던 것일까? 그렇지만 왜 우리에게 이런 야만적인 경고를 보낸 것일까? 수많은 의문이 꼬리에 꼬리를 물고 이어졌다.

오후가 되자, 우리는 고고학 연구소로 향했다. 임무를 수행하기 위해서라기보다는 기분전환을 하기 위해서였다. 아버지는 연구차 여러 번 들른 적이 있어 그곳 지리를 잘 알고 있었음에도 찾는 데 애를 먹었다. 고고학은 컴퓨터로 정보처리되어 있었다. 서류들, 도면들, 화석들은 훨씬 더 다루기 쉽고 덜 상하는 마이크로필름에 모두 담겨 있었다. 벌써 몇 년 전부터 아몬드는 연구소에 나오지 않고 있다고 한 비서가 말했다. 아몬드는 맨체스터 근처에 있는 자택에서 필사본 번역과 저술에 전념하고 있었다.

우리는 어쩔 수 없이 수고를 더 해야 했다. 아몬드의 자택은 모든 것들로부터 멀리 떨어져 있었다. 기차에서 내린 후, 우리는 다시 버스를 타고 한참을 가다가 어딘지 모를 길 한가운데에서 내렸다. 그리고 다시 숲속을 몇 킬로미터나 걸어야 했다. 날은 어두워지고 비가 퍼부을 것 같았다. 기분 나쁜 소리들, 올빼미 소리, 갑자기 비상하는 시커먼 새들, 죽은 나무들에서 나는 삐걱거리는 음산한 소리들이 우리가 가는 길을 따라 끊임없이 들려왔다. 마침내 어느 길 모퉁이에 그의 집이 보였다.

그 집은 반쯤이 덤불 속에 가려진 작은 회색 벽돌의 누옥이었다. 우리는 문을 두드렸다. 쉰 살 가량의 한 남자가 문틈으로 모습을 드러냈다. 그는 검은 수염에 머리를 아주 길게 기르고, 어두운 색 옷차림을 하고 있었다. 아버지는 예루살렘 대학의 고고학 교수라고 자기를 소개했다. 방문 동기를 설명하고 존슨 신부와 만난 이야기도 간략하게 해주었다. 그러자 아몬드는 안으로 들어오라고 했다.

집 안은 마치 므두셀라(노아의 홍수 이전의 유태 족장—옮긴이)의 집처럼 낡고 먼지 낀 성유물들이 바닥에 흩어져 있었으며, 벽에도 걸려 있고 테이블 위에도 쌓여 있었다. 성소와 다를 바 없었다. 그는 연약한 꽃들을 청진하는 원예가처럼 장갑 낀 손으로 몇 개의 귀한 동전들을 아버지에게 보여주었다. 아몬드는 고고학에 열광적인 사람, 조금은 미친 연구가, 자기 일에 정신을 빼앗긴 사람, 그것들 없이는 분명 아무것도 못 할 사람처럼 보였다. 그는 방 안쪽에 있는 낡은 테이블을 가리켰다. 그곳에는 그가 번역하고 있던 두루마리 조각들이 놓여 있었다. 아버지와 나는 똑같이 억제할 수 없는 탐욕에 찬 시선으로 그곳을 응시하였다.

나는 처음으로 그것을 보았다. 작고 새카만 히브리어 글자들로 온통 빽빽하게 덮여 있는 아주 오래된 진짜 양피지들이었다. 거기엔 여백도, 단락도, 구두점도 없었다. 마치 간헐적인 선이 흔들림 없이 이어진 것 같았다. 때때로 늘어진 l자나 고리에 걸린 y자처럼 위쪽으로 치우친 곳도 있었지만, 그 선은 어디까지나 미덕의 밭고랑 같은 자국을 내듯 보이지 않는 직선을 더 잘 따라가기 위해 그은 것이었다. 그것은 종이처럼 섬세하고 부식토처럼 잘 녹는 연약한 양피지였다. 그렇지만 이천 년이 훨씬 넘도록 그대로 남아 있었다. 마치 유태의 정신처럼 약하고도 끈질기며, 깡마른 얼굴과도 같이 나약하면서도 강하게 보이는 양피지였다. 그것은 그리스 병사들에게 약탈당한 마카베오인들이 그들의 신전에 불을 켜놓았던 작은 기름병을 연상시켰다. 몇 시간 후면 꺼질 것 같던 그 불길은 일 주일이나 계속되었던 것이다. 그것은 하누카의 기적이었다. 그 덕분에 여호와의 성전의 제식은 전쟁중에도 완수될 수 있었다. 내가 지금 보고 있는 것은 마치 두루마리들의 기적과도 같았다.

우리는 몸을 수그리고 조용히 내용을 해석해보았다.

나는 불경한 인간,
사악한 육신의 집회에 속한다.
나의 불안, 나의 실수, 나의 죄, 나의 타락한 가슴은
부패의 집회에,
어둠 속을 걷고 있는 자들에게 나를 바친다.

왜냐하면 길을 인도하는 일은 인간의 몫이 아니며,
그 누구도 자신의 발자국을 굳힐 수 없기 때문이다.
심판을 내릴 수 있는 자는 신이며,
완전하게 인도해주는 것도 신의 손이요,
또한 모든 것이 우연히 일어난 것도 그분의 지식을 통해서이다.
일어나는 모든 일은 신의 뜻대로 이루어지는 것이니
신 없이는 아무것도 이루어지지 않는다.

"이쪽 것을 보시오."

아몬드는 우리가 읽고 있는 것보다 훨씬 더 단단하게 보이는 다른 두루마리를 가리키며 말했다.

"이건 〈청동 두루마리〉요. 처음 발견했을 땐 어찌나 딱 오그라들어 붙어 있던지 펼칠 수가 없었소. 하지만 이것을 작은 조각으로 잘라내는 정교한 기계장치를 사용했소."

그는 톱과 레일로 구성된 이상한 기계를 우리에게 보여주며 말했다.

"보시오. 양피지는 바늘을 따라 세로로 잘라지지요. 그리고 레일 위에 있는 작은 트롤리를 통해 돌아가고 있는 톱 아래로 직접 운반되어 들어가오. 그렇게 하면 돌아가는 것은 두루마리이고 톱은 제자리에 그대로 있지요. 풀무로 먼지를 제거하고, 확대경을 보면서 가위질의 깊이를 조절할 수 있다오. 두루마리에 칼날이 닿을 때 수없이 작은 조각으로 부서지는 것을 방지하기 위해 겉에다 스카치 테이프를 두르고 가죽이 부드러워지도록 열을 가하지요. 당신들이 확인하다시피, 칼날이 지나간 선은 양피지 가장자리와는 정반대로 아주 깨끗하다오. 그리하여 글씨의 두 종단 사이에 여백이 생기면, 원하는 만큼의 글씨를 정확하게 잘라낼 수 있소. 이게 바로 일이지요."

그는 얇은 조각들을 자랑스럽게 내밀며 말했다.

"국제팀의 선생 동료들에게 맡겨진 두루마리들의 내용을 아십니까?" 아버지가 물었다.

"아니오. 그것들은 한 번도 읽어본 적이 없소. 나는 쿰란학 토론회엔 가지 않아요. 우리 동료들도 물론 가지 않지요. 그렇지만 그 원전들 속에 아무 정보도 없다고 그들이 단정했다는 사실은 알고 있소. 의혹을 가질 만한 것도 없고, 초기 기독교에 대한 그들의 시각을 수정할 만한 것도 전혀 없다고 했지요. 그런데 나는 아주 놀라운 사실들을 우연히 발견했소. 한 두루마리에는 메시아의 강림으로 부활한 자들이 힘을 가지게 될 때, 그들에게 바치게 될 무기들, 귀고리, 칼, 화살과 화살촉 또 금은 보석으로 화려하게 만든 장식품들이 있다는 것이 언급되어 있었소. 원전에는 종교적인 표어를 가슴에 품고 여러 대대로 나뉘어, 서로 다른 군기 아래에서 싸우는 군대가 아주 상세하게 묘사되어 있지요. 군대의 산개(散開) 작전과 전술까지 모든 것이 준비되어 있고 일정도 계획되어 있었소. 메시아의 도래를 위하여 모든 것이 미리 정해져 있었소. 메시아는 강림하여 그 원전을 따르기만 하면 되고, 또 최후의 전쟁에서 승리를 거둘 것을 확신하게 될 것이오."

"무슨 전쟁인가요?" 내가 물었다.

그는 수수께끼 같은 표정을 짓더니 우레 같은 목소리로 고함쳤다.

"빛의 아들들과 어둠의 아들들의 전쟁이오! 그 두루마리 전체가 이 전쟁에 대해 이야기하고, 이 전쟁을 선언하고 있소. 어둠의 아들들이란 펠리시테인들, 벨리알 군대, 아슈르의 키팀 족 무리, 그리고 그들을 원조하는 배신자들이오. 빛의 아들들은 사막으로 유배당한 레위, 유다, 베냐민의 아들들이지요. 끝으로 이집트와 시리아 간의 대립이 있소. 두 나라의 대립으로 시리아의 통치가 막을 내리고 빛의 아들들에게 예루살렘과 여호와의 성전의 소유권이 주어지오. 사십 년 동안이나 그들은 셈, 함, 야벳*의 자손들, 즉 이 세계의 모든 민족들과 투쟁을 하게 되오. 각 민족과 벌이는 전투는 육 년 동안 지속되다가 모세 율법에 따라서 칠 년째에 끝이 나오. 사십 년 후 모든 어둠의 자식들이 전멸하오."

"어떤 사람들은 그 두루마리들이 신앙에 위험한 것이며, 그것 때문에 불행이 찾아온다고들 이야기합니다." 아버지가 말했다.

"누가 그런 말을 했소? 어둠의 아들들인가요?"

굵고 우렁찬 목소리로 그가 투덜거렸다.

"네…… 그냥, 아닙니다. 어떤 학자들이지요."

"그들에겐 교리면 충분하오. 그들은 아직도 중세의 신비에 머물러 있소. 나요, 나는 교리가 아니라 사실을 찾고 있는 거요."

그는 주먹으로 크게 책상을 내리쳤다. 그 소리에 우리는 소스라쳐 놀랐다. 그가 계속 말을 이어나갔다.

"예수가 언제 어디에서 태어났는지, 또 그가 누구였는지조차 얘기할 수 없는 자들이 바로 신학자들이오. 또한 그들은 공관(共觀)복음서(신약성서 중 마태, 마가, 누가의 세 복음서—옮긴이)에 나오는 예수의 모습이 그것과는 아주 다른 〈요한복음〉 속에 나타나는 모습과 어떻게 일치할 수 있는지도 설명하지 못하오. 그러나 그들은 기독교가 이교도에서 유래했다는 것은 알고 있지요. 또한 에세네 종파와 초기 기독교 사이에 놀랄 만한 유사점이 있고, 또 분명 서로 관계가 있었을 것이라는 것도 그들은 알고 있지요. 그런데 그들은 자신들이 이런 사실에 당황하지 않는다고, 그건 아무것도 아니라고 얘기하오. 하지만 나는 그들에게 진실이란 종교적 의무가 아닌가라는 말을 해주고 싶소. 복음서 네 개도 '진실이

* 구약성서 〈창세기〉에 나오는 노아의 세 아들. 〈창세기〉에서 이 세 아들을 인류의 세 인종의 조상으로 보는 설명을 찾아볼 수 있다.

그대들을 자유롭게 할지어다'라고 얘기하고 있잖소? 그들은 신약성서가 예수의 일생과 교회의 시초에 대해 일관된 이야기를 하고 있다고 대답하지요. 그건 거짓말이오! 우리는 예수의 역사에 대해선 단편적이며 전혀 일관되지 않는 모순적인 에피소드들만 알고 있을 뿐이오. 소위 교회의 시초에 관한 보고서에 관해 말하자면…… 예수가 기독교 교회를 창설했는지는 말할 것도 없고 창설할 의지를 갖고 있었던 것인지조차도 확실치 않소."

"바로 그렇기 때문에 우리는 예수가 진정 누구였는지, 그의 진짜 역사는 어떠했는지 알고 싶은 것입니다." 그의 이야기에 힘을 얻은 아버지가 말했다.

"나는 예수의 일생이 한 번도 재현되지 못한 것이 의심스럽소. 자료들이 너무 부족하오. 그러나 두루마리들이 왜 사라지거나 이리저리 흩어져 있는지, 또 당신들은 승복하지 않겠지만, 당신들도 포함해서 왜 그것에 가까이 갔던 자들에겐 모두 불행이 닥치는지 내가 말해주겠소."

그는 뼈가 앙상한 길다란 엄지손가락으로 우리를 겨냥하며 말했다.

"서로 모순되는 수많은 복음서들이 있음에도, 신학자들은 그 복음서들이 사실 그대로의 역사를 전해준다고 항상 주장하오. 그런데 수세기가 지난 후 양피지들이 발견된 덕택에, 우리는 처음으로 예수가 에세네인이었는지 바리새인이었는지, 혹은 그가 정말 존재했었는지, 여러 명의 예수가 있었는지, 아니면 전혀 아무도 없었는지 알 수 있는 가능성을 얻게 된 것이오. 오랫동안 복음서들은 예수의 일생과 기독교 교회의 기원에 관한 유일한 역사적

원천이었소. 그런데 그중 세 개의 복음서가 너무나 일치하고 있어서 분명 서로 베낀 것이라는 생각이 든다면, 이 원전을 진정 탄탄한 것이라 믿을 수 있겠소? 아니오! 이 원전은 불안정하오. 그러니 그 두루마리들은 이 원전을 심히 위태롭게 하고 있는 거요."

"하지만 플라비우스 요세푸스가 예수를 언급한 짧은 글이 있잖습니까? 요세푸스는 진지하고 세심한 사학자였습니다."

나는 그를 공격하기 위해 머뭇거리며 나섰다.

"평판 높은 학자들은 그 구절엔 사기성이 있다면서 삭제해버렸소. 아마도 그 구절은 중세의 한 필사생이 자신의 뜻에 따라 덧붙인 것 같소. 그리고 많은 글들이 모두 그렇게 이루어졌지요. 우리는 명백하게 알아야만 하오. 우리가 알고 있는 모든 것은 복음서 속에 있는 것이오. 그리고 사해 두루마리들은 마침내 우리들에게 진실과 전설의 차이를 알 수 있게 해줄 희망을 주고 있소. 그러나 이름은 거론하지 않겠지만, 몇몇 사람들은 우리가 절대로 그것을 알지 못하도록 갖은 방법을 다 쓰고 있어요."

흥분한 그 남자는 계속해서 말을 이어나갔다. 그 무엇도 그를 제지할 수 없었다. 바깥에는 저녁 안개가 깔리고 있었다. 방 안을 비추는 희미한 불빛은 불안한 윤곽의 그림자들을 벽에 투사시켰다. 엄청나게 큰 아몬드의 그림자가 벽 위에서 저주의 몸짓을 하고 있는 게 보였다. 그는 무거운 목소리로 말을 계속했다.

"당신들은 분명 아기 예수의 요람을 방문한 동방 박사 세 사람의 이야기를 알고 있을 거요…… 그런데 그들이 '미트라 신'*으

* 인도-이란 신화에 등장하는 빛의 신. 3~4세기에 로마 제국 군인들이 전하고 지켜왔던 미트라 숭배는 새로 성장하고 있던 기독교의 주요 경쟁 상대였다.

로 숭배하는 네로 황제에게 선물을 가지고 간 동방 박사 세 사람, 파르티아의 왕 티리다테스 이야기는 알고 있소? 혹은 하늘의 별이 그의 탄생을 알렸다는 프라바시를 찾아온 동방 박사의 이야기는? 이런 이야기가 당신들에게 상기시키는 것이 하나도 없소?"

"그 프라바시가 누구인가요?" 내가 물었다.

"이교 문화의 신이오. 젊은이, 당신이 매우 흥미를 가지고 알고 싶어할 문화요." 그는 잘 알고 있다는 듯 덧붙였다.

"목동들의 성모영보(聖母領報),* 그리고 성모 마리아 찬가와 베네딕투스.** 이런 것이 성모 마리아와 요한의 어머니 엘리사벳이 정말로 말한 것인지 혹은 루가가 이야기한 대로 증인들에 의해 덧붙여진 것인지, 혹은 경우에 따라 각색된 성스러운 창작품인지 어떻게 알 수 있겠소? 학자들은 잘 알고 있소. 이것들은 그 이야기 후에 생겨났어요. 모두에게 나는 묻고 싶소."

그는 두 팔을 벌리고 수많은 청중을 증인으로 삼듯이 목소리를 높였다.

"성경 구절들 중 작가나 필사생에 의해 손질되거나 각색되지 않은 구절이 어떤 것이오? 우리가 가지고 있는 초기 육필 두루마리들의 연대는 4세기 전으로 거슬러 올라가지 않아요. 또한 가톨릭 교회의 신부들은 그들의 신학적 교리를 성경과 일치시키기 위해 이미 씌어져 있는 글들을 계속 수정하였소. 예수가 베들레헴

---

* 성모 마리아가 구세주의 어머니가 될 것을 대천사 가브리엘로부터 계시받은 일.

** 유태교 제사장 즈가리야가 아들 세례 요한에게 할례를 베풀고 그의 이름을 지으면서 부른 찬양과 감사의 노래.

에서 태어났다는 사실을 입증하기란 정말 불가능하다는 것을 아시오? 그리고 만약 그렇다 하더라도, 유태의 베들레헴과 갈릴리의 베들레헴 중 어느 베들레헴이오? 마찬가지로 성경에서 이야기하듯 갓 태어난 예수를 살해하기 위해 '아이들을 죽인 살인자'는 정말 있었을까요? 그게 누구였을까요? 문서로 기록된 흔적은 하나도 찾을 수 없어요."

"그건 헤로데 왕인 것 같습니다." 아버지가 말했다.

"그렇다면 헤로데 왕의 수많은 죄에 대해 장황하게 서술해놓은 플라비우스 요세푸스 같은 사람이 어떻게 그런 야만적 행위를 모를 수 있었겠소? 자기 자식들을 위해 울던 라헬의 예언을 확고히 하기 위해 마태가 지어낸 이야기가 아닐까요? 역시 같은 목적으로, '이집트에서 나의 아들을 부를 것이다'라는 선지자의 말을 확고히 하기 위해 마태가 이집트의 신생아 그리고 요셉과 마리아의 이야기를 지어낸 것으로 볼 수 있지 않겠소?"

아몬드는 지칠 줄 모르고 말을 계속 했다. 청중이라곤 아버지와 나 단 두 사람밖에 없었지만, 그의 머릿속에서 청중은 분명 살아 있는 혹은 죽은 다른 수많은 사람들로 불어나 엄청난 수에 달했을 것이다. 그는 계속했다.

"신자들은 어떻게 생각할까요? 예수는 복음을 전파했고 메시아처럼 죽어 다시 부활하였고 사도들의 주선으로 기독교 교회를 창설하여 전세계에 퍼뜨렸다고 생각하오. 혹시 부활을 믿지 않는 신자라면, 예수의 정신에 감동된 사도들이 복음서를 펴낸 후 교회를 창설했다고 가정할 수도 있어요. 예수는 유태인이오. 그러므로 그는 유태의 전통을 상속했다는 것을 알 수 있어요. 적어도 내가 생각건대 말이오."

그는 빈정대는 듯한 미소를 띠고 말을 이었다.

"또한 신도들은 사도들이 예수의 말씀을 해석하였고 그의 교리를 추론하였으며, 그를 판단하되 그가 어떠했는지가 아니라, 사도들이 그를 어떻게 부분적으로 이해했는가에 따라 판단했다는 것도 인정하오. 즉 사도들은 예수를 구원자, 인류의 우두머리, 그리고 신의 아들로 이해했소. 어쨌든 신자들은 기독교 교리의 독창성을 믿소. 그들은 자기들 이전에 일어났던 것에 대해선 거의 모르오. 모세가 성취해놓은 일과 그리스도의 재림을 예언한 선지자들에 대한 것은 예외죠. 그리고 성경에 나오지 않는 것에 대해서도 아무 생각이 없었소. 신자들이 알지 못하는 것, 그러나 학자들은 알고 있는 것이 하나 있소. 그것은 예수가 살던 시대엔 수많은 이교의 신들이 있었고, 그 신들의 이름으로 비슷비슷한 교리들이 설파되었다는 것이오. 미트라 신도 인간의 구세주였소. 타무즈(바빌로니아 지방의 '풍요'의 신—옮긴이), 아도니스(그리스 신화에 나오는 미소년으로 아프로디테 여신의 애인—옮긴이) 그리고 오시리스(고대 이집트의 신—옮긴이)도 마찬가지요. 유태교적 시각으로는 예수는 구세주가 아니오. 또한 그것은 팔레스타인에서 일어난 초기 기독교에 친숙한 테마도 아니오. 유태인들, 그리고 유태 기독교인들이 기다리고 있는 메시아는 신의 아들이 아니오. 신이 보낸 자요. 그리고 그 메시아는 자신의 육신과 피를 줌으로써 세상을 구원하는 것이 아니라, 지상에 메시아의 왕국이 도래함으로써 세상을 구원하는 자요. 유태 기독교인들이 바라는 것은 그들을 천국으로 인도하는 해방이 아니오. 설령 불멸성을 믿는다 할지라도, 그들이 바라는 것은 지상에 새로운 질서를 수립할 수 있는 해방이오. 구세주 예수라는 개념이 생겨난 것은 이교도 세계에 기독교가 확산된 후였소.

내가 왜 이 두루마리들이 혼란과 파문을 몰고 올 것이라고 말했는지 알고 싶소? 이 두루마리들은 그 시대 유태교의 시각을 반영하고 있을 뿐만 아니라, 그것이 '완벽한' 시각이기 때문이오. 만약 예수가 실제로 존재했었다면, 그는 분명 에세네 종파와 만났거나, 마주쳤거나, 부딪쳤을 것이 틀림없소. 게다가 에세네 종파 소속이었을 수도 있을 것이오. 그런데 내가 알기로 그 이야기를 언급한 두루마리는 하나도 없소. 정의의 스승에 대한 언급은 있지만 이 정의의 스승이 예수였다는 이야기는 하나도 없소."

"'선지자'는 한 인물 혹은 여러 인물이었을 수도 있다, 그렇지만 이 인물들이 단 한 사람으로 정립되고 재통합된 것은 예수 이후다, 이런 말씀입니까?" 내가 물었다.

우리가 그의 추론에 동조하는 기색을 보이자, 그는 만족한 표정을 확연히 드러내며 계속 말을 이었다.

"예수의 모습은 사실상 그 이전에 이미 존재했던 미트라 신 같은 또다른 인물들에게서 영감을 얻은 것이오. 초기 기독교인들이 택한 예수의 탄생일 12월 25일은, 이교도들에게는 동지(冬至)에 가까운 미트라 신의 탄생일이기도 하오. 마찬가지로 천지창조 때 하느님의 안식일이었던 샤바트는 바로 미트라의 날, 즉 정복자 '빛의 신'의 날이었기 때문에 쉬는 날이 된 것이오."

그는 벽 쪽으로 돌아섰다. 그러더니 내가 보기에 카라바조(16세기 이탈리아 화가—옮긴이)의 진품인 것 같은 십자가에 못박힌 예수의 그림을 떼어냈다. 그 성화를 두 손으로 들고서 그는 설명을 계속했다. 이번엔 마치 강의실에서 하듯 현학적인 어조였다.

"성모 마리아의 모습은 죽은 아들의 모습과 조화를 이루고 있소. 이런 모습은 기독교가 전파되던 시대에 지중해의 어느 나라에서나 보편적으로 존재하던 것이었소. 성모 마리아는 근본적으로 대지의 표상이오. 해마다 봄이 되면 생명을 잉태하는 성(聖)처녀인 동시에 어머니인 대지를 나타내오. 성모의 아들은 대지의 결실이외다. 이 아들은 태어나지만, 그건 단지 죽기 위해서요. 죽어서 대지와 결합해야만 새로운 순환이 시작되는 것이지요. '만약 한 알의 밀이 죽지 않으면……' 이라는 구절을 기억하시지요. '구세주이신 신' 과 '고통의 어머니' 이야기는 모두 식물의 신화이외다. 계절의 순환은 천국의 주기와도 유사하오. 또한 시리우스* 가 동쪽에서 떠서 태양이 다시 솟아오름을 알릴 때 동방에 처녀좌가 뜨오. 다시 말해서 이교의 신화를 보면 지평선에서의 처녀좌의 이동은 태양과 더불어 출산하는 성모 마리아와 일치한다는 것이오. 이 이야기를 들으면 떠오르는 게 없소? 예수의 탄생과 오랫동안 결합되어 있던 동굴도 마찬가지요. 그 동굴은 자기 민족을 구하기 위해 목숨을 바친 이시스와 오시리스의 아들, 호루스의 동굴과 같은 것이오. 게다가 이시스는 '고통의 어머니' 였소. 이런 종류의 고대 신화들은 하위 성직자들에게 매독처럼 범람하고 있었소. 기독교 종부성사의 기원은 이러한 숭배 속에 뿌리박고 있

* 밤하늘에서 가장 밝은 별. 이 별의 이름은 아마 '번쩍이는' 또는 '이글거리는 듯한' 이라는 뜻의 그리스어에서 유래한 듯하다.

는 것이며 그외 다른 곳에는 없소."

그는 이 말을 하면서 테이블을 다시 정리하고 여기저기 흩어져 있는 몇 권의 낡은 마법서들을 집어들었다.

"'최후의 만찬' 또한 미트라 교에서 차용해온 것이오."

확실한 증거를 찾기 위해서인 듯 그는 부피가 커서 거추장스러운 책들의 페이지를 미친 듯이 넘겼다.

"기독교의 성찬식이 유래한 것은 바로 거기서부터요. 양의 피 또한 미트라 교의 전통이지요."

그는 성경의 이곳저곳을 펼치면서 말했다.

"기독교가 이교에게 빚진 것이 어찌나 많은지 고유하게 '기독교적'이라고 하는 것은 불과 얼마 되지 않소. 우리는 '스승'인 예수에 대한 이야기는 거의 하지 않소. 단지 예수는 '구세주', 기독교의 왕인 그리스도라고만 이야기하오. 예수가 그리스도인가 미트라인가 하는 문제는 '속죄' 교조론자들에게는 별다른 차이가 없소. 교회의 종부성사는 '그리스도'가 '구세주 신'이라는 것을 의미하는 것으로 결론이 났기 때문이오. 서기 325년 니케아 공의회* 때 다수결 투표로 그렇게 결정되었던 것이오. 요컨대, 학자들은 알고 있지만 신자들은 모르고 있는 사실, 그것은 바로 기독교는 '예수가 있었건 없었건' 널리 전파되었을 거라는 것이오."

그는 잠시 말을 중단했다. 그리고는 자기 말의 효과를 측정해보

* '그리스도는 신이 아니라 피조된 인간'이라는 이단 교리를 내세운 아리우스를 정죄하고, 성자와 성부가 완전히 동등함을 나타내기 위해 성서에 없는 단어 '호모우시오스'('본질상 같은'의 뜻)를 니케아 신조에 포함시켰다.

고 나서 다시 말을 이었다.

"그런데 우리가 이교에서 전혀 발견하지 못한 중요한 요소가 오직 하나 있소. 그것은 바로 예수는 스승, 랍비라는 사실이오. 그러나 인쇄술의 발명으로 성경이 확산된 3세기와 르네상스 시대 사이에 이러한 랍비 모습의 예수는 완전히 사라지고 망각되었소. 그리고 성례식에서 보는 그리스도의 모습, 기독교 교회가 천 년이 넘도록 전수해왔던 구세주 신의 모습이 부각되었소. 그러므로 우리는 갈릴리의 예수에 대해서는 거의 아는 것이 없어요. 유태의 그리스도를 복원시키려고 했던 유일한 사람은 타르수스*의 바울로였소. 그는 바리새인이었소. 그렇지만 그는 그리스 문화에 동화된 유태인으로, 이교에 대한 심오한 지식을 소유한 자였지요. 바로 이 사람이 이스라엘과 아테네를 통합하여, 예루살렘의 스러져가는 여호와의 성전과 미트라의 희생, 그리고 에세네 파 유태인과 아레오파고스 회의의 미지의 신을 하나로 합할 생각을 해낸 것이오. 그는 크리스천이 아닌 '크리스티아노스'**였으며, 그노시스 파 학자였소. 그는 아폴로 신, 미트라 신, 그리고 오시리스 신이 히브리의 아도나이 신에게 머리를 숙여야 한다고 생각했소. 그러나 그러기 위해서는 '구세주들'과 '속죄자들'을 동일화해야 했던 것이오. 이렇게 하여 이스라엘의 메시아는 세계적인 그리스도가 된 것이오."

* 터키의 고대 도시, 사도 바울로의 고향.

** 그리스어로 '크리스천'이라는 뜻. 기독교 초기에 이방인들(비유태인들)에게 기독교를 전파한 사도를 헬레니즘 문화권에서 일컫는 말.

그가 말을 마치자마자 갑자기 종소리가 크게 울렸다. 귀가 먹먹할 정도였다. 그리고 연이어 또다시 종소리가 들렸다. 괘종시계가 우레 같은 소리로 일곱시를 알렸다. 그러나 아몬드는 태연하게 이 시끄러운 소리를 뒤덮으려는 듯 거의 고함을 치면서 말을 계속했다.

"일이 달리 진행되었을 수도 있었소. 기독교라는 이름만은 여전히 갖고 있으면서 말이오."

그는 마치 등대 위에서 우리에게 말하듯, 그리고 스스로를 더 잘 이해시키기 위해서인 듯 문장 하나하나를 또박또박 끊어서 이야기했다.

"그렇기 때문에 학자들은 두루마리의 출현에도 혼란을 느끼지 않지요. 학자들은 기독교가 역사적으로 예수에 의해 창립되고, 그 제자들에 의해 포교된 종교가 아니라는 것을 알고 있기 때문이오. 그러나 신자들은 그 사실을 알려고 하지 않고 두루마리의 발견이 그것을 예측토록 하는 것을 두려워하오."

"선생이 가지고 있는 원전 속에서 선생은 어떤 내용을 발견했습니까?"

분위기가 조금 진정되자 아버지가 그의 말을 끊으며 물었다.

"사람들은 나를 경계했소. 그래서 가장 흥미있는 두루마리들은 내게 내주지 않았어요. 나는 더이상 국제팀의 소속이 아닌 것이지요. 그러나 다른 두루마리들의 내용은 대략 알 수 있소. 혹 다는 알 수 없더라도 적어도 추측할 수는 있소. 하지만 지금 현재로선 당신들에게 더이상 이야기할 수 없군요. 그건 내가 준비하고 있는 책의 자료이니까 말이오."

갑자기 그는 어조를 바꾸고 이상한 눈빛을 띠었다.

"혹시 당신들은 어떤 버섯들이 굉장한 환각제를 만들어낸다는 사실을 알고 있소? 이리 와서 보시오."

그는 분주한 모습으로 말했다.

그때까지 어둠 속에 잠겨 있던 방 한구석으로 그는 우리들을 안내했다. 그는 작은 램프를 켰다. 일종의 제단 같은 것이 불빛에 드러났다. 그 옆에는 하얀 점이 있는 조그만 빨간 버섯들이 있었다. 숲에서 발견했다면 절대로 따지 않았을 그런 버섯이었다. 마른 진흙이 묻어 있는 그 버섯들은 축축하고 끈적끈적했다. 도저히 먹고 싶은 생각이 들지 않는 버섯이었다.

"나는 이것을 매일 조금씩 태워서 그 연기를 들이마시지요. 그렇게 하여 나는 당신들이 아직도 찾고 있는 것을 발견했소."

그는 버섯을 한움큼 쥐어서 이미 제단을 덮고 있는 숯 위에 놓았다. 그리고 기름 램프의 불꽃으로 불을 붙였다. 이내 시커먼 소용돌이 연기가 위로 올라가며 숨을 쉴 수 없을 정도로 아주 독한 냄새를 풍겼다. 우리는 숨이 막혔다. 아몬드는 대제사장처럼 금지된 미사의 불안한 염주를 한 알 한 알 세며, 그 구역질 나는 연기 한가운데에 서 있었다.

"기독교는 환각 버섯의 산물이오. 이것이 이제 곧 나올 내 책의 주제요. 나는 내 책에서 예수는 결코 존재한 적이 없으며, 기독교라는 종교 또한 존재하지 않았다는 것을 밝힐 것이오. 왜냐하면 여태껏 우리는, 모두 맨체스터 숲에서 내가 그 표본들을 발견한 버섯에서 나오는 환각의 희생자들이기 때문이오.

나는 이 환각 버섯의 특성을 내 자신을 대상으로 실험해보았소. 이 연기를 들이마시면 십자가에 못박힌 남자와 아이를 가진 성모 마리아의 기독교적 환각이 눈에 보이오. 놀랍지 않소? 가까이 와서 당신들도 시험해보지 않겠소?"

그는 입가에 냉소를 띠었다.

"인간의 꿈은 신이 되는 것이오. 전능한 존재가 되고 싶어서지요. 그러나 신은 그런 인간의 능력과 지식을 시기하오. 신은 자기 옆에 경쟁자가 있는 걸 견딜 수 없이 싫어하오. 그럼에도 불구하고 관대한 마음으로 신은 몇몇 인간을 자기 곁에 허용하오. 그러나 그것도 아주 잠시뿐이오. 그 잠깐 동안 신은 그 인간들에게 전지전능의 아름다움을 엿보게 하는 것이오. 이 특권자들에게 그것은 유례없는 경험이지요. 색깔은 훨씬 더 생생하게 보이고 소리는 더 잘 들리며, 감각 하나하나가 고양되고, 자연의 힘 하나하나가 크게 증가되오. 인간들은 영원을 엿보기 위해, 신비적 비전에 도달하기 위해 죽소. 그리고 그들의 희생은 유태교나 기독교 같은 위대한 종교의 태동에 기여했소.

신비적 비전에 어떻게 도달할 수 있겠소? 그것은 고찰의 시대에 얻어진 비교(秘敎)학이며, 또 위험한 경험을 대가로 얻은 것이오. 식물들의 신비를 보유하고 있던 사람들, 그들 중에는 사제들도 있소. 일반적으로 그들은 자기들의 지식을 글로 남기지 않고 오로지 입문자들에게만 전수하였소. 그러나 박해와 같은 어떤 사건이 그들을 구속하게 되면 그들은 식물의 이름, 그것을 사용하는 방법, 그에 수반되는 주문 같은 것을 기록해놓았소. 그러나 그 방법도 흩어져 있는 교단의 식구들만 알아볼 수 있도록 암호를 사용했지요.

서기 70년 유태의 반란 후 여호와의 성전이 파괴되고 예루살렘이 황폐해졌을 때도 사정은 마찬가지였소. 그 당시 기독교인들은 신의 세계를 알기 위한 계략을 발견했소. 계략이 어찌나 잘 들었던지 그들은 그 비밀을 망각했소. 그 비밀이란 그들의 법열의 경험, 그리고 영원의 열쇠요 환각제의 원천인 신성한 버섯에 근거하는 것이었소."

그는 우리에게 보여주기 위해 버섯 밑동을 집으며 말했다.

"아마니타 무스카리아(송이과 무스카린 독버섯—옮긴이)라는 거요. 작은 흰 점이 박혀 있는 이 빨간 껍데기를 보시오. 이 겉면에 아주 강렬한 환각력이 숨겨져 있소. 그리고 고대인들이 풍요의 신의 응답이라고 했던 이 남근 모양을 보시오. 그렇소. 내 말하건대, 이것이 바로 신의 아들이오. 이 환각제는 신의 종자의 순수한 형태외다. 사실 지상에 나타난 것은 신 그 자신이었던 것이오."

"그런데 버섯과 두루마리 사이에 무슨 관계가 있습니까?"

내가 그의 말을 가로막았다. 그러자 그는 눈썹을 찡그리며 반문했다.

"뭐라구? 당신은 모르겠소? 이건 명백하오! 메소포타미아의 수메르인들의 설형문자를 생각해보시오. 그 땅의 충적토에서는 특히 부드러운 찰흙이 많이 나오. 이 찰흙을 가지고 손바닥을 옴폭하게 오므려서 빚으면 마름모 모양이 잘 만들어지오. 그런데 이 찰흙으로 만들어진 정제(錠劑)들 중 가장 오래된 형태는 마차바퀴처럼 가는 줄이 쳐져 있는 원형이었소. 간단하고 정확히 말해서 버섯의 얇은 대가리 부분을 뒤집어놓은 모양이었소!"

나는 그가 꼭 반만큼만 미쳤다는 생각이 들었다. 아무 의미도 없는 말을 지껄이고 있었기 때문이었다. 이 남자 속에 분명 악마가 들었다고 생각한 듯, 아버지는 그가 악마의 연기를 들이마시는 동안 어서 떠나자고 나를 재촉했다.

*그때 영원한 신이 사탄에게 말했다. 너는 어디에서 왔느냐? 그러자 사탄이 영원한 신에게 대답했다. 나는 지상을 여기저기 돌아다니며 산보했다오.*

우리는 호텔에서 저녁식사를 했다. 무척 서글펐다. 아버지는 친구인 쉬몬 들람에게 설득당해 이 임무를 맡은 것을 또한번 후회했다. 오래된 돌을 찾기 위해 몇 시간이고 땅을 파고, 잃어버린 도시를 찾기 위해 옛날 도면을 몇 달씩이고 연구하면서, 그는 시간과 공간과 싸워야 했다. 그러나 아버지는 앞으로 나아갈수록 그 윤곽이 더 흐려지기만 하는 완전히 추상적인 실체와 싸워야 하는 것처럼 보였다.

이상하게도 나는 이제 내가 이 사건 속에서 주역을 맡을 것이라는 예감이 들었다. 그리고 아버지는 안내인이나 동지 혹은 스승의 역할이 아니라, 때때로 내 앞에 우뚝 선 적처럼 느껴졌다. 본의 아니게 나의 의욕을 꺾고, 진실을 은폐하는 자들만큼이나 진실에의 접근을 경계하는 적 같았다. 나는 그가 두려워하고 있다는 것을 이미 깨달았다. 나의 불안한 모습과 랍비의 말에 불안해하는 아버지를 보면서, 나는 계속 불안해하고 있을 수만은 없었다. 나 자신도 거의 안심하고 있는 상태가 아니었지만 그래도 아버지를 진정시켜야만 했다.

"벌써 두 나라를 거쳤는데도 별로 진전이 없구나. 바위벽이든 미친 자들이든 우린 계속 부딪치기만 하는 것 같다." 아버지가 말했다.

"이제 겨우 시작인걸요! 아버지가 발굴하실 땐 삼 년이나 십 년 혹은 그 이상도 걸릴 수 있잖아요. 이건 일종의 고고학적 조사예요."

"아니다. 발굴은 몇 년 전에 이미 이루어졌어. 우리는 그 조각들을 찾기 위해서 여기 있을 따름이야. 이건 첩보 일이지 고고학자의 일이 아니다. 아니야. 내 너에게 말하지만, 이건 우리에게 맞는 일이 아니었어. 수락하지 말았어야 했다."

"그 결과를 알고 싶으면, 다시 아몬드를 보러 가야 해요. 오늘 밤 그곳에 다시 가봐야겠어요."

"오늘 밤에? 그런 생각일랑 말아라! 그를 떠나올 때 우리 기분이 어땠는지 너도 알잖니? 이 순간에 그가 무슨 일을 하고 있는지는, 오직 신만이 알 수 있을 거야……."

나는 밤늦게 아버지 몰래 호텔을 빠져나와, 택시를 타고 아몬드의 집으로 다시 갔다. 나는 그가 흥미있는 일들을 많이 알고 있고, 또 최면 상태에서만 그것을 발설할 수 있는 것이라고 생각했다. 분명 아버지는 내가 그 집에 다시 가는 것을 결코 바라지 않았을 것이다. 나는 드브쿠의 신비적인 경험을 통해, 극단적인 상태에서만 드러나는 진실이 있음을 알고 있었다. 아몬드도 환각제의 영향력에 사로잡혀 그것에 도달하는 것일지도 모른다고 생각했다. 나는 이런 일들을 일일이 다 아버지에게 설명할 수 없었다.

왜냐하면 드브쿠는 사람들이 별로 알지 못하는 하시드의 비밀이기 때문이었다. 어쩌면 아몬드도 바로 그런 사람들에 속한 것인지도 몰랐다.

내가 그의 집 문을 두드렸을 때는 벌써 자정이었다. 그는 즉시 문을 열었다. 내가 마법의 연기를 마셔보기 위해 왔다고 말하자, 그는 들어오라고 했다. 타고 있는 버섯에서 구역질 나는 냄새와 함께 끔찍히도 무거운 연기가 피어오르고 있었다. 수증기가 방 안을 가득 채웠다. 갑자기 나는 사지에 맥이 풀리듯, 몸이 쇠약해지는 느낌이 들었다. 하지만 드브쿠는 아니었다. 분명 아니었다. 왜냐하면 내가 하고 있는 행동에 대한 의식이 전혀 없었기 때문이었다.

나는 끔찍한 환영을 보았다. 물이 흥건한 수렁, 진흙으로 가득찬 늪, 피와 불의 강, 불모의 계곡, 물이 차갑게 얼어붙어 푸르스름하고 육중한 얼음판을 형성하고 있는 냉랭한 호수, 외딴 평야, 야생 동굴, 불길한 음모가 획책되고 있는 지옥 같은 소굴로 둘러싸인 불길한 저택으로 악마가 몸소 나를 찾아왔다.

악마는 끊임없이 모습을 바꾸었다. 때로는 아몬드의 얼굴이었다가 존슨의 얼굴로 변하고, 내가 알고 있는 또다른 얼굴, 베엘제불*과 그의 악마들의 얼굴로도 변했다. 천사의 날개와 아이들의 얼굴을 한 케루빔들과 세루핌들이 열광적으로 투쟁하며 신을 모독하고 있었다. 벨베리트는 선량한 사람들의 머릿속에 살인의 씨

* 복음서에서는 귀신의 왕이며, 구약성서에서는 '바알즈붑'으로 팔레스틴 도시 에크론의 신에게 붙여진 이름. 이 단어의 의미는 명확하지 않으나 '바알'은 셈 족의 신들에 대한 공통 칭호이고, '즈붑'은 '파리떼'라는 말에서 나왔으므로, 바알즈붑은 '파리떼의 왕'이라는 뜻이 된다.

를 뿌리고 있었다. 게으름과 권태의 책임자 아스타로트는 대립과 증오를 여기저기 퍼뜨렸다. 악마들의 왕자 아자젤은 인간에게 전쟁 무기 제조법을 가르치고 있었다. 순수하고 천진한 하얀 염소, 그러나 도시에서 낯설고 황폐한 지역으로 쫓겨난 유태 민족의 죄와 실수로 얼룩과 반점이 생긴 염소처럼, 나는 유태 민족이 저지르지 않은 모든 죄, 신에 대한 모독, 위증, 도둑질, 살인과 학살을 모두 속죄하기 위해, 암흑의 스승을 찾고 있었다.

나는 끔찍하게 찢기는 밤의 소리를 들었다. 온몸에 소름이 끼쳤다. 일곱 마리의 낯선 새들이 날카로운 휘파람 소리를 내며 밤하늘을 떠나지 않고 맴돌고 있었다. 이 일곱 마리의 낯선 새들은 옛 전설에 따라 그리스도의 십자가형 이후에 평화를 찾을 수 없는 유태인들의 영혼을 상징하고 있었다. 그리고는 아자젤의 얼굴이 사탄의 얼굴로 변했다.

끔찍한 광경이었다. 사탄의 입에서는 피가 뚝뚝 떨어졌다. 방금 가난한 자, 노예, 천진난만한 자 들의 피를 빨았던 것이다. 불꽃이 튀는 두 눈에서는 고름이 흘러내리고 있었다. 여러 개의 왕관을 겹쳐 쓰고 있는 머리 위엔 칼처럼 예리하게 날이 선 뿔 두 개가 꽂혀 있었다. 기형으로 흐느적거리는 허약한 몸에는 피웅덩이에 젖은 듯한 옷이 걸쳐져 있었다. 손과 발에는 더럽고 날카로운 발톱이 길게 자라 있었다. 두 다리 사이엔 긴 꼬리가 달려 있었다.

사탄은 버섯이 타고 있는 작은 제단으로 다가와 검은 천으로 그 제단을 가렸다. 어두운 양초 주위로 독한 타르와 송진 냄새가 퍼져나왔다. 제단 옆 테이블 위에는 십자가에 못박힌 예수를 나타내는 카라바조의 그림이 있었다. 내가 그것을 보려고 몸을 수그리자 그 그림은 이내 완전히 다른 모습으로 변했다. 거꾸로 된 십자가엔 완전한 나체 모습의 예수가 걸려 있었다. 그림 속의 예수가 다시 일어서려고 목을 끔찍하게 비틀고 있었다. 숙인 얼굴엔 음흉하고 음란한 미소가 흐르고, 두터운 입술 밑에는 침이 가득 묻은 혓바닥이 늘어져 있었다.

그때 악마가 찬송가와 기도를 시작했다. 악마는 찬송가를 거꾸로 부르고 기도도 거꾸로 암송했다. 물이 가득 찬 술잔을 들어 자기 입 속에 부었다. 악마가 내 머리 위로 물을 붓자, 물이 포도주로 변했다. 악마는 격언조로 거짓 맹세를 하며 심판의 날이 곧 닥칠 거라고 알렸다.

악마는 냉소 띤 얼굴로 검은 양피지 두루마리를 내게 내밀며 말했다.

"모든 살인자들의 스승, 죄악의 제자, 원죄와 악덕의 스승, 올바른 이성의 신, 너의 두루마리가 여기 있도다. 이것을 팔라, 그러면 백만 불은 받을 것이다."

이 말에, 나는 양탄자 위를 구르며 발길질을 하고, 바닥에 엎드려 흉측한 자세로 기었다. 내 혀가 입천장에 부딪치는 소리가 어찌나 컸던지 벽까지 울렸다. 동공은 팽창하였다. 나는 어깨에 얼굴을 기댔다. 사탄이 큰 소리로 신을 모독하고, 자기 뿔에 검은 염소를 꿰며 '이것은 나의 육신이다' 라고 노래부르는 소리가 들렸다. *아케라 베티, 아케라 구아티.*

"나에게 두루마리를 전부 주십시오! 제가 가지고 가서 팔겠습니다……." 내가 말했다. 그러자 낯익은 목소리가 내게 대답했다.

"그래, 그것이냐? 그러려고 우리가 이곳에 온 것이더냐? 너의 갈루트*를 너는 어찌했느냐? 네 임무와 계획과 도전을 망각하고 금송아지를 숭배하려고 여태껏 위험을 무릅썼더냐?"

정신이 번쩍 든 내가 대답했다.

"아닙니다. 아닙니다! 그 문서들은 이 세상의 모든 돈보다 훨씬 더 가치가 있는 것이기 때문입니다."

그러자 그는 거센 숨결을 일으켜 나를 낡은 오막살이 꼭대기에 데려다놓았다. 그리고 아래쪽에서 내게 두루마리를 내밀며 이렇게 말했다.

"여기 두루마리가 있노라. 이걸 가지러 내려오려무나. 이건 너의 것이다."

지붕 꼭대기에서 나는 그 두루마리를 쳐다보았다. 한 걸음만 떼면 충분히 내 것이 될 것이다. 공허는 두렵지 않았다. 아니 그 반대였다. 공허가 참을 수 없는 유혹으로, 거역하지 못할 욕구와도 같이 나를 사로잡았다. 악마의 숨결이 내게로 급격하게 불어오며 조용히 속삭였다.

"이리 와! 발을 떼봐! 아주 간단해…… 네가 원하는 것은 모두 여기 있어. 그러니 넌 한 걸음만 떼면 돼."

자석에 끌리듯 물체가 자유낙하하듯 나는 땅으로 떨어졌다. 허공을 보고 있으면 있을수록 나는 점점 더 매혹되었다. 나는 두 눈을 감고 발을 앞으로 내밀었다…….

---

* 그리스어로는 디아스포라. 유태 민족의 이산. 유다 왕국이 패망하여 바빌로니아로 유배당한 뒤 이방인 사이에 흩어져 살게 된 유태인들, 또는 '유배되어' 팔레스타인 곧 오늘날 이스라엘 지역 바깥으로 흩어진 유태인들이나 유태인 공동체를 총칭한다.(원주)

그때였다. 조용히 자고 있는 아버지, 나를 기다리고 있는 아버지의 모습이 갑자기 내 시야에 들어왔다. 아버지의 신뢰와 성실을 저버리다니 나는 그럴 수 없었다.

갑자기 뒤로 물러서며 내가 말했다.

"아닙니다. 생명이 그 문서보다 더 가치가 있습니다."

그러자 사탄은 나를 지상으로 도로 데려갔다. 그리고 두루마리를 내게 내밀며 외쳤다.

"이 두루마리들을 가져라. 그리고 읽어보아라. 네가 나를 숭배하겠다고 약속한다면 너는 세상을 모두 지배할 수 있을 것이다."

"아닙니다."

이내 내가 소리쳤다. 유혹당하지 않으려면 그의 제안을 깊이 생각하지 말아야 하며, 아예 생각지도 말고 거부해야 한다는 것을 나는 알고 있었다. 나는 암송했다.

"너는 너의 신을 숭배할 것이며, 오직 그에게만 봉사하라."

그러자 사탄이 대답했다.

"그래. 이것을 읽어보아라!"

사탄이 내게 가까이 왔다. 그의 두 눈은 불붙은 짚단 같았고, 입에는 보라색 침이 거품처럼 일었다. 상처 난 두 손에선 피가 방울방울 떨어지고 있었다. 사탄은 분노에 떨며 피 묻은 손으로 내게 두루마리를 내밀었다. 나는 도망쳤다. 숨이 턱까지 차오르도록 가능한 한 멀리 달렸다. 사탄이 나를 잡으러 쫓아오고 있다는 생각에 겁을 먹고 한 시간 동안이나 빈 들판을 달려 도망쳤다. 마침내 기진맥진하여 의식을 잃었다.

그 다음날 아침 일찍 나는 잠이 깼다. 아몬드의 저택에서 수킬로미터나 떨어진 길가였다. 어느 트럭이 호텔까지 나를 데려다주었다. 나는 호텔방에서 정오까지 잠을 잤다. 깨어났을 때 견딜 수 없을 만큼 입 안이 마르고 목이 칼칼했다. 간밤의 기억들이 악몽처럼 내 머릿속에서 뒤죽박죽되어 떠올랐다. 하지만 나는 모두 잊어버리겠다고 결심했다.

우리는 오후에 파리행 비행기를 탔다. 공항으로 가는 택시 속에서, 비로소 우리는 구경할 시간조차 없었던 런던 시를 처음으로 보았다. 이 도시는 지난 세기들의 건물이 보석처럼 박혀 있는 보물이었다. 한 번도 그 유적지를 방문해보지 못했지만 기념물들은 놀랄 만큼 눈부시고 화려해 보였다. 우리의 귀중한 유물에 비하면 런던은 현대 도시였다. 포스트모더니즘의 뉴욕에 나는 약간 당황했었다. 하지만 그런 뉴욕에 비하면 런던은 몇 세기나 앞선 도시였다. 난생 처음으로 나는 기념물들을 보았다. 이스라엘에는 성벽, 석관, 버려진 풍경과 폐허, 흔적들만 있을 뿐 진정한 기념물은 없었다. 이스라엘은 수년간의 침식과 전쟁, 그리고 출발을 겪으며 파괴되고 재건된 도시들의 역사적 지층이 쌓인 곳이다. 그러나 런던의 옛 건물과 집들은 덧없고 헛된 인간의 정열에 도전하듯, 시간으로부터 절대적 지배권을 빼앗듯 오만하게 서 있었다. 그리하여 건물과 집들 그 자체가 가장 명백하고 실질적인 시간의 화신으로 변한 것이다.

커너비 스트리트 구역엔 펑크 족들이 권태롭게 거리를 산보하고 있었다. 어떤 자들은 이로쿼이 족처럼 머리카락 끝을 분홍색, 파란색, 보라색으로 물들여 둥근 아치형으로 세우고 있었다. 그들은 청바지와 구멍 난 재킷에 쇠사슬을 매달고 있었다. 티셔츠 앞면에는 공격적인 슬로건이 인쇄되어 있었다. 그들의 흐릿한 두 눈엔 희망 없는 공허의 섬광이 비치고 있었다. 이 거리는 메아 셰아림과 비슷했다. 서로 다르고, 소외된, 그러면서도 이상하게 공동체적인 이곳 주민을 보면서, 이 거리 또한 세상의 종말을 기다리고 있다는 느낌이 들었다. 저들식으로 보자면, 자신들 또한 새로운 새벽의 군인, 데카당스의 몽상가였고, 미래의 시간에 희생된 사도들이었다.

나는 여전히 끔찍한 환영에 사로잡혀 있었다. 파리로 가는 비행기 안에서 나는 마음을 진정시키기 위해 탈무드를 펼치고 공부했다. 공부는 내게, 마치 글자 저 너머의 세계로 나를 데리고 가는 도취의 술과도 같았다. 그렇기 때문에 모든 하시드처럼 나도 약간은 공부를 경계하는 것이다. 탈무드는 결코 써놓은 글이 아닌 글, 언제나 다시 시작하는 글, 반박하고, 다시 시작하고, 또다시 반론하는, 결과도 교리도 없는 일종의 저작품이다. 탈무드는 페이지 한 장이 그 다음 페이지로, 또 그 페이지는 그 다음 페이지로 열렬하게 투사되는 서스펜스 소설과도 같다. 또한 탈무드에는 페이지마다, 행마다, 단어마다 중요성이 내포되어 있다. 그래서 올바른 이해를 위해선 특별한 주의력이 필요한 철학책과도 같다. 그러나 스릴러 소설과는 달리 탈무드에는 끝이 없다. 설사 그 모든 개론과 전체 분량을 다 읽었다고 해도, 그것은 어디까지나 한 번의 독서밖엔 되지 않을 것이다. 똑같은 구절에서 천 개도 넘는 다른 해석을 발견하는 작업이 남아 있기 때문이다.

그렇기 때문에 탈무드 공부도 소설과 같이 정신을 신에 대한 관조로부터 멀어지게 하는 것이다. 책을 읽은 뒤에는 언제나, 하시드는 신을 생각하기 위해 명상에 잠긴다. 그러나 그런 상태 속에서도 나는 분명 도피하고 싶은 욕구를 느꼈다.

아버지가 내 어깨 너머로 들여다보며 무슨 개론을 공부하고 있는지 물었다. 아버지에게 대답하려고 고개를 드는 순간, 아버지 옆에 앉은 사람이 읽고 있는 신문의 굵은 활자체 기사 제목이 언뜻 눈에 들어왔다.

런던에서 십자가형 살인 사건

내 시선을 따라 신문을 쳐다보던 아버지는 깜짝 놀라 스튜어디스에게 신문을 부탁했다. 우리는 함께 기사를 읽었다.

> 어젯밤 한 고문서학자가 편집광인 듯한 자에게 살해되었다. 토머스 아몬드 교수는 쿰란의 육필 두루마리 발견에 관한 저서를 준비하고 있었다. 그를 커다란 나무 십자가에 못박아 살해한 범인의 신원은 아직 밝혀지지 않았다. 이 살인 행위의 의미가 무엇인지 파악하지 못한 채 스코틀랜드 야드의 수사관들은 밀도 있는 수사를 전개중이다.

사실이 아닐 거라고 확인이라도 하려는 듯 우리는 기사를 읽고 또 읽었다. 갑자기 우리가 이천 년 전으로 가라앉은 것 같았다. 현실이 다시 탈무드 공부와 연구를 따라잡았던 것이다. 우리의 방문

직후에 사건이 일어났다는 생각에 아버지의 공포는 더욱 커졌다. 살인범이 우리가 지나가는 곳마다 따라다니며 죽음의 씨를 뿌리는 것 같았다.

나로서는 더더욱 공포에 떨 수밖에 없었다. 기사에는 살인이 간밤에 일어났다고 밝혀져 있었다. 그러나 나는 알고 있었다. 나는 새벽 전엔 아몬드 집을 떠나지 않았었다. 그렇지만 아무 기억도 나지 않았다. 자정 전에 그의 살아 있는 모습을 보았었는지조차 기억나지 않았다. 내가 의식을 잃은 채 그가 처형되는 것을 목격했단 말인가? 내가 무슨 행동을 했는지조차 의식할 수 없었단 말인가? 도대체 무슨 일이 일어났단 말인가?

*입으로 나팔을 불 듯 고함을 쳐라. 적이 독수리처럼 영원한 신의 집으로 온다. 그들은 나의 언약을 어기고 나의 신앙에 죄를 지었기 때문이다.*

아버지의 흥분이 가라앉았다. 마치 이 두루마리들을 둘러싸고 있는 숙명이 어떤 대가를 치르고서라도 무자비한 지배력을 행사하리라는 것을 알기라도 한 것처럼, 그는 이제 바위보다 더 완강하게 꼼짝하지 않고 있었다.

*그때 나는 태양 아래 저질러지는 모든 압박을 생각하기 시작했다. 여기 억압받는 자들과 위안해줄 자 전혀 없는 이들의 눈물이 있다. 그리고 힘은 그들을 억압하는 자들 곁에 있다. 그들에게는 위안자가 전혀 없다. 그러기에 나는 아직 목숨이 붙어 있는 산 자들보다, 이미 죽은 자들을 더 존중하는 것이다.*

네번째 두루마리

# 여자의 두루마리

여자는 헛된 말을 한다.
여자의 입에는 미망이 가득하다.
여자는 끊임없이 자기 말을 신랄하게 만들려고 애쓰고,
또한 비웃으며 아양을 부리나,
그것은 동시에 조롱하기 위함이다.
퇴폐한 여자의 마음은 음란함과,
가는 허리를 만들어낸다.
악에 의해 더럽혀진 자들이 여자에게 접근할 때
그들은 바로 이 퇴폐를 부둥켜안는 것이다.
여자의 두 발이 박혔던 곳, 그곳으로 내려가 그들은 불경을 저지르며
반역의 허물 속을 걸어가면서,
그들은 어둠의 밑바닥에 다다른다.
수많은 반역이 여자의 치맛자락 속에 숨어 있으니,
여자의 상의는 가장 깊은 밤이며,
여자의 속옷은 밤의 어둠이다.
여자의 장신구는 묘혈을 파는 곡괭이 소리,
여자의 침대는 묘혈로 가는 병상,
여자의 가마는 깊은 무덤,
여자의 거처는 어둠의 온상이며,
또한 여자의 영역은 밤의 밑바닥에 있다.
어둠의 바닥 한가운데 여자가 거처하는 천막이 있고,
영원한 불꽃 한가운데,
모든 빛나는 조명 사이에서도

그녀의 몫으로는 한줄기 빛도 얻지 못하고
그녀는 침묵의 자리인 천막 속에 머문다.
그렇다, 여자는 모든 퇴폐의 길의 원칙이로다.
슬프도다! 여자를 소유하는 모든 자들에게는 불행이,
여자를 부둥켜안는 모든 자들에게는 파멸이 있으리라!
여자의 길은 죽음의 길이요
여자의 길은 죄악의 길이며,
여자의 도로는 퇴폐 속에서 방황하고,
여자의 발자취는 반역의 죄과이기 때문이다.
여자의 문은 죽음의 문,
여자는 자기 집 입구에서 서성인다.
그녀의 집으로 들어가는 모든 자들은 셰올로 되돌아간다.
그리고 여자를 소유하는 모든 자들은 묘혈 속으로 내려간다.
그렇다, 여자는 비밀스런 장소에 매복해 있다.(……)
베일로 얼굴을 가린 채, 여자는 도시의 광장에 서 있다.
성문에서도 여자는
전혀 불안해하지 않고 살핀다.
두 눈으로 여기저기를 뚫어지게 쳐다보다가,
음란한 태도로 눈꺼풀을 들어올린다.
올바른 남자를 유혹하려는 듯 남자를 바라보고
강한 남자를 비틀거리게 하며,
곧은 남자의 길을 구부러지게 하고
선택받은 정의로운 자들이 계명을 지키는 것을 그만두게 하고

확고한 자들을 음란함 때문에 허영심에 들뜨게 하며,
곧은 길을 가는 자들로 하여금 법을 바꾸게 하고,
겸손한 자들로 하여금 신에게서 멀어져 죄짓게 하며,
마치 그들이 올바른 길에 선 적이 한 번도 없었던 것처럼,
그들의 발자국 방향을 바꾸어 정의의 길에서 멀어지게 하고,
그들의 마음속에 오만불손함을 이끌어들인다.
인간들을 묘혈의 길에서 방황하게 하고
인간의 아들들을 아양으로 유혹한다.

쿰란 두루마리
〈여자의 덫〉

# I

세상을 창조하고 난 후, 신은 남자를 에덴 동산 안에 두었다. 그 때 그가 혼자 있는 것이 좋지 않음을 보고 신은 남자의 갈비뼈 중 하나를 취하여 그것으로 여자를 만들었다. 남자는 여자가 그의 뼈 중의 뼈, 살 중의 살임을 확인하고는 그녀에게 집착했다. 그들은 서로 사랑하여 다시 하나의 육신이 되었다. 바로 그때 뱀이 나타나 여자를 유혹했고, 여자는 남자를 설득해 과오를 범하게 했다.

악은 사랑을 통해 이끌어들여야만 했던가? 그러나 남자와 여자의 결합이 원죄는 아니었다. 원죄는 전염되는 병처럼, 여자를 통해 스며들었다. 뱀에게서 여자에게로, 여자에게서 남자에게로, 슬그머니 미끄러져 들어왔다. 그것은 사랑이 있은 후였다.

예수는 말했다. "서로 사랑하라." 예수는 또한 사랑하는 사람들을 위해 생명을 버리는 자보다 더 위대한 사랑을 가진 자는 없다고도 했다. 그런데 왜 그토록 많은 증오가 늘 있는 것일까?

이러한 의문에 대한 답변을 책에서 한 번도 읽은 적은 없었지만, 나는 아버지가 이야기했던 책에서 찾을 수 있을 거라고 생각했고, 세상 모든 사람들이 알고 있고 읽고 있으며 심지어 자기도 모르는 사이에 인용까지 하는 것이라고 생각했다.

나는 신약성서에 대해 이야기하고자 한다. 예시바에서는 정통 유태 문화에서 유래한 것이 아닌 모든 텍스트, 그리고 대부분의 수필과 모든 소설의 독서가 금지되어 있었다. 마찬가지로 복음서를 읽는 것도 우리에게는 금지되어 있었다.

그런데 이러한 징벌 속에 있는 무언가가 다시 살아나고 있었다. 그 속에서 어떤 새로운 사실이 모습을 드러내고 있다는 것을 나는 막연히 느끼고 있었다. 그 때문에 프랑스에 도착할 때부터 나의 뇌리에는 한 가지 생각밖에 없었다. 예수에게 무슨 일이 벌어졌었는지 이해하고 싶다는 생각뿐이었다. 나는 알고 싶었다. 랍비는 부끄러움 없이 질문하고, 두려움 없이 해결책을 찾아야 한다고 말하곤 했었지만, 그래도 이것은 허락하지 않았을 것이다. 우리에게는 신약성서를 읽는 것은 물론, 예수라는 이름을 입에 올리는 것조차 엄격히 금지되어 있었던 것이다.

프랑스에 도착하자마자, 나는 금지된 신약성서의 히브리어 번역본을 샀다. 책을 펼치는 순간 심장이 쿵쿵 뛰는 소리가 들렸다. 페이지를 넘기는 내 손은 떨렸다. 하지 말았어야 하는 행동임을 나는 알고 있었다. 하지만 그렇게 할 수밖에 없었다. 이런 말을 하는 것이 내게 허용되어 있기나 한가? 복음서를 읽는 것은 금지된 것들이 가지는 씁쓸하면서도 감미로운 맛이 있었다. 마침내, 나는 알게 될 것이다.

신약성서를 읽고 나는 놀랐다. 낯섦 때문이 아니라, 기이한 친근감 때문이었다. 말로 표현할 수 없는 놀라움이었다. 읽은 것을 기억에 떠오르는 그대로 옮겨 적어보려고 한다. 내가, 이후로는 두 번 다시 저지르지 않을 과오이기 때문이다.

그는 헤로데 왕 시대, 유태의 베들레헴에서 태어났다. *그리고 너 베들레헴, 유태의 땅이여, 너는 유태의 으뜸가는 장소들 중 가장 작은 곳이 물론 아니로다. 왜냐하면 너로부터 나의 이스라엘 민족을 먹일 우두머리가 태어날 것이기 때문이다.* 그는 요셉과 마리아의 아들이었다. 선지자가 예언한 대로 성신의 힘으로 그를 잉태했다. *성처녀가 잉태를 하고 아들을 낳으니, 그에게 엠마누엘이라는 이름을 줄 것이며,* 이는 *'신께서 우리와 함께 계시다'* 라는 *뜻이다.* 그의 탄생 때, 마술적인 신호의 기별을 받은 점성가들이 동쪽으로부터 예루살렘에 도착하였다. 그들은 이제 방금 태어난 유태인들의 왕을 경배하러 왔다면서, 그분이 어디 계시냐고 물었다. *그의 탄생 때 동쪽에 별 하나가 나타나 하늘을 가로질러 갈 것이다. 점성가들은 그것이 위대한 운명을 지닌 아이의 탄생을 예고하는 것이라고 왕에게 가서 말했다. 왕은 겁에 질려 고문들을 불렀고, 그들은 그 아이를 죽여야 한다고 생각했다.* 그들은 헤로데 왕을 만났다. 그리고 왕은 랍비들을 불러들였다. 랍비들은 성서에 씌어 있듯이 그 유태인들의 왕은 베들레헴에서 태어났을 것이라고 말했다. 그러자 그들은 베들레헴을 향해 떠났다. 하늘의 별 하나가 빛을 발하며 그들의 길을 안내했다. 그 덕분에 그들은 해산을 한 젊은 여인의 집을 찾아낼 수 있었다. 그들은 예수의 어머니 마리아에게 경배했다. 피어오르는 향과 몰약(沒藥) 잎사귀를 남겨두고 그들은 다시 떠났다. *그리고 그들은 금과 향을 가져올 것이며, 영원한 신에 대한 찬사를 공표할 것이다.*

그때 요셉이 꿈을 꾸었다. 헤로데가 그 아이를 죽이기 위해 찾을 것이니, 이집트로 도망가라고 명을 내리는 꿈이었다. *라마 안에서 목소리가 들려왔다. 그 흐느낌, 긴 하소연은 자기 아이들의 죽음을 슬퍼하면서, 그들이 이젠 없기에 위안받기를 거부하는 라헬의 목소리였다.* 헤로데가 죽을 때까지 그들은 이집트에 거주했다. 그후 다시 갈릴리로 와서 나자렛이라 불리는 마을에서 살았다. *그는 나자렛 사람이라 불릴 것이다.*

하늘의 왕국이 가까웠으니 회개하라고 유다 사막에서 외치던 세례 요한이 있었다. *한 목소리가 외치니, "사막에서 주님의 길을 준비하시오, 그분이 오실 길을 곧게 만드시오!"* 세례 요한은 낙타 털로 만든 옷에 허리띠를 매고 있었다. 그는 메뚜기와 야생 꿀을 먹고 살았다. 모든 사람이 그에게 와서 요르단 강에서 세례를 받고 죄를 고백했다. 수많은 바리새인들과 사두개인들이 그의 세례를 받으러 왔다. 세례 요한은 그들에게 회개하라고 설교했다.

그때 예수가 나타났다. 요한에게 세례를 받으러 갈릴리에서 요르단 강까지 온 것이었다. 세례를 받을 때, 예수는 비둘기의 모습을 한 성령을 보았다. 그는 노아에게 평화를 알린 그 새를 기억했다. 그리고, 더 아득한 과거에 그 성령이 피조물 위에 숨결처럼 지나갔음을 기억했다. 사막으로 인도된 그는 세 번 악마의 시험에 들었다. 그러나 성경 구절과 예언자들의 말을 상기하면서, 그는 이 시련을 극복한 승리자가 되었다. *너의 주 하느님을 너는 경배할 것이며, 오로지 그분에게만 예배를 드릴 것이니라.*

요한이 잡혀갔다는 소식을 듣고, 예수는 갈릴리로 다시 떠났다. 그리고, 그는 바닷가에 있는 가버나움*으로 갔다. *"즈불룬의 땅, 납달리의 땅, 바다의 길, 요르단 너머의 나라, 민족들의 갈릴리여! 암흑 속에 있던 민족이 큰 빛을 보았도다. 죽음의 어두운 나라에 있던 자들을 위해, 하나의 빛이 떠올랐도다."*

제자들에 둘러싸여 갈릴리 지역을 돌아다니며, 예수는 유태 교회당 안에서 복음을 가르치고 전파하고, 기적을 행하여 온갖 병과 불구를 고쳐주었다. 구름떼 같은 군중이 그의 이야기를 들으러 몰려왔다. 그때 그는 산 위에 올라가 여덟 가지 복에 대해 연설**하였다. *주께서는 마음이 아픈 자들을 맞을 준비가 되어 있으시도다. 그분은 정신적으로 낙담한 자들을 구원하시니, 겸손한 자들은 이 지상을 소유할 것이다.* 예수는 예언자들의 법을 폐지하러 온 것이 아니라 완성하러 온 것이다. 또한 그는 문둥병 환자, 백부장(百夫長 : 옛 로마 군대에서 100명으로 조직된 단위 부대의 장—옮긴이), 베드로의 장모, 어느 명사의 딸, 그리고 두 명의 장님과 어느 귀신들린 자를 고쳐주었다. *우리의 불구를 떠맡고 우리의 병을 떠*

* 요르단 강 서쪽 4킬로미터에 위치한 고대 도시로, 예수의 갈릴리 복음 전파의 중심지였다.

** 산상수훈(山上垂訓). 예수가 갈릴리 호숫가의 산 위에서 그리스도교인으로서의 덕행에 관하여 행한 설교.

*안은 분은 그분이시다.*

〈시편〉과 미드라시에서처럼 그는 비유를 통해 말했다. 세상이 생긴 이래 숨겨져왔던 것들에 대해 말하는 것이었기 때문이다. *그대들은 들어도 아무 소용이 없다. 그대들은 이해하지 못하리라. 보아도 소용이 없을 것이다. 보이지 않을 것이니. 그들의 마음이 둔해졌기 때문이다. 두 눈으로 보지 않고, 귀로 듣지 않고, 마음으로 듣지 않고, 또한 개종하지 않으려고, 그들의 귀는 굳어지고 두 눈은 감겼도다. 내가 그들을 치유하리라!*

그리고서 예수는 예루살렘으로 갔다. 감람산 가까이 가면서, 그는 제자 중 두 명을 마을에 보냈다. 가서 매여 있는 암나귀와 그 옆에 있는 나귀새끼를 찾아오라고 했다. 제자들은 길을 떠났다. 모든 것이 예수가 그들에게 말해준 대로임을 발견했다. *시온의 딸에게 이렇게 말하라. "이제 그대의 왕이 겸허하게 암나귀와 짐바리 짐승의 새끼인 나귀새끼를 타고 그대에게 오리라."* 그는 다시 *길을 떠났다.* 군중들이 그 앞에서 외쳤다. "다윗의 아들에게 호산나*를! 주의 이름으로 지금 오는 자여, 축복받을지어다!" 여호와의 성전에 도착한 예수는 그 현관 입구에서 장사를 하는 자들을 모두 쫓아내었다.

그리고 제자들에게 말했다. "너희들이 알고 있듯이 이틀 후면 유월절이다. 사람의 아들이 잡혀가 십자가에 처형될 것이다." 제사장들과 민족의 장로들이 가야바 제사장의 성에 모였다. 그들은 예수를 체포하기로 합의를 보았다. 그러나 '민중의 혼란을 피하기

* 유태 종교 행렬 의식에서 지르는 환호.

위해 축제중에는 체포하지 않기로' 했다. 예수를 넘기게 될 자는 그의 제자 중 하나인 유다 이스카리오트였다.

유월절 저녁, 예수는 자신이 체포되리라는 것을 알고 있었다. 〈시편〉을 노래한 후 그는 제자들과 함께 감람산에 이르는 길로 들어섰다. *목자는 갑자기 죽임을 당할 것이며, 어린 양떼는 사방으로 흩어지리라.* 그들은 겟세마니에서 밤을 보냈다. 이윽고 예수를 배반하기로 되어 있는 열두 제자 중 하나인 유다가 제사장들이 보낸 한 무리의 무장한 군대와 더불어 당도했다. 유다는 예수에게 입맞춤을 했다. 그것이 신호였다. 그러자 예수는 그에게 말했다. "친구여, 그대가 할 일을 행하라."

그는 즉시 체포되었다. 베드로가 그를 방어하려 하자 예수는 그에게 말했다.

"너는 내가 나의 아버지 주께 도움을 청할 수 없을 거라고 생각하느냐? 내가 도움을 청하면 아버지께서는 열두 군단이 넘는 천사들을 내게 즉시 보내주실 것이다. 성경이 어떻게 성취되어야 성경에 따라 이루어져야 한다 함이 되겠느냐?" 그리고 그는 군중에게 이렇게 말했다. "예언자들이 쓴 글이 성취되기 위하여 이 모든 일이 일어났느니라."

그러자 제자들은 그를 버리고 도망쳤다.

예수는 빌라도 앞에 인도되었다. 붙잡힌 예수를 보고, 유다는 회한에 사로잡혔다. 그리하여 은화 삼십 냥을 제사장과 장로들에게 되돌려주며 말했다. "결백한 피를 밀고함으로써 나는 죄를 지었다." 그러나 때는 이미 너무 늦었다. 유다는 목을 매었다. *그리고 그들은 은화 삼십 냥을 가졌다. 그것은 이스라엘의 아들들이*

*평가한 자, 그들에 의해 평가된 예수의 몸값이었다. 그들은 주께서 명하셨던 대로 도기 제조공의 밭값으로 그 돈을 주었다.* 유다는 사제들에게 자기가 배반한 대가로 받은 돈을 돌려주었다. 그러나 그 사제들도 죄의 돈을 가지고 있을 수 없어 도기 제조공의 밭값으로 그 돈을 주었던 것이다.

빌라도는 군중을 소집했다. 그리고 군중에게 예수를 구하든지 아니면 바라바[*]를 구하라고 제안했다. 군중은 예수가 아닌 바라바를 택했다. 빌라도는 자기 손으로 죄를 짓지 않고 빠져나간 것이다. 그래서 책임은 군중에게 돌아가게 되었다. 예수는 이렇게 하여 골고다라 불리는 곳에서 십자가형을 당하게 되었다. *그들은 예수에게 담즙 섞인 포도주를 마시게 했다. 그들은 제비뽑기로 그의 옷을 나누어 입었다.* 지나가는 행인들은 고개를 설레설레 흔들며 말했다. "성역을 파괴한 그대여, 도망가거라." 그는 *신에게 자기 믿음을 두었으니, 신께서 그를 사랑한다면, 이제 그를 풀어주소서.*

정오였다. 갑자기 칠흑 같은 어둠이 도시에 내렸다. 세시까지 도시는 어둠에 싸여 있었다. 숨을 거두기 전, 예수는 소리쳤다. "*엘리, 엘리, 라마 사박다니!* 나의 하느님, 나의 하느님, 왜 저를 버리시나이까?"

혼란스러웠다. 나는 육필 두루마리 발견의 중요성을 깨닫고 있

* 신약성서에 나오는, 사형 선고를 받았던 도둑. 유월절에 군중의 요구에 따라 바라바는 석방되고 예수는 십자가형에 처해졌다.

었다. 세례 요한이 에세네인이라면, 예수가 에세네인이라면, 예수의 가르침이 예전과 똑같이 해석될 수 있을까? 기독교가 유태교의 한 종파에서 나온 것이라면, 기독교에 대해 갖고 있던 견해도 바뀌게 되지 않을까?

특히 예수가 당했던 배반과 수난, 고통은 내게 충격이었다. 나는 그가 왜 죽었는지 이해할 수가 없었다. 그 이유들이 내게는 모호하게 여겨졌다. 유태인들에게 책임이 있는 것일까? 로마인들이 유죄인 것일까? 아니면 그 반대일까? 그렇지만 유태인이라면 어떤 유태인에게 책임이 있단 말일까? 로마인이 유죄라면 어떤 로마인이란 말인가? 사제들, 군중, 예수를 버린 제자들이 유죄인가? 그의 제자 중 하나였던 유다는 왜 그를 배반한 것일까? 돈 때문이었을까? 아니면 다른 심오한 교의적인 이유에서였을까? 자살할 정도로 자기 행동을 후회했으면서, 젤로트 당원(서기 70년에 예루살렘을 정복한 로마 황제 티투스 시대에 로마에 반항한 급진적 유태파—옮긴이)의 아들이었던 유다가 어떻게 그런 돈을 받고 예수를 밀고할 수 있었으며, 그 순간 모든 도덕적 양심이 사라지고 없었다는 것이 있을 수나 있는 일인가? 예수는 자기가 체포될 것이라는 사실을 알고 있었다. 그것을 계속 예언했었고, 최후의 만찬 자리에서까지도 제자들에게 경고했었다. 그러면서도 왜 그냥 붙잡혀 간 것일까? 왜 예수는 유다에게 할 일을 신속히 수행하라고 명하면서 유다를 격려하기까지 한 것일까? 마치 각자가 그날 저녁 해야 할 역할이 있었던 것처럼, 예수와 유다 두 사람에 의해 미리 계획된 음모, 미리 짜여진 계획이었던 것처럼 말이다. 마치 배반자와 희생자 사이에 비밀스런 합의가 있었던 것처럼. 그렇게 결정한 것이 누구였는지는 모르지만, 숙명적인 그 순간에 그는 시련을 당할 필요가 있었던 것 같다. 그러나, 그렇다면 왜 다른 제자들은 그것을 이해하지도, 인정하지도 않았던 것일까? 왜 다른 제자들은 예수가 그들을 가장 필요로 했던 결정적인 순간에 예수를 버렸던 것일까?

문득 현기증이 나를 사로잡았다. 마침내 문제는 내 머릿속에서 분명해졌다. 그것은 누가 예수를 죽였는가 하는 것만큼 간단하고도 어려운 문제였다. 나는 이 질문에 대한 답변이 아몬드와 마티, 그리고 오제 주교의 죽음의 수수께끼에 대한 답인 동시에 사라진 육필 두루마리를 찾는 열쇠가 될 것이라고 막연히 생각했다.

해답의 요소는 복합적이었다. 유다는 배반자였다. 그러므로 도덕적으로 죄를 지은 자였다. 그러나 유다는 자기 책임 아래 그렇게 행동한 것일까? 아니면, 다른 사람의 도구에 불과했던 것일까? 유다와 예수 사이의 합의란 무엇이었을까? 로마인들은 예수를 처형했다. 그러므로 그들은 집행인이었다. 로마인들과 함께, 국가 조직과 법 또한 마찬가지였다. 그러나 일이 이상하게도 복잡해지자, 그들은 선택을 유태인에게 넘겼다. 예수를 처형하라고 말한 것은 유태인들이었던 것이다. 하지만 문제의 유태인들은 어떤 유태인들이었을까? 유태 민족 전체가 아니었다. 그 자리에 없었던 바리새인들도 아니었다. 사두개 교도들의 밀정들이었다. 좀더 정확히 말해서 여호와의 성전의 몇 명 사제들뿐이었다.

이 사제들은 유죄일까? 유태 법에는 십자가형이라는 사형이 정해져 있지 않았었다. 그런데 법정은 그를 돌로 쳐 죽이는 형을 내리지 않았던 것이다. 이로써 다시 유태인들과 로마인들은 함께 죄를 나누어 지게 된다. 로마인들은 그렇게 쉽게 '손을 씻을 수' 없었던 것이다. 마지막으로, 유태인들과 로마인들, 이 양측의 동기는 무엇이었을까? 왜 빌라도는 예수를 체포하라고 했을까? 예수는 단지 가난한 사람들과 불구자들을 위해 설교했을 뿐이었다. 정치적이거나 혁명적인 메시지는 전혀 전달하지 않았었다. 그런 예수가 로마 당국에 그렇게도 위협적인 존재로 비쳤을까? 회유당하여 예수를 죽이라고 고함치던 광신적인 군중들은 어떤 자들이었을까? 한때 군중은 세례 요한이 예언한 그 예수에게 갈채를 보냈었다. 그런 군중이 예수가 아닌 강도 바라바의 목숨을 살려주는 것을 선택했다는 것이 도대체 있을 수 있는 일인가?

몇몇 사제들은 왜 그런 적대감을 품었을까? 그들은 정말 갈릴리 사람, 먼 시골에서 온 순박한 사람인 예수를, 예루살렘에서 그들이 휘두르던 막강한 권세에 대한 위협이라고 느꼈던 것일까? 그래서 두려워했던 것일까? 사제들에게는 예수를 고발하게 한 실제적인 우두머리가 없었다. 그러면서도 왜 그들은 예수의 죽음을 원했을까?

예수를 배반한 유다의 동기는 무엇이었을까? 단지 돈 때문이었다는 것이 있을 수 있는 일인가? 젤로트 당원의 아들이었고, 분명 그 자신도 젤로트 당원이었을 그가 그렇게 파렴치하고 타산적이었을까? 그리고 마지막으로, 그렇게 배반당할 때까지 가만히 있었던 예수의 동기는 무엇이었을까?

사실 예수는 세 번 살해당한 것이나 마찬가지였다. 첫번째는 유다에 의해, 두번째는 로마인에 의해, 그리고 세번째는 군중을 앞

세운 사제들에 의해 살해된 것이다. 그리고 마지막으로, 어쩌면…… "나의 아버지시여, 왜 저를 버리시나이까"라고 죽기 전에 예수는 말했다. 게다가 로마인들도 행인들도, 심지어 예수 옆에서 십자가형을 당한 도둑들까지도 놓치지 않았던 하나의 의문, 수수께끼가 남아 있었다. 예수가 진정 신의 아들이라면, 그는 아버지 하느님에 의해, 아니 자기 자신에 의해 구원될 수 있었다. 그는 이미 그렇게도 많은 생명을 지켜주었고 다시 살려내지 않았던가? 어쩌면 그는 그때 기적을 행하지 않기로 선택했던 것일까? 그렇다면 그의 죽음은 그가 '원한' 것이다. 말하자면 자살인 것이다. 유다를 형제처럼 포옹하고, 그에게 할 일을 하라고 명했던 예수는 그의 공모자였던 것이다. 예수는 자기가 돈에 팔릴 것이라는 것, 죽게 될 것이라는 사실을 알고 있었다. 그런데도 그는 그 운명에서 벗어나기 위해 아무 노력도 하지 않았다. 여기 또다른 죄인이 있는 것이다. 바로 예수 자신.

이런 경우가 아니라면…….

강한 전율이 나의 온몸을 훑고 지나갔다…… 끔찍한 신성모독적인 생각이 뇌리를 스쳤다. 억누를 길 없이 의식 속으로 파고든 생각이었다. 예수는 자신이 배신당하리라는 것을 알고 있었다. 그러나 어쩌면 그는, 자기는 죽지 않으리라고 생각했던 것인지도 모른다. 어쩌면 그는, 마지막 순간에, 천재지변, 기적, 아버지 하느님의 마지막 의기양양한 눈부신 도래를 희망했는지도 모른다. 그는 하늘 왕국의 도래를 기다리고 있었다. 그게 아니라면, 왜 그가 "나의 신이시여, 왜 저를 버리시나이까"라고 했단 말인가.

이것이 그의 마지막 말이었다. 한 생의 의미, 죽음의 의미를 표현하는 말이었다. 그런데 그의 마지막 말은 십자가에 매달린 순교자의 실신에 대한 것이 아니었다. 인류를 구원하기 위해 자신을 희생시키는 자의 마지막 승리에 대한 것도 아니었다. 이 세상에 대한 혐오감으로, 내세의 지복 속에 마침내 아버지 하느님을 다시 만나고 싶은 욕망에 대한 것도 아니었다. "왜 저를 버리시나이까?" 이 말 속에는 회한, 놀라움, 힐난, 어쩌면 질책의 울림이 있다.

*이것은 예정되었던 것이 아닙니다. 저는 이 세상을 이렇게 떠나기를 원하지 않습니다. 왜 저를 살인자들에게 버리시나이까? 왜 저를 구하지 않으시나이까? 아버지 당신은 저의 바위, 저의 방패, 저의 요새, 이 메마른 땅속에 있는 저의 물이 아니셨습니까? 당신은 백성들 앞에 서신 고아들의 아버지, 과부들의 수호자가 아니셨습니까? 당신은 제 아버지가 아니셨습니까? 저는 당신의 아들이 아니었습니까?*

예수는 십자가 위에서 마지막 숨을 몰아쉬면서 신이 그를 죽였다고 지적하고 비난하고 탓하는 것이다. 신은 *왜 그를 버린 것일까?*

그 다음날, 나는 잠에서 깨어나기가 힘들었다. 긴 악몽들로 어지럽혀지고 간간이 끊긴 밤이었다. 적들과 싸우고 있는 예수와, 불길한 환각에 빠져 있을 때 내게 나타났던 사탄의 모습이 악몽 속에 보였다.

우리는 신학 대학 쪽으로 가는 길로 접어들었다. 쿰란에서 돌아와 파리의 사무실로 다시 돌아간 자크 신부를 만나기 위해서였다.

피에르 미셸이 어디 있는지 자크 신부가 우리에게 가르쳐줄 수 있을 거라고 생각했다.

생 제르맹 데 프레 구역까지 가는 데 무척이나 힘들었다. 그 구역은 거대한 군중들로 완전히 막혀 있었다. 플래카드를 손에 든 군중들이 단호한 슬로건을 박자 맞춰 외치면서 천천히 시위 행진을 하고 있었다. 도처에서 길이 차단되었다. 자동차들은 체념한 채 시위대의 물결이 지나가기를 기다리고 있었다. 오늘 아침 신문에서 우리는 자동차들이 범퍼와 범퍼가 맞붙은 채로 정체되어, 파리 주변에 수천 킬로미터 꼬리를 물고 마치 지옥의 짐승들처럼 긴 행렬을 늘어뜨리고 있으며, 코를 틀어막게 하는 배기가스가 그 위를 구름처럼 덮고 있다는 기사를 읽었다. 자동차 안에 있는 운전자들은 마치 반은 인간이고 반은 짐승인 타락한 천사들같이, 아무런 저항도 못 한 채 지친 모습으로 기다리고 있었다. 어쩌면, 기다리는 것밖엔 아무 할 일이 없으니 손해 날 건 하나도 없다는 확신 속에서 기다리고 있는 듯도 했다. 그렇게 꼼짝 못 하고 갇혀 있은 지 여섯 시간이 지났다. 그런데도 운전자들은 여전히 기력이 남아 있는지 서로를 알아보고 작은 신호를 보내곤 했다. 이제 분노의 시간은 지난 것이다.

철도 종사원, 우체국원, 교사, 실업자들 등 시위대 무리마다 각각 플래카드를 들고 있었다. 확성기를 든 한 남자가 군중에게 연설했다. "정부는 우리 말을 들으려 하지 않습니다. 정부는, 국가 전체가 멸망하지 않기 위해서는 어떤 사람들이 다른 사람들보다 더 가난해야 한다고, 그것이 우리에게 유리한 것이라고 계속 믿게 하려 합니다. 실업과의 전쟁은 희생을 요구한다고 정부는 말합니다. 그러나 희생은 언제나 똑같은 자들의 몫입니다."

군중은 광분하지 않았다. 어찌할 바를 몰라하면서도 일할 권리와 퇴직에 따른 권리를 차분하게 주장했다. 군중은 내각의 총사퇴를 요구했다. 느릿느릿한 시위 대열은 사회전투원의 분노라기보다는 미래가 없어 고심하는 한 국가의 초상을 증거하고 있었다. 몇몇 사람들이 경찰 대열이 치고 있는 인간 바리케이드를 넘어가려다가 최루탄과 곤봉 세례에 다시 밀려났다. 때로는 경찰에 의해 검은 트럭 속으로 가차없이 실리기도 했다. 키팀들이군, 하고 나는 생각했다. 민중은 비탄, 가난과 미래에 대한 두려움을 말하고 있었고, 굶주린 인간의 분노에 겁을 집어먹은 군인들이 그들을 후려치며 체포하고 있었다.

우리는 시위대의 빽빽한 군중들 사이를 헤쳐 가까스로 길을 뚫고, 신학 대학까지 갔다. 미예는 자기 연구실로 우리를 맞아들였다. 연구실은 여기저기 흩어져 있는 책들과 서류들로 잔뜩 어지럽혀져 있었다. 아무런 장식이 없는 낡은 방이었다. 나는 금방 눈치챘다. 미예는 더이상 우리가 처음 만났을 때의 명랑하고 유쾌한 얼굴이 아니었다. 그는 쿰란 발굴터에서 가졌던 수다스럽고 쾌활한 대화를 다시 나눌 기분이 아닌 것 같았다. 그의 양쪽 관자놀이의 가는 실핏줄에서 내가 읽었던 문자들은 아직 그대로 보였다. 그러나 예전보다 더 희미해져 있었다.

그는 우리와 악수를 하면서 말했다.

"당신들을 이렇게 빨리 다시 만나게 되리라고는 생각지 않았습니다. 그것도 이곳 파리에서요. 하지만 그 모든 일들이 일어난 상황에, 이스라엘 사람들로부터 소식이 오리라고는 짐작하고 있었지요."

야만적 살인이 저질러진 이후로 그가 우리의 질문에 대답하고 이스라엘 당국과 협력할 마음의 준비를 하고 있었음을 깨달을 수 있었다. 그는 안드레이 리르노브처럼 가지고 있던 모든 육필 두루마리를 피에르 미셸 신부에게 맡겼다고 했다. 얼마 후 미셸 신부는 사제단을 떠나, 환속하여 연구가로서 프랑스에 정착했다고 말했다. 피에르 미셸은 이제 성서 외전들과 종파의 문서, 성서가 아닌 육필 두루마리 중 가장 많은 몫을 소지하고 있었다. 미예에 의하면, 총 120개에 달하는 육필 두루마리 조각들을 소유하고 있는 미셸이 그 누구에게도 정확한 목록을 발표하기를 거부하고 있다는 것이다. 그는 피에르 미셸의 개인 주소를 우리에게 주면서도 아마도 그가 우리를 만나려 하지 않을 것이라고 귀띔해주었다. 미셸은 이제 아무도 만나지 않는다는 것이었다.

미예는 무척 거북해하는 것처럼 보였다. 마치 너무 많이 이야기하게 될까 봐 두려워하듯, 전에 만났을 때보다 훨씬 더 더듬거리며 히브리어를 말했다. 틀림없이 아버지도 나와 똑같은 생각을 했던 것 같았다. 아버지는 다짜고짜 그에게 이렇게 물었다.

"피에르 미셸이 1987년 강연회 때 이야기한 두루마리의 내용이 어떤 것이었는지 아십니까? 예루살렘 고고학 박물관의 스크롤르리에서 일하실 때 그 두루마리를 해독하셨죠?"

"아뇨, 그럴 시간이 없었어요."

그는 아버지의 유도심문에 걸려들었다. 피에르 미셸의 두루마리는 분명 박물관에서 훔쳐내간 그 두루마리임이 밝혀진 것이다. 양쪽 다 거북스런 침묵이 흘렀다. 그 동안 우리는 떠날 채비를 하였다. 신부가 갑자기 나를 쳐다보더니 물었다.

"메아 셰아림에 삽니까?"

"네."

"예쁜 동네지요, 안 그래요?"

그의 얼굴이 밝고 향수 어린 미소로 환해졌다.

"네, 물론이죠."

"아! 프랑스에 있을 땐 이스라엘이 늘 그립습니다. 거긴 다르죠. 기분좋고 안전하다고 느껴지니까요. 얼마나 전설적인 나라입니까…… 내가 당신에게 준 작은 기름병을 기억합니까?"

"물론이죠. 언제나 지니고 다닙니다. 돌려드릴까요?"

"아니오. 그건 당신에게 준 것이오. 가지고 있으시오…… 소중히 간직해요. 우리 주 예수 그리스도의 이 말씀을 아시지요, '베풀라, 그러면 많은 것을 돌려받을 것이니……'."

그는 입을 다물었다. 그리고는 좀더 낮은 목소리로 덧붙여 말했다.

"사실…… 스크롤르리에서 일하고 있을 당시, 나는 모(某) 당국으로부터 강한 압력을 받았었소. 그들은 내가 그 양피지의 내용을 알지 못하게 했어요. 나는 그 양피지 두루마리에 무슨 이야기가 씌어 있는지 모릅니다. 툭 털어놓고 이야기하자면, 사실 사람들은 나를 신뢰하지 않았다고 생각하지요."

"그런데 피에르 미셸이 성직자 옷을 벗은 후, 사람들이 그 두루마리를 몰수하지 않았나요?"

"네, 사람들이 시도는 했었지요."

그러나 그 '사람들'이 누구를 의미하는 것인지에 대해서는 더

이상 정보를 주지는 않았다. 그 때문에 피에르 미셸이 예루살렘을 떠났던 것이 틀림없었다. 그러나 이제 그는 더이상 교회 당국에 매인 몸이 아니었다. 그러므로 내가 그랬던 것처럼 교회 당국에 복종해야 할 필요가 없는 것이다.

아버지가 다그쳐 물었다.

"육필 두루마리의 내용을 대강이라도 알아보지 못했습니까?"

"보기는 했지요. 그가 사라지기 바로 직전에요. 살짝 엿보았던 것에 대해 이야기해야겠다 싶어서 존슨 신부에게 말했더니, 그는 어떤 일이 있어도 그 이야기를 누구에게도 하지 말라고 당부했어요. 한마디로 다 잊어버리라고 하더군요. 그는 리르노브에게도 똑같은 당부를 했었지요. 그런데 그 가련한 사람은 알고 있는 사실을 가슴속에 담아둘 수가 없었나 봅니다……."

"무엇이었습니까?" 아버지가 물었다.

"대답해드릴 수 없습니다. 침묵을 약속했거든요. 약속을 깰 수는 없어요. 그렇지만 가서 피에르 미셸을 만나보십시오. 자, 여기 내 연락처도 드리지요."

그는 우리에게 명함을 내밀며 말했다.

"주저 말고 전화하세요. 최선을 다해 도와드리겠소…… 아시겠지만, 내 맹세를 깨뜨리지 않는 한에서 말이오."

아버지가 물었다.

"뭔가를 두려워하고 계십니까? 아니면 누군가를? 그렇다면, 우리가 선생을 도와드릴 수 있을지도 모르겠습니다."

다시 침묵이 흘렀다. 그 질문에 대한 대답은 없었다.

아버지가 다시 물었다.

"신앙교리 수도회가 이 범죄에 관련되어 있을 수도 있다고 생각하십니까?"

"나는 수년 동안 그 수도회에 소속되어 있었습니다. 그 사람들이 무슨 일을 할 수 있는지 알지요. 하지만 그건 아니에요. 날 믿으세요. 아뇨, 난 그들을 두려워하는 게 아니오. 내가 침묵하는 이유는 단 한 가지, 입을 다물기로 약속했기 때문입니다. 그 이상도 그 이하도 아닙니다. 그 점에 대해서는 안심하세요."

그 말을 마치자, 그는 대화는 끝났다는 몸짓을 해 보였다. 그와 악수를 하면서 나는 그의 눈 속에서 가슴을 에는 듯한 비극적인 섬광을 보았다.

우리가 그에게서 얻은 정보는 별로 없었다. 그러나 처음으로 장벽이 무너진 것 같았다. 우리는 아직 아무것도 알아내지 못했다. 그렇지만 우리는 또한 그 사실을 알고 있었다.

*나는 지혜가 광기보다 훨씬 유익하다는 것을 보았노라. 그것은 마치 빛이 어둠보다 훨씬 유익한 것과 같나니. 현자는 머릿속에 눈을 가지고 있으며, 지각 없는 자는 어둠 속에서 걷는도다. 그러나 나는 또한 똑같은 사고가 그들 모두에게 일어나는 것을 분명 보았도다. 현자의 기억도 지각 없는 자의 기억과 마찬가지로 영원하지 않을 것이다. 왜냐하면 모든 것은 앞으로 다가올 날들에 이미 잊혀질 것이기 때문이다. 왜 현자는, 몰지각한 자와 똑같이, 죽는 것일까?*

그날 늦은 오후, 우리는 파리 13구에 있는 피에르 미셸의 자택으로 향했다. 중국인 구역이었다. 끝까지 도달하지 못하면서 하늘을 향해 음울한 상승을 개시하는 듯한 잿빛 고층 건물의 13층이었다. 초인종을 눌렀다. 아무도 대답하지 않았다.

우리는 그 고층 건물 맞은편에 있는 전화부스에서 미예 신부에게 전화를 했다. 아무런 응답이 없었다. 우리는 북쪽을 향해 곧장 앞으로 걷기 시작했다. 황혼녘이었다. 태양은 봄안개에 싸여 서서히 죽어가고 있었다. 부드러운 빛이 기념물들과 거대한 석조 건물들 위에, 빛의 변화에 따라 색채의 능숙한 점진적인 감소를 표현하고 있었다.

무의식적인 논리, 다시 말해서 사탄, 그 심연의 유혹에 의해 움직였는지 우리는 16구에 다다랐다. 거기서 말없이 미예 신부의 교구 쪽으로 향했다. 그의 집에 가까워지자 우리는 잠시 의논을 했다.

"여기까지 왔으니, 그를 방문하지 않을 이유가 없지요?"

"지금? 시간이 너무 늦었다고 생각하지 않니?"

"아뇨, 그가 우리에게 와도 괜찮다고 했잖아요. 어쩌면 신학 대학에서 멀리 떨어진 곳에서 이야기하는 것이 그에겐 좀더 자유로울지 몰라요. 전 그가 우리를 신뢰한다고 생각해요."

"널 신뢰하는 것이라고 말하고 싶은 거겠지. 그런데 그 이유가 뭘까 나는 의심스러워. 하지만…… 그가 우리에게 좀더 가르쳐줄 수 있을지 모르겠다. 난 그가 걱정된다. 무언가를 두려워하고 있는 게 확실해."

"그를 보호하는 유일한 방법은 어쩌면 그에게 얘기를 털어놓으라고 자극하는 건지도 모르죠……."

아버지는 한순간 망설였다. 그러다가 마침내 말했다.

"좋다, 가보자."

우리는 인터폰을 눌렀다. 그러나 피에르 미셸의 집에서와 마찬가지로 여기서도 대답이 없었다. 우리는 건물 안으로 슬쩍 잠입했다. 그리고 그의 아파트까지 올라갔다. 문이 빠끔히 열려 있었다. 아버지가 먼저 들어갔다.

그때 우리 눈에 들어온 광경은 평생 동안 우리를 공포에 얼어붙게 만들었다. 단 하루도, 단 하룻밤도, 그날 밤 본 광경을 생각하면서 얼이 빠져 깨어나지 않은 날이 없었다. 그 야만적인 광경은 내 밤을 혼란스럽게 하고 낮을 불확실하게 만들었다. 그 광경이 나의 뇌리에서 사라지게 해달라고 나는 오랫동안 기도했다. 인간의 잔혹함에 대한 그 공포를 나는 영원히 잊지 못할 것이다. 어떤 악마도 악마주의에 빠진 인간과 결코 맞먹지 못하리라.

*그러기에 나는 이 생을 증오했다. 태양 아래 이루어진 일들이 내게 불쾌했기 때문이다.*

우리 앞에, 미예 신부는 선 채로 팔을 십자로 벌리고, 머리를 왼쪽으로 수그린 채 죽어 있었다. 거의 알몸이었다. 그의 허연 몸뚱이는 선한 인상이 배어나던 동글동글하게 살찐 모습을 이미 상실하고 있었다. 그의 시신은 물컹했고, 지방질만 남은 채 뼈는 발라져 있었다. 얼굴은 강렬한 고통과 탄식이 혼합된 표정으로 굳어 있었다. 두 눈은 경직되어 있었다. 고통과 두려움, 이해할 수 없음을 나타내고 있는 그 시선은 내세를 향해 호소하고 있었다. 그 시선은 해방과도 같은 죽음, 유일하게 희망할 수 있는 가능한 목표, 계획과도 같은 죽음을 향해 뻗어 있었다. 그 시선의 호소는 마침내 이루어졌으나, 좌절당한 열정의 흔적이 새겨진 긴 시선과 같은 것이 여전히 남아 있었다. 노고와 고통으로 배어난 땀으로 흰 머리카락이 두개골에 착 달라붙어 있었다. 짓누르는 태양 아래 길을 찾아가는 노인의 땀이었다. 그러나 길을 결코 찾지 못해 미친 듯이 당황하던 노인은, 간악한 해체와 꾸준한 작업으로 그의 모든 힘을 하나하나 갉아먹고 그의 육신을 삼켜버리는 것이 시간임을 알아챘다. 그의 벌어진 입에서는 누르스름한 액체가 흘러나오고 있었다. 내장 가장 깊은 곳에서 토해져나온 담즙이 섞인 타액이었다. 관자놀이에서부터, 검게 엉긴 핏덩이로 족쇄가 채워진 두 손과 두 발에서부터 흘러내린 가느다란 핏자국이 갈색으로 말라붙어 있었다. 살해당한 생명의 마지막 흔적인 그 피는 차디찬 시신 위에서도 아직 따뜻해 보였다. 손으로 상처를 막으려고 애쓴 듯, 두 손은 상처 주위에 오므린 채 꽉 쥐어져 있었다. 두 발은 서로 포개어져 오그라붙은 채, 핏기 없이 뼈만 앙상히 남아 매달려 있었다.

가운데 막대기 위에 왼쪽 엉덩이가 불안정하게 얹혀진 채로, 그는 커다란 나무 십자가에 걸려 있었다. 가로장이 두 개 겹쳐지고, 맨 꼭대기 부분이 잘린 로렌의 십자가였다. 양 손목은 가로로 질러진 막대기 위에 못박혀 있었고, 두 발은 기둥에 쐐기로 박혀 있었다. 그의 시신은 한쪽 측면으로 비틀려 탈구되어 있었다. 세데큘라(받침목—옮긴이)가 시신이 흘러내리고 근육이 찢어지는 것을 막고 있었다. 살에는 굵은 못이 박혀 있었고, 상처가 곪고 있었다.

*사람들이 그를 십자가형에 처했다.*

우리는 이 소름끼치는 장면에서 눈을 떼지 못한 채 멍하니 얼이 빠져 있었다. 우리는 코헨이었다. 그리고 계율은 우리가 시신에 손대는 것을 허락지 않았다. 우리는 깨끗하게, 죽음과의 그 어떤 관계에서도 벗어난 채로, 머물러 있어야 했다.

*그는 헛되이 왔다가 헛되이 어둠 속으로 갈 것이며, 그의 이름은 어둠으로 덮일 것이다.*

우리 앞에 죽어 있는 남자의 시신은 불건전했다. 그의 죽음에서는 강력한 호소가 번져나오고 있었다. 그 죽음을 바라보는 자들을 자기에게로 빨아들이고 있었다. 그것은 죽음의 생명이었다. 그것은 불순한 것이다. 왜냐하면 삶의 위대한 힘들을 이끌어들이고, 그 힘들을 음울한 무한으로 빨아들여 길을 잃게 하기 때문이다. 죽음을 바라보는 사람은, 한 걸음만 내디디면 모든 것이 끝장이라는 것을 알면서 무(無) 위로 고개를 숙여 내려다보는 자와 흡사하다. 이러한 생각은 우리를 취하게 한다. 죽음은 불순하다. 죽음은 끔찍한 유혹자이기 때문이다. 죽음은 우리를 취하게 하는 씁쓸하고도 달콤한 포도주이기 때문이다. 죽음에 이끌리지 않기 위해서는 굳건히 삶 속에 닻을 내리고 있어야 한다. 아니면 삶에 강제로 자신을 묶어야 한다. 단지 의지의 힘만으로는 삶에 닻을 내린다는 것이 불가능하기 때문이다. 의지는 절대처럼 강력한 죽음이 불러일으키는 욕망을 거스를 수 없다. 왜냐하면 죽음은 존재의 궁극적인 끝이기 때문이다. 죽음은 존재의 영원성에 대한 유일한 예감이다. 그러나 이 영원성은 삶의 부정(否定)에 불과하다.

인간은 불건전한 동물이다. 우리는 이 불의의 광경을 잊을 수가 없었다. 슬픔은 우리 마음에 더이상 안식을 허용하지 않았다.

우리는 아파트를 나와 어둠 속에 잠겼다. 밤의 어둠 속에 아무것도 보이지 않았다. 그만큼 우리 마음속의 어둠이 짙었다.

*잔칫집보다는 초상집에 가는 것이 낫도다. 살아 있는 자는 초상집에서 모든 인간의 종말을 보고, 그것을 마음에 새기기 때문이다. 웃음보다 슬픔이 낫도다. 얼굴에 어린 슬픔을 통해 마음은 즐거워지기 때문이다. 현자들의 마음은 초상집에 있도다. 그러나 몰지각한 자들의 마음은 기쁨의 집에 있도다.*

아버지는 미예 신부에게 그런 일이 일어난 것이 자기 책임이라며 비통한 감정에 휩싸였다. 아버지는 두루마리를 찾는 길이 다름 아닌 긴 고난의 길이며, 십자가의 길이라고 생각했다. 이건 우리의 임무가 아니라고, 아버지는 내게 몇 번이나 되풀이해서 말했다. 이 사람은 어쩌면 우리 잘못으로 죽었는지도 모른다. 십자가형을 당한 아몬드의 죽음, 마티의 죽음도 우연한 사건일 수는 없었다. 분명 누군가 우리 뒤를 쫓고 있었다. 우리가 손에 넣을 수도 있었던 마지막 증거들을 파괴함으로써 우리가 계속 조사해나가는 것을 방해하고자 하는 사람이 있는 것이었다. 이제는 모든 것이 명백해진 것 같았다. 그렇기는 하지만 우리에겐 피를 만질 권리가 없었다. 하물며 우리가 피를 자극한다는 것은 더더욱 금지되어 있었다. 우리가 성공할 수 있으리라고 생각한 것은 쉬몬의 오산이었다. 아니, 어쩌면 그는 이러한 조사의 비극적 결과들을 모르고 있는지도 모른다. 이제 다음 신호는 경고가 아닐 것이다. 이제는 어떤 의심도 허용되지 않았다. 우리는 로마인들, 무슨 일이든 저지를 채비가 되어 있는 야만인들과 싸우고 있었던 것이다.

마침내 아버지가 말했다.

"우린 이제 우리집, 이스라엘로 돌아가야 한다는 생각이 든다."

"이렇게 포기할 수는 없어요. 우리 길을 끝까지 계속 가야 해요. 이 수수께끼를 기어이 풀어야 한다구요."

"문제들을 설명하고 싶어하는 것, 문제들을 명쾌하고 투명하게 만들기를 원하는 것, 그건 아무 소용 없는 일이야. 비밀들은 그 불투명성 속에 그대로 내버려두어야 해. 때로 가장 명백한 외양이 가장 튼튼한 속임수이기도 하지. 사물들 뒤에 있는 것이 무엇인지는 상상이 불가능해. 우리가 발견할지도 모르는 그것은 너무나 끔찍한 거야. 그러니 차라리 이쯤에서 고개를 돌리는 것이 나아. 신을 정면으로 바라본다는 게 불가능하다는 것은 너도 알고 있지. 신과 대면하겠다고 주장하는 것, 그것이 치명적인 위반이라는 것도 알고 있을 거다. 신은 감추어진 채 있어야 해. 신의 베일을 벗기려고 애쓰는 자는 불행과 벼락을 자기에게로 불러들이는 거야."

나는 어안이 벙벙해서 소리쳤다.

"무슨 말씀을 하시는 겁니까? 아버진 이 살인 사건들에 대해 알고 계신 게 있어요? 뭐가 문제죠? 신에 대한 것인가요? 아니면 예수에 대한 것인가요? 신을 믿지 않는 아버지께서, 샤바트도 지키지 않고 계명에 복종조차 하지 않는 아버지께서 왜 그런 논리를 끄집어내시는 거죠? 무슨 이야기를 하고 계신 거예요?"

"신이 존재하는지 어떤지는 나도 모른다. 그렇지만 신의 의지도, 신이 보내는 신호도 나는 거스르고 싶지 않다."

비극적인 상황이었지만 나는 미소를 짓지 않을 수 없었다. 역할이 뒤바뀐 것이었다. 신자라고 믿었던 나는 갑자기 무신론자요 합리주의자가 되어 있었고, 신앙과는 거리가 멀다고 생각했던 아버지는 오히려 나보다 더 종교적인 사람이라는 것을 깨닫게 된 것이다.

나는 침착하게 말했다.

"이런 것을 신호로 생각하시는 건 잘못입니다. 아니면 그런 신호를 보내는 신께서 잘못 생각하신 거지요. 우린 모든 걸 포기할 수 없어요. 그 두루마리를 되찾아야 해요. 누군가 그걸 갖고 있어요. 다른 사람의 손에 닿지 않게 숨겨놓고 있다구요. 그게 누굴까요? 저도 몰라요. 수세기 전부터 그걸 압수하고 있는 건 어쩌면 한 사람이 아니라 하나의 집단, 제도인지도 모르죠. 그래도 상관없어요. 계속 해야 합니다. 신께서 요나*에게 니느웨에서 회개를 설교하라고 명하셨을 때 요나가 그랬던 것처럼, 우리는 우리 임무를 거절할 수 없어요. 그렇지 않으면 고래가 우리를 삼켜버리고

* 예언자 요나는 니느웨(아시리아의 대도시)로 가서 그 도시가 죄악으로 가득 차 징벌을 받을 것임을 예언하라고 하느님에게 명령을 받는다. 그러나 요나는 하느님의 심판으로 니느웨가 멸망할 것이라고 느꼈고, 예언을 하면 니느웨는 회개하여 구원받을 것이라 여겨 예언하기를 원치 않았다. 하느님을 피할 생각으로 니느웨와 반대 방향으로 가는 배를 탔으나, 태풍을 만나 '큰 물고기'의 뱃속에 갇혀 있게 되었다. 하느님께 구원의 기도를 올려 살아난 요나는 니느웨로 가 그 도시에 대해 예언을 했고 니느웨 왕과 모든 사람들이 회개하였다.

말 거예요."

나는 사실 계속 일을 추진해나가야 한다고 생각했다. 야만인들이 전쟁을 원한다면, 그들의 도전에 응수해야 한다고 생각했다. 나는 두렵지 않았다. 나와 내가 사랑하는 모든 자들, 우리는 불멸의 존재라고 생각했다. 우리는 생명이었고 빛의 아들이었다. 그리고 그들은 어둠의 아들이었다. 이 전쟁이 끝나면 메시아가 올 것이라고 씌어 있지 않았던가?

다음날, 우리는 피에르 미셸의 집으로 다시 갔다. 이번에도 아무도 없었다. 나는 쉬몬이 작은 권총과 함께 보내준 열쇠를 호주머니에서 꺼냈다. 어떤 자물쇠든 열 수 있는 만능 열쇠였다. 권총은 처음 건네받은 이후로 이제까지 항상 내 몸에 지니고 다녔다. 그 '출발의 선물'은 이제 내게 어떤 징조처럼 여겨졌다. 나는 가만히 문을 열었다. 아파트는 매우 협소하고 어두웠다. 덧문은 닫혀 있었다. 우리는 조용히 좁은 복도를 따라 가운뎃방 안으로 들어갔다.

한 여자가 서랍 앞에 쭈그리고 앉아 서랍 속에 쑤셔넣어진 서류들을 꺼내 읽고 있는 모습이 눈에 들어왔다. 우리의 존재를 느낀 듯, 그 여자가 문득 뒤를 돌아보더니 놀라 소리쳤다.

"누구세요?"

그녀가 영어로 묻자 아버지도 영어로 대답했다.

"진정하세요, 우리는 고고학 연구가들입니다. 피에르 미셸을 만나려고 왔습니다."

여자는 다시 침착해졌다. 매우 겁이 났던 것 같았다.

"피에르 미셸은 떠났어요. 당신들이 원하는 것이 두루마리라면, 그가 갖고 있던 것은 여기 없어요. 저도 그걸 찾고 있거든요."

"왜 그걸 찾으시죠? 당신은 누구십니까?" 내가 물었다.

"나는 『성서 고고학 리뷰』의 기자예요. 바르텔르미 도너스를 위해 일하죠. 우린 육필 두루마리를 모두 출판할 생각이에요. 부정하게 빼앗긴 것까지 포함해서요."

나는 경계하며 대답했다.

"네, 당신네 잡지가 그 육필 두루마리를 가지고 돈벌이를 한다는 것은 모든 사람이 다 알고 있지요."

그녀는 흥분하지 않고 차분히 대답했다.

"이 육필 두루마리들은 신앙뿐만 아니라, 역사가들을 위해서도 중요한 기록이에요. 그걸 출판하려고 찾아 다니는 건 스캔들이 아녜요. 숨긴 게 스캔들이지요."

"당신은 어떻게 들어왔소?" 아버지가 물었다.

"당신들처럼 문으로 들어왔지요. 상상하건대, 당신들도 똑같은 식으로 들어왔겠죠. 난 피에르 미셸이 여기 없을 거라 짐작했어요. 수도자라는 천직을 포기한 이후로, 그는 죽음의 위협을 받아왔어요. 육필 두루마리를 반환하라는 거였죠. 난 그가 도망친 게 틀림없다고 생각해요. 그의 자취를 찾느라 힘들었어요. 겨우 그와 만나는 데 성공했죠. 그후엔 그에게 인터뷰를 받아들이도록 하는 것이 무척 힘들었어요. 그게 그를 구하는 최선의 방법이라고 설명했죠."

"그게 무슨 말입니까?"

"내 말은…… 그의 생명을 구하는 최선의 방법이라는 의미에요."

"살인 사건들에 대해 알고 있나요?" 내가 물었다.

"모르는 사람이 누가 있겠어요? 신문의 일면 기사인걸요."

"대체 누가 그의 생명을 빼앗으려 하는 거죠?"

"미셸은 모른다고 했어요. 그는 존슨일 거라고 가정하고 있었어요. 존슨은 처음부터 육필 두루마리를 그의 오랜 동료였던 미셸 신부에게 맡겼었대요. 미셸이 의심과 환속의 길에 서 있다는 것은 몰랐었다는군요. 미셸이 1987년 강연회에서 그 내용을 폭로하기 시작하자, 존슨은 대단히 분노하기 시작했어요. 그리고 나서 피에르 미셸이 사라졌고, 두루마리도 사라진 거예요. 이젠 그의 흔적을 찾을 방법도 없는 상태죠."

그녀는 유감스런 시선을 방으로 던지며 말했다.

여자는 젊었다. 긴 금발 머리에 얼굴은 매우 창백했다. 태양빛에 생긴 주근깨 자국이 얼굴에 깨알같이 흩어져 있었다. 그녀의 이름은 제인 로저스, 목사의 딸이라고 자신을 소개했다. 『성서 고고학 리뷰』에서 일하고 있는데, 그건 진실에 대한 사랑에 이끌려서라고 말했다. 그녀에게 진리에 대한 사랑은 신에 대한 사랑과 마찬가지라는 것이었다.

"아시겠지만, 내가 사라진 육필 두루마리를 출판하고 싶어하는 것은 기독교에 대한 염려에서예요."

그녀는 의연한 태도로 내게 말을 걸었다. 그것은 내가 이후에도 그녀에게서 종종 볼 수 있었던 태도였다.

내가 그녀의 감정을 상하게 했던 것이다. 곧이어 난 스스로의 행동을 후회했다. *말하기를 황급히 서둘지 말라. 신 앞에서 어떤*

*말을 발설하는 데 성급한 마음으로 절대 서두르지 말라. 신은 하늘에 계시고, 그대는 지상에 있기 때문이다.*

"죄송합니다. 부당하게 당신을 공격했군요." 내가 말했다.

그녀의 얼굴이 금세 어린아이 같은 미소로 환해졌다.

"괜찮아요. 이젠 습관이 됐어요……"

그런데 갑자기, 그녀의 두 눈에 두려움이 가득 몰려들었다. 그녀는 말문을 닫았다. 나는 뒤를 돌아보았다. 두 개의 불길한 그림자가 눈에 들어왔다. 우리를 보호하려는 듯 아버지가 그들 쪽으로 나아갔다. 그들은 즉시 아버지를 잡고 몽둥이로 머리를 사정없이 내리쳤다. 아버지가 풀썩 쓰러졌다. 한순간, 나는 어떤 동작도 할 수 없을 정도로 멍해졌다. 이윽고 짓눌리고 상처입은 아버지의 피에 젖은 목소리가 바닥에서부터 나를 향해 올라왔다. 그 소리에 나는 분노로 치를 떨었다. 억누를 수 없는 살인 충동을 느끼며 나는 공격자들을 향해 몸을 날렸다. 그리고 둘 중 한 사람의 배를 있는 힘을 다해 후려갈겼다. 그러나 무장한 나머지 한 사람이 권총 손잡이로 내 머리를 힘껏 후려쳤다. 나는 몇 분 동안 정신을 잃고 쓰러져 있었다. 그 사이 그들은 기절한 아버지를 끌고 질풍처럼 달아나버렸다.

나는 그들을 뒤쫓아 뛰어가려고 했다. 그러나 끔찍한 두통에 내 발걸음은 비틀거렸다. 아주 멀리서인 듯, 제인 로저스의 목소리가 들려왔다.

"안 돼요! 쫓아가지 마세요. 안 그러면 저들은 미예, 아몬드, 또 다른 사람들에게 그랬던 것과 똑같이 부친을 죽일 거예요."

나는 정신을 잃고 쓰러졌다.

다시 정신을 차리고 혼수 상태에서 눈을 뜨니, 나를 굽어보고 있는 금빛 천사가 눈에 들어왔다. 그 천사는 상처입은 내 이마에 부드럽고 시원한 천을 갖다 대주었다. 나는 다시 잠시 눈을 감았다가 떴다. 아니었다. 그것은 천사의 모습이 아니었다. 제인 로저스의 주의깊고 불안스런 얼굴이었다. 피투성이 상처 위에 대놓은 습포를 통해 그녀의 두 손의 부드러운 압력이 느껴졌다.

"좀 괜찮으세요? 앰뷸런스를 부를까요?" 그녀가 물었다.

"괜찮을 겁니다. 그런데 왜 놈들이 우리 아버지를 납치했을까요? 그들은 어디서 아버지를 알게 되었을까요?"

방금 일어난 사건의 악몽을 떠올리며 내가 말했다.

"당신이나 내가 피에르 미셸일 수 없다는 것은 너무나도 명백한 일이니, 저들이 당신 아버지를 피에르 미셸로 착각한 게 아니라면, 당신들이 육필 두루마리를 찾고 있다는 것을 안 게 틀림없어요…… 당신은 하시드인가요? 아니면 변장한 거예요?"

나를 치료하느라 그녀가 벗겨놓았던 검은 비로드 키파(유태교 신자의 빵모자—옮긴이)를 머리에 다시 얹으려고 절망적인 노력을 하는 나를 호기심 어린 눈초리로 쳐다보며 그녀가 물었다.

"나는 메아 셰아림에 삽니다."

"아! 알겠어요…… 어쩌면 그들은 단순히 보물을 찾고 있는지도 모르겠군요."

"무슨 보물 말씀이죠?"

"베두인 족들이 구전으로 알고 있는 보물이라고 생각해요. 원전들 중 하나에 보석들과 황금의 존재를 알리는 글이 있대요."

"네, 〈청동 두루마리〉지요. 여호와의 성전의 보물입니다. 그런데 어떻게 그런 걸 다 아십니까?"

"나는 『성서 고고학 리뷰』지에서 그 서류를 갖고 일했어요. 최근 고고학 정보도 볼 수 있었어요. 얘기는 나중에 하기로 해요. 자, 여기 더이상 머물러 있지 말아요. 또 무슨 일이 일어날지 모르잖아요."

차가운 공기를 쐬니 한결 살 것 같았다. 우리는 길을 조금 걸었다. 그러다가 서로의 전화번호를 교환하고 각자 호텔로 돌아갔다.

그날 저녁, 침대에 누웠으나 잠이 오지 않았다. 여전히 머리가 찌르는 듯 끔찍하게 아팠다. 아버지를 생각했다. 아버지를 다시 찾아낼 방법이 떠오르지 않았다. 저들이 자기들의 착각임을 알아챈다면, 또는 아버지에게서 더이상 알아낼 게 없다고 생각한다면, 저들은 아버지를 죽일지도 모른다. 나는 십자가형에 처해진 미예 신부의 시체를 기억했다. 그리고 공포에 몸을 떨었다. 그 광경은 내게 고문과 같았다. 발작적으로 온몸을 떨며 혼란스런 밤을 보냈다. 누가 미예를 죽였을까? 강박증 환자처럼 기독교에 사로잡힌 사람들? 아니면 반대로 기독교를 두려워하는 사람들? 유태인들일까? 회교도들일까? 아니면 기독교인들일까? 어쨌든 살생을 좋아하는 미친 자들임에 틀림없다. 그렇지만 예수의 고통을 의식(儀式)처럼 수행하면서 그들이 의미하고자 했던 바는 무엇이었을까?

나는 어떤 가설도 배제하지 않았다. 어쩌면 그들은 신이 보낸 사자들이 아닐까? 한 정의로운 자를 천상의 옥좌 가까이 다시 데리고 가기 위해 온 것이 아닐까? 아니, 어쩌면 그들은 사탄이 보낸 밀사들이라고 하는 것이 더 타당할 것이다. 아마 그를 심문하고, 유혹하기 위해 온 것일지도 모른다. 그렇다면 악마는 간악한 계획을 가지고 다시 돌아올 것이다.

그들은 에세네인들의 보물을 찾는 단순한 도둑들일 수도 있다. 그들은 아버지가 문제의 열쇠를 갖고 있다고 생각한 것이다. 아니면 육필 두루마리의 발견을 두려워하는 광신적인 기독교인들인지도 모른다. 그들이 틀림없이 아몬드와 미예 신부를 죽인 자들일 것이다.

이렇게 생각을 이어가다가, 나는 한 가지 놀라운 사실을 발견했다. 이러한 가정들에는 공통점이 있었던 것이다. 이런 식으로든 저런 식으로든 모든 가정은 항상 육필 두루마리와 관련이 있었다. 그러므로 아버지를 구하는 유일한 방법은, 아직 때가 늦지 않았다면, 육필 두루마리로 주의를 끌어 납치범들을 유인하는 것이었다.

새벽 다섯시, 심사숙고한 후 나는 전화 수화기를 들고 제인 로저스가 준 번호를 눌렀다.

"아리 코헨입니다. 죄송합니다, 주무시고 있는 걸 깨웠군요."

"아니에요. 전혀 그렇지 않아요. 나도 안 자고 있었어요. 상처는 좀 어떠세요?"

"조금 나아요. 제 말 좀 들어보세요. 난 꼭 아버지를 찾아야 합니다. 지금 어디에 계신지, 누가 납치를 한 건지, 왜 납치를 했는지도 나는 모릅니다. 단지 내가 알고 있는 것은, 그들이 육필 두루마리 때문에 아버지를 납치했다는 사실입니다."

"부친께서 그것에 대해 뭔가 알고 계셨나요?"

"아뇨, 나와 마찬가지로 모르십니다."

"부친과 당신은 정확히 무엇을 찾고 있었나요?"

"피에르 미셸이 갖고 있던 두루마리지요."

"강연회에서 언급되었던 그 두루마리인가요?"

"네."

"그것 때문에 나도 여기 파견됐어요. 당신 부친께서 무언가 위험한 것을 발견하셨는데도 당신을 보호하느라고 당신에게 아무 말씀 안 하셨을 수도 있어요. 그게 아니라는 게 확실한가요?"

"네. 난 그렇게 생각지 않습니다."

"부친께서 아무것도 모르신다면, 그들은 아마 부친을 죽이지는 않을 거예요. 부친을 다시 찾는 일은 아직 늦지 않았어요."

"네. 그렇지만 그 납치범들이 어디론가 사라져버리지나 않을까 두렵습니다. 무언가를 해서 그들이 우리에게 오도록 유인해야 합니다. 그들이 찾고 있는 것에 대해 우리가 알고 있는 척하거나, 아니면 갖고 있는 척해야 해요."

"무언가 정확히 생각하시는 게 있나요?"

"당신 잡지에서 이 육필 두루마리에 대한 심포지엄을 조직할 수 있다고 생각하지 않으세요? 반향을 일으킬 만하고, 신문에서 떠들어댈 무언가를 말입니다."

"벌써 잡아놓고 있는걸요. 삼 주 후에 『성서 고고학 리뷰』지가 주최하는 육필 두루마리에 대한 대 심포지엄이 열릴 거예요. 모든 연구가들이 다 초대되었어요. 당신 생각은 뭔데요?"

"우리가 마지막 육필 두루마리의 흔적을 찾았다고 그들에게 믿게 하는 겁니다."

"사실 유명한 쿰란 연구가들을 오게 하려면 적어도 그 정도는 있어야죠. 지난번 심포지엄엔 연구가들이 극소수밖에 참여하지 않았었거든요."

"너무 늦은 것이 아니기만 하다면요……."

"지금은 거기에 대해 더이상 생각하지 마세요. 잠을 청해보세요. 내일 전투 계획을 짜봅시다."

"필요하다면, 난 그들을 힘으로 찾으러 갈 겁니다."

그녀는 말문이 막힌 듯했다.

"내 말은, 생각의 힘으로라는 뜻입니다."

그 다음날, 나는 파리에서 열광적으로 동분서주했다. 다시 피에르 미셸의 아파트에 갔다. 나는 쉬몬에게 전화를 했다. 그 동안 일어난 일을 알리기 위해서가 아니었다. 그러면 아버지의 생명이 위험에 빠질 수도 있었다. 그에게 전화를 한 것은 그가 알고 있나 떠보기 위해서였다. 그는 아무것도 모르는 것 같았다.

정확한 목적도 없이 나는 이스라엘 대사관으로 갔다. 어쩌면 단순히 시공감각을 잃었기 때문이었을지도 모른다. 나는 그들에게 모든 것을 다 말하고 싶었다. 그러다가 마지막 순간에 생각을 바꿨다.

그 다음날, 뉴욕으로부터 내가 묵고 있는 호텔로 조그만 소포가 배달되었다. 쿵쿵 뛰는 가슴으로, 떨리는 손으로 소포를 열었다. 벌레먹은 나무 십자가가 들어 있었다. 십자가에는 히브리어로 'INRI' 라는 네 글자만 새겨져 있었다. 그 글자를 보자 온몸에 소름이 끼쳤다. 나자렛의 예수, 유태인의 왕이라는 뜻으로, 그리스도의 십자가 위에 새겨졌던 글자였다. 이 물건은 납치범들에게서 온 것이었다. 의심할 여지가 없었다. 그들은 이렇게 해서 내게, 우리가 찾고 있는 목표가 무엇인지 알고 있으며 아버지가 십자가형의 위협을 받고 있다는 것을 알리려는 것이었다.

나는 절망에 빠졌다. 그들은 정확히 무얼 바라고 있는 것일까? 쿰란의 두루마리를 찾고 있는 자들을 모두 십자가형에 처하는 광신도들일까? 도대체 그 두루마리들 속에는 무엇이 있길래 이런 끔찍한 살인들이 일어난단 말인가?

이러한 의문들에 대해 해답을 가져다 줄 수 있을 유일한 희망, 그것은 심포지엄이었다. 나는 제인 로저스와 함께 뉴욕으로 가기로 결심했다.

## II

다음날 우리는 파리를 떠났다. 아버지는 이제 파리에 없는 것이 분명했다. 그러므로 내가 파리에 머무는 것은 더이상 아무 의미가 없다고 제인이 나를 설득했던 것이다. 이스라엘에서라면 나는 어찌해야 할지 몰랐을 것이다. 아버지의 생명을 위험에 빠뜨리는 것을 피하기 위해 나는 어머니에게도 당국에도 이 위급한 상황을 알릴 수 없었다. 나무 십자가가 들어 있던 소포의 발신지로 보아, 아버지는 강제로 약을 먹은 채 미국으로 끌려갔을 수도 있는 것이다. 미국에서 나는 심포지엄 준비를 도우면서 어쨌든 유익한 존재가 될 수 있을 것이었다.

뉴욕에서 나는 『성서 고고학 리뷰』 잡지사 건물과 가까운 작은 호텔에 묵었다.

삼 주 가까이, 나는 그 호텔에서 불안과 공포 속에 지냈다. 아버지가 살아 있는지 아니면 죽었는지도 모르는 채, 나 자신 역시 생사의 기로에 있었다. 몇 번이나 나는 어머니에게 전화를 했다. 그리고 거짓으로 좋은 소식들만 전했다. 아버지는 너무 바빠 어머니와 직접 통화를 할 수가 없다고 설명했다. 그리고 나서 수화기를 내려놓고 나는 통곡했다. *울부짖기에도 나는 지쳤다. 내 목청은 메말랐고, 나의 신을 기다리는 동안 내 두 눈은 타버렸다.*

바로 이 시기에 나는 나 자신이 불사신이 아니라는 사실을 깨달았다. 처음으로, 내 주변 세상이 휘청거렸던 것이다. 우리의 스승들 중 한 사람이 말하듯이, "세상은 하나의 좁은 다리이다. 중요한 것은 겁을 먹지 않는 것이다." 이 다리의 협소함이 내게 이렇게 위험하게 보인 적은 한 번도 없었다. 그러기에 나는 언제나 확고한 발걸음을 내디디며 걸었었다. 나를 인도한 것은 탈무드와 카발라였다. 나는 그것들의 가치와 내 민족의 가치에 대해 확신을 가지고 있었다. 선택된 민족 속에서 예시바의 젊은 학생인 나는 선택된 자, 선택된 자들 중에서도 선택된 자였다. 거기에서 갑자기 나는 허공을 보았다. 떨어지기 직전에 나는 한 가닥 실을 붙잡았다. 처음으로 의혹이 내 안으로 파고들었고 나를 비틀거리게 했다. *나는 깊은 수렁에 빠졌다. 발이 땅에 닿지 않았다. 물 속 가장 깊은 바닥으로 빠졌다. 내 키를 넘는 물이 나를 이끌고 갔다.*

처음으로 생긴 틈새였다. 치유 불가능했다. 내가 나의 허약성을 의식하게 된 그날부터 그 틈새는 한 번도 나를 떠나지 않았다. 나는 결정적으로 무심한 사람들의 범주에서 형이상학자들의 범주로, 지각없는 사람들의 범주에서 현자들의 범주로 넘어가게 된 것이다. 현자들은 끊임없이 사물의 의미와 삶의 의미에 대해 자문하고, 무슨 일에나 툭하면 본질적인 것에 대해 의문을 던지며, 변함없이 만족하지 못하는 사람들이다. 왜냐하면 그들은 마치 이 세상이 초상집인 듯 죽음에 사로잡혀 있기 때문이다.

때로 그들은 삶에 덜미를 잡힌다. 그들은 죽음처럼 탐욕스러운, 채워지지 않는 식욕으로 삶을 삼키려 든다. 끔찍한 불안에서 벗어나기 위해 안간힘을 쓰고, 그들의 숭고한 두려움과 불안한 정신이 스스로를 안심시키기 위해 만들어낸 사물들로 세상을 채우고자 애쓰기 때문이다. 그러나 결코 그들은 평화롭지 못하다. 늘 또 다른 지평을 찾는다. 왜냐하면 그들의 영혼에는 신에 대한 목마름, 삶에 대한 목마름이 있기 때문이다. 그들의 영혼은, 자신이 태어난 고장을 꿈꾸고 고향에서 알았던 누이를 꿈꾸는 자들의 영혼처럼 어렴풋한 추억과 향수에 젖지 않는다. 그들의 영혼은 반항적인 텅 빈 조개껍질처럼, 자신이 갖고 있지 못한 것, 결코 알지 못했던 것을 탐하는 것이다. 그러나 지각없는 자들은 그들과 비슷비슷한 자들이 사는 친근한 곳에서 산다. 마치 그들이 지금 여기 있는 것이 너무나 당연하다는 듯이. 태양이 지고 또 뜨고, 이슬이 대지를 하얗게 수놓고, 빛의 요람인 새벽이 나른하게 기지개를 펴며 매일 아침 성급한 하품을 하고 다시 떠나는 곳, 그렇게 세상이 끝날 때까지, 있으리라고 믿어지지 않는 시간의 종말에까지 계속될 이 '지구'라 불리는 행성에 살고 있는 것이 너무나 정상이라는 듯이 그들은 살아간다. 마치 이 세계엔 시작도 끝도 없고, 무한한 우주 속의 작은 완두콩 같은 지구가 판에 박힌 듯 끊임없이 빙빙 돌며 움직이는 것이 너무나 당연하다는 듯이, 지구가 하나인 게 당연하다는 듯이, 혹은 우리가 그 사실을 알지 못하는 것이 너무나 당연하다는 듯이 그들은 살아간다. 그러나 이 무한한 질주, 내세 저 너머에 있는 내세, 능숙하고도 섬세한 이 항구적인 움직임은 시간의 먼지와 같은, 소우주의 미생물 같은 유한한 존재인 인간을 빈정대며 바라본다. 그러나 모든 것이 귀에 들리고 눈에 보여도, 아무것에도 놀라지 않는 무심한 자들에게 이해될 수 있는 것이라곤 이제 아무것도 없다. 피범벅으로 체액에 싸여 이 생에 태어나는 아이도, 자라나서 말하기 시작하는 아이도, 늙어 피와 체액에 싸여 죽는 인간도, 이 세상의 그 무엇도 그들을 놀라게 할 수는 없을 것이다. 그들은 지구를, 돌아다니는 구(球)로, 예술가가 만든 물체라기보다 장인이 만든 물체로, 다른 것과 똑같은 인공물로 본다. 그들은 현기증을 알지 못한다. 그들은 절벽 양쪽에 걸쳐져 있는 다리 위에서 고개를 수그려 오래도록 절벽을 관찰하지 않는다. 당당한 그들은 현기증을 모르고 확신에 찬 걸음으로 곧장 앞을 향해 자기 길을 계속 걸어간다. 인간 안에 있는 먼지와 각각의 행동의 헛됨을 식별해낼 능력이 없는 그들은 죽음의 불순함에도 닿지 않는다. 현실을 그 구체성 속에서 파악하는 데 능숙한 그들, 똑똑한 그들은 진정 행복한 자들이다. *그러나 그들은 두 손을 깍지 낀 채 그들 자신을 소진시킨다.*

그렇기 때문에 내가 어린 시절에서 벗어난 것은, 군대가 아니라 바로 이 시기부터이다. 어린 시절은 일종의 미(未)의식 상태이다. 사건들은 과거도 미래도 없이, 한 사건 다음에 또 다음 사건들이 일어난다. 여전히 군대는 전기 자극처럼, 거의 기계적으로 반응하는 것을 가능하게 해주는 외부적인 사실들의 경직된 틀이었다. 그것은 법률로 정해진 안전을 보장하는 상태였다. 우리가 아무것도 결정하지 않을 때, 그저 좋아 하는 것으로 만족할 때, 모든 것은 너무나도 간단하다.

그런데 난생 처음으로, 나는 삶의 무질서에 직면했던 것이다. 나는 덜컥 겁이 났다. 더이상 법도 없고, 규칙도 없었다. 모든 것이 허락되어 있었다. 납치하고, 훔치고, 절단하고, 십자가에 못박고. 이런 상태에서는 죽음을 생각하기만 해도 무한한 가능성의 지평이 기이하게 축소되었다. 그들은 누구일까? 그들은 어디 있는 것일까? 그들의 동기는 무엇일까? *나의 신이시여! 낮이면 나는 부르짖지만, 당신은 아무 대답이 없으십니다. 또한 내게는 밤에도 휴식이 없습니다.*

아버지는 위험을 예감했었다. 그리고 자신의 직감을 내게 알렸던 것이다. 심지어 그는 모든 것을 그만두고 이스라엘로 떠나버리고 싶어했다. 계속하자고 아버지를 설득했던 것을 나는 가슴 아프게 후회했다. 나는 최악의 경우를 두려워하고 있었다. 때로는 죽음보다 고통이 더 두려웠다. 나는 성경을 공부할 힘이 없었다. 내 건강 상태가 그것을 허락하지 않았다. 내겐 친구가 없었다. 예후다가 보고 싶었다. 내가 어떤 문제를 제시하건 그는 모든 문제, 심지어 가장 풀기 어려운 문제에 대해서도 늘 해결책을 알려주곤 했었다. 어쩌면 이런 경우에도 그는 면밀한 필풀을 통해 아버지가 어디에 있는지 알려줄 수 있을지도 모른다. 예후다라면 여건들을 분류해서 요약하는 일부터 시작했을 것이다.

"첫째, 너의 아버지와 너는 쿰란 동굴에 있던, X라는 자가 훔쳐 간 육필 두루마리를 찾고 있다. 둘째, 네 아버지와 너는 이 문제로 세 사람을 만났다. 그런데 세 사람 모두 참혹하게 죽었다. 셋째, 너의 아버지는 미지의 인간들에 의해 납치되어 실종되었다. 그러므로 너의 아버지는…… 앙카라에 있는 성 캐더린 수도원에 있는 것이 명백하다." 예후다는 이렇게 말했을 것이다. 그러면 나는 놀라서 되물었을 것이다.

"왜 그렇지?"

"그건 간단해."

그는 자기 추론의 효과에 의기양양해하며 대답했을 것이다.

그리고 나서 그는 성경과 납치범들, 랍비들, 이 사건과 아무 관계도 없는 다른 사람들을 동시에 거론하며 탈무드적인 추론을 전개했을 것이다. 예후다는 그렇게 고심하며 정교한 추측을 펴나갔을 것이다. 그러나 사실 이건 필풀로 풀 수 있는 문제가 아니라는 것을, 순수 추론으로도 아버지를 찾을 수 없으리라는 것을 나는 알고 있었다.

심사숙고할 필요가 있을 때마다, 예후다와 함께 흰 네게브 사막에서 산책하던 생각이 났다. 우리는 절대 고독 속으로 며칠 예정의 여행을 떠나곤 했다. 우리는 기복이 두드러지게 심해 재생지로 만든 배경처럼 보이는 깎아지른 듯한 장소들을 알고 있었다. 영화의 한 장면 같은 곳에서 우리는 몇 시간이고 머물렀다가 다시 발걸음을 떼곤 했었다.

조국의 대지가 그리운 지금, 이렇게 조국에서 멀리 떨어져 있는 지금, 나는 나 자신이 나약하고 외롭게 느껴졌다. 대지, 그것은 아버지와 같다. 이제 더이상 매달릴 것이 없고 모든 것이 흔들린다고 느껴질 때, 우리가 가서 쉬는 곳, 익숙한 땅이다. 이 유배는 얼마나 길고도 가혹한가! *어디서 신을 찾을 수 있을지 알 수 있기를 나는 얼마나 소망할 것인가! 신의 옥좌까지 나는 가리라. 신 앞에서 나의 입장을 순서대로 상세히 이야기하리라. 내 입에는 증거가 가득하리라. 신이 내게 무어라 대답할지 나는 알게 되리라. 신이 내게 이야기하는 것을 들으리라. 거대한 힘을 가진 신이 나와 언쟁을 하겠는가? 아니다. 신은 단지 내게 불리한 당신의 이유들을 제안할 것이다. 올바른 인간은 신과 함께 추론할 것이며, 나는 영원히 나의 심판관인 그분에게 죄를 용서받을 것이다. 내가 앞으로 나아가면, 신은 이미 거기 없다. 내가 뒤로 가면, 그곳엔 신의 모습이 전혀 보이지 않는다. 내가 왼쪽으로 가도, 신은 보이지 않고, 오른쪽으로 숨는다. 오른쪽으로 가도 그분의 모습은 발견할 수가 없다. 내가 따라갔던 길을 신이 알고, 나에 대한 시험을 끝마치는 때가 되면, 나는 뜨거운 불길을 지난 황금처럼 단단해져 있을 것이다.*

감히 고백해볼까? 내가 그럴 수 있을까? 나는 예수에 대해서 많이 생각했다. 이런 생각은 금지된 것이어서 그 누구에게도 말할 수 없었다. 심지어 예후다에게도. 사람들이 흔히 그러하듯, 고통 속에서, 불행 속에서, 그리고 불의에 처하여, 나는 예수를 상상했다. 그 상상 속에서 나는 위안을 얻곤 했다. 어느 날 맨해튼에서, 고층 빌딩들 사이에 있는 어느 바로크 식 교회 앞을 지나가다가 그곳에 들어간 적이 있었다. 문득 그러고 싶은 욕망이 일었다. 물론 교회에 들어가는 일은 우리에게 엄격히 금지되어 있었고, 교회 안에서 내가 한 행동은 더욱더 그러했다.

예수상(像)이 서 있는 지하 납골당 앞 긴 의자에 가서 앉았다. 내가 예수상을 이교도의 숭배물로, 존재한다고 믿기 어려운 신의 금지된 표상으로 바라보지 않은 것은 그때가 처음이었다. 나는 예수상을 진정으로 바라보았다. 십자가형에 처해진 남자, 그 정의로운 남자에 대해 강렬하게 생각하기 시작했다. 예수를 신으로서 생각한 것이 아니었다. 성경에 나오는 한 인간으로서 생각했다. 그러자 그 생각이 내게 위안이 되었다. 적어도 예수, 그는 육신과 정신을 가진 인간으로서 존재했다. 아무리 그의 존재를 믿지 않는다 하더라도, 미래의 세계, 삶의 의미, 창조, 사자(死者)들의 행복과 부활, 모든 것이 기적적으로 진행되었다.

그렇다. 아버지는 돌아올 것이다. 이 세상에서가 아니면 다음 세상에서라도 돌아올 것이다. 아버지의 고통이 크면 클수록, 또한 그것이 이유없는 고통일수록, 아버지는 예수의 평화 속에 더욱더 휴식할 것이다. 그렇다면, 무엇 때문에 행동할 것인가? 아버지는 신에 의해 구원받을 것이므로 찾아 헤맬 필요가 전혀 없는 것이다. 만약 예수가 존재하지 않는다면, 신이 존재하지 않는다면? 혹은 이 세상에서 물러나 부재하는, 유태인들의 숨어 있는 추상적인 신, 가장 잔혹한 야만스런 사건들에도, 심지어 생명이 끝난 후에도 개입하지 않는 신만이 존재한다면? 그렇다면 모든 것은 허락되어 있는 것이다. 미덕은 결코 보상받지 못할 것이며, 범죄는 영원히 벌받지 않은 채로 남아 있을 것이다. 인간의 손에서부터 온갖 일이 일어날 수 있을 것이며, 모든 것이 부조리할 것이다. 그렇다면, 행동이 무슨 소용이랴?

그러나 무언가를 해야 했다. 설사 이론적이거나 신학적인 정당한 이유가 없다 하더라도. 어쩌면 절박한 사건으로서 그래야 할지 모른다. 어쩌면 아무것도 하지 않는 것이 더욱 부조리하기 때문에.

나는 내 정신이 병들어감을 느꼈다. 내 정신에 소일거리를 주기 위해, 나는 제인이 심포지엄을 준비하는 것을 도왔다. 그녀는 계획을 짜고 준비하는 일에 몰두하는 것 같았다. 그녀는 세계 방방곡곡에 전화를 하고, 기자들과 함께 점심식사를 하고, 직접 기사를 썼다. 그녀는 가능한 한 많은 인사들이 오길 바랐다. 그녀는 '예수는 존재했었는가? 쿰란에서 드러난 믿을 수 없는 사실들'이라는 제목을 잡지사가 받아들이게 하는 데 성공했다.

『성서 고고학 리뷰』지는 제인의 주도로, 사상 최초로 모든 육필 두루마리들이 한자리에 모이게 될 것이며, 마침내 쿰란에 관한 모든 진실이 밝혀질 것이라는 소문을 퍼뜨렸고, 매스컴은 곧 『성서 고고학 리뷰』지에 의해 자극된 스캔들을 열성적으로 중계했다. 물론 아무도 사실을 눈치채지 못했다. 그러나 목표는 관련 있는 모든 분야 사람들을 이끌어들이는 것이었다.

『타임즈』에 기사가 실린 지 얼마 안 되어, 제인은 잡지사에서 전화 한 통을 받았다. 피에르 미셸이었다. 그는 뉴욕에 있었다. 그는 자신을 뒤쫓는 사람들에게서 도망치기 위해 파리를 급히 떠날 수밖에 없었다고 설명했다. 마침내 그는 자기가 소지하고 있는 두루마리를 공표하려 하고 있었다. 그것이 자기 생명을 구하는 유일한 방법이기 때문이었다. 그도 심포지엄에 참가하겠다는 말이었다.

"이 일이 우리 아버지가 어디 계신지 알아내는 데 도움이 되기를 기대해봅시다." 나는 제인에게 말했다.

"가능한 일이에요. 마침내 마지막 육필 두루마리를 우리 손에 넣게 된다면 말이에요. 당신이 탁월한 생각을 해낸 거예요. 잡지사엔 초청 요청이 쇄도하고 있어요. 허리가 굽을 지경이에요. 이번 주엔 거의 『허영의 시장』만큼이나 팔렸어요. 상상해보세요. 고고학 잡지로서는 한 번도 도달한 적이 없는 기록적인 판매 숫자예요."

"아버지를 영원히 보지 못하게 된다면, 그 육필 두루마리는 내게 아무런 흥미가 없어요. 그건 한 인간의 생명만한 가치는 없는 겁니다."

"아리, 희망을 잃지 마세요. 우린 당신 아버지를 다시 찾을 거예요. 난 확신해요."

"그렇다면 그건 당신 덕분일 겁니다…… 그런데 당신은 왜 나를 위해 이 모든 노력을 하는 거죠?"

"우선은, 나 자신을 위해서지요. 난 많은 것을 배웠어요. 그게 내게 도움이 될 거라고 확신해요. 난 변했어요. 아리, 당신이 생각하는 것보다 훨씬 많이요."

잠시 짧은 침묵이 흘렀다. 그녀는 눈을 내리깔고 망설이더니 이런 말을 덧붙였다.

"그리고, 당신 질문에 대한 마지막 대답인데요…… 어쩌면 내가 당신에게 애착을 느끼기 때문이기도 할 거예요. 마땅히 가져야 할 정도보다 훨씬 많이요."

이 말을 하면서 그녀의 두 뺨은 발갛게 달아올랐다. 내 심장이 가슴속에서 격렬히 뛰고 있었다.

나는 군대에서 여자들을 알았었다. 젊은 여자들은 나를 바라보지 않았고, 나 또한 여자들에게 관심이 없었다. 그렇지만 내 동료들은 내가 여자들에게 매력을 발휘한다며 온갖 농담을 해대곤 했다. 나와 함께 있으면 여자들을 유혹할 기회가 없다고 투덜거리는가 하면, 밤에 외출할 때 같이 가달라고 간청하기도 했다. 내가 여자들을 자석처럼 끌어당기면 그 틈을 타 여자들에게 접근할 수 있도록 해달라는 것이었다. 나는 남자들에게는 일종의 힘을 갖고 있었다. 내가 말하면, 그들은 내 말을 경청하고, 나와 함께 있고자 애썼다.

그러나 여자들하고 있을 땐 달랐다. 여자들은 나를 끔찍할 정도로 거북하게 했다. 나를 뚫어지게 쳐다보는 여자들의 태도에는 무언가 혼란스럽고 기이한 것이 있었다. 내가 지나가면 여자들이 고개를 돌리고, 자기들끼리 내 이름을 속삭인다는 것을 나는 어렴풋이 알고 있었다. 여자들을 매혹하고 사로잡는 것은 바로 나의 시선이라고 내 친구들은 생각했다. 사랑의 우물 속에 빠지듯 여자들이 내 눈 속에 익사한다고 그들은 웃으면서 말하곤 했다. 사실, 내 눈동자는 우리 어머니처럼 푸른 눈동자이기는 했다. 내 눈은 또한 아버지의 눈을 닮아, 태워도 태워도 결코 소진되지 않는 두 개의 타오르는 덤불이었다.

다른 사람들은 나의 무관심과 집요한 거부가 여자들을 이끌어들이는 것이라고 생각했다. 다른 것에 몰두해, 내가 초연했던 것도 사실이다. 그러나 제인과 있을 때는 달랐다. 전사로서의 동지애가 있었다. 우리는 똑같은 전선에 있었고, 동시에 현실의 공모자였으며, 우리 사이에는 영혼의 우정이 있었다. 하지만 내가 그녀를 여자로, 내 여자로 생각한 적은 한 번도 없었다. 처음에는 그녀가 말할 때, 나는 예시바에 들어간 이후로 다른 여자들과 말할 때 그랬던 것처럼, 눈을 쳐다보지 않으려고 조심했다. 그런데 조금씩 조금씩, 그녀는 나와 함께 광맥을 캐나가는 '광부', 다시 말해서 문제를 풀려고 함께 골몰하고, 계획을 세워 가능한 최선의 아이디어를 찾아내고, 시나리오를 짜내는 공부 친구가 되었던 것이다. 그녀와 마주하고 있으면, 나의 창조성은 마술처럼 열 배로 증가하였다. 가장 까다로운 사건들도 해결책이 천 가지나 떠오르곤 했다. 그녀는 경청할 줄도 알고, 응답도 잘 할 줄 아는 뛰어난 대화 상대자였다. 그녀는 상상력이 풍부하면서 동시에 현실적이었다. 또한 가장 모험적인 길을 따라갈 만큼 충분히 환상적이었고, 불필요한 위험을 무릅쓰지 않을 만큼 빈틈이 전혀 없었다.

짙은 갈색의 강렬한 그녀의 시선과 마주칠 때면, 나는 여자를 쳐다보는 내 자신에 놀라, 부끄러움에 눈을 내리깔곤 했다.

여자를 쳐다보는 것, 그것은 내게 허락된 일이 아니었다. 사랑 그 자체가 나쁜 것이어서가 아니었다. 종교에 의해 금지된 것이어서도 아니었다. 그녀가 유태인이 아니었기 때문이었다. 그녀는 개신교도였고, 목사의 딸이었다.

물론, 내가 지금과 달랐더라면, 그것이 내게 허용된 일이었다면, 난 그녀를 사랑했을 것이라고 생각한다. 다시 말해 그녀가 유태인이었다면, 내가 코헨도 아니고 하시드도 아니었다면, 또한 내가 고이,* 개신교도이거나 천주교도였다면, 우리 둘 모두가 무신론자였다면, 아니면 내가 불가지론자이고 그녀가 개신교도였다면, 내가 독실하게 유태교를 믿는 신자가 아니었다면, 또 내가 우리 부모처럼 남아 있었다면, 그랬다면, 그렇다, 나는 그녀를 사랑했을 것이다.

그녀는 가족이 결혼 상대자로 정해주는 젊은 여인들과는 정말 달랐다. 그녀는 유태 여자들처럼 수줍어하지도 얌전하지도 않았다. 유태 여자들처럼 순종적이지도 겸손하지도 않았다. 그녀는 가정의 경건한 수호자요, 아이들의 어머니가 되어야 하는 운명을 떠안고 있지도 않았다. 전혀 아무것에도 예정되어 있지 않은 여자였다. 그녀는 독립적이고 활동적이었다. 그녀는 아무것도 두려워하지 않는 것 같았다. 특히 그녀는 용맹스런 기사처럼 진실을 뒤쫓고 있었고, 그 진실에 대해서는 더더욱 두려워하지 않는 것 같았다. 그녀는 너무나 단호해서, 내가 망설일 때는 나를 이끌어갔고, 낙담할 때는 행동하도록 부추겼다.

우리는 예수에 대해, 그의 종교에 대해, 그리고 나의 종교에 대해, 신학적인 긴 토론을 벌였다. 관점이 엇갈려 종종 서로를 이해하지 못하기도 했지만, 우리는 그래도 서로를 존중했다. 우리의 생각들을 비교하면 할수록 유태교와 기독교 사이에는 유사점이 전혀 없는 것 같았다. 거대한 구렁이 우리를 갈라놓고 있는 것 같

* 원래는 '서민'이라는 뜻이었으나 나중에는 '비유태인'이라는 의미로 바뀌었다. 유태인들 입장에서 본 이교도, 특히 기독교도를 말한다.(원주)

았다. 우리의 대화는 우리의 스승들과 책들로부터 우리가 배운 것, 다시 말해 이 문제에 관한 무지와 실수와 오해들에 대한 몇 세기의 지식으로부터 배운 결과였다. 적어도 이 문제에 대해서는 그 사건들이 우리에게 잘못된 점을 깨닫게 해준 것임에 틀림없었다. 그러나 우리는 서로를 안심시키기 위해, 어쩌면 서로에게 좀 더 가까이 접근하기 위해, 모순들을 깊이 파고들어, 난점들을 한껏 증폭시켜 드러나게 하는 것을 즐겨 했는지도 모른다. 때때로 몇 시간이고 논쟁을 벌인 후, 화를 내기에도 너무나 지치고 기진맥진한 상태로 헤어지곤 했다. 격렬하고 악착스러운 투쟁 같은 대화일 때조차도 대화란 항상 두 대화자를 하나로 결합시켜주는 것이었다.

내가 유태교에 대한 그녀의 관심과 지식에 놀란 어느 날, 그녀는 내게 말했다.

"쇼아 사건 때문이에요. 난 사람들이 왜 그토록 유태 민족을 박해하는지 이해할 수가 없었거든요. 무엇이 몇 세기 전부터 그런 테러 행위를 불러일으키는 것인지 알고 싶었어요. 그러다가 이해하게 되었죠. 그 증오는 전혀 이해할 수 없는 것이지만, 그 대신 유태교에 대한 지식은 유태인들에 대한 지식과 마찬가지로 기독교인들에게는 성스러운 의무라는 것을요."

때로 우리의 토론은 긴 침묵으로 중단되곤 했다. 거북함을 나타내는 침묵이 아니라, 끊임없이 깊어지는 일체감을 반영하는 침묵이었다. 나는 그 일체감의 정체를 곧 알 수 있었다. 그것은 신비에 대한 의식에서 오는 일체감이었다. 마치 사막에서, 사막의 침묵 속에 얼굴과 정신이 모든 군더더기 같은 덧없는 생각을 벗어버리고, 행위와 진정한 말의 총체적인 알몸, 태초의 알몸 상태에 도달하는 것과 같았다. 난생 처음으로 나는 말이 침묵보다 열등하다는 감정을 느꼈다. 침묵이라는 단어로 '직감'을 명명한다면 말이다. 나는 그것이 그녀의 종교인 기독교, 기독교의 그 특이한 신비주의 쪽으로 내디딘 한 걸음이었음을 인정한다. 그것은 분명 신비의 샘이었다. 우리가 던져야 할 질문은 무(無)가 아니라 왜 무언가가 존재하느냐 하는 그런 것이 아니다. 왜냐하면 사막에는 아무것도 없기 때문이다. 침묵하고 있는 우리의 얼굴 위에는 공허가 있다. 그 공허야말로 어쩌면 유일한 진짜 현존일지도 모른다. 그렇다면 언어와 사물들은 왜 있는 것일까? 우리의 모든 글들, 우리의 말들, 법들, 계명들은 왜 있는 것일까? 그것들의 기이한 합치, 그것들을 지칭하는 힘의 기초가 되는 것은 무엇일까? 단어들이 조물주, 세계의 창조자들이었을까? 아니면 그것들 자체가 창조되어 적응한 것일까?

그녀가 말했다.

"신에 의해 창조된 거죠. 언어와 정신, 단어와 사물들의 일치의 기초가 되는 것은 바로 신이에요. 그리고 비전, 존재하는 모든 것. 당신과 나도 마찬가지예요."

물론, 그분이 존재한다면,—난 그분이 존재한다는 것을 알고 있었다—그렇다면 그분은 우리들 사이에 있었다. 이상한 일이었다. 그녀의 신에게는 이름이 있었다. 그러나 나의 신은 추상적이었다. 그녀를 통해서 나는 그분과 무한히 가까이 있음을 느꼈다. 직감 없는 개념들이 비효과적인 것이라면, 그렇다면 분명히 나는 그녀를 필요로 했다. 그녀가 그렇게 부르듯, 나를 신에게, 진실의 신에게 가까이 가게 하는 그녀의 '신앙'을 필요로 하고 있었다.

그녀는 멋을 부리지 않았다. 매우 창백한 얼굴에 분도 바르지 않았다. 그녀는 긴 금발머리를 어깨 위로 자연스레 늘어뜨리고 단순하고 헐렁한 옷을 수수하게 입었다. 때로는 청바지를 입고 있기도 했다.

그녀를 그렇게 일종의 천사처럼, 여성성(性)이 없는 여자로 보려고 애쓴 것은 바로 나인지도 몰랐다. 랍비가 내게 정해주는 유태인 '제인'들 중 하나가 지니고 있을 우아함이 그녀에겐 없다고 스스로를 납득시켜보려고 말이다.

제인이 나에 대한 그녀의 감정을 털어놓은 후, 나는 격렬한 위기에 빠졌다. 나를 지키고, 그녀와 나 사이에 장애물을 놓기 위해서인 것처럼, 나는 종종 뉴욕의 하시드 거주 구역으로 갔다. 그녀의 사랑이 힘찬 부메랑처럼 결과적으로 나를 그곳으로 떠밀었다. 그것은 생존을 위한 반사작용이었다. 나는 윌리엄스버그의 작은 유태 교회당을 부지런히 드나들었다. 얼마 안 가서 그 유태 교회당의 모든 신자들을 알게 되었다.

그렇게 하여 나는 우리를 맞아주었던 랍비를 다시 만나게 되었다. 나는 랍비에게 아버지의 납치와 나의 정신적인 혼란을 알렸다. 그러나 아몬드와 미예에 대해서, 십자가 처형에 대해서는 아무 말도 하지 않았다. 랍비가 말했다.

"내가 자네에게 위험을 예고했었지. 하지만 지금은 희망을 잃지 말아야 하네. 기다려야 해. 그리고 드브쿠를 실행해야 하네."

"드브쿠요? 드브쿠는 왜죠?"

"자네가 쫓고 있는 사람이 어떤 사람인지 알기 위해서지."

나는 랍비가 무엇을 암시하고 있는지 이해하지 못했다. 어쩌면 누군가가 우리 뒤를 쫓고 있는 것을 보고 랍비는 위험을 예감했었는지 모른다. 그게 누구였을까? 드브쿠는 왜 해야 한다는 것일까? 그러나 나는 하시드였다. 랍비가 하는 말은 그 의미를 이해하려 애쓰지 말고 무조건 존중해야 한다는 것에 나는 오래 전부터 익숙해져 있었다. 나는 랍비가 충고한 대로, 다른 몇몇 제자들과 함께 드브쿠에 도달하려고 애썼다.

나는 단어들을 통해 드브쿠의 도취경에 접근할 수 있기를 바란다. 그러나 그것이 불가능할까 봐 두렵다. 어떻게 말해야 할까? 처음에 우리는 유쾌해지기 위해 그저 포도주를 마셨을 뿐이다. 그리고 나서 우리는 노래부르기 시작했다. 우리와 함께 있는 한 음악가가 신시사이저를 이용해 북소리, 클라리넷 소리, 기타 소리를 강력하게 합하여 영혼을 높은 곳으로 고양시키기에 적합한 주술 같은 음정을 만들어냈다.

테슈바 이전에, 나는 현대 록 음악을 알았다. 몸을 떨게 만드는 그 매혹적인 리듬과, 육신을 데우고 흥분시키는 저항할 수 없는 음악의 그 역동성을. 이 거친 세상에 대해 때로는 증오에 차 있고, 때로는 시샘에 찬 핑계인 록 음악. 나는 록 음악이 자기 자신의 어떤 이미지를 만들어내는 방식이며, 거짓 반항적이고 반체제적인 태도라는 것을 알고 있다. 최신 음향 기구를 갖춘 테크노 음악이 전율하는 텔아비브의 나이트클럽에서 환각에 빠진 사람들을 목격했다. 거기서 대(大)미사를 보듯 젊은이들은 밤새 무한히 반복되는 의식적인 동작으로 시간의 종말을 간청하고 있었다. 일체감 없는 공동의 최면 상태에서, 자동 인형 같은 젊은이들은 음악적 문장으로 장식된 원시적인 리듬에 맞추어, 확신도 없이 머리와 어깨를 흔들고 있었다. 불가능하고도 먼 꿈처럼, 그 리듬은 이따금씩 되풀이되는 교송성가(交誦聖歌)를 깨뜨리곤 했다.

이와 반대로 하시드 음악은 마음속에 즐거움을 만들어낸다. 그것이 바로 하시드 음악의 마술이다. 그 자체 속에 그토록 큰 행복을 지니고 있고, 슬픈 마음을 그렇게 잘 치유해주는 다른 어떠한 음악도 나는 알지 못한다. 하시드 음악은 수줍게 시작해서 현학적으로 조절된 단계를 통해 점점 높아진다. 〈오이 바 보이 *Oy va voy*〉, 이 음악은 집단적인 성취와 최종의 상승을 위한 진정한 조조함, 열의를 표현한다. *마쉬아(메시아), 마쉬아, 나는 믿습니다. 예, 나는 믿습니다. 나의 모든 신앙으로 메시아의 도래를 믿습니다.* 이것은 최후의 전쟁을 치를 군대에 활기를 불어넣는, 그 군대의 유일한 승리자를 받아들이도록 영혼을 유인하는 즐거운 군악대인 것이다.

사람들이 내가 모르는 달콤한 맛의 음료를 내왔다. 포도주를 마신데다 춤의 열기까지 더해져, 우리는 그 음료를 거푸 들이켰다. 얼마 안 가 이상한 현기증이 덮쳤다. 음악의 규칙적인 리듬에 흔들리며, 나는 나의 통제력을 모두 떨쳐버리고 싶은 억누를 수 없는 욕망에 몸을 내맡겼다. 내 사고의 어떤 힘이 내게 엄습해오는 도취적인 경향에 저항하면서 대립하려고 했다. 울림이 더 깊은 또

다른 목소리는 그대로 몸을 내맡기라고 허락하며 통고했다. 눈을 감은 채, 나는 강렬하게 정신을 집중했다. 뱃속의 공동(空洞)에서 올라오는 호흡의 넓은 움직임으로 순조로운 숨결이 내 안에서 나오게 하기 위해서였다. 나는 땅바닥에 누웠다. 묵직해진 사지와 머리가 솜구름 속에 잠긴 채 조금씩 조금씩 다른 지평으로 날아갔다.

그곳은 이곳이면서 동시에 그 어떤 곳도 아니었다. 지금 현재이면서 동시에 영원이었다. 약 이십여 분 동안 나의 의식은 무한히 넓게 확장되었다. 나의 영혼으로부터 불타는 용암이 흘러, 지고한 황홀경 속으로, 총체적이고 충만한 기억 속으로 나를 이끌고 갔다. 그것은 때로 극소량이나마, 밤샘 상태에서 어떤 냄새, 어떤 소리, 어떤 색깔에 손상되지 않은 완벽한 추억이 갑자기 고스란히 다시 되살아날 때, 우리가 맛보게 되는 그러한 기억이었다. 드브쿠는 열 배로 강한 기적을 주었다. 섬광과도 같은 추억들이 나를 이쪽에서 저쪽으로 가로질렀다. 나는 그 추억의 섬광의 속도에 취했다. 보이지 않는 빛에 눈이 부셨다. 추억들을 휘젓고, 내밀하게 그것들을 뒤지는 에너지의 긴 소용돌이에 나는 둘러싸였다. 나는 여태껏 한 번도 본 적이 없는 색깔들을 보았고 천상의 멜로디를 들었으며 지고한 맛들을 음미했다. 내 몸이 춤을 추고 있었다. 계속해서 좀더 빨리, 좀더 높이, 결코 빙빙 맴도는 것을 멈추지 않았다. 억누를 수 없는 힘이 나를 우주로 투사하고 있었다. 그리고 또 다른 힘은 나를 대지의 가장 깊은 곳에 뿌리박게 하고 있었다. 두 힘 사이에 끼인 채 나는 헐떡이다가 털썩 주저앉고, 그러다가 다시 뛰어오르곤 했다.

한순간 나는 기적적인 직관력을 가졌다. 그것은 상승적 열광에 해당되는 단계였다. 탈무드의 여러 페이지들, 내가 몇 시간 동안 애써 읽던 글들의 의미가 투명해졌다. 철학적이며 신학적인 문제들이 즉흥적으로 해결되었다.

그러다가 어떤 영상이 포개어지며, 내 정신을 침범하기 시작했다. 내가 아버지와 함께 갔던 하시드 구역의 안뜰이었다. 나는 그 모든 장면을 강렬하게 다시 체험했다. 우리가 랍비의 집에서 나올 때 등뒤로 음악이 들리던 순간까지, 그때 발설되었던 모든 사소한 단어들, 그때 보았던 가장 작은 동작들이 밝은 번개처럼 다시 떠올랐다.

그때 나는 보았다. 그곳에서는 점점 더 광적인 음악이 들려오고, 도취경에 빠진 영혼들이 기쁨에 들떠 있었다. 나는 뒤돌아보았다. 애석하게도 그곳이 멀어져가는 것을 보기 위해서였다. 그때 내가 던진 그 시선을 나는 분명히 기억한다. 바로 그 순간, 어떤 사람이 그 집에서 슬며시 나왔다. 다음 순간에도, 그 사람의 연약한 옆모습이 여전히 내 시야에 들어와 있었다. 그는 우리와 좀더 가까이 있었다. 나는 그의 얼굴을 보기 위해 더욱더 정신을 집중하려 했다. 그러나 도취 상태는 이제 나를 다른 지평으로 흔들어 내보내려는 듯했다. 나는 절망적인 노력을 기울였다. 갑자기 격한 떨림이 내 온몸을 들어올렸다. 마치 나를 하늘로 이끌어올리는 것 같았다. 몇 시간처럼 여겨진 그 몇 분 동안, 나는 영매 상태에 들어간 것이다. 천상의 동요의 절정에서, 나는 내가 갈망했던 얼굴을 보았다. 그 놀라움은 나를 휘청거리게 했다. 광적인 오열이 억누를 수 없이 치밀어올랐다. 진정된 욕망과 감춰진 분노의 오열이었다. *내가 본 것은 제인의 얼굴이었다.*

*영원한 신이시여! 언제까지 당신은 저를 잊고 계실 것입니까? 언제까지 당신은 제게 당신의 얼굴을 숨기시렵니까? 언제까지 저는 저의 내면의 소리를 듣고, 제 마음을 괴롭혀야 합니까? 언제까지 저의 적은 저에게 대항하여 일어날 것입니까?*

그 다음날들은 끔찍했다. 나는 제인을 최악의 일로 의심하고 있었다. 모든 일에도, 또 아무것도 아닌 일에도 나는 그녀에게 의심을 품었다. 그녀를 너무 경계하고 있었기 때문에, 나의 발견을 그녀에게 알리고 그녀에게 책임을 물을 수 없었다. 그녀가 만약 아버지 납치 사건의 원인이라면? 그녀가 십자가 처형과 무언가 관련이 있다면? 제인은 개신교도일까, 가톨릭 신자일까? 그녀는 신앙교리 수도회에 속한 것일까? 그녀는 우리를 뒤쫓고 있었다. 거기에는 전혀 의심의 여지가 없다. 뉴욕에서부터, 어쩌면 더 멀리서부터인지도 모른다. 게다가 내가 아버지를 구하기 위해 납치범들을 뒤쫓아가려고 했을 때, 그녀는 나를 만류하지 않았던가. 어쩌면 그녀는 아버지가 어디 있는지 알고 있을지도 모른다. 그러면서 내가 아버지를 찾아 나서지 못하도록 나를 지키고 있는지도 모른다. 그럴 경우, 그녀는 위험한 존재다. 그녀가 만약 내가 알고 있다는 사실을 눈치 챈다면, 나는 아버지와 같은 운명, 아니면 그보다 더한 일을 당할지도 모른다.

하지만 나는 그녀의 이중성이 믿기지 않았다. 나는 그녀의 얼굴을 살폈다. 그 얼굴에서 악, 사악함, 은폐의 기색을 찾아내리라 기대하면서 탐색했다. 그러나 허사였다. 내게 보이는 것은 헌신적이며 정직한 여인의 얼굴뿐이었다. 게다가 그녀는 나를 사랑하는 것 같았다. 이 평온한 얼굴 뒤에 해를 끼치는 잔인한 사람이 숨어 있다고는 상상할 수 없었다.

그렇지만 이 모든 것이 유희에 불과하다면? 나는 그녀를 다시 유심히 살폈고, 그녀를 갑자기 다른 시각에서 보게 되었다. 때론 그녀의 시선이 흔들리면서 모호하게 흐려지곤 했다. 때로는 난폭한 섬광이 그녀의 눈을 가렸다. 어느 날 우연히 거리에서 그녀와 마주치게 되었다. 그녀는 강렬한 색깔로 화장을 하고 있었다. 어깨까지 늘어져 있던 금발머리는 평소보다 더 장밋빛으로 물든 두 뺨 주위에 굵은 컬을 이루고 있었다. 또 무릎이 보이는 아주 짧은 미니 스커트에 하이힐을 신고 있었다. 그녀를 절대로 그렇게 쳐다보아서는 안 되는 것이었지만, 나는 너무나 크게 놀란 나머지 분명 그녀인지 확인하고 싶었다. 그렇게 차려입고 어디를 가는 것일까? 그녀는 도대체 누구인가? 처녀일까 아니면 창녀일까?

왜 그녀는 우리를 미행했었을까? 우리는 어떤 덫에 걸린 것일까? 피에르 미셸 집에서 그녀가 갑자기 우리를 보고 놀랐을 때, 겉으로 보기엔 자기 돈을 들여서 온 것 같았는데, 그것도 미리 계획된 우연이었을까? 그렇다면 그녀의 동기는 무엇일까?

때때로 내겐 그녀에 대한 증오심이 일었다. 그녀는 나를 배신하고 있었다. 어쩌면 심지어 사랑까지 연기하는 것인지도 몰랐다. 그러면서도 나는 내가 거부했던 그 감정, 아직도 내가 거절하고 있는 그 사랑이라는 감정에 무한한 가치를 부여하기 시작했다. 그것은 우리가 갖고 있지 않은 것, 이제 더이상 갖고 있지 않은 것에 바치는 가치였다. 처음으로 나는 그녀에 대한 나의 감정을 생각해보았다. 그녀가 고백을 한 이후로도 나는 계율이 내게 부과한 제한에서 벗어나지 않았다. 나는 우리 관계에 대해 스스로에게 솔직하게 묻기를 거부하고 있었다. 그것은 한편으론 심각한 일들에 정신이 팔려 있었기 때문이고, 또 한편으론 아마도 내가 여자의 덫에 스스로 걸려들었다는 사실을 발견하기가 두려워서였을 것이다. 여자이되 어떤 여자이던가…… 랍비는 내게 이렇게 말하겠지. 이교도 여자, 쉬크제*라고.

내가 걸려든 것일까? 그녀가 나를 감금한 것일까? 사랑이란 그런 것일까? 아버지를 납치한 것이 그녀라고 의심하면서도 분노를 삼키며 자문해보았다. 그렇다면 사랑은 전쟁과 같은 것이다. 나의 이해를 넘어서는 어떤 동기 때문에 보이지 않는 적과 싸우고 있는 것과 같다. 나는 제인에 대해 더이상 억제할 수 없는 불분명한 감정을 느꼈다. 그 감정에 대항하여 악착같은 투쟁을 이끌어가야 하리라고 나는 느끼고 있었다. 그것은 끔찍한 적에게 공략당하지 않기 위한 나 자신과의 전쟁이었다. 그것은 참호전이었다. 밤이면 손을 뻗으면 닿을 만한 곳에 전화기를 놓고, 수화기를 들지 않으려고 안간힘을 썼다. 결코 먹이를 놓아주지 않는, 먹이가 간직하고 있는 희망에 의해서만 생명을 유지하는 그 음흉한 짐승에게 내가 정복당했음을 고백하지 않으려고, 애써 웅크리고 있었다.

상실감을 느끼면서도 나는 그리움을 피하려고 노력했다. 그리움은 어떤 순간에고 나타났다. 그녀를 상기시키는 어떤 물체를 볼

---

* 유태인이 아닌 여자를 지칭. 경멸의 뜻이 담긴 이디시어.(원주)

때, 그녀가 취했던 어떤 태도가 생각날 때, 혹은 생각중에 그녀가 말했던 단어가 떠오를 때에도 언제나 불쑥불쑥 그리움이 치밀어 올랐다. 심지어 그녀가 내 앞에 있을 때조차 솟구치는 그리움, 그건 정말 최악의 것이었다. 그것은 그녀를 떠나야 한다는 생각을 할 때, 혹은 고백건대, 그녀가 여기 있긴 하지만 나를 위해 있는 것이 아니라는 단순한 인상이 들 때였다. 또한 그녀의 관심이 조금 빗나가서 정신이 딴 데 팔려 있을 때, 나를 파괴하려는 권모술수적인 계획을 짜고 있다는 느낌이 들 때였다. 이러한 결핍은 앞서 말한 그리움보다 훨씬 지독한 것이었다고 생각된다. 그녀가 눈앞에 없을 때 느끼는 그녀에 대한 그리움은 물론 더 참을 수 없었다. 그것은 불행이요, 깊은 고통이었다. 그러나 그런 순간에 나는 머릿속에서, 그녀를 되찾고, 내가 원하는 모습 그대로의 그녀를 꿈꿀 수 있었다. 말하자면 그녀에 대한 생각 속으로 그녀와 함께 단둘이 빨려들어갈 수가 있었던 것이다. 우리가 함께 보낸 순간들, 나를 매혹했던 말들이나 동작들을 다시 회상하며 음미할 수 있었다. 왠지는 모르지만 매번 같은 환영이 반복되어 나타났고, 그것들을 환기할 때마다 똑같은 혼란이 나를 사로잡았다. 그리고 나서 나는 그것들은 쫓아버리고 다른 모습들을 상기해보려고 애썼다. 이제 떠오를, 혹은 내 기억의 깊숙한 곳에 파묻혀 있는 또다른 미지의 모습들을 떠올리려 애썼다. 때로 그것들을 상기하다가 다른 무의식적인 기억이 떠오르곤 했다. 불쾌했던 그 기억은 그녀가 내가 생각했던 여자가 아니라, 다른 여자, 나를 뒤좇고 자기 계획을 끝까지 밀고 나가는 사악한 제인이라는 기억이었다. 그건 힘든 순간의 기억이었다. 그럴 때 나는 이런 생각들을 즐겼다. 그녀가 나에게 일깨우는 고통과 혐오감을 기꺼운 마음으로 평가했다. 때때로 그녀가 일깨운 고통과 혐오는 내게, 두려움과 고통을 일으키는 어떤 동작이나 답변을, 적막한 무대 위에 선 연극 배우처럼, 줄이 끊어진 꼭두각시처럼, 혼자서 반복하게 하곤 했다.

그러나 그녀가 내 눈앞에 존재할 때의 그리움도 정말 참을 수 없었다. 사랑받지 못한 모든 자들의 피난처인 상상 속에는 치유책이 없기 때문이다. 그럴 때 그리움이 불러일으키는 고통은 추억이라는 섬세한 즐거움의 예비 과정이 아니기 때문이다. 그 고통은 존재의 수축과도 같았다. 고통 앞에선 우리의 만남, 나의 존재, 나의 욕망, 이 모든 것이 갑자기 무례하고 공허하고 부조리하게 보였다. 내가 우스꽝스러운 조사원이 된 것 같았다. 나는 파멸이 예정된 인물, 어떤 시도를 하더라도 실패할 운명인 수치스런 인물이 된 듯 느껴졌다. 이런 순간 나는 자문하곤 했다. 무슨 소용이랴? 나는 모든 것을 잃었다. 나는 이 전쟁에서 졌다. 굴복한 것이었다. 그녀는 아버지를 잡아갔다. 나로서는 당하는 대로 가만있을 수밖에 없다.

다행히, 자존심이란 게 있었다. 그것은 나의 최상의 무기였다. 내가 나약해짐을 느낄 때 자존심은 소스라쳐 놀라, 다시 정신을 차리고 나 자신을 떠맡았다. 또한 첫번째로 움직이고, 첫번째로 단어를 내뱉으며, 이유없는 어떤 행위, 부조리한 행동을 하는 것도 바로 내 자존심이었다. 하지만 그녀 또한 그런 부조리한 행동을 했다. 내게 사랑을 고백했을 때 그녀도 그러지 않았는가. 그러나 사랑에 대한 자존심의 답변이 곧이어 그녀에게 갔다. 그것은 동정심도 유예도 없는 가차없는 답변이었다. 그 고백은 나를 속이기 위한, 나의 경계심을 속이기 위한 것이었다. 그것 또한 나를 파멸시키기 위한 그녀의 계획된 음모에 포함되는 것이었다. 내가 그녀처럼 고백을 했더라면, 그것은 패배의 자인이었을 것이다. 이렇게 매순간 나를 구한 것은 자존심이었다. 자존심은 능숙한 조종자였다. 자존심은 불굴의 계산자였고, 진정한 항의자, 가장 아름다운 반항을 행하는 진짜 반항아였다. 아직도 반격이 남아 있다면 말이다. 자존심은 나의 친구였다. 나의 가장 견고한 동맹자였다. 나는 계율을 어길 것인가? 그러나 계율이 그녀와의 결합을 불가능하게 만들 때조차도 그 계율을 따르는 것, 문제는 다름아닌 바로 그것이었다. 나는 더이상 제인을 원치 않았다. 나는 자존심으로 그녀를 굴복시키고 싶었다. 나는 당황하지 않기 위해 그녀보다 나를 더 사랑하고 싶었다. 내가 나를 사랑하는 것만큼 그녀를 사랑하는 것조차 나는 원하지 않았다. 왜냐하면 그것은 이미 너무 위험한 것이기 때문이었다. 나는 나 자신처럼 그녀를 사랑하지 않기 위해 안간힘을 썼다.

*덫과 같은 여자, 마음이 그물과 같고, 두 손이 사슬과도 같은 여자, 나는 그런 여자가 죽음보다 더 쓰디쓰다는 것을 알았다. 신의 뜻에 합당한 자는 그런 여자에게서 벗어나리라. 그러나 죄지은 자는 그런 여자에게 걸려들리라.*

"그러니까 당신은 날 사랑하는 거예요?"

내가 묵묵부답하고 있자 마침내 그녀가 물었다.

침울하게 비가 내리는 날이었다. 우리는 한참 동안을 센트럴 파크를 나란히 걷고 있었다. 나는 더이상 어찌할 바를 몰랐다. 나는 말을 경솔하게 내뱉지 않으면서, 그녀가 자신의 정체를 드러내게 하려고 애쓰고 있었다. 마침내 그녀의 위험한 유희를 두 눈으로 똑똑히 보고 싶어서였다.

"모르겠습니다. 요즈음 우리 아버지 일말고는 다른 것을 생각할 여지가 없습니다. 그리고 난 두려워요."

"계율 때문에, 당신의 계율에 금지되어 있기 때문에 두려워하는 거죠?"

"그게 아닙니다."

"하지만 계율을 당신에게 자유롭게 부과할 수 있는 사람은 바로 당신이에요. 당신이 선택한 방식으로 계율을 성취하겠다고 결정하는 것은 다른 사람이 아니에요. 바로 당신이죠. 그리고 당신만의 방식이 가장 엄격한 것이에요. 안 그래요?"

"그건 확실히 그렇지요."

"예를 들어 당신 어머니는 당신처럼 생각하시지 않잖아요?"

그녀는 내 눈을 똑바로 들여다보면서 말했다. 나는 그 시선을 견뎌내려고 노력했다. 그 순간 왠지 모르게 그녀가 진지하다고 생각되었다. 나는 그녀의 말을 인정했다.

"맞아요. 어머니는 소련에서 왔어요. 어머니는 정통 유태교의 어떤 사상과 결별하셨습니다. 무신론자시지요. 또한 공산주의의 영향을 받았으면서 동시에 공산주의 사상의 일부에만 젖어 계셨어요."

"그건 중요치 않아요. 당신 어머니같이 자기 역사를 지니고 있지 않은 사람은 수천 명이나 있어요. 대다수의 유태인들은 당신 어머니 같지요. 당신을 만나기 전에 내가 알던 유태인들은 모두 그랬어요."

"물론, 나 같은 사람을 당신이 한 명도 만나지 못했었다는 것은 지극히 정상적인 일이겠죠. 나 같은 사람들은 그런 사람들끼리만 모여 살고, 당신 같은 사람들은 만나지 않으니까."

"내가 알던 유태인들, 그들은 정상적인 사람들이었어요, 아리. 정상적인 사람들이라구요. 외부 세계를 두려워하기 때문에 당신들은 숨는 거예요. 다시 문제삼기가 두려운 거죠. 차라리 당신들이 가진 확신 속에 닻을 내리고 그대로 있는 편이 낫다고 생각하는 거예요."

"나는 정상이 아니지요. 사실이오. 예전에도 그랬어요. 당신 기준에 따르면 말이오."

"그러니까 당신의 계율이 우리의 사랑을 막는 건가요? 나의 계율은 당신을 맞아들일 만반의 준비가 되어 있어요. 왜 이스라엘의 신은 그렇게 질투가 많은 거죠? 왜 당신 종교는 낯선 사람을 환대하라고 설교하면서, 또 종교 재판, 마녀 사냥, 집단 강제 수용과 몰살 수용소 같은 건 한 번도 만들지 않았다면서, 왜 우리에 대해선 비관용적인 태도를 보이는 거예요? 왜 당신은 나를 원하지 않는 거죠?"

"다른 종교를 가진 사람과 결혼하는 것은 금지되어 있습니다."

"당신은 다른 종교를 가진 사람과 결혼하는 것이 히틀러가 하지 못한 일을 완수하는 일이라고 믿는 그런 사람인가요?"

"나는 다른 종교를 가진 사람과의 결혼은 우리 역사를 파괴하는 일이라고 생각합니다."

"순수한 건 결코 아무것도 없어요. 모든 것은 언제나 뒤섞여 있어요. 결혼은 항상 서로 다른 둘의 결합, 합일이에요."

"난 당신이 당신 그대로 있기를 원합니다. 당신을 더이상 사랑하지 않을 겁니다. 만약 당신이 지금과 다른 모습이라면……"

나는 말을 멈추었다. 해선 안 될 말을 하고 만 것이다. 나는 혀를 깨물었다. 흥분해서 너무 많은 말을 하고 만 것이다. 다시 한번 내가 그녀의 덫에 걸린 것일까? 그녀의 얼굴이 밝아졌다.

"그러니까 당신은 나를 사랑하는군요? 내가 당신처럼 되면…… 왜 당신은 당신 어머니와 같지 않은가요? 그러면 모든 것이 간단해질 텐데. 당신이 나를 충분히 사랑한다면, 거기서, 당신 자신 속에서 나올 정도로 충분히 사랑한다면 말이에요. 내가 당신을 위해서 할 수 있는 것엔 어떤 한계도 없을 거예요. 전혀 없을 거라고 나는 생각해요. 그렇지만 문제가 꼭 그것이라고는 생각하지 않아요. 당신 내면 깊은 곳에, 기독교인들이 말하듯, 당신은 사명감을 갖고 있어요. 당신은 유태교 수도승이에요. 아리…… 당신은 종교인이에요."

# III

사실이었다. 나는 종교인이 되었다. 나는 독특한 방식으로 신에게 접근했다. 전에는 한 번도 그런 적이 없었다. 나는 사랑에 빠진 것이다. 하시드처럼, 나는 이 세상이 내가 사랑하는 그분에게로 가는 발판이라고 생각했다. 나의 피난처이자 나의 요새인 그분, 비탄에 잠길 때면 언제나 구원을 주는 그분에게로 올라가기 위해 나는 그녀에게서 멀어지려고 노력했다. 대지가 흔들릴 때, 마음의 바닷속에 산들이 비척거릴 때, 그분은 나의 위안이었고 나의 성벽이었다. 나뭇잎이 결코 시들지 않는, 시냇가에 서 있는 한 그루 나무였다. 나는 몰약과 알로에와 계피 향내 나는 옷을 입고, 고운 금보다 더 욕망을 불러일으키는, 햇꿀보다도 더 달콤한 그분을 상상했다. 그분은 새벽녘에 나를 구원하고, 뜬눈으로 지새우는 한밤

중에 공포가 덮쳐올 때, 두려움과 떨림이 나를 공격할 때, 가슴속 심장이 졸아들 때 기쁨의 기름을 내게 부어주었다. 그럴 때 나는 열렬한 기도로 그분의 이름을 부르며 간청했다. 나는 그분이 나를 비탄에서 해방시켜줄 것을 알고 있었다. 그분이 민족들을 굴복시키고, 나를 염탐하는 자들에게 악을 돌려주리라는 것을 알고 있었다.

그런 밤이면 나는 한 순간만이라도 내게 비둘기의 날개를 허락해줄 것을 그분에게 요청했다. 내가 사막까지 날아가 마침내 평온한 하룻밤을 보낼 보금자리를 발견하고, 서둘러 폭풍의 바람을 피할 수 있는 은신처로 돌아올 수 있도록 기도했다. 이곳에서 멀리, 도시를 감도는 폭력과 불화에서 멀리 갈 수 있도록, 도시의 거리를 결코 떠나지 않고 밤늦도록 배회하는 자들, 범죄와 죄악, 난폭함과 속임수로부터 멀리 멀리 떠날 수 있게 해달라고 간절히 빌었다.

*한 사람이 나를 괴롭히기 때문이도다.*
*하루 종일 그는 싸우고, 나를 억압하는도다.*
*첩자들이 하루 종일 나를 집요하게 공격하는도다.*
*그러나 저 높은 곳에서, 대군이 나를 위해 싸우고 있나니.*
*내가 두려움에 사로잡히는 날, 나는 그대를 믿노라.*
*신, 내가 신의 말씀을 가장하나니, 육신의 존재가 날 위해 무엇을 할 수 있으리?*
*하루 종일 그들은 나를 고통스럽게 하는도다.*
*그들은 나를 해칠 생각만 하나니.*

*그들은 매복하여 주의깊게 염탐하고*
*내 생명을 해치기 위해*
*내 발자취를 관찰하는도다.*

내 영혼은 비탄 속에서 그분을 목말라했다. 내 육신은 그분을 애타게 갈망했다. 나는 메마르고 지친 대지 속에 있었다. 그분은 마르지 않는 샘, 힘과 영광의 성역이었다. 허약하고 얼빠진 채, 배고픔과 기진맥진한 피로로 상심하여 내가 그분의 이름을 한 자 한 자 부를 때, 그분은 나를 배부르게 하는 지방(脂肪)이요 기름이었다. *침상 위에서 제가 당신을 생각할 때, 저는 몇 시간을 당신께 기도하면서 보내나이다.* 그분은 나의 조력자였고, 나는 내 영혼의 힘을 다하여 나의 족쇄인 그 여인에게서 돌아서 그분에게 매달렸다. 그녀와 내가 결합했더라면, 나는 후회했을 것이다. 그녀는 육신의 존재이며, 그 마음이 어쩌면 사탄에 의해 타락했을 여자였다. 그런 음험한 영혼이라면 악마의 소유가 아니던가. 나를 뒤쫓는 그 여인은 어쩌면 이미 사람을 죽이고, 절단하고, 십자형에 처했을지도 모른다…… 나는 아버지를 생각했다. 그러자 다시 한번 전율이 내 온몸의 신경줄을 훑고 지나갔다.

어느 날 아침, 나는 몰래 그녀를 미행했다. 그녀가 집에서 나오기를 기다렸다가 그녀의 발걸음에 맞추어 뒤를 밟았다. 그녀는 『성서 고고학 리뷰』사로 갔다. 그 앞에서 나는 초조하게 두 시간 넘게 기다렸다. 마침내 그녀가 나와 택시에 몸을 실었다. 그녀가 떠난 즉시 나도 얼른 다른 택시를 잡아 탔다. 약 십 분가량 그 차를 뒤쫓아갔다. 택시가 멎고, 그녀가 차에서 내렸다. 그녀는 어떤 카페에 들어갔다. 누군가를 기다리는 듯했다. 나는 창유리 뒤에서 그녀를 은밀히 관찰했다. 이윽고 어떤 남자가 오더니 그녀 앞에 앉았다. 그 남자는 내게 등을 보이고 앉았다. 약간 땅딸막한 몸매가 왠지 낯설지 않았다.

그들은 서로 잘 아는 듯했다. 그들은 한 시간 이상 열띤 대화를 나눴다. 마침내 그가 그녀에게 봉투 하나를 건네자 그녀가 그것을 열었다. 지폐가 들어 있었다. 남자는 일어서서 코트를 집어들고는 짧은 인사를 던지고 자리를 떴다. 그 순간 그 남자가 내 쪽으로 돌아섰다. 나는 그의 얼굴을 똑똑히 볼 수 있었다. 폴 존슨이었다.

나는 아연실색하여 호텔로 돌아왔다. 그녀가 스파이라는 확신이 들었다. 그녀는 데릴라처럼 아름답고도 강하고, 악하고도 잔인했으며, 권모술수에 능하고 또 음탕했다. 나는 덫에 걸려든 것이다. 속고, 조롱당한 것이다. 그녀는 독을 머금은 여자였다. 나는 그 독을 맛보았다. 독은 내 몸 속에 퍼졌다. 그것 때문에 나는 내 부모, 내 가족, 내 조국을 부인할 것이다. 그 때문에 친구들을 잃고, 모든 것을, 내가 완수해야 할 임무까지 망각하고 말 것이다. 나는 내 이름조차 망각할 것이다. 그녀는 나의 마지막 힘까지, 내 희망의 마지막 잔광까지 앗아갈 것이다. 그녀는 누구인가? 무엇을 원하는 것일까? 그녀의 계획은 무엇일까? 누가 그녀를 보낸 것일까? 존슨과 바티칸일까? 아니면 이들도 역시 그녀에게 조종당하고 있는 것일까?

그녀는 적의 진영에 머무르는 밀고자였다. 더 잘 감시하기 위해, 그녀는 적을 자기 진영 안에까지 끌어들인 것이다. 아버지는 세상 반대편 끝에 있는 것이 틀림없다. 나는 여기서 웃음거리가 된 채, 두 손 놓고 있는 것이다. 만일 아버지한테 무슨 일이 일어났다면…… 삼손처럼 나는 감옥에서 연자방아를 돌릴 것이다. 그 여인 안에는 악마가 들어 있었다. 세 번이나 치욕을 당한 악마가 여자를 유혹했고, 여자를 통해 악마는 남자들 안으로 스며들어오는 것이다. 아니면 반대로 그녀가 악마 속에 끼어들어 악마를 조종하는 것인지도 모른다. 악마라도 그녀보다 더 강력할 수 없기 때문이다. 아무도 그녀처럼 강력하지는 않기 때문이다. 가련한 남자들. 우리는 아름답고 경탄할 만한 외모에, 말솜씨가 능란하고 교활한 배신자인 여자의 난공불락의 힘 앞에 아무것도 아니었던 것이다. 무엇보다도 여자는 강력했다. 세 배나 더 강력했다! 남자를 낳을 수 있는 여자, 모든 것을 넘어선 여자들. 여자를 낳는 여자의 끔찍한 연쇄! 사탄의 음모! 누가 여자보다 더 잘 죽음을 퍼뜨릴 수 있겠는가. 생명을 주는 여자보다. 여자는 자신의 손길에 취해 아이처럼 잠든 홀로페르네스*의 침대 난간에 기대어 섰다. 여자의 나약함으로 그녀는 그에게 은신처를 요구했고, 그는 그녀를 그의 품에 받아주었다. 그녀는 그의 터키 식 언월도(초승달 모

---

* 성서 외경에 나오는 허구의 인물로, 아시리아의 느부갓네살 왕의 장군. 왕의 명령으로 팔레스타인을 토벌하고자 유다의 베툴리아를 포위하여 공격하고 있었을 때, 미모의 유태인 과부 유딧은 도주한 것처럼 가장하여 포위된 성을 떠나 홀로페르네스에게 가서 그가 승리할 것이라고 예언한다. 장군의 막사로 초대된 유딧은 그가 술에 취해 잠자고 있을 때 그의 목을 베어 부대에 넣고 베툴리아로 가져갔다.

양으로 생긴 큰 칼—옮긴이)를 집어들었다. 그리고 그의 머리채를 잡고, 연약한 두 팔에 온 힘을 실어 목을 두 번 내리쳤다. 그녀는 피가 흐르는 머리를 가정집 여인의 장바구니에 넣어 가지고 갔다. 샌들이며 팔찌, 반지, 장신구, 보릿가루와 마른 과자, 꿀 같은 말들, 모든 것을 이해한다는 듯한 미소, 고백, 애무와 사랑, 이런 것들이 여자의 무기이다. 그녀는 그를 우유로 잠재웠다. 그런 후 텐트의 말뚝을 그의 가슴에 박았다. 그를 맞아들이고, 영접하고, 재워준 그녀가 자신의 보살핌으로 잠든 손님의 목을 내리친 것이다. 야엘, 유딧, 데릴라, 제인, 동그스름한 어깨 위로 내려오는 금발의 감미로운 머리채에 나는 정신을 잃었다. 가는 손가락의 하얀 두 손, 그것은 오히려 말뚝이고 검이고 장검이었다. 그것은 치명적인 혀였다. 그것이 내 몸 위에, 내 목 주위에, 벌써 피가 흐르는 파헤쳐진 내 심장 속에 박혀 움직이는 듯한 감미로운 공포. 불쌍히 여기소서. 내게 마지막으로 의지를 세우게 하소서.

그날 밤, 나는 잠을 이룰 수 없었다. 책을 한 권 찾는데 우연히 쿰란에 관한 어떤 저서가 눈에 들어왔다. 그것은 『공동체의 규칙』이었다. 건성으로 그 책을 뒤적이다가 '질책에 대하여' 라는 제목의 구절에서 눈길을 멈췄다.

*진실과 모욕과 각자에 대한 애정 어린 자비심 속에서 그들은 서로 질책할 것이다. 자기 형제에게 화를 내고 꾸짖으면서, 혹은 반항하면서, 혹은 불경한 정신으로 말하지 말지어다. 또한 사악한 마음으로 형제를 미워하지 말지어다. 왜냐하면 바로 그*

*날로 사람들이 형제를 질책할 것이며, 그 형제 때문에 잘못을 짊어지지 않을 것이기 때문이다.*

나는 결심했다. 명백하게 진상을 알고 싶었다. 운명에 맡기는 수밖에. 무슨 일이든 일어날 테면 일어나라지. 나는 심히 고통스러웠다. 만약 그녀가 살인이나 납치에 어떤 식으로든 책임이 있다면, 그녀를 자극함으로써, 나는 최소한 아버지의 흔적이라도 찾을 수 있을 것이다. 그것을 위해서라면 내 목숨을 걸 준비가 되어 있었다. 마침내, 나는 해명을 독촉하기 위해 제인을 카페로 불러냈다.

"이제 연극은 충분하다고 생각합니다. 난 모든 걸 알고 있습니다. 당신은 처음부터 내게 거짓말을 했어요. 당신이 『성서 고고학 리뷰』사에서 무엇을 하는지, 누구를 위해 그런 행동을 하는지는 모르겠지만 그게 당신의 위장 신분일 뿐이라는 것은 압니다. 우리가 파리에서 만난 것이 우연이 아니라는 것도 알고 있지요. 당신은 뉴욕에서부터 우리를 뒤쫓아온 겁니다."

그녀의 두 눈이 휘둥그레졌다. 그녀는 놀란 것이다. 분명, 어디서 내가 그것을 알아낼 수 있었을까 의아해하고 있었다. 한순간 망설이더니 그녀가 입을 열었다.

"사실이에요. 난 뉴욕에서부터 당신들 뒤를 미행했어요. 당신들과 똑같은 비행기를 탔고, 당신들 발자취를 따라왔어요. 그렇지만 한 가지는 당신 생각이 틀렸어요, 아리. 우리가 만난 건 정말 우연이에요. 난 피에르 미셸도 추적하고 있었어요. 당신들이 그렇게 빨리 피에르 미셸의 자취를 찾아내리라고는 생각하지 못했거든요."

그녀는 거의 애원하는 듯한 심각한 태도로 나를 쳐다보았다.

"언제부터 우리를 추적한 거죠? 누구를 위해 뭘 하는 겁니까? 우리 아버지가 어디 계신지 알고 있어요?"

"당신들이 폴 존슨을 만나러 갈 때부터 뒤쫓았어요. 난 폴 존슨의 제자예요. 그의 지도 아래 박사논문을 쓰고 있어요. 당신들 뒤를 밟으라고 내게 요청한 건 그예요."

"왜죠?"

"날더러 당신들의 자취를 놓치면 안 된다고 했어요. 당신들이 가는 곳이면 어디든 잠입해야 하고, 당신들이 알게 되는 건 모조리 그에게 보고해야 한다구요. 당신들은 위험한 사람들로, 기독교 교리의 기초를 다시 문제삼으려고 한다면서요. 그는 당신들이 행동하는 걸 반드시 막아야 한다고 했어요."

"모든 수단을 동원해서 말입니까?"

"물론 그런 건 아니에요. 누가 당신 아버지를 납치했는지 난 몰라요. 맹세해요. 그 남자들이 피에르 미셸 집에 들이닥쳤을 때, 나도 당신과 마찬가지로 놀랐어요."

"그렇지만 존슨이 우리를 뒤쫓게 했다면, 아버지를 납치하게 했을 수도 있습니다."

"나도 그땐 똑같은 생각을 했었어요. 또 존슨에게 직접 묻기도 했죠. 그렇지만 그 답은 부정적이었어요. 그가 아니에요. 날 믿어야 해요."

그녀는 애원하는 표정으로 덧붙였다.

"그는 나쁜 사람이 아니에요. 그저 자기 믿음 때문에 두려워하고 있을 뿐이에요."

"여태까지 그 모든 거짓말에 속았는데 지금 내가 어떻게 믿겠습니까? 왜 내게 말하지 않았습니까? 그 일 후……."

"당신의 신뢰를 잃고 싶지 않았어요."

그녀의 목소리가 변했다. 그녀는 간청하는 태도로 말했다.

"두려웠어요…… 당신의 그 비타협적인 성격을 아니까요. 난 당신을 잃을까 봐 두려웠어요…… 그렇지만 내 잘못을 보상하기 위해 난 할 수 있는 일은 다 했어요. 심포지엄은 개최될 거예요. 그건 정말이에요. 살인자와 당신 아버지의 흔적을 찾기 위해 힘닿는 데까지 할 수 있는 모든 일을 할 거예요. 나를 믿어야 해요, 아리……."

그녀는 진지했다. 마치 진실을 마침내 말할 수 있게 되어 마음이 가벼워진 듯, 즉시 내게 모든 것을 고백하지 않는가…… 그녀는 위험한 여자다. 어떤 일이든 할 수 있는 여자. 길거리에서, 비행기에서 남자들을 추적하고, 신분을 위장할 필요가 있으면 언제든 변장하고 어디든 틈입할 수 있는 여자이다. 나는 그녀에게 말했다.

"그렇지만, 당신은 그의 돈을 받고 수락했잖습니까. 당신은 돈을 받고 나를 판 겁니다! 당신 자신을 돈에 판 거라구요!"

그녀에 대한 분노가 불타오르는 동안, 나는 내가 실제로 화난 것보다 더 분해하고 있다는 것을 알았다. 그녀는 얼굴이 팽팽히 긴장되더니 눈물이 그렁그렁한 두 눈을 내리깔았다. 수치와 고통으로 그녀의 고상한 표정이 일그러지는 것이 보였다.

"하지만 어떻게 내가 당신에게 해를 끼칠 수 있겠어요?"

*우리는 같은 아버지를 둔 사람들이 아닌가?*

그리고 나서 제인은 신학 연구자로서의 자기 과거와 폴 존슨과의 관계에 대해서 한참 동안 내게 이야기했다. 처음에 그녀는 폴 존슨의 학식과, 다른 종교, 특히 유태교에 대한 개방적인 태도에 깊은 감명을 받았다. 그러나 겉으로 드러난 이러한 휴머니즘 뒤에는 광신에 가까운 완고함이 숨겨져 있다는 것을 그녀는 알아채게 되었다. 어쨌든 그녀는 존슨 덕분에 많은 경력을 쌓을 수 있었다. 그는 은퇴하게 되면 그녀에게 자기 자리를 물려줄 거라고 약속했다. 그는 그녀의 신중함을 높이 평가했다. 몇 가지 고대 언어에 대한 그녀의 지식은 그의 연구에 많은 도움이 되었던 것이다. 간단히 말해서 그가 그녀에게 이 기이한 임무를 강요했을 때, 그녀는 거절할 수가 없었던 것이다. 그녀는 자신이 한 행동을 가슴 아프게 후회했다. 자기를 용서해달라고 내게 간청했다.

그로 인해 우리는 심포지엄 개최 전 며칠 동안 더욱더 가까워졌다.

다시 우리의 토론이 시작되었다. 그 때문에 우리는 하루 종일 일하고도, 밤에도 늦게까지 깨어 있었다. 나는 그녀에게 하시디즘과 카발라에 대해 이야기했고, 하시드의 비밀들 중 몇 가지를 알려주었다. 나는 그녀에게 현자들, 궁극적 지식의 끝까지 파고들어 간 자들에게만 알려져 있는 알파벳 문자들의 비밀을 가르쳐주었다. 우주의 상징 **א** 알레프aleph, 그것의 중심 막대는 우월한 세계를 나타내는 윗고리와 열등한 세계를 나타내는 아랫고리 사이에 있는 매개자이다. 창조의 문자인 ב 베트beth, 그것은 집 모양을 본뜬 것으로, 맞아들이고 덮어주고 보호해준다. 그리고 ג 기멜 guimel, 그 주변에는 무수한 천사들이 대열을 이루고 있으며, 오팔처럼 오색 영롱한 날개로 그것을 덮고 있다. 그 곧음처럼 자부심 강하고 똑바른 ו 바브vav는 마치 서 있는 자세의 올바른 인간과 같아서, 그의 엄격함, 그의 도덕적 긴장, 그의 가치에 대한 존중을 반영한다. י 요드yod는 신성한 점이다. 해방과 구출의 문자인 ז 젠zain, 그것의 임무는 불임 여자의 가슴, 매장된 인간들의 무덤, 지옥의 문, 닫힌 모든 것을 여는 것이다. 신성한 문자인 ה 헤Hé는 단어들 중의 단어, 인간의 모음의 도움 없이 네 개의 자음 문자로 이루어진 신의 이름 속에 두 번이나 들어가는 문자이다. 발음 불가능한, 형언할 수 없는, 네 글자로 된 히브리어, 우리의 신 YHWH, 그것을 육화하기 위해 그 절대성으로 영원히 열린, 절대의 기호이다.

나는 선천적인 것이 아닌, 인간의 조건에 따라 달라지는, 얼굴에 나타나는 뚜렷한 표적들을 그녀에게 가르쳐주었다. 각각의 영혼에는 스물두 개의 알파벳 문자가 새겨져 있기 때문이다. 또 육신은 영혼에 의해 활기를 띠며, 육신 위에 영혼이 표현되기 때문이다. 인간의 조건이 좋으면 그 문자들은 그의 얼굴 위에 고르게 배열된다. 그렇지 않으면 문자들은 서로 뒤바뀌어 가시적인 흔적을 남기게 된다.

나는 진리의 길로 걸어가는 남자를 그녀에게 보여주었다. 카발라에 정통한 사람은 그런 사람을 관자놀이에 있는 수평의 측맥

(側脈)으로 쉽게 알아볼 수 있다. 그의 관자놀이 중 한쪽 끝에는 가는 줄이 두 개 있고, 수직 방향의 세번째 줄과 교차한다. 이러한 네 개의 표시는 인간의 덕을 증거하는 것이다. 왜냐하면 그 흔적들은 신비스런 문자들인 ו과 ת를 그리고 있기 때문이다. 옳은 길에서 완전히 벗어난 사람은 또 다르다. 성스러운 정신은 그에게서 떠나고, 대신 불순한 정신이 자리잡기 때문이다. 이러한 자의 오른쪽 빰에는 세 개의 빨간 뾰루지가 있고, 왼쪽 빰에도 세 개가 있다. 그 밑에는 붉은 세맥이 ר과 ת 문자를 그리고 있어, 이런 의미를 전달한다. *그들 얼굴의 파렴치함 그 자체가 그들에게 불리한 증언을 하는도다.*

나는 그녀에게 방탕한 남자에 대해 이야기해주었다. 나쁜 길을 걷다가 다시 그의 주에게로 돌아오는 탕아들은 사람들이 자기를 정면으로 바라보는 걸 부끄럽게 느낀다. 모든 사람이 자신의 과거를 안다고 생각하기 때문이다. 그의 얼굴빛은 노래졌다 창백해지기를 반복한다. 그런 사람에게는 세 개의 지맥이 보인다. 하나는 오른쪽 관자놀이에서 출발해서 빰에서 사라진다. 두번째 것은 코 밑에서부터 왼쪽의 두 개의 흔적과 뒤섞이게 된다. 세번째 것은 마지막 두 개를 함께 이어주는 선이다. 그렇지만 이 기호는 그가 덕을 실행하는 습관을 완전히 들이게 될 때, 악에서 완전히 벗어날 때 사라지게 된다. 그리고 이마 위에는 ז 문자가 새겨진다.

전생 동안 지상에서 저지른 잘못을 보상하기 위하여 이 세상에 두번째로 태어나는 인간을 어떻게 알아볼 수 있는지도 그녀에게 가르쳐주었다. 그런 사람은 오른쪽 빰 위에 주름 하나가 입 가까이에 수직으로 나 있으며, 왼쪽에는 이것과 같은 두 개의 주름이

깊게 패어 있다. 이런 사람의 눈동자는 그가 기쁨을 느낄 때라도 결코 빛을 발하는 법이 없다.

"그럼 나는 어떤 유형이에요?" 그녀가 물었다.

그녀의 얼굴에는 아주 가는 잔주름 몇 개가 있었다. 그 모양은 내가 너무나 잘 알고 있는 것이었다. 그 잔주름들은 감미로운 몇 개의 문자들을 이루고 있었다. 알레프, 헤, 베트, 그리고 헤. **אהבה**.

매일 나는 그녀를 만났고, 매일 저녁 열렬히 기도했다. 악에 맞선 전쟁은 주로 기도 속에서 벌어지기 때문이다. 기도의 목소리를 열렬히 높이고 있을 때 제인의 얼굴이 떠오르면, 나는 내 마음을 열광케 하는 격정, 황홀한 흥분을 바꾸어놓으려고 애썼다. 나는 모든 사물의 근원인 신성한 사랑을 통해 지상의 사랑을 초월하기를 원했다. 유혹에 저항할 힘을 달라고 창조주인 신에게 기도했다. 그러나 침춤을 하고 난 후 신은 우리가 자유롭기를 원했고 우리 안에 있는 악에 대해 책임지기를 원했다는 것을 나는 알고 있었다.

그것은 끔찍한 전투였다. 나는 저 높은 곳의 그분 곁에 있는 순결무구한 영혼이고 싶었다. 그러나 나의 마음은 지상의 부름에 의해 더럽혀져 있었다. 나는 호전적이고 싶었다. 영원한 신의 군대에 충실하고 싶었다. 그러나 나의 영혼은 눈물로 용해되고, 불안으로 불타며, 연기로 사라질 정도로 소진되고 있었다. 나는 나무토막처럼 메말라 있고 싶었다. 그러나 나는 탐욕으로 축축히 젖어 있었다. 나는 기도했다. 몸을 앞뒤로 어찌나 세게 흔들었던지 때로 나는 머리를 벽에 부딪히곤 했다. 나는 속죄하기 위하여 차라리 나를 매질하고 괴롭히고 가혹하게 벌하고 싶었다.

모든 노력에도 불구하고, 나의 의지에도 불구하고, 나는 유혹당했다. 나쁜 성향이 나의 내면에서 점점 커져갔다. 하시드들은 그러면서도 신에게 봉사해야 한다고 말한다. 자신의 두 가지 본능과 더불어 신을 사랑해야 한다고 말한다. 잘못은, 신의 이름에 완전하게 봉사하기 위해 필수적인 조건이라고 말한다. 성령은 죄의 얼굴 위에 감돌고, 그 속에 머무르기 때문이라고 말한다. 나는 접근 불가능한 것으로 여겨지는 이 지상과 천상이라는 두 현실의 화해 속에 이루어지는 용서를 넘어서서 구원에 도달하려고 노력했다. 나는 일원론적인 꿈을 꾸며 그 속에서 여호와의 성전이 있는 성스러운 장소, 지성소(至聖所)를 열었다. 그곳에서 나는 다정하게 얼싸안고 있는 지품천사들을 발견했다. 육체적인 힘이 요술의 능력을 갖고 있는 것이 가능하단 말인가? 절대 그렇지 않다. 그럴 수는 없다. 나는 두려웠다. 차라리 싸우고 싶었다. 나는 순수한 나를 원했다. 나는 내가 강하다고 믿었다.

이 순간만큼 내가, 세계의 마지막 메시아적인 숨, 티쿤(사죄 혹은 속죄—원주)을 그렇게도 초조하게 기다린 적은 한 번도 없었다. 그것만이 내게 가능하고 유일한 해방인 것처럼 여겨졌다. 욕망이 너무나도 열렬하여 그 욕망에 맹렬히 저항하기 위해서는, 우주적인 행동이 필요했던 것이다. 그렇지만 최후의 해방이 오기 위해서는 각자가 자기 자신의 메시아가 되어, 드브쿠를 통해 신과 개인적인 관계로 접어들어야 한다는 것을 나는 알고 있었다. 감히 고백해버릴까? 내가 말할 수 있을까? 때때로 드브쿠의 효과는 크나큰 유혹 앞에서 불충분했다. 이것이 신이 현존한다는 신호일까 하고 나는 자문했다. 왜냐하면 신을 배반하고 신의 계명을 어기려는 찰나조차도 나는 도처에서 신의 내재적 현존을 느꼈기 때문이다. *그분이 계시지 않은 곳은 없나니.* 그리고 그 어느 때보다도 내가 신의 품에 가까이 갔던 순간조차, 나는 유혹을 받았다. 욥*처럼, 사람들은 내게서 모든 것을 앗아갔다. 나의 랍비, 나의 땅, 나의 아버지를 빼앗아갔다. 나약해진 욥처럼, 내 인간적인 나약함에 가공할 만한 덫을 놓기 위해, 내게 여인의 얼굴을 한 누군가가 보내졌다. 여자였다. 자주색으로 바른 입술, 엉덩이에 꼭 끼는 바지, 뒤쪽이 트인 치마, 높은 구두, 그녀는 너무나도 감미로운 여자였다.

나는 열렬하게 기도했다. 그러나 내가 읽는 글씨 속에, 그녀의 이름이 있었다. 욕망을 통해 모음들이 형성되고, 힘이 행위로 옮겨갔다. 나는 자음들을 하나하나 읽었다. 그러면 그 자음들은 모음들로 가득 차게 되고, 나의 마음을 새로운 불길로 부풀게 했다. 그 자음들은 음탕하게도, 나의 입 속에서 능숙하게 제각기 가장 모호한 윤곽을 취하면서 충만해지곤 했다. 나는 자음들이 내가 읽는 책들 속에서 거리의 여자들처럼 악마적인 춤에 열중하고, 호리는 듯한 시선을 장난치듯 내게 던지고, 내가 나의 소리, 나의 의미, 나의 씨앗으로 자기들을 채워주도록 유혹하는 것을 보았다. 자음들은 꼼짝도 하지 않고 관능적으로, 내 입술의 움직임을 기다리고 있었다. 내가 그들을 맞아들이고, 그들에게 생기를 불어넣어주기를 기다리고 있었다. 그 자음들은 내 혀 위로 미끄러져 들

---

* 구약성서에 등장하는 인물로, 불행에 사로잡힌 인간, 신에게 악의 문제를 제기하는 정의로운 인간을 구현한다.

어왔다. 그것은 카디시, 죽은 자들을 위한 기도가 아니라 케데샤* 였다. 성인(聖人)과 창녀. 가장 신성한 것과 가장 세속적인 것이 서로 아주 가깝게 하나로 뒤섞였다. 왜냐하면 신에게 도전할 수 있는 것은 악의 품안에서이기 때문이다. 신이 어디까지 내버려두는지, 신이 존재하는지 알아보기 위해 신에게 그 모습을 드러내도록 독촉할 수 있는 것도 악의 품안에서이기 때문이다.

나는 떠오르는 생각들을 억제하려고 애썼다. 악마가 그런 생각들을 내 머릿속에 넣은 것이라고 생각할 수 있다면 매우 편리했을 것이다. 그러나 스스로에게 고백하기가 고통스럽기는 해도, 그 생각들은 분명 나의 것이었던 것 같다. 그만큼 그 생각들은 내게 명명할 수 없는 것, 생각할 수 없는 것으로 여겨졌다. 어떻게 그것들을 쓸 것인가? 어떻게 말로 할 수 있을까? 감히 고백해볼까? 그것들을 새겨야 할까? 그 생각들이 마법에 걸린 광적인 문자들처럼 춤추도록 하기 위해서 그것들을 해방시켜야 할까? 아니면 영원히 침묵하도록, 내 영혼 깊숙이, 최후의 심판 때 신의 저울 위에 틀림없이 올려질 행동들 옆에 매장해야 할까? 단어들은 여기서 말로 할 수 있는 것의 한계에 다다른다. 그러나 내가 내 감각들을 억제할 수 없듯이, 단어들 또한 제지할 수 없다. 나는 그 단어들을 침묵하도록 할 수 없다. 나는 고백, 고해의 경계선까지 가고 싶다. 왜냐하면 글쓰기는 나의 감정의 배출구가 아니기 때문이다. 글쓰기는 나를 정화하는 나의 방식, 나의 세례, 나의 속죄이기 때문이

* 고대 중동, 다산(多産)의 여신 아스타르테(아슈토렛) 숭배에서 발견되는 신성한 매춘부를 가리킨다.

다. 다음 세대들이 내가 원했던 바, 내가 체험한 바를 알게 하기 위해, 그리고 나의 행동들이 악처럼 온 우주에 울려퍼지도록 하기 위해 나는 증언하고 싶다. *우리는 당신의 면전에서 잘못을 저질렀습니다. 우리는 당신의 자비를 간청하나이다.*

잘못을 범할 것. 그녀가 그녀의 입으로 내 숨결 속에 그녀의 숨결을 불어넣어 키스해주기를. 글자들의 내면이 내게 명령하던 것은 바로 이것이었다. 키두쉰, 그것은 신성화라는 뜻이다. 그러나 결혼이라는 뜻이기도 하다. 신의 이름과의 인접성이 가장 명백한 지점인 인간성, 그 인간성의 절정들 중의 하나인 결혼을 의미하기도 한다. 정점에서 최고의 경지에 있는 성자를 꺾어버릴 것. 우롱할 것. 신성한 것을 통해 신성한 가치들을 발로 짓밟을 것. 그분, 명명할 수 없는 그분에게 충격을 가할 것. 마침내 잘못을 통해, 극단의 경계선에서 그분에게 타격을 입힐 것. 하시드들 집에서 나는 정숙을 배웠다. 신랑 신부들은 다른 침대에서 잤고, 어두운 방에서 남자가 여자 위에서 얼굴을 마주 보며 관계를 가졌다. 우리 랍비는 가능한 한 오래 옷을 입고 있으라고, 관계를 가지더라도 구멍을 뚫은 홑이불을 덮고 관계를 가져야 한다고 말하곤 했다. 폴란드 하시드들은 여자의 머리카락을 잘랐고, 헝가리와 스페인의 갈리시아 지방 하시드들 사이에서는 심지어 머리카락을 면도칼로 빡빡 밀어버리는 경우도 있었다.

그렇지만 신은 왜 우리 인간에게 뼈와 신경으로 단단하게 만들어진 살을 입혔단 말인가? 내가 그녀에게 가까이 갈 때 불타는 듯한 이 피부는 왜 만든 것일까? 탐욕의 수치로 붉어진 얼빠진 나의 두 눈에 그녀의 순결무구한 하얀 피부가 슬쩍 보일 때 절망을 외치는 이 살을 왜 만들었단 말인가? 이것 또한 신의 모습을 따른 것이 아니라면, 영혼만이 인간의 본질을 이루는 것이라면, 왜 이런 뼈들과 신경들을 만들었단 말인가? 단지 밤이 되면 벗어 버려야 할 옷에 불과하다면, 왜 그런 저주받은 지상의 껍질을 만들었단 말인가? 설사 육체가 부속물에 불과하다고 해도, 그 형태는 또다른 원칙을 숨기고 있지 않은가? 나의 이마, 나의 두 손, 두 발, 내 온몸이 욕망의 낙인을 지니고 있었다.

그녀의 들장밋빛 광대뼈, 갈색과 흰색의 아몬드 모양으로 갸름한 두 눈, 그녀의 옷 속에서 도드라진 가슴, 때론 벨트를 맨 그녀의 허리, 그녀의 몸 전체가 나의 은밀하고 서툰, 회피하는 시선을 집요하게 끌어당기고 있었다. 넋이 나갈 듯한 행복감에 떨게 하는 그녀의 곡선, 그녀의 스커트나 원피스가 드러내주는 그녀의 흐르듯 휘어진 굴곡들, 나는 그 곡선들을 은밀히 훔쳐보았다. 꽃들이나 진주 귀고리를 단 귓불, 이슬 같은 눈물 자국이 얼룩진 손목, 갈색 금빛의 베일에 덮인 듯한 발목은 나의 영혼을 소스라치게 했다. 내 두 눈이 번쩍 뜨이는, 내가 처음으로 경험한, 전에는 한 번도 느껴보지 못했던 것 같은 감각이었다. 여자들을 쳐다보지 않던 내가, 길거리에서 여자들과 마주치면 두 눈을 반사적으로 내리깔던 내가, 여자들이 음란한 육체를 드러내고 있는 장소에서는 내 스트레멜로 나 자신을 보호하던 내가, 그런 나의 시선이 이제는 나도 모르게, 하시드라면 한 번도 보지 못했을 금지된 곳, 깊이를 헤아릴 수 없는 곳에 머무르고 있었던 것이다. 그곳을, 나는 소유하고 있지는 않았지만 알고 있었다.

그러나 만약 그 감각이 피부에 새겨진다면, 감각이 피부를 유린하거나 찬미한다면, 그렇다면, 육체가 온통 범죄일 수는 없다. 왜 나는 그렇게도 수치를 느끼는가? 나는 더이상 나의 스승들의 가르침에도, 토라에도 합당한 자가 아니었기 때문이었다. 광분한 나는 나의 책들을, 관습이 그렇게 요구하듯, 책들을 아무 곳에나 버리는 것은 금지되어 있어서, 책들의 무덤 속에 매장하려 했다. 하지만 그 다음날로 나는 그 책들을 다시 파내고, 용서를 구했다.

나는 이성을 잃었다. 혼란이었다. 파괴할 수 없는 비합리적인 힘이 미친 듯이 나를 흥분시켰다. 욕망은 장애물을 더욱 풍부하게 했다. 방해의 강도는 방해가 불러일으키는 욕망 속에 있기 때문이다. 욕망은 억압을 즐기고 억압에 의해서만 존재한다. 이제는 단지 연금술일 뿐인 억압이 억압에서 벗어나 기초가 될 때까지. 심지어 아버지의 실종이 내게 참을 수 없는 고통이었던 때에도, 나는 그녀를 욕망했다. 심지어 스트레멜을 쓰고 파피요트들을 감은 하시드일 때에도 나는 그녀를 욕망했다. 기도 전에도, 연구 후에도 나는 그녀를 욕망했다. 식사를 하는 동안에도, 잠자는 사이에도, 나는 그녀의 이름을 간절히 불렀다. 잠이 깨어 일어날 때나 잠자리에 누울 때, 들어올 때나 나갈 때, 우리 영혼에 어두운 상처를 남기며 죽은 자들이 우리들 주변에 쌓여갈 때에도 나는 그녀를 욕망했다. 그것이 세상의 끝이었다 해도, 나는 그녀를 욕망했을 것이다. *당신의 눈에서 저를 떼어놓아주십시오. 당신의 두 눈은 저를 매혹시킵니다.*

그녀는 내 영혼의 여자친구, 관대함의 샘이었다. 그녀는 그녀의 의지 쪽으로 나를 끌어당겼다. 나는 숫사슴처럼 달렸다. 그녀가 내게 품은 사랑이 얼마나 달콤했던가. 사려깊은 그녀의 말과 몸짓들은 꿀보다, 설탕보다, 맛볼 수 있는 그 모든 것보다 더 감미로웠다. 그녀는 아름다움이었고 즐거움이었고, 지고의 빛이었다. 그녀는 내게 그녀의 찬란한 광채를 보여주었다. 그리고 나를 영원한 즐거움으로 충만케 했다. 그녀의 우아함이 내게 흘러들었다. 얼마나 나는 번민했던가! *그러므로 청을 들어주소서. 저를 경멸하지 마소서.* 나는 그녀가 베일을 벗기를 바랐다. 그녀가 내 앞에서 그녀의 평화의 천막을 펼치기를 원했다. 그녀가 그녀의 영광으로, 이 대지를 온통 비추어주기를 원했다. 나의 기쁨, 나의 행복이 그녀 안에 있기를 원했다. *당신의 사랑을 서두르소서. 지금이 그때이기 때문입니다. 영원의 나날에서 그러하듯 당신의 은총을 우리에게 허락하소서.*

나는 가장 사소한 베일 하나까지도 벗으려고 했다. 그녀의 얼굴 위로 떠오른 평온한 빛엔 아주 밝은 갈색 반점들이 있었다. 그녀의 주홍빛 입술은 사막 한가운데 있는 딸기와 산딸기 오아시스, 상아 같은 목은 네게브 사막처럼 핏기 없이 창백했다. 그녀의 살갗은 우유처럼 기름지고, 부드럽게 윤이 나며, 촘촘히 모래알이 묻은, 소금 바다 위에 있는 하얀 조약돌이었다. 그 피부는 세심하게 직조된 매끈한 실크 같았으며, 종잇장처럼 희고 부드러웠다. 그녀의 피부는 몇 세기 동안의 진보에서 태어난, 미녀들의 계보 중에서도 멋진 귀결이었다. 이 피부처럼 매끈한 종이 위에서라면 잉크 방울도 그 표면에서 나신의 무희처럼 경쾌하게 빙글빙글 돌다가 미끄러져, 결코 흡수되지 않고 말라버릴 것이다.

이런 종이는 구멍 내기 위한 것이 아니었다. 신호들을 살짝 새기기 위한 것이었다. 모든 문자들이 이 지면 위에 새겨져 주문의 말을 이루었다. 스물두 개의 미묘하게 그어진 굴곡 있는 작은 주름들, 나는 그 주름들을 가지고 단어들을 만들었다. 신성한 영감의 인도를 받아, 내 상상력의 말없는 끈을 따라, 마치 꼼꼼한 필사생처럼, 각 줄 위에 미세한 주름들을 그었다. 나는 준비하고, 윤기를 내고, 홈을 팠다. 가장 오래된 전통들로부터 내려온 수천 개의 문자들로 이루어진 새틴처럼 부드러운 솜털을 만들었다. 그 문자들은 각각 뒤집혀진 채 신성한 호흡이 불어넣어져 오래 진동했다. 각각의 자음은 또다른 자음이 맞닿아 있는 모음으로 채워져 있었고, 그 또다른 자음은 또다른 모음을 향해 벌써 뻗어 있었다. 그렇게 무한히 계속되었다. 체로 걸러진 추억들, 신의 현시(顯示), 존경심에 찬 신성모독, 무한한 독서, 모든 것 중에서도 가장 가치 높은 귀중한 그 양피지의 해석, 주의깊고 책임 있는 주해에 의해, 죽었다가 다시 삶으로 돌아온 구멍투성이의 그 양피지 면 아래 파닥이는 심장. 나는 새로운 역사를 책으로 썼다. 그것은 미묘한 필풀로, 욕망의 연기(延期), 선율이 아름다운 음표들과 신앙, 희망, 진정되지 않은 기다림으로 이루어진 역사였다. 왜냐하면 종말을 원했었기 때문이다. 얼마나 원했던가! 그것은 수천 년 전부터 그토록 희망해왔으나 그토록 지연되었던 시간의 끝, 그리스도의 재림, 신세계의 도래, 해방을 가져다 주는 티쿤이었다.

때때로 나는 깨어 있는 채로 꿈을 꾸었다. 그녀의 입은 달콤한 미주(美酒)였다. 그녀는 세련된 향기였다. 절벽의 가장 은밀한 곳,

움푹 팬 바위 구멍 속에 있는 나의 비둘기였다. 그녀는 내게 그녀의 얼굴을 보여주었고, 목소리를 들려주었다. 그녀의 목소리는 아름다운 선율이었다. 그녀의 두 눈은 새와 같았다. 머리카락은 염소떼와 같고, 입술은 진홍색 리본 같았다. *당신의 애무는 얼마나 아름다운가, 나의 누이여, 나의 약혼녀여. 당신의 애무는 포도주보다도 더 그윽하고, 당신 향기의 내음은 이 지상의 그 어떤 향유보다도 더 향기롭도다.*

이곳은 이 지상 어느 곳도 아닌 곳이며, 현재는 곧 영원이었다. 섬광 같은 급격한 충동이 나의 덜미를 잡고, 지상에서 영원까지 나를 관통했다. 나는 보이지 않는 광채에 눈이 부신 채 그들의 율동에 도취되어 있었다. 듣지도 보지도 못했던 색깔들을 느꼈다. 천상의 선율들, 지고의 맛을 보았다. 나도 모르게 나는 여전히 춤을 추고 있었다. 더욱 빨리, 더욱 높이, 결코 맴돌기를 그치지 않고 춤을 추고 있었다. 거역할 수 없는 어떤 힘이 나를 우주로 투사했고, 또다른 힘은 나를 지구 가장 깊숙한 곳에 뿌리내리게 했다.

그녀의 얼굴은 무한한 순수성이었다. 그녀는 고요 위에 눈을 떴다.

나의 가장 큰 불행, 그러나 그것은 아이러니컬하게도 나의 행복이기도 했다. 아버지에 대한 생각이 나를 가혹하게 이성으로 되돌아오게 했던 것이다. 이스라엘 사람들이 있는 곳, 고고학자들이 있는 곳이면 어디든, 아무 데로나 마구 달려가는 때도 있었다. 아버지를 본 것 같은 때도 있었다. 그럴 때면 심장이 가슴속에서 두

방망이질쳤다. 악몽 때문에 밤잠을 설치기도 했다. 낮 동안엔 멍하니 허공을 바라보며 얼이 빠져 있었다. 때로 나는 스스로에게 물었다. 내가 옳은 전략을 택한 것인가. 내 눈앞에서 아버지를 납치한 사람들의 뒤를 쫓기 위해 모든 수단과 방법을 다 썼어야 했던 것은 아니었을까. 나는 회한에 사로잡혔다. 만약 아버지가 지금 프랑스에 있다면, 지금 난 여기서 무얼 하고 있는 것인가? 그렇지만 사람들이 아버지를 이곳으로 끌고 왔다면, 프랑스에서 무얼 한단 말인가?

어느 날 저녁, 내가 묵고 있는 호텔 로비에서 그녀와 토론을 하고 있었다. 그때였다. 갑자기 나는 몸이 불편해졌다. 그녀가 나를 내 방까지 데려다주었다. 나는 침대에 누웠다. 절망에 사로잡힌 채, 팔짱을 끼고 한 시간 동안 송장처럼 누워 있었다. 제인은 참을성 있게, 내 곁에 놓인 의자에 앉아 있었다. 내가 다시 정신이 들었는지 보려고 그녀가 몸을 수그렸다. 그녀의 부드러운 긴 머리카락이 나를 스쳤다. 향유 같은 장미 향내가 무기력한 내 몸 위에 느껴졌다. 그 내음은 내게 생명을 되돌려주었다. 그 향유의 자취를 뒤로 남기고 그녀는 떠났다.

제2권으로 이어집니다

# 용어 해설

**쿰란**

이스라엘의 사해 북서 연안에 위치한 바위 지대. 사해에서 약 1.6킬로미터 떨어진 키르베트 쿰란에서 행해진 발굴을 통해 건물 유적이 발견되었다. 가장 중요한 건물은 직사각형의 대규모 건축물로서, 위층에는 문서실이 있고, 북서쪽 모서리에는 2층으로 된 거대한 석조 방어탑이 있다. 그후에도 여러 개의 물웅덩이와 저수지, 대장간, 제분소, 1200여 개의 묘지, 공동 식사 때 쓰인 것으로 추정되는 방 등이 발굴되었다.

**쿰란 두루마리(사해 두루마리)**

1947년, 베두인 족의 한 양치기 소년에 의해 쿰란 동굴에서 구약성서 사본들과 사해 육필 두루마리들이 무더기로 발견되었다. 쿰란 근처에 산재한 많은 동굴들 가운데 두루마리들이 발견된 곳은 모두 11개 동굴이며, 그중 가장 많은 문서가 나온 곳은 1952년에 발견된 4호 동굴로 약 550개의 문서가 발견되었다. 이 두루마리들 중에는 동전만한 크기로 바스러진 조각들이 많아 아직도 연구중이다. 현재까지 옥스퍼드 대학 출판부를 통해 80퍼센트 정도가 시리즈로 묶여 출간되었고, 2000년까지 전체 내용이 공개될 예정이다. 쿰란 두루마리는 기원전 200년부터 서기 50년 사이에 씌어진 기록들로, 가장 오래된 구약성서 등 성서 관련 기록들만 해도 127점에 이른다. 전문가들의 분석 결과, 수세기 동안 필사를 거치는 과정에서도 성서 내용이 비교적 온전하게 이어져왔고, 고대 유태교의 형태가 다양했으며, 유태교가 초기 기독교에 끼친 영향이 상상 외로 컸던 것으로 확인되었다.

여호와의 성전

예루살렘 성전이라고도 한다. 고대 이스라엘에서 예배와 민족 동질성의 중심이었던 두 성전. 제1성전은 기원전 957년 다윗의 아들 솔로몬 왕이 완공했으나, 기원전 586년 바빌로니아의 느부갓네살 왕에 의해 파괴되었다. 바빌로니아 정복자 키루스 2세가 기원전 538년 칙령을 내려 포로로 잡혀온 유태인들이 예루살렘으로 돌아가 성전을 재건하게 하였고, 기원전 515년 제2성전이 세워졌다. 페르시아 헬레니즘 시대(기원전 4~3세기)에 이민족 군주들은 대체로 성전을 존중했으나, 안티오코스 에피파네스는 제단에서 제우스 신에게 제사를 드림으로써 하스몬 가(家)의 반란을 촉발시켰고, 반란이 진행되는 동안 유다 마카베오는 성전을 정화하고 다시 봉헌했다. 유태의 왕 헤로데의 제2성전 재건 작업은 46년간 계속되었다. 헤로데 성전은 종교의식의 중심지일 뿐만 아니라, 성서와 그외 민족 문학 자료들을 보관하는 곳이기도 했고, 로마 시대에 유태인 최고 법정이었던 산헤드린의 집회소이기도 했다. 66년에 시작된 로마에 대한 유태인 반란은 성전을 중심으로 전개되었고, 70년 로마군은 성전을 파괴함으로써 반란을 진압했다. 오늘날까지 남아 있는 부분은 오직 통곡의 벽(서벽)의 일부로서, 지금도 유태인들의 희망과 순례의 중심이 되고 있다.

에세네 파

기원전 2세기경부터 서기 1세기 말까지 팔레스타인에서 활동한 유태교 분파. 엄격한 규율과 철저한 순수성에 대한 명령을 지키며 공동체를 이루어 살았다. 약 4천 명 정도였던 것으로 전해진다. 개인 재산을 소유하지 않고 모든 것을 공동으로 해결하였고, 여자의 유혹을 경계해 대다수는 결혼하지 않고 독신으로 살았다. 바리새 파와 마찬가지로 모세 율법, 안식일, 정결의식을 철저히 지켰고 불멸과 죄에 대한 하나님의 심판을 믿었으나, 바리새 파와 달리 육체의 부활을 부정했고 공공생활을 거부했다. 신원이 확실하게 밝혀지지 않은 어느 대사제('불경한 사제')에게 그들의 스승('정의의 스승')이 박해를 받자, 그들은 성전 밖에서 생활하였고, 성전에서 드리는 예배 또한 비판하였다. 쿰란 문서는 세상의 종말, 메시아의 도래에 대한 기대가 지니는 중요성을 강조하였다.

바리새 파

제2성전시대(기원전 515년~서기 70년) 후반기에 팔레스타인에서 융성했던 유태교 분파. 마카베오 전쟁 직후인 기원전 165년경에 뚜렷한 한 집단으로 등장했다. 전통적으로 유태 민족 지도자들을 독점적으로 배출해온 대제사장 집단인 사두개 파와 달리, 대부분이 평신도와 서기관들이었다. 이들은 원래 정치적 집단이 아니라 주로 학자와 경건한 신자가 모인 집단이었고, 대중적인 지지를 받았다. 바리새 파와 사두개 파 사이에 분열을 가져온 근본적인 원인은 토라에 대한 태도, 법적 종교적 문제에 대한 해답를 토라 안에서 찾는 방식이 서로 달랐다는 데 있다. 바리새 파는 사후의 부활을 믿었고, 이 점은 사두개 파와 완전히 구별되는 점이다.

사두개 파

서기 70년 로마군에 의해 여호와의 성전이 파괴당하기 전 약 2세기 동안 번성했던 유태교 제사장 분파. 사두개 파는 문서화된 〈모세 오경〉(토라) 외에는 인정하지 않았으며, 바리새 파와 달리 죽음 이후의 영혼 불멸성, 몸의 부활, 천사 같은 영적 존재를 부인했다. 현상 유지를 옹호하여 기독교의 출현을 크게 경계했으며, 예수를 재판하고 죽이는 데 모종의 역할을 했음이 분명하다.

옮긴이 **홍상희**

프랑스 파리 소르본 대학에서 불문학 박사학위를 받았다. 현재 부산 경성대학교 불어불문학과 교수로 재직하고 있다. 르 클레지오의 『섬』 『사막』, 아니에르노의 『아버지의 자리』, 카뮈의 『편도나무들』, 시몬 드 보부아르의 『노년』(공역), 파트릭 사무아조의 『텍사코』(공역) 등을 우리말로 옮겼다.

문학동네 세계문학

쿰란 1

1판 1쇄 | 2000년 1월 22일
1판 8쇄 | 2001년 2월 7일

지 은 이 | 엘리에트 아베카시스
옮 긴 이 | 홍상희
펴 낸 이 | 강병선
책임편집 | 신선영
펴 낸 곳 | (주)문학동네
출판등록 | 1993년 10월 22일 제22-188호

주 소 | 136-034 서울시 성북구 동소문동 4가 260번지 동소문빌딩 6층
전자우편 | editor@munhak.com
하이텔 : podo1
천리안 : greenpen
전화번호 | 927-6790~5, 927-6751~2
팩 스 | 927-6753

ISBN 89-8281-252-0 04860
89-8281-251-2 (세트)



www.munhak.com

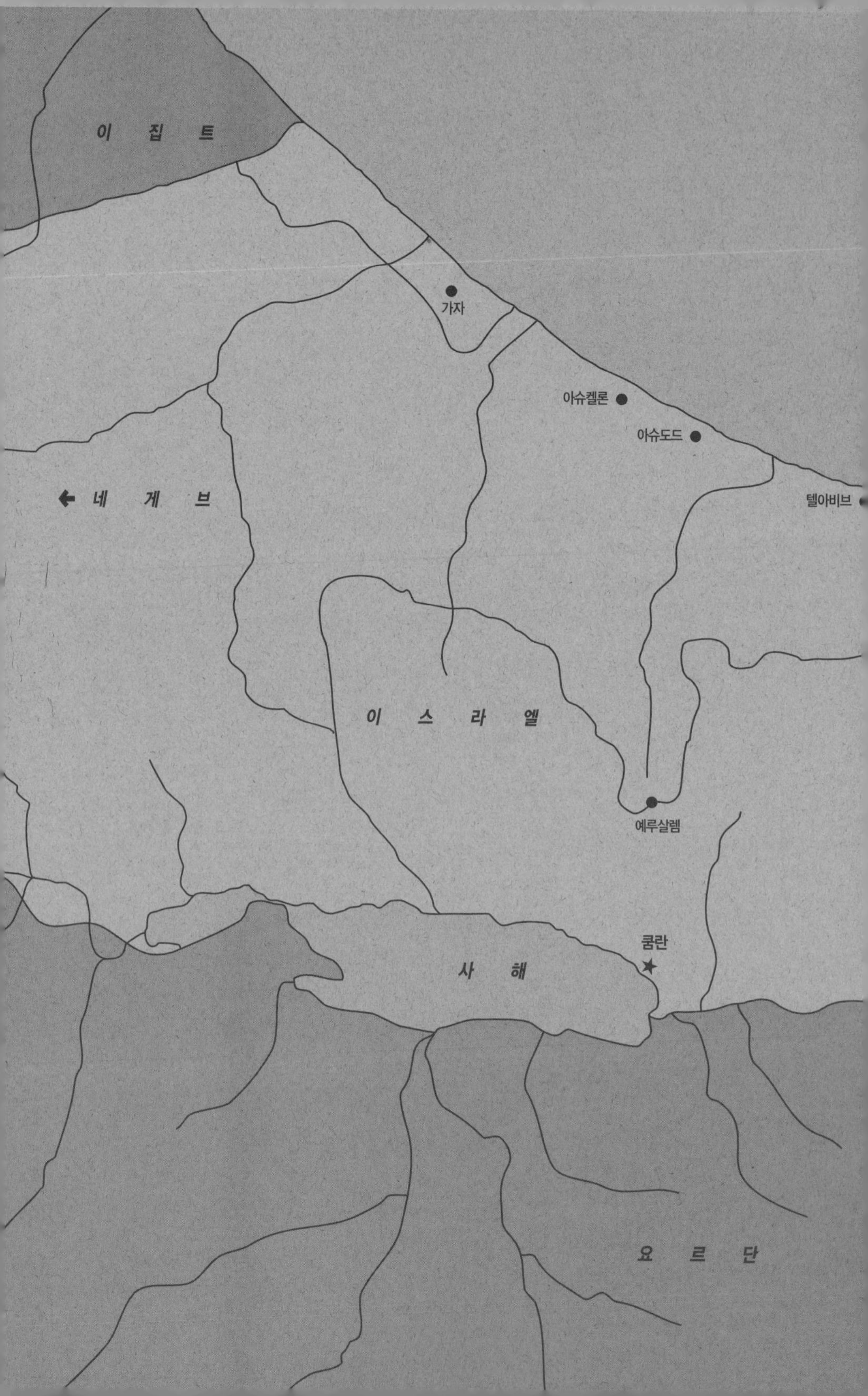

이 집 트
가자
아슈켈론
아슈도드
텔아비브
네 게 브
이 스 라 엘
예루살렘
쿰란
사 해
요 르 단

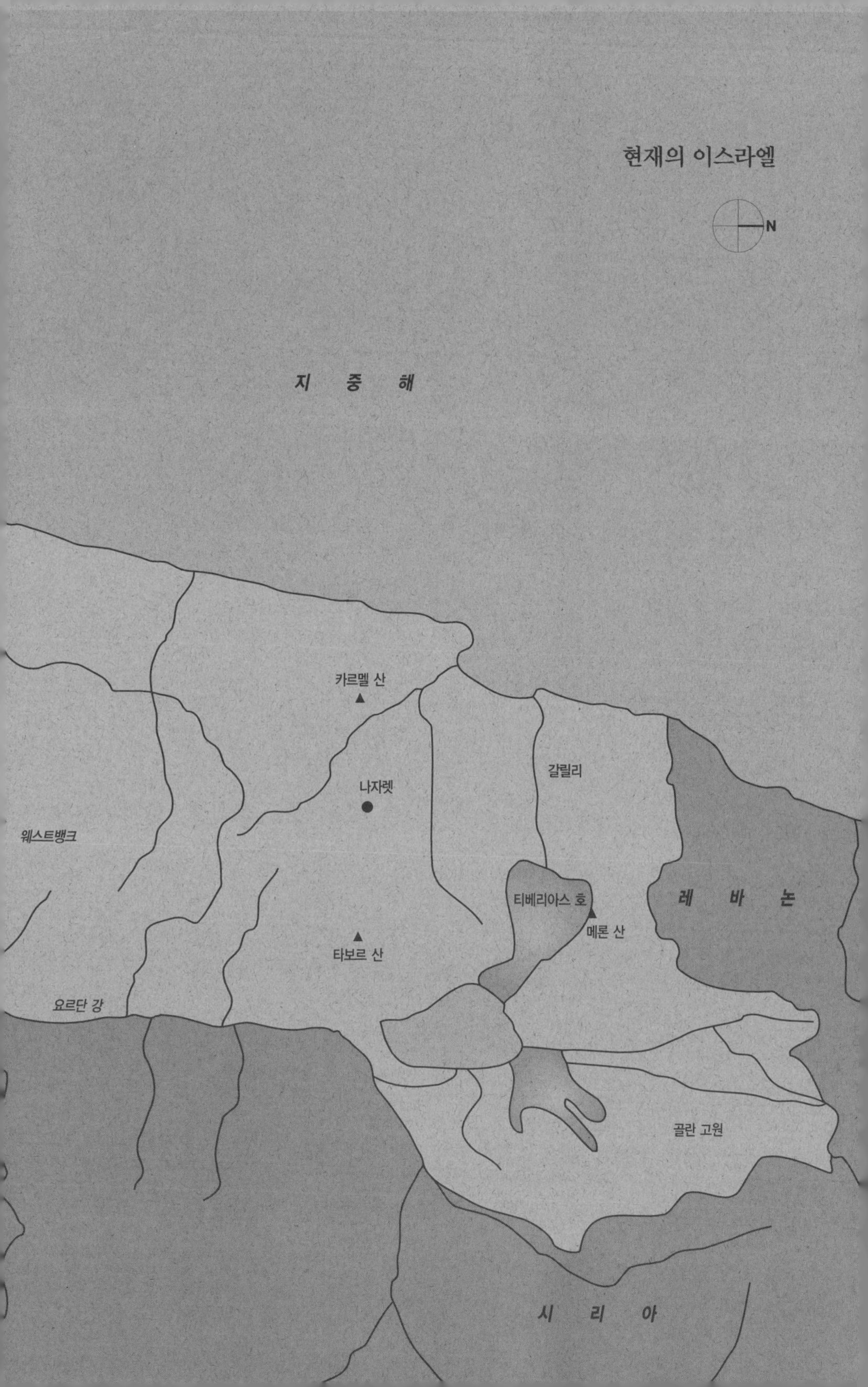

현재의 이스라엘
N
지 중 해
카르멜 산
나자렛
갈릴리
웨스트뱅크
티베리아스 호
레 바 논
메론 산
타보르 산
요르단 강
골란 고원
시 리 아